U0691824

霍达 著

第三届茅盾文学奖得主

《政协委员文库》丛书
编辑委员会

霍达（1993年）

她从那个中年男子身边走过。那人一动不动，连看都不看她一眼，除了他面前的那一片土地，除了他心中怀念的亲人，他好像把世界上的一切都忘了。

梁冰玉轻轻地走过去，心里只想着自己的女儿，跟那个人一样。

暮色悄悄地降临了墓地，婆娑树影渐渐和大地融合在一起，满目朦胧的黛色，满园温馨的清香。

西南天际，一弯新月升起来了，虚虚的，淡淡的，朦朦胧胧，若有若无……

淡淡的月光下，幽幽的树影旁，响起了轻柔徐缓的小提琴声，如泣如诉，如梦如烟。琴弓亲吻着琴弦，述说着一个流传在世界的东方、家喻户晓的故事：《梁山伯与祝英台》。

梁冰玉在琴声中久久地伫立，她的心被琴声征服了，揉碎了，像点点泪珠，在这片土地上洒落。

天上，新月朦胧；

地上，琴声缥缈；

天地之间，久久地回荡着这琴声，如清泉淙淙，如絮语呢喃，如春蚕吐丝，如孤雁盘旋……

一九八七年八月二十九日夜

完稿于抚剑堂书屋

《穆斯林的葬礼》手稿之一

目　录

散文卷

诗词卷

散文卷

《穆斯林的葬礼》后记

早在三年前，这本书连影子还没有的时候，我就已经确定了书名《穆斯林的葬礼》。这好像是我的创作习惯，我的绝大部分作品都是早早地想好了题目再谋篇，再写，极少有写完了再命名或改名的时候。正如我的子女，我总是在孕育着他们的时候就已经起好了名字，一个好名字会激起母亲的种种美好情愫、联翩遐想，这是母亲塑造儿女的蓝图，他们一落生，我就用那早已十分熟悉的亲切称呼呼唤着他们，怀着深深的爱、殷殷的期望，哺育他们，愿他们能长大成为和这个名字相符的人。

有了《穆斯林的葬礼》这个书名之后，我曾经激动地告诉了几位同道，她们——都是女的——几乎和我一样激动，说仅凭这个名字，就已经使她们仿佛看到了这未来的作品的模样儿：风度、气质、格调。我当然不知道她们是怎么设想的，但很高兴。于是我向她们讲述了还没有写出的故事，一半是人物原型的真实经历，一半是我的即兴发挥和虚构。我讲得很慢，声音很轻，那根本不是“讲故事”，而是让自己的心潜入书（未来的书）中的时空，并且带着我的朋友们到那时空中，去游历一番。这也算是我的一个创作习惯，我在打好“腹稿”之后不急于落笔，愿意口头讲述一遍或数遍，讲给家人听，或是讲给朋友听，有时对着录音机讲给自己听。这是对“腹稿”的一个考验，如果不能打动别人也不能打动自己，写出来还有什么意思呢？

感谢我的朋友们，她们一边听我的讲述一边热泪盈眶，我的讲述经常被哭声打断。我并不想“赚”别人的眼泪，眼泪也不是评价文学作品的唯一标准，但它至少说明，我的讲述引起了别人的共鸣。尚在孕育中的作品已经得到了朋友们的首肯，这对于作者，等于是“厉兵秣马”！

但我仍然没有动笔。

我在等待落笔的最佳时机，不到激情在笔尖无法遏制地涌流的时候，不“硬写”，我怕糟蹋了这个自己非常喜欢的题目。

我当然不能坐等。我踏着故事当中男女主人公的足迹奔走，我要回到那个时空去，再生活一次。“余生也晚”，没有经历过书中的全过程，但我曾和男女主人公的原型有过相当一段时间的接触，他们的音容笑貌，他们的痛哭和饮泣，闭目如在眼前，我永远也不会忘记。他们曾经不自觉地使我了解到早于我的那个时代的往事。何况在地面上还留存着并不因为他们的先后辞世而消失的东西，当我踏着他们当年走过的路，看到他们曾经生活过的地方，历史就在我的面前复活了。何况在人间还生活着曾经和他们一起生活过的人，以及和他们同时代的人，这些人向我谈起过去，就好像岁月倒流了似的。何况我对于已经亡故了的男女主人公的原型有着那样深切的怀念之情，一想起他们，我就无法抑制自己，我常在梦中见到他们，以为他们还在，醒来之后，一阵怅然、茫然！如果不让他们在我的笔下复活，我简直无法安生！

在经过相当长的一段“孕育”之后，我觉得我所等待的时机已经到来了，就铺开了稿纸，拿起了笔。我把所有创作计划都搁置起来，把所有的“文债”都往后推，把生活中的一切琐事都抛开，连一些好朋友和许多读者的信件都无暇回复，全力以赴《穆斯林的葬礼》，我希望大家都能原谅我，如果知道我此时的心情的话。

年轻的时候胆子大，写东西也不觉得艰辛，有时甚至是写着“玩玩儿”。随着年岁的增长，写作似乎越来越难，那是因为：文学，在我心中越来越神圣。面对文学，我有着宗教般的虔诚。我在写作中净化自己的心灵，并且希望我的读者也能得到这样的享受。文学，来不得虚伪、欺诈和装腔作势，也容不得污秽、肮脏和居心不良。“文如其人”，作家的赤诚与否是瞒不过任何人的眼睛的，我历来不相信怀着一颗卑劣的心的人能写出真善美的好文字。

我陶醉在自己创造的意境中。人是需要理想、需要幻想的，需要美，以美的意境、美的情操来陶冶自己。我想如果把世界上的一切丑恶集中起来强迫人去看，那一定是一种很惨的刑罚。

追求美是人的本性，我相信人们本能地而并非理智地向往纯美纯情的意境，美不必强迫人接受。不然，“落霞与孤鹜齐飞，秋水共长天一色”那样的前人名句就不会传之久远，深入人心。当然不是人间到处都有这样的意境，所以人们才更需要这样的意境。我笔下的主要人物，既是人间曾经有过的，也是我所憧憬的。我觉得人生在世应该做那样的人，即使一生中全是悲剧，悲剧，也是幸运的，因为他毕竟完成了并非人人都能完成的对自己的心灵的冶炼过程，他毕竟经历了并非人人都能经历的高洁、纯净的意境。人应该是这样的大写的“人”。人的心决不单单是解剖图上画的那颗有着什么左心房、右心房……的心脏。为人的心作传，为人的心谱曲，这是一项十分艰辛而又十分幸福的事业。

写作也是三百六十行当中的一行。但是它恐怕不能像某些行当一样当“活儿”干。这个“活儿”太神圣，太复杂。有各种各样的技巧，但技巧却不是最重要的，或者说这技巧只能含在作品之中，而不能让人可触可摸，一道道工序地去品评：“这活儿做得地道。”最高的技巧是无技巧，仅仅炫耀技巧就失去了灵魂。让人看见的技巧是拙劣的技巧。

我在落笔之前设想过各种技巧，写起来却又都忘了。好像我的作品早已经离开我而存在，我的任务只是把它“发掘”出来，而无须再补上一块或是敲掉一块。它既然是“孕育”而成的，就不能像人工制造的那样随心所欲地加以改变。我尊重这个完整的肌体，我小心翼翼地、全神贯注地捧着它，奉献出来，让它呈现它本来的面目于读者面前。

我至今弄不清楚我运用了什么技巧，也弄不清楚这本书按时下很流行的说法归属什么流派。

我无意在作品中渲染民族色彩，只是因为故事发生在一个特定的民族之中，它就必然带有自己的色彩。我无意在作品中铺陈某一职业的特点，只是因为主人公从事那样的职业，它就必然顽强地展示那些特点。我无意借宗教来搞一点儿“魔幻”或“神秘”气氛，只是因为我们这个民族和宗教有着久远的历史渊源和密切的现实联系，它时时笼罩在某种气氛之中。我无意在作品中阐发什么主题，只是把心中要说的话说出来，别人怎么理解都可以。我无意在作品中刻意雕琢、精心编织“悬念”之类，只是因为这些人物一旦活起来，我就身不由己，我不能干涉他们，只能按照他们运行的轨道前进。是他们主宰了我，而不是相反。必须真正理解“历史无情”这四个字。谁也不能改变历史、伪造历史。

“分娩”的过程是相当漫长的，四五十万字，谁也不可能开几个夜车就写出来。我在稿纸前和主人公一起经历了久远的跋涉。我常常忘记了现实生活中的人和事，心都在小说中。我忘记了人间的寒暑，以小说中的季节为自己的季节。窗外正是三伏盛夏，书中却是数九严冬，我不寒而栗。

我和主人公一起生活。每天从早到晚，又夜以继日。我为他们的欢乐而欢乐，为他们的痛苦而痛苦。我的稿纸常常被眼泪打湿，有时甚至不得不停下来痛哭一场。

我已经舍不得和我的人物分开。当我把他们一个一个地送离人间的时候，我被生离死别折磨得痛彻肺腑。心绞痛发作得越来越频繁，我不得不一次次停下来吞药。我甚至担心自己的葬礼先于书中的葬礼而举行，那么，我就太遗憾了，什么人都对不起了！

我的命运毕竟没有这么惨。当我写完了最后一行，才长长地舒了一口气：现在，死都不怕了！我相信读者决不会认为我在危言耸听，我相信书中的亡人完全理解我的心。

谨将此书奉献给亡故的人们，向他们表达我的怀念之情。

谨将此书奉献给我的朋友和广大读者，这是我的心在和你们交流。我等待你们的批评。

我由衷地感谢回、汉族的许多前辈和朋友，在我的写作之中给予了热情的关切和帮助。感谢北京十月文艺出版社的朋友们对我的信任和鞭策。他们催稿简直像“索命”，而我甘愿把“命”交给他们。

书稿终于完成了，摞起来将近一尺厚。我把她郑重地交给鞭策我、信任我的编辑，请接住她，这是一个母亲在捧着自己的婴儿。

一九八七年九月一日晨

记于抚剑堂书屋

（原载《穆斯林的葬礼》,《长篇小说》1987、1988 年第 16、17 期,《穆斯林的葬礼》单行本北京十月文艺出版社 1988 年版）

我为什么而写作
——《穆斯林的葬礼》获奖感言

鲁迅先生曾经写过一篇文章《我怎么做起小说来》。其中说："说到'为什么'做小说罢，我仍抱着十多年前的'启蒙主义'，以为必须是'为人生'，而且要改良这人生……所以我的取材，多采自病态社会的不幸的人们中，意思是在揭出病苦，引起疗救的注意。"

现在借用先生的题目做文章，谈谈我为什么而写作。

我在年轻的时候，没有鲁迅先生那么伟大的"改良人生"的抱负。我以前曾经学过戏剧，后来又曾经跟随秦史专家马非百先生研究历史，对这两方面的兴趣都相当浓厚，所以我糅合二者，从事历史剧的创作，这给了我极大的享受。自由地出入上下五千年、纵横八万里的时空，探索千古风流人物的喜怒哀乐，让那些死有余辜的权奸在我笔下呻吟，这是非常快意的！在接连创作了几部表现历史人物的剧本之后，创作题材由历史扩展到现实，体裁也从剧本扩展到小说和报告文学。我的小说与剧本不同，几乎全是反映现实的。因为我从历史的回顾中感到了现实的沉重，加深了对鲁迅先生的那番话的理解："我的取材，多采自病态社会的不幸的人们中，意思是在揭出病苦，引起疗救的注意。"如获得全国优秀中篇小说奖的《红尘》，写了一个曾经在旧社会沦为妓女的不幸女人。新中国成立之后，政府取缔了色情行业，使她获得了新生。她热爱新生活，满怀希望地做一个普通的人，正常的人。由于恐惧社会的偏见，她隐瞒了自己的历史，反而得到了周围人们的尊敬和羡慕。但当她后来说了真话，说出了自己过去的身世时，她便立即被人们所鄙弃，受尽了种种屈辱，最后终于选择了死这一条真正属于她的路。欺骗使她侥幸成功，真诚却使她不幸失败，人生竟是这么复杂，这么反复无常，这么不可思议！我当然不是仅仅在为这个弱女子铺叙一个催人泪下的故事，而是要着力写出愚昧和狡诈、瞒和骗扼杀真善美的社会氛围，引起读者对人生、对历史、对民族命运和前途的思索。

一九八七年，我完成了《穆斯林的葬礼》这部五十多万字的长篇小说。这部书是我前半生人生体验和创作实践的一个总结，也是对我的民族——中国的回回民族的历史的一次回顾。回族作为中国五十六个民族的一员，她和其他兄弟民族一样，在漫长的封建社会受尽了屈辱和苦难。但她比汉族还要多一层不幸，她是一个弱小的民族。民族偏见使她长期得不到应有的社会地位。书中写了一个穆斯林家族从一九一九年到一九七九年这六十年间的变迁兴衰，三代人的命运沉浮，两个发生在不同时代却又交错扭结的爱情悲剧。写了伊斯兰文化和华夏文化的撞击和融合，这种撞击和融合都是痛苦的，但又是不可避免的，中华民族的历史就是这样延续发展的，是不以人的意志为转移的。书中的第一代人、玉器艺人梁亦清身怀绝技，却难以施展，在资本竞争的倾轧下，在对琢玉艺术的追求中，含恨死去了。第二代人韩子奇，继承了师傅的绝技和真诚善良的品德，并且接受了西方世界的某些先进思想作风的影响，奋发进取，一举成为名震中外的“玉王”。他一生都为了玉而生存，而奋斗，却失去了人生最宝贵的东西，在感情世界一贫如洗。面对难分难解的爱情纠葛、家庭矛盾，他一筹莫展，彻底失败，在失去爱人、失去女儿又失去视若性命的玉之后，在凄风苦雨中死去了。第三代人，少女韩新月，不甘心重蹈前辈的覆辙，有着对人生、对事业、对爱情的执着追求。但是，世界还没有来得及为她提供一个全新的生存环境，社会和家庭氛围的压力、不治之症的折磨、爱情的绝望，最后断送了这个年轻的生命。但是，一代又一代人的死，都不是重复的，不是毫无意义的，民族的希望，正在于不断的追求之中，子孙后代终究会明白：人，应当怎样活着！这大概就是鲁迅先生所说的“为人生”和“改良人生”吧？

如果说，当年的影视戏剧创作是为自己的爱好而写，为历史而写，那么，今天的小说和报告文学则是为人民而写，为现实和未来而写了。祖国和民族的命运也就是我的命运，这其实是中国当代大多数知识分子和文学家、艺术家的共识。今天的中国，还是一个发展中国家，比起一些发达国家，我们经济上还很落后，还需要几十、几百年的艰苦奋斗。在这样的现状下，文学绝不是一项轻松的工作，而是艰巨的使命。早在几十年前，鲁迅先生就在我前面提到的那篇文章中说过，他不赞成把文学看作“闲书”，并且认为所谓“为艺术而艺术”只不过是“消闲”的别称。他老先生是对的，中国的文学家、艺术家还远远没到“消闲”的时候，我们要为祖国和民族而忙碌。恐怕到了遥远的未来，当这个动荡不安的地球上的许多问题都解决了，人类生活得远比今天滋润的时候，文学艺术也不会变为“消闲”的玩意儿。因为到那时，更新的使命又会摆在文艺家面前。

在《穆斯林的葬礼》获得茅盾文学奖之际，《文艺报》的同志嘱我向关心我、爱护我的读者说几句话。我谨在此向为本书的编辑、出版付出了辛勤劳动的同志，向一切曾经给予我关怀、帮助的朋友，向国内外的读者，致以深深的谢意！这部书不是我个人的“消闲”之作，我是为我的祖国、我的民族而写，里面有我的心血、我的泪水、我的殷切期望和苦苦追求。我盼望着我们的国家和民族昌盛，人民幸福，我们的母亲更健康、更美！

（原载《文艺报》1991 年 4 月 20 日）

二十年后致读者

一九八七年八月二十九日深夜，我为《穆斯林的葬礼》点上最后一个标点。当时，我已经心力交瘁，但仍然不忍释卷，怀着深深的爱怜和依恋，用一天一夜的时间把浸透心血和汗水的书稿通读一遍，又动手作后记，写毕已是九月一日凌晨。我至今清楚地记得，后记的最后一句话是："请接住她，这是一个母亲在捧着自己的婴儿。"

这句话，是对编辑说的，也是对读者说的。从那一刻，婴儿脱离了母体，剪断了脐带，来到了人间。

二十年过去了。昔日的婴儿，如今已经整整二十岁了。当母亲回头注视着在人间闯荡了二十年的孩子，不禁百感交集。感谢真主的慈爱，这孩子成长得很健康，而且人缘儿极好。我这么说，并不是因为她出世不久就戴上了茅盾文学奖的桂冠，更重要的是，她拥有了那么多真诚的读者。据北京出版社的不完全统计，仅他们一家二十年来的累计印数已经超过一百四十万册，这还不包括人民文学出版社、台湾国际村文库书店、中国文学出版社、外文出版社等各家出版社出版的中、外文多种版本，更不要说那些根本无法统计的盗版书。每一本书又在读者中辗转传阅，持续蔓延。中央人民广播电台和中国国际广播电台的数次全文广播，又把读者面扩大到无数的听众。读者、听众的信件像雪片般飞来，他们当中，有德高望重的文坛前辈，有与我血脉相连的穆斯林同胞，有饱经沧桑的耄耋老者，有寒窗苦读的莘莘学子，绝大多数都和我素不相识，仅仅因为一本书，把我们的距离拉近了，心灵沟通了。许多人是偶然从朋友或同学那里看到这本书，顺手翻一翻，便放不下了。许多人是在辛劳的工作或学习的间歇，一边捧着饭碗，一边收听广播，一节听完，意犹未尽，期待着明天同一时刻继续收听。他们含着热泪向我倾诉，我含着热泪感受他们的心声。有的回族同胞说，他从这本书里了解了自己的民族，增强了民族自尊和自豪；有的读者说，她是读着我的书长大的，《穆斯林的葬礼》改变了她的命运；有的年轻朋友说，这是对他影响最大的一本书，使他懂得了人的一生应该怎样度过，并将陪伴他一生。他们对这部作品的挚爱之情令我感动，但这些赞誉，我不敢当。《穆斯林的葬礼》不是史书，不是教科书，而是一部文学作品。我不是民族史专家，不是宗教职业者，而只是回族当中普通的一员，一名虔诚的穆斯林，一个热爱祖国和民族的作家，我只是写了自己所了解、所经历、所感受的北京地区的一个穆斯林家族的生活轨迹，而不可能涵盖整个民族。我也不是哲人，没有先知先觉之功，怎么可能去改变他人命运，影响他人的人生？我并不认为自己的作品具有如此神奇的魅力，而更愿意相信，是因为读者在阅读中融入了自身的人生感悟，和作者共同创造了文学。古往今来的优秀文学作品，无一不是由广泛流传获得了生命，活在读者之中。读者的选择，历史的淘汰，最是无情也最有情。

还有的读者以极大的兴趣和我探讨《穆斯林的葬礼》的艺术技巧，这使我想起一位前辈作家说过的话："寻诗争似诗寻我。"从某种意义上说，作家并不是作品的主宰，文学创作是一个奇妙的"互动"过程：你在"寻"她，她也在"寻"你。你为了寻找最佳的表现形式，"众里寻她千百度"；而她好像是一件早已存在的、完整的、有生命的艺术品，等待着你的发现，"蓦然回首，那人却在灯火阑珊处"。这样的创作状态，对作者来说已不是苦行，而是艺术享受。《穆斯林的葬礼》不是依照作者的设计，而是遵循她自身的规律，自然而然地"生长"出来的。书稿分两期在《长篇小说》杂志上刊出，上半部发稿时，下半部还只有一个目录，但我并不担心，一个已经孕育成熟的生命，分娩自然是指日可待的。

二十年后回忆当初，早已淡忘了"分娩"的阵痛，有的只是母爱的温馨和岁月的感慨：孩子大了，母亲老了。值得欣慰的是，经历了二十年的风雨寒暑，我的孩子已经具备了旺盛的生命力，既然我把她交给了读者，就让她继续生活在你们中间吧！在她的二十岁生日到来之际，我谨向尊敬的读者致以由衷的谢意，感谢你们二十年来对她的厚爱和呵护，并且希望在以后的岁月里仍然一如既往！

二〇〇七年八月二十九日

写于抚剑堂书屋

（原载《穆斯林的葬礼》创作二十周年珍藏纪念版，北京十月文艺出版社 2008 年 1 月版）

难忘那一片叶子

在《穆斯林的葬礼》创作二十周年座谈会上，我和叶咏梅老友重逢。多年不见，她这片“叶子”仍然碧绿、青翠，生机勃勃。“叶子”是叶咏梅的笔名，本意是“甘当绿叶衬红花”“为他人作嫁衣裳”，低调而谦和，但换个角度说，又何尝不是“俏也不争春，只把春来报”的充实和自信！

我和叶咏梅相识在一九八八年。当时，《穆斯林的葬礼》出版不久，她通过出版社找到了我的电话，约我见面，问我愿意不愿意在“长篇小说连播”栏目里播出。恕我孤陋寡闻，在此之前还不知道中央人民广播电台有“长篇小说连播”这个栏目，也不知道怎么个播法儿。她解释说，这种广播形式不同于广播剧，也不同于电影录音剪辑，而是由演员声情并茂地朗诵小说，虽然某些地方可能要稍微做一些技术处理，但基本上是照本宣科，忠于原著。我说，这正合我意。在以往的创作中，我的小说多次改编成电影、电视剧，尽管都是由我自己编剧，但在拍摄中仍然被导演任意改动，这是我最恼火的。而朗诵则是我所喜欢的艺术形式，小说中叙述、描写、议论、抒情都可以淋漓尽致地得以展现。有了这个“底”，我和叶咏梅一拍即合，把自己心血的结晶交给了她，她也就立即进入工作状态：将小说按照连续广播的形式分成七十四讲，寻找配乐素材，选择演员，并且就演播技巧和演员反复探讨，不断磨合。如果和影视拍摄相比，这简直是集责任编辑、导演、剧务于一身，其辛苦、繁杂、忙碌可以想见，而叶咏梅却以苦为乐，每次见面都笑容可掬。人生之乐，莫过于兴趣和职业的一致，叶咏梅把事业视为生命，她为此忙碌，因此快乐。

一九八九年春，《穆斯林的葬礼》如期播出，反响热烈。“长篇小说连播”这种形式，突破了纸质出版物的局限，让文学长上了翅膀，使受众扩大到难以数计。听众来信雪片般飞来，从耄耋老人到莘莘学子，从专家学者到普通百姓，许多人是在繁忙的工作和学习间歇，捧着饭碗收听广播的，听完一讲，意犹未尽，期待着明天在同一时间继续收听。他们含着眼泪向我倾吐心声，说这部书如何让他们感动，给他们以启迪，甚至有的听众说，这部书改变了自己的人生。我并不认为一部小说能够有这么大的力量，而更愿意相信，是读者和听众融入了自身的人生感悟，和作者共同创造了文学。值得一提的是，听众并没有忽略了隐身在幕后的那片“叶子”，许多来信都特别感谢责任编辑叶咏梅制作了这么好的节目，这也就是对她最好的回报了。

首播成功之后，应听众要求，《穆斯林的葬礼》又重播了三次，并且在中国国际广播电台和多家地方电台播出，至今我仍然经常接到读者和听众来信，要求中央人民广播电台再度重播。

一九九七年香港回归祖国前夕，我的长篇新作《补天裂》在北京和香港同时出版。为创作这部书，我赴香港深入生活数年之久，查阅中外文献上千万字，采访各界人士数百人次，并且反复踏勘历史遗迹，寻访当年抗英志士的后人，搜集大量史料，终于在一九九七年初完成。富于政治敏感和艺术敏感的叶咏梅当然不会放过这个机遇，和我谈妥之后，立即投入紧张的录制，与香港回归倒计时同步播出，并且在七月一日凌晨香港回归祖国庆典之前选播该书的重要章节，为雪我国耻、扬我国威尽了自己一分力量。当“化五色石，补南天裂”的朗诵响彻祖国长空，震动海内外中华儿女的耳膜和心扉，我和叶咏梅都长长地舒了一口气。

回望往昔，我和叶咏梅的交往已近二十年。但仔细想想，在我们之间却似乎并没有什么特别的私人情谊，温暖着我们的，牵动着我们的，是默契的合作，是共同的心愿，是一项充满魅力、充满激情、连接着祖国和人民的事业。每当我提起叶咏梅，就立即想到“长篇小说连播”，而说到“长篇小说连播”，就立即想到叶咏梅，她已经和这项事业融为一体。“长篇小说连播”已经开办了许多年，播出了许多作品，绿树早已成荫，但我和许多听众一样，会永远记住那片报春的“叶子”！

书到用时

小时候，家里常挂一副对联：

“书到用时方恨少，事非经过不知难”。几十年来，深感其是。中国人讲究“经世致用”，读书的目的就是为了用。然而，读了半辈子的书，却仍然不够用，写文章遇到捉摸不定的事，还要查书，不敢贸然下笔。比如，我在写《穆斯林的葬礼》时遇到的一个问题：北京改名叫北平是哪一年？为了这个年份，我查了几十本书才得以落实，是一九二八年。再比如，写《补天裂》时遇到的一个问题：晚清大内总管是“李莲英”还是“李连英”？为了一个草字头，又翻遍故纸堆，一直查到了李连英的墓碑碑文，终于确信没有这个草字头。这还只是最小的例子。海底捞针，苦则苦矣，但此中欣慰，局外人也难以体味。

人非生而知之。再聪明的人，如果不读书，仅凭自身的亲历亲闻，能有多少见识？常听人说某处有神童，未曾入学，便会心算加减乘除，很大的数目也能一口清。这当然很难得，但如果沾沾自喜于此，而不去接受系统的教育，成年之后也就“泯然众人矣”。那点小聪明，只能用来算算柴米油盐豆腐账，而根本不可能涉足高等数学。智商不等于智慧。智慧，至少应该包括智商和知识两个方面，而人类的知识，绝大部分还是要从书本中获得。我曾用一则谜语“考”过许多人：“眼前有景道不得，崔颢题诗在上头。”打一当代著名演员。很遗憾，没有一个人答得上来。我只好说出谜底：李默然。对方不服，还反问我：“为什么是李默然？”其实，这则谜语涉及的典故并不算生僻。李白诗兴勃勃地登黄鹤楼，却见楼上已有崔颢题诗一首：“昔人已乘黄鹤去，此地空余黄鹤楼。黄鹤一去不复返，白云千载空悠悠。晴川历历汉阳树，芳草萋萋鹦鹉洲。日暮乡关何处是？烟波江上使人愁。”于是李白感叹道：“眼前有景道不得，崔颢题诗在上头。”胸中的诗意已被崔颢说尽，这位姓李的大诗人“默然”了，谜底谜面扣得严丝合缝。但是，如果您压根儿没读过崔颢的《黄鹤楼》，也没听说过李白登楼的典故，上哪儿猜去？猜它八十年也猜不出来！

“学然后知不足”“开卷有益”，这是我们自幼接受的信条。不过，近年来我也遇到相反方向的烦恼。从报刊广告中得知新出版的某某书好得不得了，待拿到手里（赠阅的或购进的），充满期待地先睹为快，却大失所望，只好丢进废纸堆。这不由得令人想起辛弃疾所说：“近来始觉古人书，信著全无是处。”诗人的牢骚语，固然不必字字当真，“全无是处”倒未必，只说“古人书”也有失片面，今人书又如何呢？辛弃疾所处的时代，印刷、出版行业远没有现在发达，他也没有见到如今这么多“金玉其外，败絮其中”的文化垃圾，不然，当会又有说辞的：面对书房里堆积如山的旧书，以及源源不断涌来的新书，我在想，人生这么短暂，书是读不完的，只能有所选择地读。选择的标准就是有用，无论是资料性的实用价值、哲理性的启迪价值、艺术性的欣赏价值还是娱悦性的消遣价值，总之要有一点用的才留下来，沙里淘金，其余一概扔掉。我不是版本收藏家，只读有用的书。开卷未必有益，要懂得选择，懂得舍弃。一部电影，如果头十分钟不能吸引你，就不愿看了；同样，一本书，如果头十页毫无趣味，也就不必看了。无用的书，扔掉毫不可惜。不断地读书，不断地扔书，我的书房是流动的。

（原载《北京晚报》2006 年 12 月 16 日）

咀嚼悲剧

我从年轻的时候就喜欢悲剧。莎士比亚写过许多成功的喜剧和悲剧，我喜欢的是他的悲剧，永远也忘不了哈姆雷特、李尔王、罗密欧和朱丽叶。鲁迅先生说过："悲剧将人生的有价值的东西毁灭给人看，喜剧将那无价值的撕破给人看。"无价值的东西，假恶丑的东西，伪装得道貌岸然，撕破它，当然也给人以快意；但有价值的东西，真善美的东西，当众被打得粉碎，却能给人以灵魂的震颤，激发人的良知，因而我以为悲剧仍然胜过喜剧。酸辣苦甜，人各有好，我只说个人所爱，丝毫也没有勉强别人的意思。

我从开始写作就偏爱悲剧。凡是我用了心写的、比较有代表性的作品，差不多全是悲剧。《秦皇父子》是悲剧，《红尘》《年轮》《魂归何处》是悲剧，《穆斯林的葬礼》是悲剧，连非虚构性的报告文学《国殇》也是悲剧，所写的人物死得只剩下一个，文章发稿后他也死了，只好又补上一笔。

《秦皇父子》写的是两千年前的往事。雄才大略、叱咤风云的秦始皇帝凭借谋略和武力，用了十年时间，吞二周而亡诸侯，实现了统一天下的大业，但是，灿若新星的秦王朝在历史上却只存在了短短的十五年，就像彗星一样地陨落了，多么令人扼腕太息！而造成这一悲剧的不是别人，恰恰是梦想着秦王朝万世不朽的秦始皇帝本人！这真是一个不可多得的悲剧材料。而其中吸引我非写不可的，是公子扶苏这个人物，史书上说他"刚毅而武勇，信人而奋事"，是个深受朝野人士爱戴的皇子。但他竟然敢于反对皇帝钦定的焚书坑儒这件使天下震惊的大事，这就必然和他那位专横跋扈、凶暴残忍的父亲以及伺机篡夺宫廷权力的阴谋家赵高产生矛盾。这种强烈的戏剧性，使我极度兴奋，废寝忘食地编织这个很有些莎士比亚味儿的故事。戏的高潮部分，始皇在旅途中病重，临死之前留下遗诏，立扶苏为太子，但阴谋家赵高伙同丞相李斯篡改了遗诏，把既愚蠢又残暴的胡亥立为太子，而假借始皇的名义杀死了扶苏。扶苏怀着对父皇的绝对忠诚也怀着无限的悲愤和遗憾挥剑自杀，血洒长城。当我写到这里，自己的心都颤抖了！史学家们评价扶苏，说他如果能够继位，中国秦汉时期的历史将会改写！而我耳畔却仿佛听到莎翁在《哈姆雷特》中所写的悲愤的台词："如果他能践临王位，一定是一位贤明的君王，我们要用战士的礼炮为他送葬！"在戏的结尾，秦始皇帝已经死了，公子扶苏死了，十几个公子和十个公主都死了，世代忠良的蒙恬、蒙毅和右丞相冯去疾、大将冯劫也死了，参与杀害扶苏的丞相李斯却戏剧性地被赵高逮捕下狱。这时，我着意安排让李斯这个罪恶的灵魂在死牢中做痛彻肺腑的忏悔："……物极必反，盛极必衰。我李斯从平民做到宰相，已经走到了尽头，该死了，现在想重新当一个上蔡的平民，带着孩子们、牵着黄狗去打猎，都办不到了！"我无情地鞭挞他，嘲弄他，不让他的灵魂得到安息，感到无比的快意！中国的历史太长了，留下了一部糊涂的历史。我希望人们在登临长城的时候，不只是记起秦始皇帝和孟姜女那个荒诞的故事，也想一想为筑起长城洒过热血的人们，想得更多一些。

《红尘》则比《秦皇父子》晚了两千多年，取材于现实生活，写了一个曾经在旧社会沦为妓女的不幸女人。新中国成立之后，政府取缔了色情行业，使她获得了新生。她热爱新生活，满怀希望地做一个普通的人，正常的人。由于恐惧社会的偏见，她隐瞒了自己的历史，赢得了周围人们的尊敬和羡慕。在人们心目中，她是一个高贵而美丽的女人。但当她后来说了真话，说出了自己过去的身世时，她便立即被人们所鄙弃，成了人人不齿的"臭窑姐儿"，受尽了种种屈辱，最后终于选择了死这一条真正属于她的路。欺骗使她侥幸成功，真诚却使她不幸失败，人生竟是这么复杂，这么反复无常，这么不可思议！而在她为社会所抛弃、所逼杀之后，人们却又偏偏不肯忘记她，感到生活中缺少了某种"调料"，遇有生人到来，还常常提起："从前，我们这儿还住过一个窑姐儿呢！"那语气似乎有些炫耀。我当然不是仅仅在为这个弱女子铺叙一个催人泪下的故事，而是要着力写出愚昧而狡诈、瞒和骗扼杀真善美的社会氛围，引起读者对人生、对历史、对民族命运和前途的思索。我们的民族，背负着太重的负担！

《穆斯林的葬礼》因为部头大，时间跨度大，也就具有更大的悲剧容量，从一九一九年到一九七九年，这六十年间三代人的命运随着时代的变迁而沉浮，一个又一个的悲剧发生了。但是，一代又一代人的死，都不是重复的，不是毫无意义的，民族的希望，正在于不断的追求之中，子孙后代终究会明白：人，应当怎样活着！

《穆斯林的葬礼》出版和广播之后，我收到许多读者来信，其中有不少人含着眼泪说我太“残酷”了，竟然让新月这么好的姑娘死掉，甚至呼吁电台“赶快修改之后再广播”。我理解这些善良的心，但我当然不可能那样“修改”。我不是有意要“折磨”读者，也不是“偏爱”死，那是人物的命运使然，我无能为力。反过来说，如果我在书的结尾安排一个“大团圆”场面，则不知要挨多少读者的骂呢！我在书的《后记》中说过：“我觉得人应该做那样的人，即使一生中全是悲剧，悲剧，也是幸运的，因为他毕竟完成了并非人人都能完成的对自己的心灵的冶炼过程，他毕竟经历了并非人人都能经历的高洁、纯净的意境。人应该是这样一个大写的‘人’。”

咀嚼悲剧，品味人生，冶炼心灵，这便是我的创作生涯。

（原载《民族文学》1991年第8期。收入本书时，由作者做了删节）

漫谈小说的语言
——在美国爱荷华国际写作中心演讲稿

毫无疑问，小说是叙事文学。但叙事的手段是语言，因而小说又是语言的艺术。当然其他文学形式也必须讲究语言，但小说更讲究。一个短篇小说，至少有几千到一万字；中篇一般有几万字；长篇则可以长到几十万、几百万字。如果语言平淡乏味，或是疙里疙瘩，是很难让人读下去的。没有人读的小说，还写它干什么？

凡是真正优秀的小说，必是经得起历史淘汰的小说名著，必是语言的典范。古今中外都是这样。

记得都德在小说《最后一课》中借哈迈尔先生之口说过：法兰西语言是世界上最美的语言。我不懂法语，无从判断这话的准确性。但我相信世界上任何种族和民族都会这样评价自己的语言，因为人们对母语怀着对母亲那样的深情，是和喝母亲的乳汁同时学会的。因此，我必然认为华语华文是世界上最美的语言文字。中国的方块字，每个字就是一个语言单位，它的精确，它的信息量之大，是任何文种所不可比拟的。而且，尽管中国各地的方言在读音上差别很大，但书写起来却是一致的。不但在今天是如此，在两千年前秦始皇统一中国之后是如此，秦以前也就如此了。不然，孔夫子周游列国、苏秦佩七国相印，还要说“外语”、用翻译吗？一些历史悠久的国家的古文字，已经没有人认识了，废弃了，而汉字一直流传到现在，历数千年而不衰，不能不说是一个伟大的奇迹，值得我们百倍地珍爱它。如今，汉字又成功地被输入了电脑，对于流行于世界更是如虎添翼。

回过头来接着说小说的语言。中国的小说，前身是民间口头文学的底本，古时候叫“话本”。话本本来不是供阅读的，是民间艺人“说书”的依据，它靠艺人的嘴和听众接触。因而它必须情节紧凑、语言精练、生动形象，否则无法抓住听众。人都跑了，说书的就只好喝西北风了。

这个传统，传到今天，当然不会一成不变。不过现在中国人仍然喜欢“听书”，从北方到南方都保留着这种一个人说、大家听的表演形式。我的长篇小说《穆斯林的葬礼》就曾在中央人民广播电台播出，演员绘声绘色地朗读，成千上万的人在收音机前静听，每天中午听半个小时，一直听了两个半月。听得津津有味，听得泪流满面、感叹唏嘘。这次实践，使我对小说的语言有了更深的体会。

现代小说已有很大发展，当然不能等同于口头文学。但口头文学仍给我们启示，那就是：想方设法，最大限度地发挥语言的魅力，牢牢地抓住读者，把你的心和他们交流。据说现在美国有畅销小说的录音带，这是否“复归”现象？

正是由于中国小说有着这样的渊源，便形成了自身的语言特色。在传统的中国小说中，绝对不可能像托尔斯泰那样一口气花费好几页的篇幅去描写景色。在中国人看来，那是个笨办法。中国人有中国人的办法。比如中国的诗词，用字极省，却写景极真、极美，意境深远。宋代柳永的名句“杨柳岸晓风残月”并列了江岸、风、月亮三个名词，而且“岸”是生长着杨柳的岸，“风”是早晨的风，“月”是早晨的月，而且不是圆月，是残月。名词之间省略了一切连接词。只用了七个字，却活画了一幅清新淡雅的景色，弥漫着孤独的旅行者无法排遣的凄凉和哀愁。再比如宋代王安石的名句“春风又绿江南岸”，也是写了风、江岸和杨柳，情趣却完全不同了。这里的“风”是春风，“岸”是江南岸，一派明媚的大好春光。杨柳在这里没有明写，是藏起来的，通过一个“绿”字，既写了风，又写了杨柳，杨柳是被春风吹绿的，“绿”在这里成了动词，像彩笔一样把大江南岸染绿了。中国的小说吸收了诗词的长处，把描写的语言运用得凝练典雅。而且把写景和写物的动作、情绪结合起来，收到以少胜多的效果。例如《水浒传》中写林冲雪夜上梁山，不单独写人、写动作，也不单独写雪，而用了“踏着碎琼乱玉”这极富诗意的语句，雪的洁白、凌乱，人的匆忙、凄凉和穷途末路、义无反顾，都活生生地表现出来了。这比啰里啰唆写了半天雪再写人要高明得多。

小说语言的另一部分是人物的对话。对话比叙述语言更难写，因为在对话中绝对不能使用标准的书面语，也不能使用作者自己的语言，而必须是人物自己在说话，张三就是张三，李四就是李四。试想《红楼梦》中众多的人物，宝玉、黛玉、宝钗、凤姐，以至于那成群的小丫头、看门的焦大，哪个人物的语言是相同的？一人一个腔调，那是他的人生阅历、修养、性格造就的，别人无法代替的。再让我们看看《水浒传》中的对话。在写到野猪林中董超、薛霸要谋杀林冲时，那两个坏蛋的语言真是奇绝妙绝。他们不说："林冲，我们今天要杀死你！"而是说："林冲！你须精细着：明年今日是你的周年！"杀气腾腾，凶狠毒辣，却还充满了得意扬扬的嘲笑。因为他们两个人把林冲事先用骗术捆在了树上，英雄无用武之地了，不是他们的对手了，必死无疑了，完全有把握杀死他了（如果不是鲁智深相救，林冲必然到明年今日是逝世一周年），所以在杀死他之前还有兴致开个玩笑。莎士比亚也是很善于写这类语言的。再看看那个在十字坡开店卖人肉包子的孙二娘，她用麻醉药麻倒了武松（实际上武松是伪装麻醉），说了什么呢？她拍着手说："倒也，倒也！由你精似鬼，喝了老娘洗脚水！"多么生动！匪气、泼妇气、豪气都有了，并且还有幽默，还押韵，朗朗上口。这样的语言，只能用汉字写出来，读者会发出会心的微笑，译成其他任何文字都会走样的，因而我赞成一位同行说的话：美文不可译。

现代的中国口语，真是丰富多彩，每个地区都有自己的特色，而我认为最适合文字表达的，也是我在各种方言中最熟悉的，是北京方言。中国的普通话是以北京语音为基础的，北京的方言也为大家易懂。所谓"京腔"，字正腔圆，柔和动听，朗朗上口。这是长期形成的。北京作为千年古都，南北交汇，五方杂处，必然会产生通行全国的语言。而北京人生活在"天子脚下"，又有一种底气十足的自豪感，别看表面上笑容可掬、娓娓而谈，骨子里却透着一股傲气哩！

当然，北京人也有士农工商之别，身份不同，经历不同，文化修养不同，说出话来也不一样。前门外胡同串子的语言，绝不可能出自大学教授之口；反之，文绉绉老夫子的语言，也不可能由大栅栏的个体户嘴里说出来。所谓“京油子”，主要是指市民阶层。我在写作中为写好北京市民的语言而煞费苦心。往往是写好了的对话，一琢磨，还差点儿味儿，于是再改。比如我常常要把稿子中所有的“看”字统统改掉，换成“瞅”或者“瞧”。北京市民口语中几乎没有“看”字，“看书”说“瞅书”，“看电影”说“瞅电影”或“瞧电影”，连“看病”也说“瞧病”。就是不肯说“看”这个字儿，真是邪门儿。只有在“看门”“看家”这些词儿里才有“看”字儿，却已经念成“堪”的音了；意思也不是“看书”的“看”，而是“看守”的“看”了。

我常常在写对话时边写边说，以检查顺不顺口，对不对味儿。空闲的时候，有意到街上走走，或是和附近的邻居聊天儿，都是为了感受语言、熟悉语言、搜集语言。是生活给了我活生生的语言。

随便举个极平常的例子，我的小说《红尘》中有这样的对话：

> “我可不待见嚼老婆舌、串是非的，各人的日子各人过，我管人家干吗？”
>
> “大嫂，要都像您这么样儿，世界倒清静了。咳，什么事儿不是坏在街坊的嘴里？就说武二爷吧，要不是卖梨的郓哥儿和那个老不死的何九叔串是非，武二爷也不至于连杀三条人命，闹得一条街不得安宁！”

这是一个不识字的、做过妓女的、对外界时时保持警惕的善良女人和一个百无聊赖、不怀好意、无事生非、没话搭啦话的单身汉的对话，虽然都是“京腔”，又各自打着不同的身世和性格的印记。在书中，即使不标明谁说谁说，也是分得清的。如果把“不待见”换成“不喜欢”，“嚼老婆舌、串是非”换成“散布流言蜚语、挑拨是非”，把“像您这么样儿”换成“像你这个样子”，把“老不死的”换成“健康长寿”，那就全完了！

可惜在座的朋友要通过英语译文来听我说的这些话，这是要打很大折扣的。正如中国读者只有通过中文译文来读你们的书一样，那味道已经所剩无几了。怎么办呢？最好的办法，是努力学好对方的语言，我们才能没有障碍地交流。因为美文不可译。

一九九〇年十月于爱荷华

（原载《小说林》1993 年第 2 期）

历史毕竟不能重写

——关于《秦皇父子》的创作

大型历史话剧《秦皇父子》由北京人民艺术剧院首次公演了。尽管是自己的剧本，我熟悉每一个人物、每一句台词，尽管排练场没有灯光、布景、服装、音乐等任何舞台效果，但我仍然被公演前的连排打动了。

前辈作家曹禺同志在和我谈论《秦皇父子》时，喟然慨曰："如果扶苏能继承皇位，整个中国的历史就要重写了！"

是的，我正是怀着这种深深的遗憾，创作了剧本《秦皇父子》。

然而历史毕竟不能重写。作为剧作者，我更无权改变历史。

我无意把秦始皇塑造成殷纣王那样的暴君，虽然他的暴虐超过了纣王。但秦始皇毕竟是一个有巨大贡献的政治家。统一六国的豪雄帝业只用了短短十年，如果不是他审时度势、当机立断、一鼓作气地推进统一战争，战国的局面能否在公元前二二一年结束，就难说了。统一之后。废分封、置郡县，书同文、车同轨，北收匈奴、南取百越，筑长城、修灵渠，如果没有他雄才大略、号令天下、矢志不移地说到做到，秦能否在历史上留下深深的轨迹，也就更难说了。他"天下之事无小大皆决于上，上至以衡石量书，日夜有呈，不中呈，不得休息"，这是许多封建帝王做不到的。他善于用人，在统一前夕，秦国几乎聚集了全中国所有第一流的军事家、政治家。他又勇于改过，灭楚时误用李信而失败，马上自责，亲请王翦出征，取得胜利。而听从李斯《谏逐客书》的逆耳之言，更是为后世称道。

遗憾的是，他在晚年走向了自己的反面，迷恋于求仙寻药之道。且狂暴多疑，用过去战争年代对付敌人的办法来对付人民、功臣乃至于亲生儿子，使自己成了怨声载道、孤立无援的真正的"孤家寡人"，终将大权旁落于真正的仇敌之手。惜乎，英雄的晚年！

失败的英雄毕竟还是英雄。他在气息奄奄的危难时刻，尚能保持杰出政治家的清醒头脑，立下传位于扶苏的遗诏，这是他政治生涯中何等光彩的最后一笔！

由此，我看到了他勇于改过的优秀素质的复苏，我不忍让他默默地死去，而为他传达谢世之前痛彻肺腑的心声："人生为什么这样短暂？刚刚开始，却又要结束了！……大秦的事业还没有做完，大秦的江山还没有走遍，万里长城还没有登临！朕还没有立下太子，不能一死了之！……继承祖业的人，应该是最为忠孝、最为仁爱的，懂得爱天下之人，方能治理天下！"

由此，我看到了一个人性和良知未曾泯灭的始皇。我相信，远在边塞的公子扶苏也一定能够领受这样的父子之情："天！我贵为天子，为什么还要受天的愚弄和折磨？……让天下的人，连我的儿子都把我看成无道的暴君？……为什么？我的儿子！我竟是如此可怕吗？你忘了，我虽是天子，是皇帝，但也是你的父亲，也是人！人，又岂能无情！"

只有这样，我才觉得剧本中的始皇形象总算完成了，多少抵消了他在我的笔下死去时给我造成的痛苦和遗憾！

我也无意把公子扶苏写成一个十全十美的"完人"。如果没有阴错阳差，我完全相信扶苏可以成为一个"明君"。然而历史却让他死了，并且死得那样惨！面对赵高、李斯伪造的漏洞百出的"赐死"诏书，蒙恬不肯轻从，扶苏却深信不疑："父而赐子死，尚复安请！"以这样的愚忠结束了自己的生命，也推卸了历史关头落在他肩上的重任。剧本行笔至此，我甚至惊奇自己何以这样冷静，既不去谴责，也不去掩盖他的"历史局限性"，扶苏就是扶苏，谁也不能代替他。

我无意把置扶苏于死地的赵高勾画成一个十足的"坏蛋"，他是一个有能力、有心计而又深得始皇信任的阴谋家。我也努力把他当作一个"人"来写，无论"好人""坏人"，有情才能动人！

我也无意把与赵高同谋改诏的李斯简单地归入"反面人物"。他是一个杰出的政治家，秦始皇的丰功伟绩，许多都与他分不开。但是，他本身的致命弱点导致了身败名裂。当时，他的地位仅次于始皇，始皇驾崩，可以说天下之安危系于李斯一身，凭他的权力，杀赵高而救大秦并不难。但在关键时刻，在国家与个人利益激烈斗争的当口，他动摇了，投降了！历史不能原谅他。他写的伪诏，冷酷地折磨他那伤残的灵魂，逼着他剖析自己复杂的内心世界："陛下曾经说过：李斯是个忠臣，可与屈原相比。不！屈原为楚国投身汨罗，而我却不敢为大秦而死！天，为什么生我无能的李斯！"

北京人艺把《秦皇父子》搬上了舞台，奉献给观众。遥远的历史浓缩于一瞬间，成乎？败乎？任人评说。我，连同我笔下的人物，都无须再说什么了。

（原载《中国文化报》1986 年 12 月 3 日）

看试手，补天裂

——《补天裂》后记

义冢无碑，掩埋着一段血写的历史

当我又一次来到锦田，正是春末夏初的清明时节，漫山遍野开满了黄白的花。那是一种高大的乔木，墨绿色的叶子类似椿树，枝端缀着繁盛的花穗，花朵细小如米兰，黄白相间，密密麻麻，锦田平原和周围的山上长满了这种树，白茫茫一望无际。我问当地人："这是什么树？"回答是："唔知呀。"问了许多人，都说不知道，他们大约是司空见惯了，并不去追究树木的名称，而在我这个远方来客的眼中和心中，那黄白的花却具有极强烈的象征意味，尤其是在这清明时节。

我从吉庆围往北，沿着锦田五围六村之间的小路前行两公里许，出了水尾村，进入逢吉乡，便到了鸡公山下。这里是锦田平原的北端，山下一片开阔地，竹林、农舍、菜田，一株古老的榕树，盘根错节，丝丝缕缕的气根从茂密的枝干间垂向大地。穿过浓密的树荫，我寻访的目的地到了。

这是一座硕大的坟墓，占地数十平方米，墓身呈平缓的坡形，以水泥覆顶，正面砌以屏风式石壁，本也是粤地常见的墓葬形式。而不寻常之处在于，这座坟墓并没有记载墓主姓名和事迹的碑刻，正中的墓门部位，上方镌一"万"字图案，下嵌一长方形石碑。刻有"义冢"二字；旁有一联："早达三摩地，高超六欲天"；两翼横题"西方极乐"四字。这些带有佛教意味的文字，极易使人产生错觉，以为坟墓中埋葬的是什么高僧或者笃信如来的善男信女。其实不然，这座坟墓和佛教没有任何关系，"错觉"是修墓人故意制造的，以隐藏事实真相，因为，在这一抔黄土下面，掩埋着一段血写的历史……

十九世纪末叶，中国在甲午战争中一败涂地，列强瓜分中国之势已成，大英帝国趁机谋求香港“拓界”，经过长达两个月的谈判，胁迫清廷于一八九八年六月九日签订了《展拓香港界址专条》，强行租借广东新安县三分之二的土地，租期九十九年。这是继一八四二年八月二十九日签订的《南京条约》、一八六〇年十月二十四日签订的《北京条约》之后，中英之间关于香港的第三个不平等条约，英国侵吞中国领土香港的“三部曲”终于宣告完成，于香港岛和九龙半岛“界限街”之北又增加了一块“New Territories”——“新租借地”，简称“新界”，土地面积由此扩展了十一倍，水域扩展了四五十倍。

英国殖民主义者的海盗行径和清廷的软弱无能，激起了新安县人民的强烈义愤，邓、文、廖、彭、侯五大家族联合十万乡民发起抗英保土的武装斗争，并且得到了深圳、东莞、惠州等地民间社团的支持，在一八九九年四月港英接管“新界”前后，他们与英国军队、警察展开了殊死搏斗，先后两战大埔，再战林村谷、上村石头围，最后据守锦田吉庆围，与强敌血战到底。围破之时，英军大肆“屠城”，无数抗英志士为守尽最后一寸国土献出了热血与生命，谱写了一曲中华民族不甘受辱、宁死不屈的慷慨悲歌。中国人民历来富于抵御外侮的光荣传统，但是，与戚继光抗倭、郑成功收复台湾、三元里抗英斗争、中法战争、中日甲午战争有所不同的是，“新界”人民的抗英斗争是在两国已经正式签订拓界《专条》和《合同》之后进行的，他们已经失去了祖国，成为大清国的“遗民”，不但得不到清廷和官军的支持，反而还受到官方告示的威胁和官军弹压的危险，他们的行动在中、英两方面都是“非法”的，而且，以胼手胝足的农夫，落后、原始的武器，去对付拥有先进武器装备、训练有素的大英皇家军队和警察，其结局必败无疑。然而他们知其不可为而为之，宁做华夏之鬼，不做英夷之民，其英勇悲壮可谓前无古人！他们捐躯之日，“新界”已经飘扬着米字旗，笼罩在殖民主义血腥恐怖之中，港英当局大肆搜捕抗英领袖，没收他们的财产，查抄抗英指挥部，盘查、传唤、逼供、处罚村民，强迫他们递交“归顺”请愿书，幸存的抗英志士和他们的家属不得不逃亡内地，有家难归。死难者的遗体则由乡亲们埋葬在鸡公山下，血肉之躯和着那血染的黄土，堆成一座硕大的土坟，直到三十五年后，才执骨修建了这座“义冢”，那时已是二十世纪三十年代了。为了避免港英当局的追查和迫害，这座“义冢”没有竖立墓碑，而实际上，墓中到底埋葬着多少位抗英烈士，也已经难以确切统计了，他们不屈的英灵默默地长眠地下，隐姓埋名，等待着国土回归、日月重光的那一天，从他们捐躯之日算起，将要等待九十八年，才到租约期满，那一天是一九九七年六月三十日。

我从北京远道而来，拜谒鸡公山下这座无名烈士的义冢，凭吊这些为国捐躯的英灵。义冢无碑，英灵无言，我向他们三鞠躬，默默地，默默地……

我一次一次从港岛穿越海底隧道，登上九龙半岛，翻越大帽山，从吐露港到大埔墟，从林村谷到石头围，从锦田到屏山、厦村，沿着他们当年走过的路，辨认他们战斗的足迹，查询他们的姓名。时过境迁，物是人非，九十多年的时间在历史老人眼中只不过昨日之事，而在人间却显得十分遥远了，那一场血肉之躯的激烈搏斗，那一群宁死不屈的中国人，长眠在地下，被埋没得太久了，要清晰地认识他们，已经十分困难了。

在吉庆围西门前方不远，路旁有一座“友邻堂”，经常关闭着大门，不知底细的人很难想象它是做什么用的。此堂原名“英雄祠”，供奉着黑白两色木牌，代表当年英军屠围时死难的邓姓与外姓抗英烈士。“英雄祠”后来修缮一新，却改了名字叫“友邻堂”，其中的衷曲自然也无须解释，在港英统治之下的香港，纪念抗英烈士只能用这种“地下”或“半地下”的方式。我试图从牌位上找到我心中默念着的名字，但是没有找到，牺牲的人太多了，而留下姓名的又太少了！

我从锦田来到元朗旧墟，寻找当年抗英总指挥部“太平公局”的遗址，它早已不存在了，我只根据有关线索，找到了位于公局后门的那棵大榕树，据当地人说，它也已经不是原物，当年的老榕树被台风摧毁，现在的这棵是在原址补种的。如今老干龙钟，枝叶葱茏，树冠直径数丈，也颇具规模，睹物思史，聊作纪念吧！

与当年抗英斗争有关的文物，保存最为完好的当属锦田的“清乐邓公祠”、厦村的邓氏宗祠“友恭堂”、屏山的邓氏宗祠，因为这些建筑都是宗族祭祀场所而得以保存下来，并且不断修葺，至今仍呈现完整的面貌。觐廷书室当年曾是太平公局首领们进行抗英斗争的参谋部，屏山失陷后，又成为英军的指挥部，也许正是由于这个原因，它被港英“手下留情”而未被摧毁。一九九三年，包括觐廷书室在内的“屏山文物径”正式开放，古塔聚星楼、上璋围、侯王庙、五桂堂、邓氏宗祠、愈乔二公祠、若虚书室、洪圣宫、述卿书室等修葺一新的古典建筑迤逦一公里，移步换景，令中外游客大开眼界。末代港督彭定康从港岛中环总督府远道驱车赶来，亲自主持了开幕仪式并剪彩，为这一民间活动增添了政治色彩，似乎要给人造成一个强烈的印象：港英政府是如何珍视香港的文物古迹，如何尊重华人传统文化，如何热心公益，与民同乐，然而，表面的热热闹闹却难以掩盖残酷的事实。

就在这条文物径的尽头，六百年古塔聚星楼的近旁，有一座硬山式老屋，已经十分破旧了，粉墙斑斑驳驳，门前堆满垃圾杂物，长着齐腰深的荒草，与修葺一新的聚星楼极不协调。它显然不在供人参观的“文物径”之内。出于寻访历史的好奇，我走近了这座已经废弃的三开间老屋，端详着檐下残存的木雕、壁画和花岗岩雕成的门框，门楣上浮雕着“达德公所”四个楷书大字，不知是什么意思。这房子比我脚下的地面要低很多，像是“入土半截”，显然是出于某种原因，房前的地面垫高了，老屋不能随之拔高，仍然屈居于原来的地基，便如同陷进了深坑。我探头往门内看去，不觉又吃了一惊，原来这老屋不但“入土半截”，而且还存着半截水，黑黝黝微波不起，那是一潭死水，仿佛是一座水牢，令人毛骨悚然。

紧靠“达德公所”的右侧，相连又是一座同样风格的老屋，但山墙比它低了尺许，并且幅宽也小得多，仅仅一开间。门框也是以花岗岩雕成，门楣上浮雕着三个大字：“英勇祠”。与“达德公所”一样，它里面也积了半截死水。

这两座老屋使我大惑不解：此“所”是个什么机构？此“祠”又是祭祀何人？又为什么废弃破败如此呢？

屏山七十三岁的邓圣时老人以徐缓低沉的声调，回答了我的疑问，揭开了那尘封的历史……

屏山文物径近旁，当年曾经有一条屏山河。发源于洪水山，自南向北，蜿蜒曲折，流经三围六村，汇入深圳湾，聚星楼前便是入海口，港阔水深，载重木船可以驶进桥头围的拱桥，建筑祠堂、书室的石柱、石梁都是从水路运来。“门环碧水观龙跃，地枕屏山听鹿鸣”，青山古围、小桥流水、渔歌帆影，绘就一派旖旎幽雅的田园风光。屏山河不仅是天然的泄洪河道，两岸村民的生活废水经过池塘的沉淀，澄清后也流入河道。池塘夏季养鱼，冬季塘涸，又可取泥肥田。按照现代环保理论，屏山先民们这一“制天而用之”的良性循环系统倒是十分科学，立村八百年来，即使盛夏豪雨，山洪暴发，也调节自如，从未发生水浸灾害。

屏山由于地理环境优越，水陆交通便利，成为附近一带乡村的中心，从深水埗沿西部海岸到后海湾，再加上腹地八乡一带，共三十九个自然村落组成一个“约”，名为“达德约”，办公地点设在屏山，称为“达德公所”，也就是我所见到的这座老屋。就在一八九九年港英武装接管“新界”之时，达德约三十九村的乡民联合起来，募集款项，购买枪支弹药，组织青壮男丁，抗击侵略者，遭到港英军队和警察的残酷镇压，许多抗英志士流血牺牲。国恨家仇埋藏在心底，屏山人集资修葺“达德公所”，为抗英义士刻石立碑，一一记下烈士、烈妇的英名；又在近旁建“英勇祠”，配享祭祀，让子子孙孙永远不要忘记那血写的历史。

“达德公所”和“英勇祠”刺痛了港英政府的神经。二十世纪八十年代初，港府将毗邻屏山的天水围辟为新市镇，乘此机会，借口“市政建设需要”，下令填平了屏山河，周围的农田也垫高五六米，建起一片高楼。从此，屏山三围六村的天然排水系统遭到彻底破坏，山洪、雨水和生活废水无以排放，地势低凹的“达德公所”和“英勇祠”惨遭水淹，虽用一台水泵终年抽水，也无济于事，屋内污水深达数尺，一面后墙已被腐蚀损毁，整个建筑也岌岌可危！

百年岁月在我眼前重现。怀着沉重的心情注视那一潭死水的深处，抗英义士纪念碑依稀可见，上方一块横匾镌刻着四个金色大字："忠义留芳"。那些为国捐躯的英魂竟被浸泡在污水之中，激愤的热泪模糊了我的双眼！在文物荟萃的屏山，历尽劫难百年不倒的老屋"达德公所"和"英勇祠"，"忠义留芳"的抗英义士纪念碑，无疑是最具历史意义的文物，却不但被港英排除在"文物径"之外，而且处心积虑，必欲将之淹垮、摧毁而后快，以销毁屠杀中国人民的罪证。然而，血写的历史，水冲得掉吗？

这块纪念碑是一九三九年重修"达德公所"时刊立的，上面记载着的烈士、烈妇姓名，屏山乡八十一人，横洲乡三十三人，沙江乡十八人，长莆乡一人，下岸乡三人，鞍岗乡一人，上村乡四人，元岗乡四人，台山乡五人，鳌磡乡六人，山下乡五人，管乙乡五人，怀德乡三人，锦田乡一人，西路亘家三人，共一百七十三人，姓氏包括邓、林、陶、苏、李、蔡、黄、梁、杨、洪、薛、郑、冯、庄、陈、曾、关、何、胡、莫、彭、简、黎、骆、张、程、房、许共二十八姓，以邓姓最多。其中有些烈士姓氏不详，仅录下"阿英""阿珠"这样的乳名，有些烈妇连个正式名字也没有，如"邓门梁氏""苏门黄氏"等等，这是当时对已婚妇女的习惯称呼，而"兴娇林姑""连喜蔡姑""群妹黄姑"则是一些年轻姑娘的名字，死难时尚未出嫁，还保留着娘家的姓氏。每一个名字代表着一个鲜活的生命，当武装到牙齿的侵略者强占他们的家园之时，这些农夫、农妇、农女拿起火铳、大刀、长矛甚至菜刀，与称霸世界的英国殖民军血战，直至生命的最后一息。

乡民们的抵抗运动终归于失败，英军占领了屏山，随即在乡民们视为"风水宝地"的屏山岭修建了两座建筑：警署和理民府，居高临下，虎视眈眈，威慑着被"征服"的百姓。那警署的红色瓦顶令乡民们触目惊心，强盗横行，豺狼入室，屏山的"风水"被破坏殆尽！邓圣时老人和我一起站在他所居住的四层楼阳台上，注视着那如巨石压顶的警署，对我说："这块巨石，已经在屏山人心上压了将近百年。要说是风水，它就是风水；要说是心理，它就是心理；要说是政治，它就是政治；而说到用途，它是和我们为敌的，用来镇压我们的。这是我们屏山立村八百年来最大的耻辱！”老人把话说尽了，显然他并不十分笃信“风水”，而对当年那场流血斗争进行了深层的剖析：心理、政治、军事，说到底，是一个国家侵略另一个主权国家，一个民族压迫另一个酷爱和平的民族，强权政治、海盗手段，完全违背国际公理、人类道义，它又怎么能真正把中国人“征服”呢？屏山岭下，“英勇祠”中，那“忠义留芳”纪念碑上一个个血写的姓名便是最好的证明！

当我从邓圣时老人手中接过纪念碑碑文的复制件，如获至宝，急切地拜读那被岁月湮没的姓名。我以为，这就是从大埔之战到吉庆围之战全部死难烈士的名单，就是鸡公山下的“义冢”所掩埋的血肉之躯的名单。但是我错了，碑上只有一百七十三个名字，而在“新界”保卫战中牺牲的烈士、烈妇的数目则数十、数百倍于此也不止，“英勇祠”中祭祀的死难者只是其中极小的一部分，他们之中绝大多数连姓名也没有留下来，青山处处埋忠骨，与这片浸透鲜血的热土共存了。

若干历史事实的考订与思辨

本书所写的事件，自一八九八年四月中英关于香港拓界的谈判始，至一九〇〇年一月李鸿章出任两广总督终，但涉及的历史远不止此，实际上，有关晚清史、香港史和“新界”家族史的许多问题都无可回避。其中有些问题已有定论，有些则扑朔迷离，我在采访、考察中得以逐步弄清，还有一些则已被岁月所湮没，目前尚难以做出确切的判断。

关于邓氏迁居锦田的年代

邓氏是“新界”五大家族之一,一八九九年抗英斗争的主力，因此，对邓氏家族史不可不详察。邓氏原籍江西吉水县白沙村，宋代迁居到此，这是没有问题的，但对于迁居锦田的年代和始祖，却历来有两种说法。

一为“汉黻迁居锦田”说：北宋初，江西吉水白沙村人邓汉黻，官至承务郎，宦游广东，乐粤俗之淳，于太祖开宝六年（公元九七三年）卜居于东莞岑田，即今之锦田，是为江西邓氏迁居锦田始祖。

邓圣时先生提供的《锦田邓氏族谱》《屏山邓氏族谱》均主此说，并有《田赋记》《邓氏族谱图记》《符公碑文记》《南屏邓公墓铭》等历史文献以资佐证。

一为“符协迁居锦田”说：邓符，字符协，号瀛斋，于北宋神宗熙宁二年（公元一〇六九年）登进士，授阳春县令、权南雄倅，后宦游至宝安，因觉风土之优美，乃奉三代考妣，迁葬于此，并于圭角山下，创办力瀛斋，建书楼，读书讲学，为邓氏迁居锦田始祖。清嘉庆年间王崇熙撰《新安县志》主此说，且在香港流传甚广，出版物中多所引用。

两说相比，前后相差九十六年。我采用“汉黻迁居锦田”说，理由是：邓氏老族谱由邓氏十三世祖、明宁国府正堂邓彦通续写，成书年代在十四世纪末，远远早于清嘉庆年间编纂的《新安县志》，且有其他旁证甚多，如：一五六五年，邓世隆撰邓氏族谱序称：“汉黻公膺承务郎，宦游入广东……遂筑室建基于邑之岑田……此公为一世初祖也。”一五六六年，邓垂范撰《符公碑文记》称：“汉黻先……开宝中兴始徙东莞岑田里。”一七〇八年，《邓都庆堂五大房同派宗祠重修碑记》称：“始祖汉黻公仕宋为承务郎，于开宝六年宦游至粤，卜居于莞之九都圭角山下。”由此足见，邓氏族谱本身流传有序，为粤派邓氏五大房所公认，其权威性当无可怀疑，而《县志》编纂者王崇熙系外姓人言邓家事，且无旁证，不足为凭。结论：邓汉黻为江西邓氏迁居锦田始祖；而邓符协为邓汉黻四世孙，虽有创办力瀛斋之盛举，但非迁居锦田始祖。

关于宋王台遗迹

香港的地面文物之中，宋王台是我最感兴趣的古迹之一。其原因在于它的悲剧色彩：南宋末年少帝孤臣流亡到此，矢志抗元，守尽最后一寸宋土，壮烈殉国，这实在是中华民族五千年历史中极为可歌可泣的一幕，而它的发生地在数百年后又不幸被异邦割占，历史的前后观照更增添了苍凉悲壮之感。现在的宋王台公园在九龙启德机场两侧的世运道与马头涌道之间，是一个小而又小的袖珍公园，园中仅一方石，刻“宋王台”三字。此石虽系原物，却非原貌，也不在原处。宋王台本来靠近九龙湾，在九龙寨城以南约数百米，有一座小山，山顶一块未经雕琢的浑然巨石，正面榜书“宋王台”三字，右首题款为“清嘉庆丁卯重修”，当为嘉庆十二年，公元一八〇七年。自南宋沦亡，经元、明、清三朝，数百年间，宋王台遗迹一直得以保存，当地人民引以为自豪，即使在英占九龙之后，港英政府对于这处古迹也不敢造次，将宋王台所在的小山命名为圣山（Sacred Hill）。一九一五年，香港大学赖际熙教授呼吁港府保护宋王台古迹，由绅商李瑞琴出资赞助，在巨石周围构筑石垣，重竖牌坊，镌联曰：“一声望帝啼荒殿，百战河山见落晖。”而到了第二次世界大战的日占香港时期，日寇为扩展启德机场，借口宋王台妨碍飞机起落，将巨石炸裂为三，抛落山脚。日寇投降之后，港英政府继续扩建机场，把圣山也铲平了，昔日的宋王台遗址便成为启德机场的一部分。后应九龙街坊会的请求，港府派工人把日寇毁坏的残石切割整理，另迁新址，即今天的宋王台公园，于一九六〇年开幕。所幸的是，残石中间部分“宋王台”三字及右首题款完好无缺，历六百年沧桑的“宋王台”刻石遂得以重见天日，传之久远。

宋王台公园有一座石碑，上刻《九龙宋皇台遗址碑记》，其辞曰：

> 宋皇台遗址在九龙湾西岸，原有小阜名“圣山”者。巨石巍峨，矗立其上，西面横列元刻“宋王台”榜书，旁缀“清嘉庆丁卯重修”七字。九一五年，香港大学教授赖际熙吁请政府划地数亩，永作斯台遗址，港绅李瑞琴赞襄其事，捐建石垣缭焉。迨日军陷港，扩筑飞机场，爆石裂而为三，中一石摩崖诸字完整如故。香港光复后，有司本保存古迹之旨，在机场之西南距原址可三百尺，辟地建公园，削其石为长方形，移实园内，藉作标识，亦从众意也。考台址明、清属广州府新安县，宋时则属广州郡东莞县，称“官富场”。端宗正位福州，以

元兵追迫，遂入海，由是而泉州而潮州而惠州之甲子门，以景炎二年春人广州。治二月，舟次于梅蔚，四月进驻场地，尝建行宫于此，世称“宋皇台”。或谓端宗每每憩息于石下洞中，故名，非所知矣。其年六月，移跸古塔。九月如浅湾，即今之荃湾也。十一月元兵来袭，乃复乘舟迁秀山。计驻于二九龙者，凡十阅月焉。有宋一代，边患迭兴，西夏而外，抗辽、抗金、抗元，无宁岁。洎夫末叶，颠沛蒙尘，暂止于海澨一隅，图匡复兴。后此厓山，君臣所践履者，同为九州南尽之一寸宋土，供后人凭吊而已。石刻宜称“皇”，其作“王”，实沿元修宋史之谬，于本纪附二王，致误今名。是园曰“宋皇台公园”，园前大道曰“宋皇台道”，皆作“皇”，正名也。方端宗之流离播粤也，宗室随而南者甚众，后乃散居各地，赵氏谱牒，彰彰可稽。抑又闻之圣山之西南有二王殿村，以端宗偕弟卫王昺同次其地得名。其北有金夫人墓，相传为杨太后女，晋国公主，先溺于水，至是铸金身以葬者。西北之侯王庙，则东莞陈伯陶碑文疑为杨太后弟杨亮节道死葬此，土人立庙以祀昭忠也。至自鹤山之游仙岩畔，有交椅石，据故老传闻，端宗尝设行朝以此为御座云。是皆有关斯台史迹，因并及之，以备考证。

一九五七年岁次丁酉冬月，新会简又文撰文，台山赵超书丹。而选材监刻，力助建碑，复刊行专集，以长留纪念者，则香港赵族宗亲总会也。

一九五九年香港政府立石

这篇《碑记》中所说有关宋王台故实，大体上是不错的。宋末二王驻跸官富场，在宋人撰《填海录》《二王本末》、明人撰《厓山集》等史籍中都有记载，清康熙《新安县志》称：官富山“在佛堂门内，急（汲）水门之东。宋景炎中，帝舟尝幸于此，殿址犹存”。清嘉庆《新安县志》也称：“官富驻跸，宋行朝录记载，丁丑年四月，帝舟次于此，即其地营宫殿，基址柱石犹存，今土人将其址改北帝庙。宋王台在官富之东，有磐石方平数丈，昔帝昺驻跸于此。台侧巨石，旧有‘宋王台’三字。”按清《一统志》：

“官富山在新安县东南七十里，又东十里有马鞍山，脉皆出自大帽”“官富巡检司在新安县东南八十里古官富场，明洪武三年置。宋史：景炎二年，帝舟次于官富场，即此。”官富巡检司的驻地大体在今之九龙寨城一带，所辖范围大体相当今之香港地区，所以，宋末二王曾驻跸九龙，与香港地区的这一段因缘应是可信的。

但《碑记》中尚有可商榷之处。择其要者，略述其二。

第一，《碑记》中说到“九月如浅湾”，随即注明“即今之荃湾也”，而前面一句“其年六月，移跸古塔”，则语焉不详，“古塔”者，何也？查《厓山集》所载“古塔”，《填海录》则作“古墐”，据饶宗颐先生考证，“古塔”实为“古墐”之误，而昔日之“古堪村”即今之“马头围”，如是，则为宋王台遗址又添一佐证。

第二，《碑记》中称“石刻宜称‘皇’，其作‘王’，实沿元修宋史之谬”，因而改称“宋皇台”，为其“正名”。我意以为，此举大可不必。按：元至元十三年（南宋德佑二年）正月元军占领宋都临安，益王赵昰和信王赵昺南逃，二人的身份是“王”而不是“皇”。当年五月初一，益王赵昰在福州即帝位，改元景炎，改封信王赵昺为广王，后又改封为卫王，景炎二年四月驻跸官富场，赵昰为“皇”，而赵昺仍为“王”，他继任帝位是景炎三年四月赵昰病逝硇州之后的事，所以在驻跸官富场时，人们仍沿用过去的习惯，并称二人为“二王”，“二王殿村”亦即由此而来，若称“二皇”则无论如何也说不通了。因此，我以为，“宋王台”之名并无不妥，无须强改古称而“正名”。顺便说一句，嘉庆《新安县志》中“昔帝昺驻跸于此”一语也是错误的，正确的说法应该是：昔帝昰偕卫王昺驻跸于此。

帝昰与卫王昺后来为元军所迫，由官富场一路转战，流落于硇州，帝昰病逝，卫王昺即位，改元祥兴，后又转战于厓山，祥兴二年二月初六，败于元将张弘范，陆秀夫负少帝昺蹈海殉国，南宋的悲壮历史至此结束。

但这里又生出一桩公案：帝昰病逝的“硇州”在哪里？对此，史家又有两说，各持己见。

一为“硇州即大屿山”说。此说的主要依据是，吴莱《南海人物古迹记》称："大奚山在东莞南大海中，一曰碙州，有三十六屿。"陈仲微《二王本末》称："大军至次仙澳，与战得利，寻望南去，止碙州。碙州，广之东莞县，与州沿相对，但隔一水。"一九二六年兴建石壁水塘村，在东涌、大澳一带曾发掘出三大批宋代的铜钱和青瓷，其中有"淳祐"（一二四一～一二五三）年号的铜钱，距帝昰入粤仅二十多年。因此，一些学者认为，香港大屿山即古之碙州，帝昰病逝在此，许地山、罗香林、叶灵凤等诸位先生以及日本学者伊东忠太均主此说。如此说成立，则宋末二王与香港的关系就不仅是驻跸官富场，而更加密切了。

一为"碙州在化州"说。饶宗颐先生力主此说，曾有专著《九龙与宋季史料》，其中列有多项佐证，竭力批驳"碙州即大屿山"说，认为"碙州"在雷州半岛旁边，属化州，即今之硇州。主要依据是，《填海录》称："……欲往占城不果，遂驻碙州，隶化州。"《厓山集》称："帝舟次于化之碙州。"邓光荐《文丞相传》称："化州之碙州。"周密《癸辛杂识》注称："碙州在化州。"

此二说各有所据，互不相让，迄今尚未有定论，且留待识者作进一步考察。又，古籍称二王行踪尚有"丁丑正月，帝舟次于广之梅蔚"一语，一些学者试图证明"梅蔚"即今大屿山之"梅窝"，亦尚未得确证。但无论硐州是不是大屿山，梅蔚是不是梅窝，宋末二王曾驻跸九龙、转战香港一带则是毫无疑问的。

抗英志士邓菁士等人生平考

在一八九九年"新界"人民武装抗英斗争中，涌现了一批领袖人物，他们本是当地乡绅，在族人和乡邻当中素有威望。当时担任港府辅政司的骆克曾开列一份《有关乡绅及长老之保密名单》（见《关于展拓香港界址的函件及其他文书》第五十三页，原载一八九九年四月二十四日殖民地秘书处密件第三号），其中的一些人即为抗英领袖，邓菁士也在名单之内，列在"元朗洞"之"厦村"，英文名写作"TangTs'ing—sz"，汉文名写作"邓青士"，这是在港英官方文件中第一次出现邓菁士的名字，后来的一些有关香港拓界的函件中也曾几次出现。由于港英官方文件的“先入为主”，目前我们见到的出版物多数沿用“邓青士”字样，也有的写作“邓清士”。

邓菁士的事迹流传甚为简略，在我所能找到的有关香港拓界的史料性著作和普及读物中均未查到他的生卒年月，不止一本书把他的居住地也弄错了，把他当作吉庆围的人，说吉庆围出了个邓清士，他振臂一呼：“乡亲们……”如何如何。这是历史造成的缺憾，因为在“新界”乡民武装抗英失败之后，港英政府进行了疯狂的报复，在长达将近一个世纪的时间内，“新界”人民处于港英统治之下，那段悲壮的历史被埋没、被歪曲，以至于大量史料散失，如今要弄清历史的本来面目，自然是困难重重。

我在采访中得到邓氏后人的帮助，据厦村籍邓兆棠医生提供的材料，邓菁士为厦村新围人氏，系邓氏二十四世祖，《厦村新围邓氏族谱》有如下记载：

> 国学公名芝槐，字弼才，号菁士，乳名乳槐，乃郡庠诞献公长子也。补国学生。娶仇氏，生一子，曰锡龄。公生于道光二十八年戊申九月二十三日，终于光绪二十五年六月二十四日印时，享寿五十二岁。

由是可知，“邓青士”“邓清士”的写法都是不准确的，应为“邓菁士”，而且“菁士”既非名，也非字，而是他的号。邓菁士卒于光绪二十五年六月二十四日，换算为公历应是一八九九年七月三十一日。根据第十二任港督卜力的报告，在港英当局的武装镇压之下，“新界”人民的抗英斗争至一八九九年四月二十六日已全部平息，此后“新界”地区归于港英管辖之下，港英并且于五月十六日将九龙寨城、深圳和沙头角同时强行占领。那么，邓菁士在七月三十一日由于何因死于何地？邓氏族谱中并没有记载。就我所看到的材料，邓菁士在领导抗英斗争失败之后的下落，有两种说法。

一为“逃亡”说。刘存宽编著的《香港历史问题资料选评——租借新界》一书中说：“上村之战后……抗英武装事实上已无力组织一场战斗，一部分人被迫撤退到深圳河以北，抵抗运动领袖邓青士、邓仪石等逃奔广州、南头，另一部分人则藏匿在本地。”余绳武、刘存宽主编的《十九世纪的香港》一书也用此说，据该二书注解，此说源于安德葛著《香港史》。

此说在港英的英文档案中也可以找到依据。一八九九年四月十九日骆克报告说：“下午一点三十分，我们前往厦村……我要他们将叛乱的首领交出来，他们说，那些人都逃跑了，其中一人去了南头，另一人去了广东。”厦村是邓菁士、邓仪石、邓植亭的家乡，此处所指何人，是显而易见的。骆克在一八九九年四月二十四日给卜力报告中也曾说道：“在厦村，邓菁士和邓植亭这些人看来在诱使当地的老人和村民参加他们的抵抗运动中起了很大作用……我把这些名字列了一个名单，但几乎所有提到的人都已逃离。”

一为“绞杀”说。“新界”黄建五先生在《新界租借漫谈》一文中说：“港英追捕领袖人物，结果，邓青士执行绞刑，邓仪石逃亡西乡……”

以上两说虽不一致，但也并不矛盾，因为“逃亡”并不是结果，在逃亡之中为港英逮捕、最后被绞杀仍是可能的，所以两说可以并存，而邓菁士的卒期为一八九九年七月三十一日则是可以肯定的，《厦村新围邓氏族谱》应是确证。

抗英领袖之一邓植亭，是邓菁士三弟，《厦村新围邓氏族谱》载：

> 郡庠名芝培，字甄才，号植亭，乳名茂槐，乃郡庠诞献公三子也。补郡文庠。生于咸丰元年辛亥年十一月初六日。娶黄氏，生三子，长燮廷，次咱添，三燮堂。续娶陈氏，生一子，日沂添。

关于这两位抗英志士的后代，据《厦村新围邓氏族谱》所载，邓菁士之独生子邓锡龄，字永周，号梦余，生于同治戊辰年九月二十四日，享寿五十二岁。娶李氏，无子，以邓德燊承嗣，邓德燊系邓祖添之子、邓芝林之孙，邓芝林字敏才，号毓生，乳名秀槐，系邓菁士之二弟。

邓植亭之长子燮廷，未娶早卒。次子咱添，娶廖氏，生一子，曰德成。三子燮堂，娶朱氏，无子；续娶吴氏，妾钟氏，生子德刚、德毅、德强，德强早卒。四子沂添，娶关氏，生子德康早卒，次子德岳。

据邓兆棠医生、邓圣时先生介绍，抗英领袖邓仪石（又名惠麟）系厦村西山村人，为邓氏二十五世祖；邓芳卿系屏山人，为邓氏二十三世祖，一八五三年生。

另据黄建五先生撰文介绍，抗英志士伍其昌，别号星墀，原籍南边围，生于咸丰九年乙未（一八五九年），一八八一年中秀才，一八九二年补增广生。生平胆识过人，办事勇敢，在乡间排难解纷，任劳任怨。在一八九九年抗英斗争中，挺身而出，捍卫乡闾。当时有一通敌泄密者被乡民处死，抗英斗争失败后，死者家属向英军"诉冤"，指证抗英领袖人物，伍星墀不肯"畏罪潜逃"，从容被捕，港英欲处以极刑，后因各乡绅耆极力环保，判为终身监禁。后因英国王子爱德华访港而"大赦"出狱，已度过十三年铁窗生涯，时年五十三岁矣。村民们燃放爆竹，夹道欢迎，整个月里盛宴款待，誉为民族英雄。伍星墀出狱后改号醒迟，在西边围筑"作新书室"，设馆授徒，赋诗明志，与当地名流唱和，轰动一时。黄建五先生曾辑录其遗诗三首：

其　一

今吾犹是故吾身，底事吾庐号作新。
黄种魂醒初认夏，绿杨甲坼甫回春。
汤铭康诰追前度，美雨欧风渐隔邻。
愿与众生除旧染，冰壶一片见天真。

其　二

近来时局喜推陈，我亦随人曰作新。
三面开通空夙障，一堂活泼有余春。
梅花曲绕窗为壁，蓬筚阴连眷比邻。

昔叹归与今已慰，愿从吾党证前因。

其　三

天涯零落复何之，倦鸟飞还得一枝。
屋小尽堪容我席，檐低终不寄人篱。
幼安有阁仍居魏，尼父乘桴不陋夷。
最好黄花开放后，陶然醉读归来辞。

烈士暮年，劫后余生，作淡泊之人，出苍凉之语，“今吾犹是故吾身”“黄种魂醒初认夏”“愿从吾党证前因”等句，隐隐可见壮心不已，无愧无悔。伍氏事迹因时间跨度较大，没有在小说中以真人真事采用，但因资料珍贵，也录以留存，供后人追念。

又据刘崇先生《港英在新界秋后算账》一文中所载，骆克在搜捕抗英人士时向卜力呈报的黑名单中提到的姓名有：吴基祥、邓清持、邓清宏、邓亚清、吴丰祥、麦鸿文、陈天宝、李天良、文大龙、李培基、林源发、陈容。因为这些姓名均系据英文音译，汉字书写不一定准确，我怀疑其中的“吴基祥”可能就是伍其昌，“邓清持”则疑为邓菁士，录此备考。

以邓菁士为代表的一批抗英志士，在异邦入侵、国难当头之际所表现出的高昂的爱国主义精神和大无畏的英雄气概，值得我们永远景仰、永远纪念，他们是中华民族的民族英雄。

不以成败论英雄

邓菁士等人领导的抗英武装力量，直接参战人数达两千六百人之众，他们所使用的武器，包括从民间购置的大炮、原各围村防盗自卫的抬枪、从各种渠道购买的长枪、短枪（其中有些是太平天国缴获的“洋枪队”武器，太平天国失败后，这些武器失落民间）、大刀、长矛、三叉戟、匕首，与港英的正规军队和警察部队相比，武器装备低劣，人员军事素质不足，然而他们不畏强暴，敢于以弱战强，先后组织了一八九九年四月十五日的首战大埔、四月十七日的再战大埔和伏击林村谷、四月十八日的反攻石头围等多次战斗，虽均未能获胜，但屡败屡战，宁死不屈，可歌可泣，而且在军事上、心理上都给英军造成了重大打击。港府辅政司兼“新界”专员骆克曾在一八九九年四月十九日的报告中说：“要是他们有近代化的武器，我军恐怕就更加为难了。即使如此，他们用原始武器开火的那股劲头，也显出他们浑身是胆。”驻港英军司令加士居少将在一八九九年五月五日的报告中说：“如果叛乱不被及时制止，很可能蔓延成一种可怕的规模。目前我们发现，他们的行动都是经过周密的部署，哪怕是一次小小的胜利，都会使情况日益复杂。”英军奥格尔曼中校在一八九九年五月六日的报告中也说：“我相信敌军的数量一定非常可观，而且把所有的赌注都押在这上面了，他们希望以占绝对优势的人数来压倒我们，但中国人对近代化武器的威力并没有任何概念。”从英方当时的许多函件和报告都可看出，抗英武装力量的人数众多，斗志昂扬，领导者也具有相当的军事指挥才能，武器低劣是他们的致命弱点。在两国已经签订《专条》，清廷软弱无能、处处退让的情况下，民间抵抗运动最后失败的命运是不可避免的。

在以往的一些史料性著作中，曾有过乡民大败英军的记述。如丁又著《香港初期史话》（北京三联书店一九五八年版）称：“四月十八日，群众两千五百人在上涌与英军激战，把英军打败”；“五月，英军大举反攻，炮轰锦田围，夺去铁门作为战利品。”李宏著《香港大事记》（人民日报出版社一九八八年版）也称：“四月十八日，新界人民两千五百多人在上涌与英兵激战，挫败英军。”

刘存宽在《香港历史问题资料选评——租借新界》（香港三联书店一九九五年版）一书中曾指出上述说法不确之处有三：其一，四月十八日激战的发生地在上村石头围而非“上涌”；其二，当日战事的胜负恰恰相反，两千六百名抵抗者向上村石头围的英军发起反攻，遭到英军伏击，抵抗者受到重大损失，此后已无力进行战斗；其三，英军夺走吉庆围铁门，发生在四月十八日上村之战的当日，而非五月。

我在当地采访时曾经得到关于“石头围乡民大战殖民军”的一些素材，据说：太平公局将主力集中在鸡公山，前面及左右两翼分布战斗部队，完成对石头围英军的包围态势，另派数支突击小组，引诱敌人迷失方向，并分段截击敌人的补给线。四月十八日，大埔大约七十多个村落的武装分别抵达石头围外围阵地，深圳、东莞、惠州的团练由太平公局派人引导，一部分上鸡公山与主力会合，一部分散入各围村，包围已被困在丛林中的近五百名殖民军。豪雨中殖民军几次突围，都未能冲出密集的火力网，粮食陷入恐慌，运输用的军马被宰杀，连中毒生病的军犬也宰来吃。抗英武装以“八爪鱼战术”，于四月十九日凌晨全面出击，先从观音山对面的各条战线展开攻击，“引蛇出洞”，分散敌人兵力，然后由主力捣其巢穴。在满天火光、杀声震地的原野上，殖民军指挥官六神无主，手忙脚乱，武装乡民前仆后继，杀入丛林中，殖民军死伤一百多人（一说二百多人），武装乡民牺牲三百多人，四月十九日午后，石头围之战结束。

这一说法当然令人振奋，我在小说中也极愿意描写一场抗英乡民大败英军的战斗，但反复研究其他有关文献，总觉得上述说法缺乏足够的依据。英军奥格尔曼上校在一八九九年五月六曰发出的报告中曾详细描述了上村之战：“在下午约两点三十分的时候，我得到报告说中国人正在向这方靠近。观察局势之后，我看到了不少中国人向我们逼近，意图可能是想袭击我们。我马上命令伯杰上尉去做准备，我不知道哪些没有参加昨天战斗的应派出去，哪些疲劳的士兵应该休整。大概下午三点，伯杰布置他的士兵各就各位，然后我们在那里等待敌人的到来。敌人排成三列，队形非常整齐，他们越过干涸的被犁过的田地，挥动着旗帜，大声地叫喊着向我们冲过来，很显然这是中国人一项计划好的行动。他们开始从远处射击，零点三五英寸口径的枪弹在我们身旁落下，我们听到了一些来福枪射击的声音，但是好像数量不多。当他们行进到五百码之内，伯杰开始向他们开火，以便保证射程，而且能看清楚射击的效果如何。然后伯杰开始前进，看见他们马上掉头狂奔，也忘了开枪。我们继续追击，一直向他们开火，直到他们跑出我们的射程之外。”

在同一天晚上十点，骆克的报告说："自从我上封报告（引者注：指同日下午三点的报告）发出后不久，中国人就袭击了我们的军队。我方无伤亡，中国人的伤亡情况还不清楚。整个战斗期间我都在场。战斗结束之后，我们去锦田，拆下了两个村庄（引者注：指吉庆围和泰康围）的大门。然后我们回到上村，今晚将在此过夜。明天我们将去元朗和屏山。"

奥格尔曼是上村之战的指挥者，骆克是目击者，他们对这场战斗的记述应该是基本可靠的。如果说这场战斗是抗英乡民大获全胜，英军死伤一二百人，而且战斗到次日午后才结束，那么又怎么解释英军在上村之战的当天去锦田拆下了吉庆、泰康两围的铁门然后又回上村过夜呢？我反复考虑，似无这个可能。所以，民间传说的素材虽然激动人心，也只好割爱，没有采用，而按照比较可信的依据，写了抗英乡民反攻石头围，中了英军的埋伏而失利。

刘存宽在《香港历史问题资料选评——租借新界》一书中评述上村之战说："新界人民的武装抗英，谱写了一页中华民族反对外来侵略的壮烈史诗。新界地域、人口有限，在抗英作战中犹能动员数千之众，两战于大埔，再战于林村、上村，在敌强我弱的形势下，虽屡经失败，付出重大牺牲，仍然万众一心，英勇顽强，百折不挠，战斗到最后关头，可歌可泣。""此外，抗英队伍作为农民武装，所表现出的高度组织性也是惊人的。""然而，这次武装抗英是在极为不利的条件下进行的。首先，在抗英发动之前，《展拓香港界址专条》已经签订，租借新界已是既成事实，英国的接管势在必行。当时清政府正因列强纷纷宰割中国而疲于奔命，无力也不敢支持新界人民的抗英义举。这种状况使新界人民失去抗英的后盾和大后方，孤立无援，直接导致了斗争的失败。""其次，新界抗英队伍的主体是当地的团练，敌方是英国的正规军，抗英者在作战经验、作战训练和组织的严密程度上显然远逊于英方。武器装备上的悬殊劣势也是抗英作战失败的一个不可忽视的重要原因。"

这一番分析和评述是实事求是的。

"新界"人民抗英斗争的失败是由历史条件所决定的，然而这场斗争的爱国主义性质却不因失败而改变，抗英志士虽败犹荣，虽死犹荣！

关于吉庆围保卫战

根据前引的骆克报告，可知英军进攻吉庆围、拆走铁门的行动发生在四月十八日上村之战的同一天，而不是其他时间。

以往有些书中说到英军攻占吉庆围，往往采用“炮轰”的说法，这也是不确的。据刘崇先生向我提供的材料，可知英军攻破吉庆围是在密集的火力掩护下，强迫民工架起浮梯，由工兵运载强力炸药，在围之东北角墙身挖孔填入，将围墙爆破出洞口，而后爆破队和冲锋队攻入。据刘崇先生介绍，吉庆围村民当时曾进行英勇抵抗，与英军展开激烈的巷战，在殖民军优势火力下，横街直巷，洒满鲜血，尸体纵横交错。吉庆围当时只有三十多户人家，男丁被屠杀者达六七十人，有些系全家被杀。殖民军入室奸淫掳掠，无所不为，频频传出妇女凄厉的叫声，被强奸的妇女多数披发跣足，用布带自尽在竹梯上。

时隔二十六年，到了公元一九二五年，“省港大罢工”爆发，香港经济陷入停顿，这是继一九二一年香港海军船坞工人和电车工人罢工、一九二二年海员罢工、一九二四年手车夫和轿夫罢工之后一次规模空前浩大的总罢工，香港各界人民抗英斗争的星星之火渐成燎原之势，“新界”各区乡民代表一百零二人也于一九二四年八月二十四日在大埔文武庙集会，反对港英实施农地建屋补价政策，成立“租界维持民产委员会”，不久改名“租界农工商业研究总会”，后又改名“新界乡议局”。在此背景之下，港英当局为解决“新界”施政存在的民族仇恨、宗法组织、田土观念三大问题，采取淡化民族仇恨的策略，乃有“发还吉庆围铁门”之举。

事情的起因是锦田邓氏后人邓伯裘代表全族乡人向港英政府提出，铁门是先人遗物，一旦失存，不但体面攸关，而且愧对祖宗，要求查回失物。当时在任的第十六任港督司徒拔（又译史塔士）应邓族要求，报告英国政府，将铁门追回。

一九二五年五月二十六日，吉庆围乡民举行盛典，庆祝铁门回归，邓氏宗亲及地方名流到场祝贺，港督司徒拔亲自主持了这一典礼。当日吉庆围大门悬挂贺联一幅：“南国仰屏藩，恩留郇黍；北门重锁钥，誉羡寇莱。”上款是：“伯裘、炜堂、祯祥列位宗叔台，吉庆围重光纪庆”；下款是：“屏山房宗侄英生、日腾、斗星同鞠躬”。据黄建五先生介绍，这副贺联是由他的父亲黄子律老先生为屏山乡绅邓英生代作的。

吉庆围铁门回归后在门右嵌石碑一块，碑文如下：

> 溯我邓族符协祖自宋崇宁间由江石宦游到粤，卜居斯乡之南北两围后，因子孙繁衍，于明成化时分居吉庆、泰康两围，四周均深沟高垒，复加连环铁门，想前人立意，欲筑固吾围，以防御萑苻耳。迨前清光绪二十五年己亥，即西历一千八百九十九年，清政府将深圳河之南隅租与英国，斯时清政府未将明令先行颁布，故当英军到时，各乡无知者受人煽惑，起而抗拒，我围人民恐受骚扰，坚闭铁门以避之。而英军疑有莠民藏匿其间，遂将铁门攻破，入围时，方知皆是良民妇女，故无薄待情事，姑将两铁门缴去。现二十六传孙伯裘，代表本围人众，禀呈香港政府，蒙转达英京，将铁门发还，照旧安设，以保治安，所有费用，由政府支销，史督宪亲临行奠基礼，足见英政府深仁大德，亦为表扬吾民族对于英政府之诚心悦服耳。特铭之于碑，以志不忘云耳。
>
> 民国十四年乙丑闰四月初五日
一九二五年五月二十六日　立

这块石碑，据说在日占时期，乡民恐遭贻累，用水泥淹没，今已不存，上述碑文系后人抄录，各种“版本”有个别文字出入，但大同小异。通览此文，对邓族历史记载有误，而对乡民抗英斗争和吉庆围铁门被英军掠去的史实的记述则完全颠倒黑白。如前所说，邓氏五大房公认的迁粤始族为邓汉黻，而非四世祖邓符协，此碑文沿用嘉庆《新安县志》之说，与邓氏族谱抵触，不足为凭。至于一八九九年英军肆虐吉庆围，夺门屠城，前已叙述，绝非碑文所说“英军疑有莠民藏匿其间，遂将铁门攻破，入围时，方知皆是良民妇女，故无薄待情事，姑将两铁门缴去”。所谓“故无薄待情事”实在是极其拙劣的“此地无银三百两”伎俩，欲盖而弥彰，试问：既然“入围时方知皆是良民妇女”，为何还要“姑将两铁门缴去”？把强盗、屠夫行径说成“英政府深仁大德”，把世代不解的深仇大恨说成“吾民族对英政府之诚心悦服”，其无耻肉麻，令人不能容忍！据知情人说，此碑文是经过港英理民府和华民政务司捉刀篡改过的，所以呈现这种面目也就不奇怪了。如今吉庆围铁门犹存，而那块石碑却不见了，也说明碑文违背事实，不得人心，难以流传。

英军在一八九九年掠去吉庆围、泰康围铁门各一副，一九二五年“发还”时各余一扇，安装在吉庆围，勉强凑成一副，至今我们观察实物仍可看出两扇门稍有区别。

吉庆围铁门被英军掳去后做何用处？以往一些材料中都说是被英军“运回爱尔兰祖家”，而据刘存宽《香港历史问题资料选评——租借新界》一书所说，则是：“这两扇铁门最后由骆克亲手献给他的顶头上司卜力，作为他以辅政司兼任新界专员的见面礼。卜力得了两扇铁门，乐不可支，他卸任后，将其运回英国，用来装饰他在艾尔勒（Eire）的私邸。”由此可见铁门在英国的下落应为艾尔勒（Eire），而非爱尔兰（Ireland），可能是因为译音接近而讹传。

甲午战争、戊戌变法和晚清几位风云人物

中日甲午战争和戊戌变法在本书中着笔不多，但都是晚清重大政治事件，而且和香港拓界有着内在的联系，正是由于清廷在甲午战争中的失败，进一步促成了列强瓜分中国之势，英国趁机将蓄谋已久的“香港拓界”付诸实施；也正是由于甲午之败，激发了光绪皇帝变法图存的决心。限于篇幅，本文不可能对甲午战争和戊戌变法做深入细致的分析，要而言之，甲午战争是发生在中国封建社会末期的一场反侵略战争，它的失败是加速中

国殖民地半殖民化的重要原因，戊戌变法则是中国在辛亥革命之前最重要的一次政治改革运动。

近百年来，关于戊戌变法的著述和研究文章数不胜数，随着一些史料的不断发现和时代的变革，一些新观点也不断涌现，可谓百家争鸣。但无论戊戌变法存在多少历史的局限性，也无论光绪皇帝和康有为、梁启超、谭嗣同等人存在多少认识上的偏颇、不足甚至错误和性格上的弱点、缺点，他们毕竟是那个时代走在最前端的人，尤其是谭嗣同，他所提出的“冲决网罗”“视君亡犹易臧获”等等观点，都是前无古人的；在变法失败之际，他从容赴死、以血醒民的英雄气概也是令人景仰的。毛泽东在《论人民民主专政》一文中说：“自从一八四〇年鸦片战争失败那时起，先进的中国人，经过千辛万苦，向西方国家寻找真理。洪秀全、康有为、严复和孙中山，代表了在中国共产党出世以前向西方寻找真理的一派人物。”“要救国，只有维新，要维新，只有学外国。”我们不能苛求古人超越历史的局限，达到那个时代不可能达到的认识水平，做出那个时代所不可能做出的事情，以历史唯物主义来认知历史，应是我们的根本态度。

在戊戌变法中有几个细节，历来为论者所关注，而且与本书有关，需要加以探讨。

翁同龢被罢黜的原因

光绪皇帝明令变法的《明定国是诏》是由协办大学士、户部尚书、帝师翁同龢起草的，于一八九八年六月十一日（光绪二十四年四月二十三日）颁布，而在变法第五天即六月十五日（四月二十七日），翁同龢突然被开缺回籍，同时任命荣禄署理直隶总督并统辖北洋三军，宣布以后凡任命二品以上大员须诣太后前谢恩，并决定秋天“天津阅操”事。梁启超在《戊戌政变记》中说：“一切新政之行，皆在二十八日之后，而二十七日翁同龢见逐。荣禄督师，西后见大臣，篡废之谋已伏。”显然，他是把翁同龢被罢黜和荣禄被重用等事件连在一起的，认定这都是慈禧与荣禄一伙策划的废立阴谋的组成部分。据梁启超描述，罢黜翁同龢是慈禧太后“忽将一朱谕诏书强令皇上宣布”，“皇上见此诏，战栗变色，无可如何。翁同龢一去，皇上之股肱顿失矣。”康有为在《自编年谱》中也说：“奉旨著于二十八日预备召见，二十七日诣颐和园，宿户部公所。即日懿旨逐翁常熟……并令天津阅兵。盖训政之变，已伏于是。于是知常熟之逐，甚为灰冷。”康、梁是戊戌变法的当事人，历来关于戊戌变法的著述，论及翁氏罢相，多采康、梁之说。

近年有论者试图证明罢黜翁同龢的诏令并非慈禧太后强加于光绪皇帝，而是出自皇帝己意，理由是：翁同龢虽然曾向光绪皇帝举荐康有为，但事后当皇帝向他索要康氏著作时，翁却说：“臣与康有为素不来往”，“此人居心叵测”。翁既为皇帝起草《明定国是诏》，又当着皇帝和太后的面说过“西法不可不讲，但圣贤义理尤不可忘”；翁在讨论接待来访的德国亲王的礼仪问题上与皇帝意见不合；御史王鹏运、安徽藩司于荫霖、御史高燮、御史李盛铎等人上书弹劾翁。因此而认为上述事例与罢黜翁同铄的诏书中所说“近来办事多未允协，且于征询事件，任意可否，渐露狂悖情状，难胜枢机之任”都相符合，遂得出结论：是光绪皇帝而非慈禧太后罢黜了翁同龢。此说初看似觉很新鲜，但推敲起来，仍嫌证据不足。翁同龢与光绪皇帝有二十年师生之谊，情同父子，变法伊始，翁同龢刚刚为皇帝起草了《明定国是诏》，皇帝显然对他是信任的，何以在数日之内翻云覆雨？而且选择在翁同龢六十九岁寿辰之日将他罢黜，于情于理都难以说得通。如果翁确实是因为妒忌康有为而遭贬，而且诏令确实出于光绪皇帝己意，康、梁不可能毫无觉察，也不可能对翁同龢罢相持同情态度如前所引。

我以为，在没有确证足以表明罢黜翁同龢并非出自太后懿旨之前，不宜轻易否定，所以在书中没有采用新说。

光绪皇帝“密诏”的真伪

康有为流亡海外，极力宣扬他所受皇帝之“衣带诏”，据梁启超《戊戌政变记》载，“二十八日之召见杨锐，初二之召见林旭，初五日之召见袁世凯，皇上皆赐有朱笔密谕。二十八日之谕系赐杨锐及康有为、谭嗣同、林旭、刘光第等五人，初二日之谕系专赐康有为，初五日之谕系专赐袁世凯云。”七月二十八日诏书内容为：

朕惟时局艰难，非变法不能救中国，非去守旧衰谬大臣而用通达英勇之士不能变法。而皇太后不以为然，朕屡次劝谏，太后更怒。今朕位几不保，汝康有为、杨锐、林旭、谭嗣同、刘光第等，可速密筹设法相救，朕十分焦灼，不胜企望之至。特谕。

而与康有为同为“维新党人”的王照在流亡日本时就曾指出：“今康刊露布之密诏，非皇上之真密诏，乃康氏所伪作也。”王照的说法有没有道理？且看：到了宣统元年（公元一九〇九年），当年与谭嗣同一起在菜市口就义的戊戌六君子之一杨锐的儿子杨庆昶出来说话了，他把光绪皇帝赐给其父的密诏呈送都察院，请求昭雪沉冤，事虽未成，那份密诏却因此大白于天下，按杨锐之子所献密诏内容如下：

近来朕仰窥太后圣意，不愿将法尽变，并不欲将此辈老谬昏庸大臣罢黜，而登用英勇通达之人，令其议政，以为恐失人心。虽经朕屡降旨整饬，而并且有随时几谏之事，但圣意坚定，终恐无济于事。即如九日之朱谕（引者注：指罢免怀塔布、许应骙等礼部六堂官的上谕），皇太后已以为过重，故不得不徐图之，此近来实在为难之情形也。朕亦岂不知中国积弱不振，至于阽危，皆由此辈所误，但必欲朕一旦痛切降旨，将旧法尽变，而尽黜此辈昏庸之人，则朕之权力，实有未足。果使如此，则朕位且不能保，何况其他？今朕问汝：可有何良策，俾旧法可以渐变，将老谬昏庸之大臣尽行罢黜，而登用英勇通达之人，令其议政。使中国转危为安，化弱为强，而又不致有拂圣意。尔其与林旭、谭嗣同、刘光第及诸同志等妥速筹商，密缮封奏，由军机大臣代递，候朕熟思审处，再行办理。朕实不胜紧急翘盼之至。特谕。

两相比较，我们就会发现，以上两诏实为一诏的不同“版本”，杨锐之子所保存的密诏，是由光绪皇帝颁给杨锐的，所以受诏者为“尔其与林旭、谭嗣同、刘光第及诸同志等”，而没有特别点出康有为，且在语气上更符合光绪皇帝在当时形势下的心态，此诏的意图在于谋求一个既可“将旧法渐变”，“而又不致有拂圣意”的万全之策，尽管这个想法不切实际，却是光绪皇帝的真实念头。而在康有为公布的“密诏”中，光绪皇帝既要变法又不敢得罪皇太后的犹豫心态不见了，被简化为“今朕位几不保”，“速密筹设法相救”，并在受诏人名单之首位突出地加上了“汝康有为”，显然与杨锐受诏的情形不符。由此，我们可以相信，杨锐之子所献密诏是真实可信的，而康有为在流亡海外之后，出于“伐后保皇”的政治需要，对密诏做了篡改。

关于光绪密诏的真伪问题，在此不可能详尽讨论，我要向读者汇报的是：在本书中提到光绪密诏之处，我采用了杨锐之子所献“版本”，而未用康有为篡改过的“版本”，以期更符合事实。

关于“锢后杀禄”之谋的真实性

军机四章京和康、梁在接到光绪皇帝的密诏之后，有没有实施联合袁世凯以杀荣禄、包围颐和园的兵谏之谋？梁启超在《戊戌政变记》一书中是坚决否认的：“当时北京之人，咸疑皇上三密诏中皆与诸臣商废幽西后之事，而政变之时，贼臣即藉此以为谋围颐和园之伪诏以诬皇上也。后康有为将前两谕（引者注：指光绪皇帝赐杨锐密诏及催康有为离京赴沪办报之诏，康有为对后者亦有作伪之嫌，兹不赘述）宣布，不过托诸臣保护及命康出外求救之语。”

梁启超否认此事，自然也是出于政治斗争的需要。然而，关于谭嗣同法华寺夜访袁世凯、联袁锢后杀禄的说法却不胫而走，不仅“当时北京之人”，近百年来所有关注戊戌变法史的人几乎都相信确有其事，并且不断被史料所证实，其中最有力的证据是在二十世纪八十年代发现的毕永年日记

《诡谋直记》。毕永年系湖南人，谭嗣同的同乡、旧友，他在戊戌变法的后期来到北京，参与了康、梁、谭的兵变之谋，直到慈禧太后发动政变的当日晨才逃离北京。毕永年日记的发现，证实了康、梁、谭确曾实施“围园锢后杀禄”之谋，虽未能如愿，但历史的这一笔却是不能抹掉的。我在小说的人物对话中提到了谭嗣同夜访袁世凯的情节，即本于此，而未从梁启超之说。

还有一个与此相关的问题：戊戌政变和袁世凯的告密有着怎样的联系？为什么谭嗣同在政变第五天才被捕？以往有一个影响很大的说法：袁世凯自北京回天津后向荣禄告密，荣禄急速进京到颐和园面见太后，遂发生政变。近年张建伟在《世纪晚钟——紫禁城里的最后改革》一书的《袁世凯的问题》一节中对此事进行了分析探讨，从政变发生前后事件的时间顺序，可以看出：慈禧太后在九月十九日即政变前二日已经自颐和园还宫；光绪皇帝在九月二〇日上午九时后接见袁世凯，袁于当日下午回到天津；九月二十一日凌晨政变发生，下旨捉拿康有为；九月二十二日慈禧太后电寄荣禄，在津、沪等处严查康有为；九月二十四日，下旨捉拿谭嗣同等康党；九月二十五日即政变第五日，命荣禄来京，谭嗣同被捕。结论是：慈禧太后在发动政变时尚未接到由荣禄转达的袁世凯告密情报，所以才会在政变后仍向天津发报命荣禄捉拿康有为，而荣禄到政变第五日才奉诏进京，谭于同日被捕，这才是袁世凯告密的直接结果。在目前尚没有关于戊戌政变内情的第一手材料的情况下，上述分析和结论应该是最接近事实的。

李鸿章与翁同龢

李鸿章是晚清政坛最有影响也是争议最大的人物之一，纵观其一生，事件浩繁，波澜起伏，历来众说纷纭。在本书中，李鸿章仅在晚年出场，因此不可能对他的一生进行充分展现和评价。小说中所涉及的与李鸿章有关的重大事件，一为香港拓界，一为甲午之战，而在这两大事件中，他都负有出卖国土的历史罪责，无论如何是逃不脱的。一九八二年九月二十四日，邓小平在会见应邀访华的英国首相撒切尔夫人时指出：“主权问题是不能谈判的，一九九七年中国要收回整个香港，这是谈判的前提。从一八四二年英国占领香港至今，已经整整一百四十年。中华人民共和国成立已经三十三年，到一九九七年就是四十八年。我们不是晚清政府，不是李鸿章，如果到时还不收回，就无法向中国人民和世界人民交代。”这番话划清了中华人民共和国政府与晚清朝廷、与李鸿章的根本界限，香港被软弱无能的清廷出卖、被英国强占一个半世纪的惨痛历史，终于在一九九七年画上了句号，而当年亲手签订三个不平等条约、将神圣国土拱手让人的耆英、伊里布、奕䜣、李鸿章、许应骙以及他们背后的主子道光皇帝、咸丰皇帝、慈禧太后的历史罪责则永远也不能解脱。

李鸿章在香港拓界中的责任，本书中展现得比较充分，而关于他和甲午战争的关系，则有必要再说几句。李鸿章是甲午战争中方总指挥，失败后又是签订《马关条约》的中方代表，所以，只要一提起甲午战争，就必然要涉及李鸿章。百余年来，已有无数专著、史论、笔记从不同的角度谈论、评价那场战争以及失败的原因，其中有些观点，是为李鸿章开脱责任的，试举例并分析如下：

一、有论者认为，光绪皇帝受翁同龢、文廷式等一些文人鼓动，贸然对日宣战，造成不可收拾的局面。胡思敬在《国闻备乘》中说：“甲午之战由翁同龢一人主之。……通州张謇、瑞安黄绍箕、萍乡文廷式等皆文士，梯缘出其门下，日夜磨砺以须，思以功名自见，及东事发，咸言起兵。是时，鸿章为北洋大臣，陆海兵权尽在其手，自以海军弱，器械单，不敢开边。孝钦以勋旧倚之，謇等权恃同龢之力，不能敌。于是廷式等结志锐，密通宫闱，使珍妃言于上。妃日夜怂恿，上为所动，兵祸遂开。”刘声木在《苌楚斋四笔》中说：“日本本无侵占朝鲜与中国寻衅之意，均是翁同龢及一批清流所激成。”

此类论调，把甲午战争说成是几个文人为了“功名自见”，“密通宫闱”，光绪皇帝受珍妃“日夜怂恿”而造成的，不仅把一场反侵略战争庸俗化了，而且为日本帝国主义开脱罪责，实在不值一驳。事实是，日本自明治维新之后，迅速成为东方的经济和军事强国，急于向外扩张，对中国的侵略蓄谋已久，早在一八七四年就曾以武力侵占我台湾南部的琅桥岛，一八七九年又吞并琉球为“冲绳县”，至九十年代已做好了吞并朝鲜并以此为跳板向中国发动大规模战争的准备。在中日战争爆发之前，日本外相就曾对以保护使馆和商民为由赴朝返任的日本驻朝公使大鸟圭介训令：“不惜一切代价，挑起中日冲突。”足以说明日本政府的战争野心。此时，由于列强之间错综复杂的关系，美国对日本的扩张积极扶植，英国为牵制俄国对中国的扩张，保护自己的在华利益，对日本侵略中国东北也采取鼓励态度，俄国则因为在欧洲与德国、奥匈帝国的争夺牵制了力量，无暇东顾，也希望中日之间早日形成和局，以免得日本在华攫取太多的利益。国际环境对日本发动侵华战争有利，而那场战争又不可避免，以光绪皇帝为首的“主战派”坚持捍卫国家主权，奋起抵御外来侵略，这一行动是正义的，无可指责的。而实际上，当朝鲜最初向中国求援时，倒是李鸿章首先听信了袁世凯的鼓动和日本驻朝鲜使馆一名译员不负责任的许诺“我政府必无他意”，未经请示光绪皇帝便以直隶总督兼北洋大臣的身份于一八九四年六月三日派济远、扬威二舰赴仁川、汉城护商，并派叶志超、聂士成率淮练旅一千五百名进驻朝鲜，如果说“冒险主义”，那么这顶帽子扣在李鸿章头上倒是更合适些。但当战争打响之后，李鸿章却又寄希望于英俄“调处”，消极抵抗，畏敌如虎，贻误战机。光绪皇帝在八月一日正式对日宣战，仗已是非打不可了，一位刚刚“亲政”不久的年轻皇帝在面对外国入侵时，不畏强暴，力排“主和派”的悲观投降论点，坚决抗战，尤其是敢于“请停颐和园工程以充军费”，实属难能可贵。直到《马关条约》草签之后，光绪皇帝仍然主张废约再战，他虽然最后在日本帝国主义和国内以慈禧太后为首的“主和派”的威逼之下不得已批准了和约，但内心极其痛苦，哀叹“割台则天下人心皆去，朕何以为天下主！”签署朱批时“绕殿急步约时许，乃顿足流泪，奋笔书之”。试想，如果当时没有像磐石般压在他头顶的慈禧太后，甲午战争会是这个结局吗？

二、有论者认为，中国海军武器装备远逊于日方，而当时担任户部尚书的翁同龢又因与李鸿章有隙，挟私报复，在经费上卡李鸿章的脖子，使战争失利。李鸿章在一八九四年八月二十九日的奏章中说："查北洋海军可用者，只镇远、定远铁甲船二艘，为倭船所不及，然质重行缓，吃水过深，不能入海汊内港。次则济远、经远、来远三船，有水线甲穹甲，而行使不速。致远、靖远二船，前定造时号称一点钟十八海里，愈旧愈缓。海上交战，能否趋避，应以船行之迅速为准，速率快者，胜则易于追逐，败则易于引避，若迟速悬殊，则利钝立判。西洋各大国讲求船政，以铁甲为主，必以极快船只为辅，胥是道也。详考各国刊行海军册籍内载，日本新旧快船推为可用者，共二十一艘，中有九艘自光绪十五年后分年购造，最快者每点钟行二十三海里，次亦二十海里上下。我船订购在先，当时西人船机之学，尚未精造至此，仅每点钟行十五至十八海里，已为极速，今则至二十余海里矣。近年部议停购船械，自光绪十四年后，我军未购一船。丁汝昌及各将领屡求添购新式快船，臣仰体时艰款绌，未敢奏咨禀请，臣当躬任其咎。倭人心计谲深，乘我力难添购之际，逐年增置。臣前于预算战备折内奏称，海上交锋，恐非胜算，即因快船不敌而言。倘与驰逐大洋，胜负实未可知。"胡思敬在《国闻备乘》中说："同龢见鸿章，即询北洋兵舰。鸿章怒目相视，半晌无一语。徐掉头曰：'师傅总理度支，平时请款辄驳诘，临事而问兵舰，兵舰果可恃乎？'同龢曰：'计臣以撙节为尽职，事诚急，何不复请？'鸿章曰：'政府疑我跋扈，台谏参我贪婪，我再哓哓不已，今日尚有李鸿章乎？'同龢语塞，归乃不敢言战。后卒派鸿章东渡，以二百兆议和。自是党祸渐兴，康、梁乘之，而戊戌之难作矣。"王炳耀在《中日甲午战辑》中则明确地说翁同龢"以军费掣肘北洋，以致对日作战失败"。

李鸿章是北洋水师的创始人，他对于兵舰是内行的，所说的中国兵舰与日本兵舰在新旧、航速、吃水深度等方面的差异应该是可信的。但是，同一个李鸿章，在此前不久对于北洋水师的实力却另有一番描述。据朱德裳《三十年闻见录》中《李鸿章一贯主和》一文载："光绪十七年，鸿章奉命偕张曜校阅海军。复奏详述经营海军之成绩，谓：'综核海军战备，尚能日异月新。目前限于饷力，未能扩充。但就渤海门户而论，已有深固不摇之势。臣等忝膺疆寄，共佐海军。臣鸿章职任北洋，尤责无旁贷。经此次校阅之后，惟当益加申敬，以期日进精强。’”这是公元一八九一年即甲午战争前三年，李鸿章自己所描述的北洋水师，“已有深固不摇之势”，“尚能日异月新”这些话，是吹牛、浮夸，还是事实？为什么只字不提“号称一点钟十八海里，愈旧愈缓”？到了一八九四年春，“复由鸿章偕安定为第二次校阅，复奏又盛称技艺纯熟，行阵整齐，及台坞等工，一律坚固。两次校阅，威仪甚盛。奏入均获褒奖。在鸿章之意，以战虽尚无把握，以守固深为可恃”。同样，在这次临战之前的校阅中，李鸿章仍然只字未提“号称一点钟十八海里，愈旧愈缓”之类，只讲成绩，搞得“威仪甚胜”，并且和前次一样，“均获褒奖”。所以，“光绪帝则以海军成绩既大有可观，当日人之衅，何至不能一战，而徒留为陈设品？乃允翁同龢之请而宣战，实信赖鸿章所经营而日进精强之军备耳。”如果说北洋水师的船只、设备果真陈旧、落后到了不堪一击的地步，以致成了战败的主要原因，那么，李鸿章为了“获奖”而大搞“浮夸风”当难辞其咎。

造成战争胜负的原因是多方面的，武器、装备是重要因素之一，但不是全部因素。李鸿章在主观上畏敌主和，在作战部署上贻误战机、指挥失误，加之用人不当，长期以来军纪废弛等等因素都不可排斥在外。就当时的实力而论，北洋水师尽管在船只的装备和技术水平上可能不如日本，但如果指挥这场战争的主帅坚决抗战，则未必不能取胜。就在李鸿章赴日签订割地赔款的《马关条约》的第二年即公元一八九六年，日本人大久平治郎在东京出版了《光绪帝》一书，其中分析中日甲午战争的形势说：“日清开衅之初，帝一意主战，观其请停颐和园工程以充军费，意亦可见矣。诚使支那君臣一心，上下协力，目的专注于战，则我国之能胜与否，诚未可知也。”中国的“主和派”甚至连这位日本人都不如了。

关于“近年部议停购船械”，池仲佑撰《海军大事记》载：光绪十七年“四月，户部奏酌拟筹饷办法一折，议以南北购置外洋枪炮船只机器暂停两年，即将所省价银解部充饷。海军右翼总兵刘步蟾屡向提督丁汝昌力陈，我国海军战斗力远逊日本，添船换炮刻不容稍缓，丁汝昌据以上陈。秋间，李鸿章奏称：‘北洋畿辅，环带大洋，近年创海军，防务尤重。北洋现有新旧大小船只共二十五艘，奏定海军章程声明，俟库款稍充，仍当积购多只，方能成队，而限于饷力，大愿未偿。本年五月奉上谕，方蒙激励之恩，忽有汰除之令，惧非所以慎重海防，作兴士气之至意也。’等语。然以饷力极绌，仍遵旨照议暂停。”

这件事，连同“自光绪十四年后，我军未购一船”，都是构成户部尚书翁同龢“以军费掣肘北洋，以致对日作战失败”之罪名的重要材料。让我们再看看“自光绪十四年后，我军未购一船”是怎么一回事。

光绪十三年（公元一八八七年），黄河在郑州决口，翁同龢奉旨筹款堵口，与藩祖荫联名陈奏《请速堵郑工缺口及设法补救疏》，其中所提六条建议的第二条说：“购买外洋枪炮船只机器等项及炮台各工拟令暂行停止也。查各省购买外洋枪炮、各项船只，以及修筑洋式炮台各工，每次用款需数十万两，均须由部筹拨，竟有不候部拨已将本省别项挪用，遂致应解京协各饷，每多虚悬，迨经饬催，辄以入不敷出，转请部中改拨他省。窃计十余年来，购买军械存积甚多，铁甲快船，新式炮台，业经次第兴办，且外省设有机器制造局，福建设有船厂，岁需经费以百万计，尽可取资各处，不必购自外洋。迩来筹办海防固属紧要，而河工钜款，待用尤殷，自应移缓就急，以资周转。拟请饬下外省督、抚，所有购买外洋枪炮船只及未经奏准修筑之炮台等工，均请暂行停止，俟河工事竣，再行办理。”

从以上奏疏中可以得知，户部请求暂停购买外洋枪炮船只及未经准奏修筑之炮台等工，事出有因，那便是急于筹款堵郑州黄河缺口，“移缓就急，以资周转”，并不是只对北洋水师而言，而是包括各省，上述各项都是“暂停”，并说明“俟河工事竣，再行办理”。这时距甲午战争爆发还有七年，如果说翁同龢为抢救水患灾害而采取的这项临时措施是为了给七年后的甲午战争“掣肘”，恐有失公允吧？再联系到以下事实：中日朝鲜问题交涉发生后，清廷向英、德订购快船数艘，向阿根廷订购快艇十三艘，费银四百余万两，加以军费三百九十多万两，两项共八百万两，实际上都是由户部负担的。此外，为支付军费和其他各项开支，户部通过总税务司赫德向英国银行贷银一千万两，由当时的浙闽总督谭钟麟出面向德华银行借款五十万镑，由轮船招商局出面向上海腊飞银行包借一百万镑。一八九四年七月，李鸿章为添购快船电奏请款，户部立即拨款二百万两，连同募勇各案共二百五十万两，嗣后又提四百万两。当时国库空虚，海防吃紧，还有皇太后万寿庆典那个无底洞在逼着要钱，翁同龢斗胆以户部名义上折请求停止颐和园万寿庆典活动以充军费，这些，难道都是翁“以军费掣肘北洋，以致对日作战失败”吗？

甲午战争时期，中方的舰只陈旧、军火不足都是事实，据当时担任北洋海军顾问的英国人泰乐尔的自传记述，战时北洋水师最大的铁甲舰定远、镇远二船，定远舰的十寸炮弹只有一枚，镇远舰只有二枚，以致巨炮在战争中不能发挥作用。作为总理国家财政的户部尚书翁同龢，当然负有责任，但“仰体时艰款绌，未敢奏咨禀请”的李鸿章，惟恐“政府疑我跋扈，台谏参我贪婪”的李鸿章难道没有责任吗？而最应当承担责任的则是置国家危亡于不顾，耗费巨资建造颐和园及举办万寿大典的慈禧太后，这一浩大工程到底花了大清国多少钱，到现在也没有一个确切的数字。不过，倒是另有两个数字值得一提：一是在甲午激战之中，李鸿章向太后寿典送礼银十万两，并长芦盐商十万两；二是在甲午战争结束之后，李鸿章赴日议和之前，向代理其职务的王文韶列册交代，尚有“淮军银钱所存银八百余万两”！这笔钱是哪里来的？王文韶说：“此系文忠带兵数十年截旷扣建而积存者”。攒着剋扣军饷而得的八百万两白银，还要在军费不足的问题上大做文章，以开脱战败之责，这便是李鸿章之所作所为。

翁同龢“以军费掣肘北洋”，向李鸿章“挟私报复”之说，很重要的一个支柱是关于翁、李私仇的一个传说。徐一士在《凌霄一士随笔》中说：“曾见某笔记中的记载，李鸿章居曾幕时，尝为曾国藩草一奏疏劾安徽巡抚翁同书，最得曾国藩之激赏。其时，曾国藩因翁同书对练首苗沛霖的处置失当，以致激成大变，他本人又在定远失守之时弃城逃走，有愧封疆大吏的守土之责，极为愤慨，竟欲具疏奏劾而难于措词。盖翁同书乃大学士翁心存之子，翁心存在皇帝面前的‘圣眷’甚隆，门生弟子布满朝列，究竟如何措词，方能使皇帝破除情面，依法严惩，而朝中大臣又无法利用皇帝与翁心存之间的关系，来为翁同书说项，实在很费踌躇。他最初使某一幕僚拟稿，觉得很不惬意，不愿采用，而自己动手起草，怎么说也不能妥当周匝。乃由李鸿章代拟一稿，不但文意极为周密，其中更有一段极为警策的文字，说'臣职分所在，例应纠参，不敢因翁同书门第鼎盛，瞻顾迁就'。这段话的立场如此方刚严正，不但使皇帝无法徇情曲比，也促使朝臣之视翁者为之钳口夺气。所以，曾国藩看了之后，大为激赏。待其稿入奏，而翁同书亦旋即奉旨革职拿问，充军新疆矣。"

这段故事余下的话就是：因为李鸿章代曾国藩拟疏弹劾翁同龢之兄，翁、李两家便结下了不解之仇，因此，翁同龢"以军费掣肘北洋"，向李鸿章"挟私报复"。

曾国藩上疏弹劾翁同书，确有其事，发生在镇压太平天国运动的后期，同治元年（一八六二年）初，但那份弹章是不是李鸿章起草的？上述"故事"的真实性关系到翁、李矛盾，也关系到翁同龢的人品，应该弄清楚才是。

《翁同龢传》（中华书局一九九四版）的作者谢俊美曾就此作过专门的考证，该书中说："参折究竟是否出自李鸿章之手，《曾文正公全集》中并未提及，《李文忠公全集》中也未谈起。不过，《翁文恭公日记》中倒是提及过有关此折的作者，但不是李鸿章而是出自一个姓徐的幕僚之手。一八七〇年八月十九日（同治九年七月二十二日）的日记中写道：'得徐毅甫诗集，读之，必传之作。毅甫名子苓，乙未举人，合肥人，能古文。集中有指斥寿春（谢俊美按：当为寿州之误）旧事……弹章疑出其手，集中有裂帛贻湘乡之作也。'翁同龢关心自己兄长被参一事完全出于情理，其日记所载当然不谬。徐一士先生文中述及翁同书的结局也与事实不符。翁同书后来改留甘肃军营效力，并未充军新疆。因此，说翁同龢因乃兄同书被参一事对李鸿章公报私仇，纯属子虚，根本不存在。"

在上述翁同龢日记中，翁并没有肯定徐毅甫就是曾国藩弹章的起草者，仅"疑出其手"，但至少排除了李鸿章代拟弹章并翁、李由此结仇的可能性。我们还可以看出，翁同龢即使在怀疑徐毅甫曾是弹章起草者的情况下，对于徐的诗集仍然作出了“必传之作”的高度评价，而且是写在私人日记之中，由此，翁的人品可见一斑，他是一个心胸狭窄、挟私报复的小人吗？

此事真相大白，翁、李之间的矛盾若再纯粹以个人恩怨来解释，恐怕就难以支撑了。翁、李长期不和是事实，翁同龢本人也难免封建官僚习气，但就大的方面而论，翁同龢坚决主张抵抗外来侵略，积极支持戊戌变法，光绪皇帝对日宣战诏书和宣布变法的《明定国是诏》都是由他起草的，这些都应该予以肯定；而李鸿章则在甲午战争中丧师辱国，并且亲手签订了割地赔款的《马关条约》，戊戌变法期间又亲手签订了租让“新界”的《展拓香港界址专条》（岂止这两份，他的一生签订了大量的卖国条约，是一位割地赔款的专家），两个人的是非功过，应该有一个基本的界限。

面对历史，我手中的笔很沉重

请读者原谅我花费了太多的笔墨来谈论历史，尽管我极力想把话说得简练，这篇《后记》还是显得太长了。没有兴趣读这些史料的读者完全可以跳过去不看，而这些事我却不能不做，这些话不能不说，因为对于历史小说来说，历史的真实就是它的生命，在动手写作小说之前，作者不能不花费许多工夫去弄清历史上的许多事件和人物，以期尽量准确地把握那个时代，反映那个时代。

我在以往的创作中对历史题材有着浓厚的兴趣，但晚清史却恰恰是我最不喜欢的，因为那是一段充满民族屈辱的历史，封建末期王朝的腐败没落、软弱无能，列强的虚伪狡诈、凶狠残暴，把中华民族推入灾难的深渊，令人目不忍睹。然而，当代中国就是从那灾难的深渊之中走出来的，从一八九八年大清国租让新安县，沦为港英“新界”，到一九四九年中华人民共和国成立，不过半个世纪的时间，历史就已经天翻地覆，中国政府宣布废除帝国主义强加于中国人民的一切不平等条约，愿与遵守平等、互利及互相尊重领土主权等项原则的任何外国政府建立外交关系，毛泽东主席庄严宣告："中国人民从此站起来了！"一九八二年，英国首相撒切尔夫人应邀访华，与中国政府商谈解决香港问题，令人不禁想起英国在一八四二年、一八六〇年、一八九八年以强权政治和坚船利炮胁迫清廷先后签订《南京条约》《北京条约》《展拓香港界址专条》这三个关于香港的不平等条约的情景，历史和现实形成了强烈的反差。一九八四年，中英两国政府发表《关于香港问题的联合声明》，中国政府定于一九九七年七月一日对香港（包括香港岛、九龙和"新界"）恢复行使主权，英国政府于同一时间将香港交还中国，百年国耻，一朝雪洗，这一伟大事件给予中华儿女何等的振奋，又使当今世界何等的震惊！

正是"待从头收拾旧山河"的激情，使我萌生了以小说形式再现香港历史的念头，但我也深知这一题材的艰巨，在没有做好充分准备之前，是不可能动手的。待一九八七年秋天完成《穆斯林的葬礼》之后，我便把读书的注意力集中到晚清史和香港史方面，经过陆陆续续几年的准备，一九九四年，我终于踏上了南下香港之路，从此开始了历时三年的往返京港两地的采访和调查研究。在这期间，我尽自己的所能，考察了香港、九龙和"新界"有关历史，阅读有关书籍、文献、资料数千万字，采访各界人士数百人次，并且实地踏勘一些历史事件的发生地，探寻尚存的历史遗迹和文物。在调查研究的过程中，将要诞生的小说的轮廓渐渐清晰起来。一个半世纪的香港史在五千年的中国历史中只不过是短短的一瞬，而对于有限的人生来说却太长了，一百五十年间已经更迭了好几代人的生命，如果要想以某个人物贯穿始终，是根本不可能的，那么，就只好截取历史的片段。经过反复考虑，我决定以十九世纪末的"香港拓界"为小说的中心事件，今天所谓的"香港"包括香港岛、九龙半岛和"新界"，这一概念就是在那时形成的，那是英国强占、蚕食我国领土香港地区"三部曲"的最后一部，是英国殖民主义的一个总结，也是中国最终完全丧失在香港地区的主权的一个总结。香港拓界自一八九八年四月中英谈判起，到一八九九年四月港英以武力接管"新界"止，前后整整一年的时间，其间事件紧凑，人物贯穿，再以一九〇〇年一月李鸿章就任两广总督作为尾声，比较适于构成一部长篇小说的基本框架。站在两个世纪的交接点上，向后可以涵盖整个香港史，向前则可以瞻望二十世纪香港的前景。这些在事后说来都是顺理成章的，但在构思之初却伤透脑筋、费尽心思。我至今记得，在决定了小说框架的那天晚上，我仿佛找到了一把打开历史之门的钥匙，兴奋不已，懊悔自己为什么早没有想到。实际上，如果没有长期积累和苦苦探索，也就没有“偶然得之”，这是许多作家都亲身体会到的。

有了“框架”，以后的工作相对集中了，但仍然十分繁复。书中的中心事件和许多细节，都是曾经发生过的，多数人物也都是实有其人的历史人物，而故事发生的时间比我出生之时还要早将近半个世纪，这就注定了我不可能亲身经历、亲自体验，惟有让岁月“倒流”，让自己“退回”到那个时代去，在史料和史迹中感知我所要表现的历史。对于香港那片土地，我不能说很“陌生”，但也不敢说很“熟悉”，即使长期生活在香港的人，要把十八世纪的人和事都说得明明白白，也非易事，毕竟“人生易老天难老”，百年之间，香港的变化太大了，站在中环的摩天楼群之中，哪里还能看到当年香港的影子？港督府在修建之初，依山面海、居高临下，曾是全岛最为显赫的建筑，如今则成了高楼之间的“侏儒”；今天的德辅道、干诺道，当年曾经是大海。如果站在“骆克道”上拦住行人，一一询问，相信绝大多数人不知“骆克”为何许人也。为了在书中“恢复”特定时期的香港旧貌，我小心翼翼地进行考证，一条街道，一座建筑，一件器物，一个名称，都不敢有些许马虎。对于那些实有其人的历史人物，想方设法寻找有关他们的资料，只言片语也不肯放过，广泛搜集，仔细查证，力求详细、准确。即使在书中虚构的人物，也必须把他或她放在特定的历史环境之中，稍有疏忽就可能出错。传世元散曲有一首《高祖还乡》，写的是汉朝开国皇帝刘邦在平定英布之乱后“威加海内兮归故乡”的往事，通篇模拟他家乡一位农夫的口吻，对当年无赖、今日皇帝刘邦的威仪，冷眼旁观，热讽冷刺，写得俏皮泼辣，活灵活现，但末尾一句：“改了名，换了姓，叫什么汉高祖！”出了问题，“高祖”是刘邦死后的庙号，在他生前是绝对不可能使用的，只因这一句话，把通篇的历史感破坏殆尽。此类纰漏在当代的历史题材文艺作品中也常有发现，恕不举例，因为我的用意并非吹毛以求他人之疵，而是提醒自己尽可能地不犯或少犯这样的错误。这当然很难。在浩如烟海的史料之中，常常有张冠李戴、互相矛盾、是非颠倒、语焉不详等种种现象，需要反复地分析比较，去伪存真、纠谬勘误、拾遗补阙，而由于香港长期处在港英统治下，有关抗英斗争的史料则大量湮没，需要深入民间走访寻觅，一点一滴地去积累，其难度可想而知。我非常感谢内地和香港两地的许多同胞在这项工作中给予了我大力支持，协助我克服了许多困难，获得大量创作素材，特别是埋没在民间的关于抗英斗争的史实和人物资料，那是在图书馆、档案馆都找不到的，因而更加珍贵，为本书提供了可靠的基础。我没有在这里将曾经帮助过我的同胞们、朋友们的名字列出，一一鸣谢，因为那将是一个长长的名单，其中有些为我带路的好心人，帮我查找资料的图书馆管理员，甚至没有留下姓名，也难以开列齐全，但我从心底里感谢所有的同胞和朋友，如果没有他们的帮助，本书的问世将是不可能的。

《补天裂》是一部历史小说，史料的搜集、辨识、论证不是工作的结束，而只是它的开始，历史小说要真实地反映历史，却又不能仅止罗列史料，它必须以人物和事件去打动读者，以期达到读者和作者对历史的共识。艺术虚构是小说的基本手段，没有虚构就没有小说，而在历史小说中，虚构又决不能超出历史所允许的范围，这便是创作者最难解决的难题。在本书中，凡重大事件、重要情节，凡采用真实姓名的人物的重要言行，我都力求做到有所依据，因为我写的是历史，要对历史负责，要对读者负责，不能愧对历史，失信于读者，写出每一个字都觉得手中的笔很沉重。同时，我们又必须清醒地认识到，史料毕竟不能等同于历史，任何史料都只是历史遗留的部分痕迹，而不是全部。即使距离我们年代很近的、生前受到社会普遍关注并且运用多种手段有意识地积累与之相关的文字、图像、实物资料的历史人物，也不可能把他一生所有的信息都毫无遗漏地保存下来，再“完整”的史料也是不完整的，研究者对历史的求索是无穷无尽的，也是永远不能满足的。因此，无论史学著作还是历史题材的文艺作品，要百分之百地“还原”历史是根本不可能的，作者只能尽可能准确地接近历史、认识历史、把握历史，历史永远是今人眼中、心中的历史，真正意义上的“还原”历史，不但做不到，也失去了历史的意义，有谁愿意回到秦始皇时代去做一辈子“黔首”？有谁愿意回到十九世纪的香港去当一回苦力？死去的历史的价值在于对活着的人有用，所以历史才活在一代又一代的人的心里。

《补天裂》的书名出自中华民族一个古老的神话传说，《淮南子·览冥训》：“往古之时，四极废，九州裂，天不兼覆，地不周载，火爁炎而不灭，水浩洋而不息。猛兽食颛民，鸷鸟攫老弱。于是女娲炼五色石以补苍天，断鳌足以立四极，杀黑龙以济冀州，积芦灰以止淫水。苍天补，四极正；淫水涸，冀州平；狡虫死，颛民生，背方州，抱圆天。”在我国多灾多难的悠久历史中，“女娲补天”的故事早已超出了远古祖先战胜自然灾害这一神话的意义，成为挽救民族危难、维护国土统一的象征，南宋著名爱国词人辛弃疾有一首《贺新郎》词曰：

> 老大哪堪说。似而今，元龙臭味，孟公瓜葛。我病君来高歌饮，惊散楼头飞雪。笑富贵、千钧如发。硬语盘空谁来听？记当年、只有西窗月。重进酒，换鸣瑟。　　事无两样人心别。问渠侬：神州毕竟，几番离合？汗血盐车无人顾，千里空收骏骨。正目断、关河路绝。我最怜君中宵舞，道“男儿到死心如铁”。看试手，补天裂！

全词慷慨悲壮，抒发了爱国志士坚决抗敌、至死不渝的高尚精神境界。篇中用典颇多，这里不及细论，末句“看试手，补天裂”便是活用了女娲炼石补天的典故。对于一个国家来说，还有什么能比国土分裂、主权丧失、人民遭难更为不幸呢？在我国封建社会的末期，列强横行，金瓯破碎，骨肉分离，正是处于“四极废，九州裂，天不兼覆，地不周载”的深重灾难之中，无数志士“炼五色石以补苍天”，前仆后继，献出了心智、热血与生命。新中国的诞生和香港的回归，使“苍天补，四极正”的宏伟理想一步步实现了。

《补天裂》是在香港回归倒计时的秒针跳动声中写成的。出版社和广播电台都频频催稿，急得不行，但我这个人没有“下笔千言，倚马可待”的本事，只有按自己的老办法，慢慢来，字斟句酌，让人家等得火烧火燎，我也快不起来，惟一可行的是省去睡眠的时间。当最后一章脱稿之时，在连续四十八个小时的工作之后，窗外是一个清新的黎明。那一刻，我长长地舒了一口气，庆幸自己居然没有被累垮，数年来的辛苦总算没有白费，对于关心、支持、帮助我完成这一工程的同胞们、朋友们，对于关注我的创作的读者们，对于长眠在地下期待国土重光的抗英先烈们，也总算有个交代了。

谨将此书献给我的祖国和历尽劫难终于回归祖国怀抱的神圣领土香港；

谨将此书献给一个半世纪以来在香港问题上为捍卫国家主权和领土完整而奋斗的一切志士仁人；

谨将此书献给在香港这片血染的土地上为抵御外来侵略、反抗殖民主义统治而英勇牺牲的烈士们，他们永垂不朽！

一九九七年，香港回归祖国庆典前夕，于北京

（原载《补天裂》，北京出版社、香港明报出版社 1997 年 6 月版）

《补天裂》：从小说到剧本

在已经过去的一九九七年，我的时间全部花在了《补天裂》上。耗时三年的小说创作在一月完成，经过亲自校阅三次校样，五月，由北京出版社和香港明报出版社在香港回归祖国前夕同时出书，中央人民广播电台在“小说连播”节目开始播出。七月，连播还未结束，我已经在着手把它改编为三十集电视连续剧剧本。许多听众和读者热情地来信，期望着《补天裂》早日搬上屏幕，这也正是我早在小说动笔之前就已经拟订的计划，我们不谋而合。但我也深知，把一部小说变成电视剧，怎一个“搬”字了得？改编，其实是一次再创作的繁复历程。

难度当然不仅仅在于从文学语言到影视语言的转换，这是任何一部作品的改编都无可回避的。阅读不能代替观赏，文字符号的解读愉悦与视听感官刺激和审美享受毕竟是两回事，即便像《茶花女》那样的经典著作，同出自小仲马之手的同名小说和剧本就已经有了很大的不同，后人无数次据此改编的影视作品则更是各有各样。近世虽有“电视小说”作为百花齐放中的一朵并且深受部分热爱文学、执着于“原汁原味”的读者青睐，但终究不可能成为屏幕叙事作品的主流，形式上的“削足适履”总是难以满足更为大量的观众（而不只是读者）的多种需求。特别是在科学技术高速发展、传播手段空前丰富、文化市场竞争极为激烈的今天，因特网的遍布天下，国外“大片”的引进，激光影碟的普及，电视频道的激增和国产电视剧的饱和，使电视剧生产正如整个国民经济的转型一样，突然进入了“买方市场”。满街声色娱乐目不暇接震耳欲聋，倦怠的受众轻易不肯迈入电影院的门槛，打着饱嗝仰靠在自家的沙发上，手持遥控器，以高傲的心态、挑剔的目光，随意褒贬着屏幕上那些送货上门的“商品”，刹那之间的取舍造成各频道的无情厮杀，争夺观众已经成为编、导、演和制片人的首要策略。有鉴于此，创作者便不能不直面现实。我在《补天裂》的改编中，对原著进行了大幅度的调整和增删。不仅是那些经过艰苦查证的史实，为营造时代氛围和史诗意蕴而精雕细刻的叙述语言，对人物和场景的大量描写，在剧本中却必须统统删去，留下来的只有动作和台词，以“故事”作为剧本的基本支柱，并且对原有的事件重做剪裁和铺叙，还增加了众多的人物和情节，让每一集都跌宕起伏，一波三折，为此而不惜绞尽脑汁、煞费苦心。从事严肃文学创作的作家往往轻易不愿意“触电”，究其原因，不外有二：一是难以忍受“改”的折磨，一部剧本的诞生，改来改去，改个十稿八稿者屡见不鲜，要改得导演满意、观众认可，绝非易事；二是不大适应从严肃文学到通俗艺术的转换，心中难免生出“俯就”之感。但是，谁也不可否认，在当今所有文艺门类之中，再没有比电视的覆盖面更大、受众更广。当你操起这种最大众化的传播工具，面对围坐在屏幕前的男女老幼，就必须实实在在地“心里装着群众”。此时，大学教授和中学生的距离大大缩小了，其接受心理并无多大差别。莘莘学子不打算由此受教育，白发学者也不指望即席做学问，他们和家庭主妇的需求不相上下，电视剧只不过是工余饭后的一杯茶或咖啡、一包花生或瓜子而已。消闲、娱悦功能成为人们的主要需求，而内涵超载、负荷过重的“药膳”“食补”则可能会使人敬而远之。创作者似也不必把自己的“事业”看得过于“神圣”，若以平常心态，置身于电视文化消费者的行列，便容易理解他人的消费观念了。

当然，剧本改编中的大众化、通俗化也有一个“度”。空洞、干瘪的说教令人生厌，“寓教于乐”则可以使人们在观赏愉悦之中获得健康、美好的教益。取材于十九世纪英国殖民主义者强租“新界”、中国新安县人民反抗外来侵略的重大史实的《补天裂》，是一部悲剧，一曲悲歌。它要表现的是在十九世纪国破家亡之际中华民族的大悲大痛，正义与邪恶拼死较量的大起大落，爱国主义这一严肃主题是不可能也不允许“改”掉的，戏既要拍得“好看”，却又并不意味着“淡化时代”“远离政治”。既不能拍成回避政治、卿卿我我的“言情片”，也不能拍成刀光剑影、花拳绣腿的“动作片”，而恰恰应以特定时代、特定政治氛围中的人物命运紧扣观众的心弦，把戏做足，淋漓尽致地弘扬民族正气，使观众的爱国热忱在痛洒一掬热泪的观赏过程中得以充分宣泄，这也是一种“娱悦”，一种高尚情操的陶冶和升华。通俗不等于媚俗，“迎合观众”“适应市场”往往一厢情愿，进口“大片”风风火火了一阵，人们在“大开眼界”之后便觉得那些以电影新技术赚取高票房收入的打打杀杀“不过如此”，而某些思想苍白、内容贫乏，仅靠噱头搞笑支撑的“泡沫剧”也已经败坏了人们的胃口。观众呼唤思想性、艺术性俱佳的精神食粮，这一真诚的愿望理应得到艺术工作者的尊重和积极回应，弘扬真善美、鞭笞假恶丑，这是文艺工作者的基本职责，也是人民群众对文艺作品这一特殊“商品”的正当要求。

基于此种认识，我在《补天裂》的改编中一方面注意情节跌宕、节奏紧凑，强化视听效果；另一方面，丝毫不肯削弱其思想内涵，清廷中爱国与卖国两股势力的矛盾，香港爱国义士与英国侵略者的斗争，东西方价值观念和文化心理的冲撞，都予以深化和延伸，力求在观众过目之后有所记忆、有所思索，而不致“古今多少事，都付笑谈中”。当然，剧本的完成只是“纸上谈兵”，还有赖于导演、演员和各部门创作人员的共同努力搬上屏幕，以飨观众。本剧播出时正值“新界”人民武装抗英斗争一百周年，我们把此剧奉献给海内外的同胞，并且以惴惴之心期待着你们的品评。

（原载《光明日报》1998 年 2 月 26 日）

就《补天裂》创作答记者问

记者：霍达老师，感谢您创作出了《补天裂》这样的好书。最近同名电视剧就要播出，为了让我们的读者了解您的作品及创作的背景和电视剧的有关情况，请您抽出宝贵的时间回答我们代读者提出的几个问题。我们不胜感谢！

霍达：谢谢贵报编辑部和广大读者对我的作品的厚爱！

记者：关于鸦片战争的历史小说很多，大多是对灾难和贫弱的描述，而您书中的主题却是民间的抗英活动。请问，为什么要独辟蹊径写这段历史？

霍达：《补天裂》所写的不是鸦片战争，而是它的继续。在中国，几乎家喻户晓一八四〇年英国发动鸦片战争，一八四二年强行签订《南京条约》，割占香港。但那还是狭义的香港本岛，而不是后来广义的香港地区。一八六〇年，英法联军打进北京，火烧圆明园，这是第二次鸦片战争，这场战争的结果是清廷被迫签订《北京条约》，其中一个重要条款是割让九龙给英国。到了一八九八年，英国又强迫清廷签订《展拓香港界址专条》，将原属广东新安县的大部分土地和海域租借给英国，租期九十九年，英方于一八九九年四月十六日正式接管；英占香港的面积由此展拓了十倍以上，形成了包括香港本岛、九龙和“新界”在内的广义的香港地区。当时，新安县十万乡民对英军的武装接管进行了英勇的反抗，表现了中华民族最可贵的品格。过去的一些历史教科书和历史著作往往较多地介绍两次鸦片战争，而对于“香港拓界”则较少涉及，有的甚至不着一字，因此，除了少数从事历史研究的专业人士之外，一般读者对此了解甚少，不要说在内地，即便在香港，许多人对于“新界”的由来也几乎一无所知。我为此而深深地遗憾。被压迫人民、被压迫民族不能忘记自己屈辱的历史，不能失却威武不屈的民族魂，借用列宁说过的一句话："忘记过去，就意味着背叛！"这就是我创作《补天裂》的动机。

记者：您在《后记》中曾谈到写作前准备工作的艰辛，这也表明您对创作和读者的严肃态度。能否详细地说一说您在史料挖掘中的收获？

霍达：这段历史是血泪凝成的，容不得"戏说"，也容不得"想当然"，我要对历史负责，对读者负责，这就注定了前期准备工作的艰辛。为此，我前往香港深入生活，调查研究，花费三年的时间，查阅了中外档案文献数千万字，并且实地踏勘了历史事件的发生地和现存遗迹，采访了各界人士数百人次，搜集了许多湮没在民间的珍贵资料，此中甘苦，一言难尽。所幸的是，百年沧桑并没有使历史完全泯灭，我在港英当局的档案中查到了香港拓界的主要当事人如港督卜力、辅政司骆克、警察司梅轩利、驻港英军司令加士居、港英军官伯杰等人在接管"新界"过程中所写的大量文件、布告和书信，其中具体地记述了港英武装镇压新安人民的暴行和抗英义士的英勇抵抗，这些珍贵史料为我研究香港拓界史提供了正反两方面的铁证。我在采访中还得到了"新界"抗英义士后裔的大力支持，邓氏族人拿出了他们从来秘不示人的族谱、家庭账簿和一些先人遗物，使我真切地感受当时的历史氛围，连他们为抗英大计而捐资购买枪炮的收支账目都查有实据。从邓氏族谱中我弄清了抗英斗争的主要领导人邓菁士、邓植亭等人的生卒年、月、日，生平脉络和家族世系，这是一个很大的收获。在以往一些材料中，邓菁士的名字、住所往往被误传、误记，抗英事迹也语焉不详，现在得以溯本寻源，探窥原貌，甚感欣慰。一位前辈作家说过："没有伟大的人物出现的民族，是世界上最可怜的生物之群；有了伟大的人物，而不知拥护、爱戴、崇仰的国家，是没有希望的奴隶之邦。"以邓菁士为代表的"新界"抗英义士是我们的民族英雄，应该得到后人永远纪念，永远崇仰。

记者：目前，历史小说中有"以文代史"和"以史代文"两种类型。前者的史料以民间传说和野史为主，偏重文学氛围；而后者的史料则源于正史，人们读的就是历史。您怎样看待这两种类型以及所产生的不同反应？

霍达：历来文无定法，文学创作是活泼泼的生命，不宜以僵死的框框来界定。作家的审美取向和读者的欣赏趣味是千差万别的，谁也无权规定可以怎样写，不可以怎样写，作家和受众都享有充分的自由。就史料来说，“钦定正史”不一定就是真实的历史，“稗官野史”也不一定就是“假语村言”，都可以有选择地用作写作的素材。在史料相对丰富、翔实、可信的情况下，作家可以在不违背历史真实的框架的基础上，进行合理的艺术虚构。而某些题材可能史料极其匮乏，也就只有更多地依靠虚构了。无论以史实为主还是以虚构为主，都可能写出好作品，这是由作家的思想境界和学问素养、艺术技巧所决定的。但文与史是不能互相“代替”的，优秀的历史小说应该是二者的完美结合。我主张“亦文亦史”，毕竟读者阅读的是文学而不是历史教科书，味同嚼蜡难免不忍卒读；反之，缺乏历史内涵的“戏说”如同毫无营养的糖精水，也令人食之无用。我本人不喜欢“戏说”，并且认为以虚构为主的，仅靠服饰和人物生活方式作为“历史”标签的小说、影视或戏剧虽然也有可能写得很好，但只能算是“拟古”小说或“古装”剧，而不是“历史小说”或“历史剧”。历史小说或历史剧有其特定的含义，它应该是以于史有据的历史人物、历史事件为基础创作的，从本质上真实地反映历史风貌和历史精神的文艺作品。

记者：您的作品中人物个性鲜明，同时也呈现出复杂的内心活动，尤其是林若翰这样的英国牧师，很有人情味。您觉得小说和电视剧对人物的表现有哪些不同？各自的长处是什么？

霍达：在改革开放之前，由于时代的局限，在我们的文艺作品中，外国人特别是西方人多数是“反面人物”，形象比较单一，往往流于简单化、脸谱化，这是文艺创作的大忌。今天，我们可以冷静、客观地回顾历史、表现历史了。《补天裂》中出场的英国人很多，在特定的历史时期，他们作为“征服者”来到香港统治中国人，有着“优等民族”共同的特点，或视“劣等民族”如犬羊而肆意杀戮，或以“救世主”自居而感化怀柔，根本目的都是要香港华人放弃反抗，甘心做大不列颠的顺民。但由于每个人的出身、经历、素质、性格的不同，这些洋人之间也存在着种种差异。比如骆克，此人出身于英国的少数民族苏格兰，自青年时代就对东方文化充满兴趣，来港之后刻苦学习汉文，成为一个“汉学家”和“收藏家”，这些都为他这位港府辅政司兼“新界”专员行使职权提供了方便。从本质上讲，他当然是个不折不扣的侵略者，但他与骄纵蛮横的港督卜力和残暴刚愎的警察司梅轩利相比，却又在性格和行为上存在着很大差异。《补天裂》注意表现了这些差异，从卜力到骆克、梅轩利、加士居等人，都不雷同。我在电视剧中为骆克设计了这样一段台词：“也许在将来的某一天，香港会重新回到中国人手里，他们将重写香港的历史。但愿在他们的笔下，我詹姆斯·斯图尔特·骆克哈特不至于是一个青面獠牙的‘鬼佬’！”这种话是只有骆克才可能说得出的。林若翰则是我糅合了诸如傅兰雅、李提摩太等西方传教士的形象而虚构的一个人物，作为东西方思想文化碰撞的一个枢纽，他几乎和所有的人物都要发生纠葛，悲天悯人的宗教信仰和血淋淋的弱肉强食不可调和，他在夹缝中艰难地挣扎，从而使这个人物的各个侧面得以淋漓尽致地展现。一位评论家说：“易君恕临终前质问林若翰，上帝为什么不去惩罚英国人在中国犯下的累累罪恶？这一问，问出了西方的宗教、文化在强权政治面前的苍白。”这也正是我塑造这个人物的立意所在。在电视剧中，扮演林若翰的演员表演很到位，受到观者一致赞誉。在改编剧本的过程中，根据电视剧的特点，我注意强化人物的行为、动作，亦即“可视性”，这是电视剧的特点；而人物心理刻画和文化内涵的揭示则是小说的特点，二者各有所长。从小说到电视剧，作家要调整心态，运用不同的艺术语言，不能用写小说的办法写电视剧，也不能用写电视剧的办法写小说。

记者：对于清朝官员的道德评判和历史批判，书中做了一些描述，那么在电视剧中又如何表现呢？

霍达：对于历史人物的评价，道德评判和历史批判往往是矛盾的。比如千古一帝秦始皇，他统一中国、统一文字和度量衡等历史功绩是巨大的，但他同时又是一个施行苛刑峻法、杀人如麻的暴君。而这二者又极不协调地集于一身。历史批判是理性的，道德评判是感性的；没有历史批判的作品缺乏思想的高度和深度，没有道德评判的作品很难赢得读者和观众的共鸣。这是历史小说和历史剧创作的一个难题。具体说到《补天裂》，其中涉及的历史人物如光绪皇帝、慈禧太后、李鸿章、谭嗣同等人，百年来对他们的评价一直众说纷纭，这里难以细谈。我以为，不管这些人物呈现多么复杂的表象，尽管卖国贼也可能在个人操守方面有某些长处，爱国者也难免存在许多历史局限性，而当我们用国家和民族利益这把尺子去衡量，也就基本上可以判断是非了。近年来为李鸿章翻案的言论不少，讲他办洋务、发展民族工商业的“功绩”，但只要看一看他亲手签订的那些数不胜数的丧权辱国的条约，任何“功绩”也不能掩其罪责，这是我对这个人物的基本定位。我更有兴趣的是两广总督谭钟麟，此人僵化保守，抵制新政，在戊戌变法中无疑是个“顽固派”。但他在强寇入侵、民族危亡的关头，却在一定程度上表现了一个正直的封建官僚爱国爱民的品格，这是值得肯定的。在英军暴政屠民的惨剧发生之后，他痛心疾首地仰天长叹：“如果我真的下令九龙水师向英夷开炮，中国岂不又出了个林则徐吗？可惜，我谭钟麟纵有此心，却无此胆，纵有此兵，却无此权，又可奈何！”这些语言当然是我虚构的，但我相信它的历史真实性，“有心杀贼，无力回天”，这是那个屈辱时代的中国人无可奈何的悲鸣。《补天裂》的剧本对小说原著做了很多增删和调整，而有关谭钟麟的戏却有增无减，重要台词几乎一字未改，演员的表演也很精彩，看过此剧的专家学者都被这个人物打动了，由此可见天地人心！

记者：对于文学借助于影视剧播出所产生的轰动效应，您觉得正常吗？

霍达：近年来频频出现这样的现象，某些很好的小说问世几十年，读者面仍不大，一旦改编、拍摄为电视剧，立即风靡全国，连带原著也随之畅销起来，于是文学界便不免有人感叹“文学搭了电视剧的车”。其实，这也难怪。古往今来，文艺体裁样式“各领风骚数百年”，唐诗的主流地位被宋词取代，宋词又让位于元曲，直至《红楼梦》诞生的年代，小说也未登大雅之堂，它作为中国文学的“正宗”只是“五四”以后的事。现代社会的发展日新月异，列宁曾说电影是“最大众的艺术”，不料未消几十年，便又被电视后来居上，其受众之广，远远超过了书、报纸、杂志甚至电影，这已是不争的事实。在市场经济商品竞争十分激烈的今天，出版社不讲经济效益就不能存活，既然有电视剧这辆轻便“车”，它岂肯不“搭”？不过，即使在这样的情况下，电视剧也不能代替小说，小说自有其他文艺样式不可比拟的优势和生命力，一个国家，一个民族，总不能人人不读书，不看报，天天坐在电视机前靠嗑瓜子看电视来打发日子。真正高品位、有深度的文学作品还是拥有读者的，我们的文学家大可不必气馁，无须张望“行情”，无须顾忌“冷”“热”，真诚地写下去就是了。

记者：请谈谈您最近的创作情况。

霍达：我这个人做事习惯于做完一件再做另一件。过去酝酿已久的一些创作计划，都因为《补天裂》而搁置了。这部作品从小说到电视剧，花费了我好几年时间，现在处于体力休整和读书、研究阶段，为下一步的创作做准备。以前搁置的题材，现在可以付诸实施了。在香港生活的那几年，也积累了不少素材，一部书是用不完的，还可以再写出新的东西。但愿我能够不辜负读者的期望。

一九九九年五月二十六日于北京

直面血与火，讴歌民族魂

五月八日，以美国为首的北约悍然袭击我驻南联盟使馆的消息传来，立即激起了十二亿中华儿女的无比愤怒，发出了惊天动地的吼声。

就在那一天，北京电视台按照预定的节目安排，开始播出根据我的小说《补天裂》改编、拍摄的同名长篇连续剧。荧屏内外，历史和现实惊人地重叠！整整一百年前，英国殖民主义者以坚船利炮和强权政治胁迫清王朝签订了丧权辱国的《展拓香港界址专条》，强行“租借”广东新安县绝大部分土地，并以武力强行接管，于一八九九年四月十六日在“新界”大埔运头角山升起“米”字旗。但是，“新界”人民并没有屈服，邓、文、廖、彭、侯五大家族联合十万乡民，揭竿而起，在清廷和英军两面夹击、腹背受敌的情况下，那些胼手胝足的农夫、渔民拿起大刀、长矛、抬枪、火铳，以低劣的武器，与大英皇家舰队、警察部队展开了血肉拼杀，先后两战大埔，再战林村谷、上村石头围，最后据守锦田吉庆围，遭到英军“屠城”式的血腥镇压，男女老幼死伤无数。英军血洗“新界”之后，又于五月十六日出动六艘军舰，强行占领不在“拓界”范围内的九龙寨城和深圳、沙头角，抗英先烈“宁为华夏之鬼，不做英夷之奴”，谱写了一曲中华民族宁死不屈抵御外侮的慷慨悲歌。

一百年过去了，中国和世界发生了巨大变化，西方列强殖民五大洲的时代已经结束，中国已经胜利地对香港恢复行使主权，澳门也即将回归祖国。但是，千变万变，帝国主义的侵略本性并没有变，以美国为首，包括英国在内的北约称霸世界的野心，肆意践踏别国主权、侵犯别国领土的炮舰政策并没有变，它们公然无视联合国宪章和国际关系基本准则，为迫使南联盟俯首称臣而对一个主权国家持续进行四十多天的狂轰滥炸，甚至以导弹袭击作为联合国安理会常任理事国之一的中国驻南使馆，这些灭绝人性的野蛮暴行都与一百年前的老牌殖民主义者一脉相承。倒是善良的人们应该深思：对于中华民族曾经被侵略、被奴役的历史，我们还记得吗？记住了多少？

早在《补天裂》创作之初，以至同名电视剧改编和拍摄过程中，都有好心的朋友从旁提醒：现在都什么时代了，知不知道文学和影视在流行什么？你再翻腾那些陈年老账，还有人要看吗？我说，我不懂得也不会写“淡化政治”“回避崇高”的流行作品，但是，当我踏着香港“新界”那曾经血染的土地，来到抗英志士的无名义冢前时，他们在我心中复活了，一声声向我发问：“百年国耻，你们忘记了没有？”那一刻，我的心颤抖了，耳畔回响着一些先贤的话语。毛泽东说：“不但要懂得中国的今天，还要懂得中国的昨天和前天。”“灾难深重的中华民族，一百年来，其优秀人物奋斗牺牲，前仆后继，摸索救国救民的真理，是可歌可泣的。”鲁迅说：“真的猛士，敢于直面惨淡的人生，敢于正视淋漓的鲜血。”“苟活者在淡红的血迹中，会依稀看见微茫的希望；真的猛士，将更奋然而前行。”郁达夫说：“没有伟大的人物出现的民族，是世界上最可怜的生物之群；有了伟大的人物，而不知拥护、爱戴、崇仰的国家，是没有希望的奴隶之邦。”在我面前的义冢之中，就埋葬着我们中华民族灾难深重的历史，埋葬着一批为国捐躯的英雄人物；如果我们漠视、淡忘了这段历史，岂不是民族的不肖子孙；如果我们不知拥护、爱戴、崇仰这些英雄，岂不是没有希望的奴隶之邦？作为中华民族的一员，我有责任把这血写的历史开掘出来，以先烈们的不朽业绩激励后来者奋然前行，否则，我的良心将不得安宁！我不明白“淡化政治”“回避崇高”为什么会成为而今“流行”的“时尚”，刚刚吃了几天饱饭的中国人还没有富足闲适到只需靠搞笑、娱乐来打发日子的时候，而风靡中国银幕的好莱坞“大片”却既不“淡化”也不“回避”地频频塑造着美国式的“英雄”，恰在此时，北约的导弹正在瞄准象征着中国主权的驻外使馆！

贝尔格莱德隆隆爆炸声，给了我们怎样的警示啊！在这个霸权横行、弱肉强食的世界上，从来没有天赐的民族平等和独立自由，没有一厢情愿的安宁与和平，没有“淡化政治”“回避崇高”的世外桃源。这就是血淋淋的历史和现实。我在《补天裂》的结尾曾经写下这样一段话：当抗英义士易君恕被港英当局送上绞刑架时，前来送别的英国牧师林若翰要他向上帝做临终忏悔，易君恕昂然说道：“不，我根本无罪！为国捐躯是我平生所愿，今日如愿以偿，我已经无愧无悔！向上帝忏悔？如果天上真有一位上帝，他能够容忍人间的残暴、罪恶、欺诈、掠夺吗？如果普天下的人都是上帝的儿女，他能够偏爱白种的儿女、虐待黄种的和黑种的儿女吗？我亲身经历了你们英国人强占中国新安县的全过程，亲眼看到英国军队和警察用战舰、大炮、快枪、刺刀屠杀了无数的中国人，亲耳听见他们在冲锋的时候高喊着：‘上帝保佑我们！’翰翁，我不明白，上帝为什么要保佑他们？为什么不去惩罚他们在中国所犯下的累累罪恶？为什么还要让失去了国土、失去了同胞、受尽了酷刑，最后又被屠夫送上绞刑架的人忏悔？翰翁，你能回答我吗？”

林若翰当然无法回答。回答他的，是整整一百年之后又一次为捍卫国家主权和世界和平而英勇献身的中华儿女邵云环、许杏虎、朱颖，是十二亿站起来的中国人民，是不畏强暴、顶天立地、奋发图强的中华魂，是我们如长江黄河浩浩荡荡五千年奔流不息的民族史。这魂魄，这历史，将由我们一代一代传下去！

（原载《文艺报》1999 年 5 月 29 日）

史学家的终点，是小说家的起点

在《补天裂》的创作中，为了最大限度地接近历史的真实，我曾花费三年时间赴香港深入生活、调查研究，查阅中英档案文献数千万字，采访各界人士数百人次，并且实地踏勘历史事件的发生地，探寻相关遗迹和文物，挖掘到许多鲜为人知的珍贵史料，使我对那段历史烂熟于心，闭目如在眼前。然而，史学家的终点，只是小说家的起点，历史小说既要真实地反映历史，却又不能仅止于罗列史料，它必须以人物和情节去打动读者，以期达到读者和作者对历史的共识。

艺术虚构是小说创作的基本手段，没有虚构就没有小说，小说家必须具有“把死人说活”的本事，而又不能超出既定的历史框架所允许的范围。这是历史小说创作的最大难点。《补天裂》中有许多人物如中方的光绪皇帝、慈禧太后、总理衙门大臣李鸿章、两广总督谭钟麟、定界委员王存善，英方的港督卜力、辅政司骆克、警察司梅轩利、驻港英军司令加士居等都是真名实姓的历史人物，我尽可能地对他们的身世、事迹详加研究，但再翔实的史料也不能为小说提供现成的艺术形象，大量的细节必须在合理的想象下进行虚构，有血有肉的人物是要靠作者创造出来的。晚清皇室和封建官僚并不是铁板一块的卖国贼，英国侵略者并不是统一模式的青面獠牙的鬼佬，爱国志士也不是千人一面的“高大全”英雄，由于每个人的政治观念和出身、经历、素质、性格诸多方面的各不相同，他们之间都存在着种种差异，在历史的大舞台上扮演着各自的角色，展现出各自的风貌，当这盘棋在作者的运筹下活起来，小说便走上了进退自如的轨道。书中的另一些人物则是完全虚构的，但又不是凭空杜撰的，比如作为东西思想文化的一个碰撞点，林若翰几乎和所有人物都要发生纠葛，悲天悯人的宗教信仰和血淋淋的弱肉强食不可调和，他在夹缝中艰难地挣扎，从而使这个人物的各个侧面得以淋漓尽致地展现，最终碰得头破血流。一位评论家说："易君恕临刑前质问林若翰，上帝为什么不去惩罚英国人在中国犯下的累累罪恶？这一问，问出了西方的宗教、文化在强权政治面前的苍白。"这也正是我塑造这个人物的立意所在。

历史小说的创作，是我认识历史、认识世界的一种途径，也是我锤炼学术素养和艺术技巧的一种方法，虽然备尝艰辛，但给予我颇多教益，我乐此不疲。

（原载《人民政协报》1999 年 10 月 2 日）

对历史负责，对读者负责

——《补天裂》获奖感言

《补天裂》是我所有作品中准备时间最长、创作最辛苦的一部，我付出的时间、精力、体力自不必说，而且在财力上耗费了大量的私人积蓄，这是一次透支生命和金钱的长跑，我只希望能够活着跑到终点，而不求回报。创作过程中，我常常感到心力交瘁，也曾孤独、苦闷，然而，一想到那些长眠地下沉寂百年的抗英先烈，想到那些热情接待我、倾力支持我的创作的“新界”乡亲们，便欲罢不能了。屏山邓氏族人在祭祀祖先的祠堂里，以最尊贵的礼仪迎接来自祖国首都北京的作家，七十三岁的邓圣时老人含着眼泪说：“我们是大清国的‘遗民’！霍老师，你从北京千里迢迢来到这里，写我们先辈的抗英事迹，我们感谢你呀！”正是这些“大清遗民”的后裔，这些生活在尚未回归祖国的香港却已经在祠堂前升起五星红旗的同胞，鼓舞着我写下去。

《补天裂》所表现的那一段历史是中华民族的血泪凝成的，容不得“戏说”，也容不得“想当然”，我必须对历史负责，对读者负责，为此我付出了长时间的艰苦努力，自认为是值得的。以我个人的爱好而言，我喜欢历史题材的创作，但不喜欢“戏说”。我认为，如果人物和事件没有历史依据，仅仅靠服饰和人物的生活方式作为“标签”，那样的作品不能称为“历史小说”或“历史剧”。“历史小说”或“历史剧”当然也需要虚构，但它必须以于史有据的历史人物和历史事件为基础，从本质上反映历史风貌和历史精神。

在新中国成立五十周年之际，《补天裂》获得了第七届全国“五个一工程”奖的长篇小说和同名电视剧两项大奖，并被评为新中国成立五十周年十部优秀长篇小说之一，这是祖国和人民对我的鼓励和鞭策。谢谢！

（原载《文艺报》1999 年 11 月 18 日）

为了那片苍天圣土
——记创作《补天裂》的日子

“待从头收拾旧山河”的豪情，激励我踏上南下香港之路

一九八四年，中英两国政府发表了《关于香港问题的联合声明》，向全世界宣布：中国政府定于一九九七年七月一日对香港恢复行使主权，英国政府于同一时间将香港交还中国。百年国耻，将一朝雪洗，海内外中华儿女是何等振奋，世界又是何等震惊！一股“待从头收拾旧山河”的豪情油然而生，激起了我以小说形式再现香港历史的强烈愿望。但我也深知这一题材的艰巨，英国殖民主义者强占香港已经一百五十年，血泪斑斑的历史从何说起？这一个半世纪之间已经更迭了好几代人的生命，要想以某个人物贯穿始终是根本不可能的！

经过数年的读书、研究和思考，我的思路渐渐清晰了，决定以十九世纪末的“香港拓界”为小说的中心事件。我们今天所说的“香港”，其实包括香港本岛、九龙和新界三个组成部分，其中香港本岛割让于一八四二年的《南京条约》，是第一次鸦片战争的产物，九龙割让于一八六〇年的《北京条约》，是第二次鸦片战争的结果，而新界本属广东新安县，一八九八年，英国政府出于扩张野心，向中国提出“展拓香港界址”的无理要求，软弱无能的清廷被迫签订《展拓香港界址专条》，将新安县大部土地和海域租让与英国，租期九十九年，这是英国蚕食我国领土香港“三部曲”的一个总结。香港拓界自一八九八年四月李鸿章与英国公使窦纳乐谈判起，到一八九九年四月英军以武力接管新界止，前后正好一年的时间，事件紧凑，

人物贯穿，比较适合一部长篇小说的基本框架，再以一九〇〇年一月李鸿章出任两广总督时途经英国的香港做结，首尾呼应，浑然天成。我仿佛找到了一把打开历史之门的钥匙，兴奋不已！

一九九四年，在中共中央统战部和北京市委的支持下，我终于踏上了南下香港之路。

面对无碑的义冢，抗英义士在我心中复活了

国人凡是学过中国现代史的，对于两次鸦片战争先后割让香港、九龙大都耳熟能详，唯独租让新界这一段史实，教科书要么一笔带过，要么只字不提，有关的历史著作如凤毛麟角。莫说内地人，连香港同胞对此也知之甚少，许多久居港岛的人都没去过新界，更不知道在那里曾经发生过多么惨烈的故事……

当年，《展拓香港界址专条》的签订激起了新安县乡民强烈的义愤，由邓菁士等义士牵头，联合邓、文、廖、彭、侯五大家族，奋起抗英保土，在清廷和港英当局两面夹击的情势下，他们知其不可为而为之，宁为华夏之鬼，不做英夷之民，先后在大埔、林村谷、上村石头围、鸡公山与全副武装的英军和警察展开血战，最后据守锦田吉庆围，遭到毁灭性的残酷镇压，男女老少战死无数。死难者的遗体由乡亲们运出来，埋葬在鸡公山下，血肉之躯和着那血染的黄土，堆成一座义冢。

我从北京来到香港，从港岛来到新界，吉庆围前，鸡公山下，寻找这座义冢。途中向人问讯，一问三不知，百年义冢，与喧嚣浮华的时尚距离太远了。然而我寻寻觅觅，终于在一株盘根错节的榕树下找到了它。这是一座硕大的坟墓，占地数十平方米，墓身呈徐缓的坡形，以水泥覆顶，正面砌以屏风式石壁，本也是粤地常见的墓葬形式。而不寻常之处在于，墓前并没有记载逝者姓名、身份、事迹的墓碑，只在一块不大的石板上刻着“义冢”二字。为什么？因为埋葬在这里的是一群抗英义士，在港英当局眼中属“犯上作乱”分子，当然不允许彰显颂扬，过去如此，时至二十世纪

九十年代也仍然如此。义冢无碑，英灵无言，我默默地站在坟前，向着他们三鞠躬。那一刻，我的耳畔响起一个声音：“由此上溯到一千八百四十年，从那时起，为了反对内外敌人、争取民族独立和人民自由幸福，在历次斗争中牺牲的人民英雄永垂不朽！”那一刻，含恨长眠在义冢中的抗英义士在我心中复活了，我要写，把那一页血染的历史写出来，不然，将无颜面对这些英灵！

片纸只字都来之不易，我把它们看得比命还重

我一次又一次从港岛穿越海底隧道，登上九龙半岛，翻越大帽山，从吐露港到大埔墟，从林村谷到石头围，从锦田到屏山、厦村，沿着抗英义士当年走过的路，辨认他们战斗的足迹，查询他们的姓名。时过境迁，物是人非，九十多年前的往事，人们还记得吗？

在屏山“文物径”的尽头，六百年古塔聚星楼近旁，有一座硬山式老屋，已经十分破旧，粉墙斑驳，门前堆着垃圾杂物，长着齐腰深的荒草，与修葺一新的聚星楼极不协调，显然不属于供人参观的“文物”之列。但在它门楣上镌着的三个大字“英勇祠”却引起了我的注意，近前看去，里面光线幽暗，四壁的下半部浸泡在积水里，水中还露出半截石碑，碑的上方悬有一匾，上书“忠义留芳”。我向当地的邓圣时老人请教：这“英勇祠”祭祀的是何人？为什么破败如此？哪知这一问，正好触到老人痛处，也震撼了我的心灵！原来，这石碑上所镌刻的烈士、烈妇姓名，正是一八九九年四月抗英保土战的死难者！港英当局为了掩盖血腥的历史，在二十世纪八十年代借口“市政建设需要”填平了屏山河，将平地垫高五六米，破坏了原有天然排水系统，山洪、雨水和生活废水无处排放，地势低陷的“英勇祠”惨遭水淹！

我从老人的手中接过“英勇祠”石碑碑文的复制件，如获至宝，急切地拜读那些被岁月湮没的姓名。我以为，这就是鸡公山下义冢之中全部死难者的名单。但是我错了，碑上只有一百七十三个名字，而整个新界保卫

战中为国捐躯的烈士、烈妇的数目，百倍、千倍于此也不止，英勇祠中所祭祀的死难者只不过是他们之中极小的一部分，而绝大多数连姓名也没有留下来，青山处处埋忠骨，与这片浸透鲜血的热土共存了。即便是碑上留名的，有些也仅是“阿英”“阿珠”这样的乳名，以及“邓门梁氏”“苏门黄氏”之类有姓无名的称呼，当武装到牙齿的侵略者强占他们的家园之时，这些农夫、农妇拿起火铳、大刀、长矛甚至菜刀，与称霸世界的英国殖民军奋死拼搏，直到生命的最后一息。

邓圣时老人自此成为我的挚友，数年的采访，他和他的乡亲们给予了我很多帮助。他们拿出记载着当年抗英斗争中购买枪炮款项的家族账簿，以及祖上曾使用过的刀、枪、油灯和杯、碗，使我亲切地嗅到了那历史的气息；他们拿出向来秘不示人的族谱，为我清晰地勾画出邓氏家族由内地迁粤并在新安县绵延的脉络，尤为可贵的是抗英斗争领袖邓菁士等人的身世，不仅为小说创作提供了可靠的依据，而且极具史料价值。以往看到的一些资料，多把邓菁士写作“邓清士”或“邓青士”，而且称他为吉庆围人，都是错误的，真实的邓菁士是厦村人，邓氏族谱载：“国学公名芝槐，字弼才，号菁士，乳名乳槐，乃郡庠诞献公长子也。补国学生。娶仇氏，生一子，曰锡龄。公生于道光二十八年戊申九月二十三日，终于光绪二十五年六月二十四日卯时，享年五十二岁。”当我看到这样翔实的第一手资料时，激动之情难以名状。邓氏族人在他们的祠堂里，以当地最尊贵的“九大簋”盛宴招待我，我说：“邓先生，太客气了，不敢当！”邓圣时老人眼含热泪，说：“我们是大清国的遗民！霍老师，你从北京来到这里，写我们祖先的事迹，谢谢你啊！”

那时候，我住在港岛北角。每天采访回来，泡上一杯从北京带来的茉莉花茶，打开电视，调到中央四台，我听着它的声音，整理好当天的采访记录，然后再准备第二天的采访提纲，一切就绪，已经是凌晨两点左右。草草睡几个钟头，起床后又出发了。在长达数年时间里，我的生活几乎天天如此。支撑我的，绝不仅仅是对文学的热爱，更是重负在肩的责任感、使命感，仿佛那些不灭的英灵在冥冥之中注视着我，期待着我，催促着我，使我不敢有丝毫的懈怠。

那些年，我凭着两只脚踏遍了香港，前前后后，采访各界人士数百人次，查阅中外文献资料数千万字，探访文物古迹不计其数。一个世纪的反差，香港早已面目全非，街道、建筑、码头、车船、服饰……全变了。而在我的笔下，却必须时光倒流，太平山、维多利亚港湾、皇后像广场、港督府、英军司令部、中央警署、圣约翰大教堂、域多利监狱、添马舰码头、天星渡轮码头、宋王台……都要恢复当年原貌，谈何容易！感谢新华社香港分社的领导和同志们，感谢我那些香港朋友，他们尽其所能，为我提供了许多方便，从浩如烟海的书籍、报刊、档案中沙里淘金，发掘有用的文字和图像资料。所幸的是，百年沧桑并没有使历史完全断裂，我竟然查到了香港拓界时港英当局的大量文件、布告和书信，英军镇压新安县人民的暴行和抗英义士的英勇抵抗，如影视戏剧般一幕幕重现在我眼前。借助于境外资料，我对"拓界"中的几个重要的英方人物，包括当时的港督卜力、辅政司骆克、警察司梅轩利、驻港英军司令加士居等人的身世、生平，都做了尽可能详尽的考察，连骆克的名字当中为什么要加上姥姥家的姓"斯图尔特"，他的夫人姓甚名谁，娘家是干什么的，都摸清了底细，这样，下笔时就心中有数了。

我把所有的资料都复制了备份，一份传真到家里，一份用特快专递寄回，原件由我自己带回北京。为什么要这么谨慎？因为片纸只字都来之不易，我把它们看得比自己的命还重。万一飞机出了事，即使我的作品没有完成，也不能让这些珍贵的史料泯灭！

与香港回归同步，"化五色石，补南天裂"

详尽地占有资料只是历史小说创作的第一步，小说不同于教科书，它必须以血肉丰满的人物和引人入胜的情节来征服读者，史学家的终点是文学家的起点。

长篇小说《补天裂》讲述了这样一个故事：一八九八年初夏，接连发生的香港拓界和戊戌变法这两件大事震动清廷。变法失败后，曾经谏阻香港拓界并参与变法的京师举人易君恕仓皇出逃，在英国牧师林若翰的掩护下亡命香港。林若翰的华裔养女倚阑，在与易君恕共同生活中终于找回了民族认同感，并且和他产生了刻骨铭心的爱情。易君恕与昔日挚友锦田邓伯雄重逢，义无反顾地投入了新安乡民的抗英保土斗争，英军攻破吉庆围，邓伯雄壮烈殉国，易君恕被俘，由港英法庭判处死刑。临刑前，林若翰要他向上帝忏悔，易君恕昂然道："不，我根本无罪！如果天上真有一位上帝，他能够容忍人间的残暴、罪恶、欺诈和掠夺吗？我亲眼看到英国军队和警察用战舰、大炮、快枪、刺刀屠杀了无数的中国人，为什么上帝不去惩罚他们，还要让失去了国土、受尽了酷刑，又被送上绞刑架的人忏悔？翰翁，您能回答吗？您不能回答，我也决不忏悔！"遂从容赴死。此刻，在那打素医院里，倚阑正在遭受产前阵痛的折磨。随着一阵嘹亮的婴儿啼哭声，她生下了一个黑头发、黑眼睛的华夏男儿。

小说是在香港回归倒计时的秒针跳动声中完成的，卷首题写着我以书中主人公易君恕名义所作的《忆秦娥·香港抒怀》：

涛声咽，登楼又见伤心月。伤心月，故国山水，异邦城阙。　零丁洋上忠魂烈，宋王台下男儿血。男儿血，化五色石，补南天裂！

我有幸与香港回归同步，写完了这部对祖国、对香港充满深情的六十万字的作品。一九九七年五月，小说在北京和香港同时出版，中央人民广播电台全文广播，并且在七月一日凌晨回归仪式开始之前摘播其中的重要章节，那时，我正在香港会展中心，等待着亲眼见证五星红旗在香港的土地上升起。当那难忘的时刻到来时，热泪模糊了我的双眼，我想，义冢中的忠魂可以瞑目了！

长篇小说《补天裂》和同名电视剧获第七届全国"五个一工程"奖的双奖，并当选新中国成立五十周年十部优秀长篇小说。对我来说，重要的并不在于这些荣誉，而在于它记载着我曾为香港回归祖国尽了一份心血。

值得欣慰的是，十年之后，当香港战胜金融风暴，完成平稳过渡，步入繁荣发展的今天，人们仍然没有忘记《补天裂》，由中华海外联谊会和中国电影基金会银梦影视公司再度拍摄为四十集电视连续剧《苍天圣土》，献给香港回归十周年。在此，我深深地、深深地为这片苍天圣土祝福！

（原载《光明日报》2007 年 7 月 2 日、《纵横》第 7 期。获全国政协庆祝香港回归十周年优秀征文奖）

答《信报》记者问

写作之痛——我以为自己的葬礼要先举行了

记者：您一九八七年写完了《穆斯林的葬礼》，与那个年代其他一些作品相比，这部书十几年来一直长销不衰，您觉得是为什么？

霍达：两个字：幸运。如果非要说理由，我认为可能是我的真诚，我写作从来不太考虑社会效应如何，我只想首先感动我自己，再感动别人。一个怀有真善美之心的人才可能写出好的文章，否则再有才华，从道德品质上讲是个卑劣小人，那他绝不会有真正的创作成就。

记者：我听说当时的写作过程非常痛苦，您心绞痛反复发作，边写边吞药才完成，现在写作还是这样吗？

霍达：写这本五十万字的书，你知道我用了多长时间？四个半月！可前期准备工作时间相当漫长，提笔前我踏着故事中男女主人公的足迹四处奔走，看到他们曾经生活过的地方，历史就像在我的面前复活了。我在稿纸前常常忘记了现实生活中的人和事，窗外正是三伏盛夏，书中却是数九严冬，我不寒而栗……我为书中主人公的欢乐而欢乐，为他们的痛苦而痛苦，有时甚至不得不停下来痛哭一场。当我把他们一个一个地送离人间的时候，我被生离死别折磨得痛彻肺腑。心绞痛发作得越来越频繁，我不得不一次次停下来吞药。我甚至担心自己的葬礼先于书中的葬礼而举行……写作让我现在一点儿也不怕死，因为我早就“死”过好多次了。

写作之乐——岁数最大的读者九十三岁

记者： 写完后用什么方式调整自己？知道发表后这么引起轰动吗？

霍达： 没有喘一口气，马上开始了报告文学的创作。我知道有许多人喜欢这本书，我非常感谢这些读者。甚至有两位读者已经到了“强迫性思维”的地步，他们一男一女，三十来岁，一个是陕西人，一个是河北人，除了每天给我打两三个长途电话外，还千方百计找到了我家，没完没了地想同我聊天，他们对《穆斯林的葬礼》《补天裂》中许多片段都倒背如流，我都不太敢接他们的电话了……

还有一位东北的书商，有一次与我谈另一本书的合作，他不小心透露说他靠《穆斯林的葬礼》赚了二百万元。

记者： 我周围喜欢这本书的读者从二十岁到六十岁不等，且翻译成多国文字后在异域也同样为人所喜爱，对于书中描述的苦难与人性，您觉得下一代人还能理解吗？

霍达： 你当时看的时候也就二十来岁，你觉得看懂了吗？我相信能理解，就像一个六个月大的婴儿，你对他微笑，他能用同样的目光来回应你。人性是相近的，它不分年龄和国界。我知道的岁数最大的一位读者是九十三岁的老人，他对我说：“书中的韩子奇有原型吗？你能那么理解一个老人的心意，我走了也知足了。”他那句话分量很重！知道有那么多读者喜欢我的文字，无论多累，我都没法放下手中的笔。

写作之情——担心飞机失事，把资料寄一份给丈夫

记者： 最近在做什么创作？

霍达： 正在写两个长篇，一本写女性的，一本反映海峡两岸几个家庭悲欢离合的，书名暂不透露。我写作一般都是先定好书名才开始动笔。很少在成书后再改动，当年《穆斯林的葬礼》也是，动笔前三年我就想好了书名。

记者：您除了《穆斯林的葬礼》，还有《补天裂》《红尘》《年轮》等多部小说和报告文学，但最有影响的还是《穆斯林的葬礼》，您眼中的这本书是否与众不同？

霍达：说实话，我最满意的长篇小说是《补天裂》，有评论称那是部“史诗”。

在我以往的创作中，对历史题材有着浓厚的兴趣，但晚清史却恰恰是我最不喜欢的，因为那是一段充满民族屈辱的历史。一九八四年，中英两国政府发表《关于香港问题的联合声明》，中国政府定于一九九七年七月一日对香港恢复行使主权，我萌生了以小说形式再现香港历史的念头，经过陆续几年的准备，一九九四年我终于踏上了南下香港之路，开始了历时三年的采访和调查研究。之前不久，有位富翁出五百万港元要我为他写自传，我拒绝了。

记者：讲讲在香港搜集素材时的事情吧。

霍达：说这些好像有自夸的嫌疑。当时在图书馆翻阅了相关的文献资料数千万字，看到有价值的东西我会兴奋得发抖，赶紧复印四份，其中一份寄给远在北京的丈夫，由他保留着。为什么？我怕万一飞机失事我死了不就白找了吗？

我还实地踏勘一些历史事件的发生地，探寻尚存的历史遗迹和文物，往往是每天早上八点半起来，带着地图或坐公交车或步行，走遍了香港的大街小巷、荒山野岭。当时每天早出晚归，往往回到住处后整理资料到半夜，把电视调到央视四台，不管里面说什么呢，我都会感觉自己离家那么近。

生活之爱——我最不能舍弃的是我先生

记者：如果这世间让您对目前所拥有的一切进行选择，您最不能舍弃的是什么？

霍达：（毫不犹豫）我最不能舍弃他——我的先生。

记者：《穆斯林的葬礼》中韩新月与楚雁潮的爱情让人神往，您怎么看待爱情？

霍达：爱情不是口头上的东西，在我现在看来，青年人的爱往往是性爱，中年人是情爱，到了晚年才是爱情。相爱的人应该以命相许、以命相托。在我的生命中我无法想象没有我先生会是什么样子。我们探讨过，如果不能一起走，我希望我先离开世界，由他来料理后事；如果他先走了，我很快会随他而去，因为没有他，我的生命就失去了意义。

生活之重——文学是母亲，戏剧是爱人，电影是情人

记者：您曾说过写作是为书中人物的心灵作传，一向都是纯净严肃，甚至是有使命感地写作，如今人们对待写作的态度越来越宽松，您怎么看？

霍达：很明显，随着年龄的增长，我写作的态度越来越慎重。我很欣赏这个说法：文学是母亲，戏剧是爱人，电影是情人。对于一个国家来说，文学不可以太不严肃，它代表了一个国家人民的文化素养和思想境界。像戏说历史呀，美女作家的私人写作呀，我也不去指责，但我自己是不会去看的。一些浅薄的"现代文化"将人们丰富细腻的情感一笔抹杀，把水搅浑，致使社会上许多人轻率地效仿，随便地同居、闪电般结婚、轻易地分手……越是这样，人们的精神境界越贫乏，越向往宝黛的纯情，向往韩新月与楚雁潮的完美。这也是好多作品畅销的理由，没什么便盼什么呀。

生活之思——我现在是个"堕落"的人

记者：您怎么评价自己的现在？

霍达：我觉得我现在是个"堕落"的人。以前从事报告文学的写作时，为了将一个受害人的真相公之于众，我能一口气奔走于三十七个县，顶着

巨大的压力到村子里面找农民谈话，真是为民请命啊。哀莫大于心不死，我非常关心国家命运，我真心希望我们的民族越来越富强。

（原载《信报》2003年11月2日，《文学故事报》2005年11月7日至13日转载）

小说集《红尘》自序

这本集子里所收的《红尘》等几个中短篇小说，是从我近年的作品中选编的。

有朋友问我：你写的电影、电视剧和话剧剧本多为历史题材，而小说则多为现实题材，为什么？

我一想，可不是嘛！又一想，也不尽然，我是“掺和”着写的，小说也有历史的，剧本也有现实的，并没有明确的“分工”。

我写作全凭个人兴趣，一个题材激动了我，就非写不可，根本没有考虑是哪朝哪代的事儿。“历史”和“现实”，怎么分呢？陈年古代的人物，也可以写得有“现实感”；当今生活中的琐事，也可以写得有“历史感”。今天看昨天，就是历史，明天再看今天，也成了历史。什么叫历史？我说：历史就是人生。写历史，就是写人生，写人生的真谛。

这又是一个大题目，够理论家写好几本厚书的。我想说得省事一点儿，干脆一点儿：人生的真谛，就是人活一世，活得值！

要想“活得值”，也不大容易。每个人的脑袋上都有一个不可知的幽灵在徘徊：命运。命运主宰着人生，或直上青云，或坠入深渊。对命运俯首帖耳、任其摆布的，一辈子等于白活；而敢于和命运较量的，哪怕碰得头破血流、七疮八孔、粉身碎骨，也算活得值！

因此，我喜欢凌芳这个清贫的强者；我赞赏钟剑辉这个扑向太阳的人；我钦佩王月梅、林若竹这两位纯情的母亲！他们各自都有不同的结局，但对我来说，这并不重要，重要的是他们怎样写出了这个大写的“人”字。

人和历史，都是属于民族的。对于生我养我的中华民族，我怀着女儿对母亲那样的感情。《秦台夜月》中的老父亲，便是我心目中的中华民族的化身，他贫穷、病弱、无能，却又不同于别人笔下那种愚钝、麻木的老农，他胸中蕴藏着丰厚的文化，却被贫瘠的黄土埋葬了，但他却平静地含笑死去，因为他相信，他的热血仍将在儿女的血管中奔涌！

我们的民族经历了太多的苦难，其原因，来自外部，也来自内部。我写《红尘》，用意不在于铺叙一个“窑姐儿”的浮沉荣辱，着眼点是她所处的历史氛围，这便是我对于上述问题的思索。

历史，民族，人生。我的思索。

是为序。

一九八六年六月于抚剑堂书屋

（小说集《红尘》，花城出版社 1988 年版）

话剧《红尘》答问录

记者：霍达老师，祝贺您的话剧剧本《红尘》获得国家舞台艺术精品工程优秀剧本奖，并且由国家话剧院在京上演！

霍达：谢谢！

记者：我记得，您的同名小说发表于一九八六年，一九八八年获第四届全国优秀中篇小说奖。同一部作品，原著和改编相隔将近二十年，两度获得国家大奖，真是难得，充分说明了它强大的生命力。尤其是去年刚刚完成的话剧剧本，还没有演出就已经获奖，这种情况好像还没有先例……

霍达：有没有先例我不知道，接到获奖的通知我很意外，但也很高兴，自己的作品被别人认可，总是一件好事。

记者：当年，小说《红尘》刚刚发表时我就拜读了，最近又看了据此改编的剧本，两个文本我都喜欢，可谈的话题很多，最令我心动的是这部作品的“点子”想得非常巧妙，而立意又极其深刻。一个曾经在旧社会当过“窑姐儿”的女子，在解放后将怎么生活？这个悬念可以有多种答案，而您选择了出人意料的一种：当她刻意隐瞒自己的历史时，和蹬三轮儿的丈夫生活得十分“滋润”，被街坊四邻艳羡“要样儿有样儿，要派有派”；而在一次诉苦会上她经不起街道主任的煽情，痛说自己不幸的过去，暴露了“见不得人”的隐私，便立即成了人们所不齿的另类，在一次次运动中受尽凌辱，最终自己结束了生命。请问，您是怎么想到这个“点子”的？生活中有“德子媳妇”的原型吗？

霍达：生活中不可能有现成的艺术形象，但是德子媳妇这个人物不是从天上掉下来的，而是从生活的土壤中长出来的。中华民族自古以来就崇尚“诚信”，但我可以说，真正做到人和人之间互不设防的“诚信”社会，五千年来都未曾有过，将来也未必会有。一代又一代的孩子们在讲堂上被教导说“要诚实”“不要说谎”，那些教条只能写进套话连篇的作文中，而在没有外人的私密场合，家长教给孩子的处世箴言却是“逢人只说三分话，未可全抛一片心”，这才是最实用的。因为历朝历代都可以举出许多因为讲真话而倒了霉甚至丢了性命的事例，经验和教训使得人们变得圆滑了。正如鲁迅先生所说：“中国人的不敢正视各方面，用瞒和骗，造出奇妙的逃路来，而自以为正路。在这路上，就证明着国民性的怯弱、懒惰，而又巧滑。”

记者：不幸的是，被别人认为“经多见广”的德子媳妇恰恰并不具备这种圆滑或曰巧滑。在悼念毛主席的时候，她有一大段台词，其中说：“我知道自个儿出身低贱，这辈子没有多大的望兴，只求活得像个人，跟旁人一样的人！我不偷不摸，不坑不骗，没有害人的心，没做过一件坏事儿，我这心是干净的，手是干净的，为什么世人还嫌我‘脏’，嫌我‘臭’？我到底‘脏’在哪儿，‘臭’在哪儿？唉！要怪只能怪我自个儿，不该听了孙主任的话，在诉苦会上倒那一肚子苦水！我要是不说呢？不就谁都不知道、谁也不敢踩践我了吗？瞒他们一辈子，骗他们一辈子，那就什么事儿都没有了，多踏实！可是，共产党不是教导世人要‘做老实人，说老实话，办老实事’吗？我说了实话，怎么反倒遭了罪呢？……”这一段话，是否可以视为全剧的“眼”？

霍达：你说得没错，德子媳妇始终无法理解的就是：为什么真诚的代价是如此的惨烈？不过，她倒也并不是全然不懂“瞒”和“骗”。一个从八大胡同的污泥浊水中出来的女人，不可能像《皇帝的新衣》里说真话的孩子那样单纯。她和德子搬了多次家，就是为了躲避街坊四邻的刨根问底。搬到这条胡同来之后，她也曾经多次从容应对孙桂贞、马三胜等人的刺探，巧妙地掩盖了自己的历史。但是，经历过“以阶级斗争为纲”时代的人都还记得“忆苦思甜”的舆论导向的巨大威力，“忆旧社会的苦，思新社会的甜”，非常时尚而光荣，而这条胡同里的小业主们又诉不出像样的苦来，映衬得德子媳妇更加苦大仇深，“谁也没我更‘无产’了，连身子都不是自个儿的”！于是，在孙主任的启发和鼓动下，她天真地解除了心理防线……

与此相对比，我设置了街道主任孙桂贞这条线。无论在小说里还是在剧本里，孙桂贞都没有对外人说过一句真话，她一生最大的成功就是敢于撒谎而又善于撒谎，撒谎撒得有技巧，有水平，达到了弄假成真的地步。孙桂贞有一句名言：“看见的也说没看见，听见的也说没听见，知道的也说不知道，千万别说实话！”这是她的教子家训，连傻子疯顺儿都会背……

记者：真是奇绝妙绝！更妙的是，“文化大革命”结束，两岸关系发生了变化，一个爆炸性的消息传来：孙桂贞的丈夫在台湾，她家里挂的那张烈属证是假的！按照人们已经习惯的思维逻辑，孙桂贞这个“代代红的娘儿们”终于该倒霉了，可谁料此一时也，彼一时也，而今的“台胞”“台属”这些字眼儿比当年的劳模还光荣，孙桂贞歪打正着，又一次化险为夷，风光无限！这么精彩的情节，您是怎么想出来的？

霍达：这也是生活的赐予。以前总有人埋怨中国人思想保守，其实很冤枉，我们中国人是很善于接受新事物的，过去是越穷越光荣，现在是金钱至上，“贵族”走俏，冷不丁冒出来不少先前不曾听说的大清皇亲国戚、国军将领后人、花旗银行经理或是租界巡捕的嫡系子孙、台湾政要的什么远房亲戚之类，“人往高处走”嘛！孙桂贞如果再继续当“烈属”，即使是真烈属也意思不大了，恰在此时她突然变成了“台属”，这才真叫走运，天上掉馅儿饼，让那些“气人有，笑人无”的街坊们羡慕死、嫉恨死！

记者：“气人有，笑人无”这六个字也堪称经典，十分精确地概括了中国的国民性。

霍达：这是群众概括的，我只不过随手拈来，借孙桂贞之口说马三胜：“你小子，就是气人有，笑人无！”其实何止一个马三胜？君不见，哪个单位分房子，评职称，不争得你死我活？宁可谁都没份儿，也不让别人占了先。这些，我们都早已见怪不怪了。就说《红尘》里的这条胡同，街坊们对一路走红的孙桂贞早已恨得牙根疼，但慑于她的权势和霸道，敢怒而不敢言，唯一的宣泄方式是拣软柿子捏，欺负那个没有还手之力的德子媳妇，马三胜调戏她，黑子奶奶奚落她，黑子打她、揪斗她，周围的人也袖手旁观，从中取乐。鲁迅先生说："勇者愤怒，抽刃向更强者；怯者愤怒，却抽刃向更弱者。""群众——尤其是中国的——永远是戏剧的看客。牺牲上场，如果显得慷慨，他们就看见了悲壮剧；如果显得觳觫，他们就看了滑稽剧。北京的羊肉铺前常有几个人张着嘴看剥羊，仿佛颇愉快，人的牺牲能给予他们的益处，也不过如此。"重温鲁迅的这些论述，我们能不被震撼吗？

记者：您在谈话中多次引用鲁迅的话，可见鲁迅在您心目中的位置。的确，我在读《红尘》的时候，脑际也闪现过鲁迅的《药》《祝福》《孔乙己》《阿Q正传》，以及他的一系列关于国民性的杂文……

霍达：剖析中国的国民性是鲁迅作品的一个重要主题，中国的文化人关于这个话题的议论也很多了，而且大多要引用鲁迅的"哀其不幸，怒其不争"这八个字，仿佛他们所"哀"的这些"中国人"并不包括自己。人们在庆幸灾难已经过去的同时，是否也曾思考过自己在这场灾难中扮演的是什么角色呢？自私、猎奇、欲望、残忍，亦即人性的恶，始终潜藏在人们的心中，而只要有了一个合适的时机，就会左右人的思想，就可能化为行动。明末袁崇焕蒙冤被杀，京城百姓"生啖其肉"，难道都是出于"义愤"？当人们失去了怜悯、宽容、爱等一切美德的时候，一具具行尸走肉都变成了互相杀戮的斗兽机器，而看客也是他们的同类。鲁迅说："于是大小无数的人肉的筵宴，即从有文明以来排到现在，人们就在这会场中吃人，被吃，以凶人的愚妄的欢呼，将悲惨的弱者的呼号遮掩，更不消说女人和小儿。"对于这"凶人的愚妄的欢呼"，我们是并不陌生的。

记者：您的这些话让我战栗。或许正是出于这样的认识，您在剧本中对梁思济这个人物的结局有所改动？

霍达：是的。在小说以及剧本的初稿中，梁思济都是一个"正面人物"，作为小市民群里唯一的知识分子，他担当了社会良知的象征和作者代言人的角色。而在定稿剧本的尾声，我做了新的处理：当他的冤案得到平反，当了院长，便不知不觉地产生了微妙的变化，对于哀哀求助的德子媳妇不再同情，而只是冷漠地以几句话打发了事。这一笔虽然着墨不多，但这个人物不概念了，完整了，真实了，可信了。

记者：也使整个作品升华了，而且更沉重了。记得当年小说《红尘》刚刚问世的时候，荒煤先生就曾撰文评论说："作者很少急切地跳到读者面前来表白自己不控制的激情，发表种种哲理，而是十分平静却十分亲切地剖析人物的灵魂。"荒煤先生还特别欣赏"作者用她熟悉的'京白'口语，似乎如叙家常地平静地娓娓而谈，却十分委婉、细腻、真实地描绘了几个平凡人物的命运，展示了他们的心理、个性"。地域性、生活化语言的成功运用也是《红尘》的一大看点，这在话剧剧本中体现得更加突出了。这将是一出"京味儿"十足的好戏，令观众充满了期待。

霍达：剧本只是为演出提供了一个基础，观众最终看到的是舞台形象。曹其敬导演是我所敬重的、成就卓著的艺术家，国家话剧院为此剧推出了由朱媛媛、韩童生、刘佩琦、柏寒、陈强、澹台仁慧等著名演员组成的强大阵容，并且由薛殿杰先生出任舞美设计，借此机会，我对他们的辛勤劳动表示感谢！

（原载《人民政协报》2005 年 4 月 25 日、《诗书画》2005 年卷）

大雅若俗

——小说集《魂归何处》自序

前人语，有“大智若愚”“大巧若拙”，而未有“大雅若俗”，在下姑妄言之。

昔者俞伯牙，乃是个大大的雅士。一日，行至汉阳江口，忽然风起浪涌，大雨如注，舟楫难行，泊于崖下。待雨止云开，明月复出，伯牙独坐舱中，生雅兴而抚琴，曲未终而弦断。伯牙惊。左右上岸搜索，揪出一个听琴的樵夫。伯牙大笑：“山中打柴之人，也敢称‘听琴’二字！”樵夫答道：“大人若欺负山野中没有听琴之人，这夜静更深，荒崖下也不该有抚琴之客了！”伯牙见他“出言不俗”，乃邀樵夫上船，纵谈琴艺，樵夫对答如流。伯牙更弹一曲，樵夫尽识其意：“巍巍乎志在高山，洋洋乎志在流水。”伯牙相见恨晚，引为知音、知己，生死莫逆。

这故事流传了千百年，俞伯牙和樵夫钟子期都是被歌颂的对象，一个雅，一个“不俗”，两人赛着雅，雅到了一块儿，共同步入远离俗人的象牙之塔。

其实，我倒是觉得，樵夫钟子期不必归入“雅士”之列，应还其“俗人”面目。他生活在民间，每日里爬山、砍柴，能“雅”到哪儿去？只不过肚子里有和“雅”人相通的东西罢了，“你们那一套，我也懂”！做官的俞伯牙，也没有完全脱“俗”，他琴曲中的意境，高山也罢，流水也罢，本是樵夫眼中常见的东西。他们两位，一个在晋，一个在楚，相隔千里，那时候又没有电话，没有报纸，没有刊物，没有创作讨论会，默默地各干各的，一朝邂逅，却心灵相通。这并不奇怪。他们都食人间烟火，都读竹简上的方块字，都研究共同的文化艺术，他们之间有相通的东西。正因为这样，俞伯牙在荒野之中独自弹琴，也有人听，并且还能听懂，尽管他当时并未考虑到“上座率”和“票房价值”等。

假如俞伯牙真正存心和“俗”人过不去，那天晚上由着性儿地胡弹一通，使劲儿地“雅”，“雅”到自个儿都听不懂，那就行了，钟子期就傻眼了，赶紧挑起柴担子回家焖饭去，还听它干什么！

可是，俞伯牙并不想这样，他既要“雅”，又要觅“知音”。不管他承认不承认，他是在雅与俗之间周旋！

自古以来，雅人看不起俗人。

自古以来，俗人养活了雅人，也养活了雅人的文化。

雅人从俗人中得到了文化，又不大想让俗人听；一旦被俗人听懂了，便大惊失色，以为贬了值；真正没人听，又哀叹“阳春之曲，和者盖寡”！

世界上的俗人比雅人多得多。

没有俗人，便没有《诗经》《楚辞》……

没有俗人，白居易的诗歌绝不可能流传到“禁省、观寺、邮候墙壁之上无不书，王公、妾妇、牛童、马走之口无不道，至于缮写模勒、炫卖于市井，或持之以交酒茗者，处处皆是”的地步。

也正因为如此，雅人说“元轻白俗”，白居易落下个“俗”名，这帽子戴了一千多年。

雅俗之间，不应该有一条不可逾越的鸿沟，白居易等人的贡献正在于架起了一条沟通雅俗的桥梁。真正的杰作，真正的大师，还必须得到人民的认可。

说到这里，我想起了老舍。老舍的作品取材、语言风格，可以说“俗”到了家。虎妞在裤腰里塞个枕头，骗祥子说“我有了”；刘麻子给太监总管买媳妇；两个大兵合娶一个老婆……这些已经俗得“牙碜”的事儿，却在老舍的笔下生辉，俗人看了说：“嗯，是这么回事儿。”雅人看了说：“啊，只有老舍才写得出来！”

老舍做到了“大雅若俗”，貌俗而实雅。俗，不是要低级庸俗、俗不可耐；雅，不是要高不可攀、深不可测。他既没有把自己等同于一个小市民，去俯就、迎合其落后、愚昧甚至低下的趣味，也没有把自己装扮成超凡脱俗、足驾祥云的神仙，从高空中藐视脚下的芸芸众生。他是站在俗人之中，怀着深深的爱和深深的痛苦，把俗人的故事说给俗人听，也说给雅人听。听完了，俗人雅人都觉得心里亮堂了点儿。

“大雅若俗”把文学还给了俗人。

“大雅若俗”悄悄地把俗人变雅。

其实，俗人也不是顽固不化、不可救药的。中国实行开放政策以来，许多新东西一拥而入，包括物质的、精神的，俗人的接受、适应之快，甚至超过了某些雅人。俗人讲实惠，管它洋的、土的、俗的、雅的，自个儿合适就掏钱买。中国的雅人还得中国的俗人养活，得好好地想想生产什么样的精神食粮，既让人家认账，又得让自个儿不坑人，不亏心，不装腔作势，不招摇撞骗，不砸牌子。

不妨试试“大雅若俗”。

没有“大雅若俗”，文学便会两极分化，雅的更雅，俗的更俗。一见发现“庸俗文学”泛滥成灾，“严肃文学”无人问津，再惊呼，再感叹，似乎也没什么高招儿。

附带说一句，“严肃文学”的招牌也值得商榷。有些自命“高雅”、自视“严肃”的文学并不那么高雅，也并不那么严肃，故弄玄虚自作聪明地骗人罢了。这令人想起前些时候挂得满街筒子、像尿布似的“舶来品”，其实是从外国病人、死人身上扒下来的，拿来唬自个儿的同胞，不大地道！还有那些一坐就坏的沙发，“金玉其外，败絮其中”，让人家买回去骂。

俗人并不傻，也不大好糊弄的！

一九八六年岁首写于抚剑堂书屋

（原载《丑小鸭》1986 年第 3 期。后收入小说集《魂归何处》，十月文艺出版社 1988 年版）

我和《海魂》

漫漫西行路，滚滚远洋潮。汽笛一声长啸，壮士赴滔滔。重驾郑和樯橹，再续丝绸古道，雪浪溅征袍。网落鱼龙舞，锚起星辰摇。　　男儿血，赤子泪，洒碧涛。夜来船满明月，乡恋挂桅梢。梦里乘风归去，问讯故人安好？暮暮更朝朝。叩舷歌一曲，大海起狂飙！

这首《水调歌头》，是我的长篇报告文学《海魂》卷首序词。

在我们所居住的这个星球上，百分之七十以上的面积是茫茫大海。有史以来，人类为了自身的生存和发展，便开始了征服大海的不懈斗争。郑和下西洋的壮举曾在世界航海史上留下不朽篇章，然而直到二十世纪八十年代，中国还没有一艘渔船驶出国门，被各大渔业强国远远地抛在后头了。

一九八一年初，新华社的两位记者从西班牙拉斯帕尔马斯群岛发来一份内参，介绍了大西洋捕鱼业的情况，建议祖国派出船队，开创远洋渔业。一片赤子情，牵动中南海，中国远洋渔业的开创就此拉开序幕。

一九八五年三月十日，中国第一支远洋渔业船队经过四年紧张的物资和技术准备，向国家贷款三百万美元外汇额度，终于乘改革开放的大潮从历史名港马尾拔锚起航，沿着郑和开辟的航道，驶向天涯海角、大洋深处，历尽千难万险，登上风云际会、群雄逐鹿的国际舞台，一举填补了我国远洋渔业的空白。

这项威武雄壮事业开创之际，带有极大的风险性，因而是悄悄地进行的。直到三年之后，中国远洋渔业船队已在大西洋站住了脚跟，新闻媒体才公开披露这一消息。于是，我到了中国水产联合总公司，开始了第一次采访。

办公室正在开会，总经理张延喜用两个小时向我讲述了中国渔业船队首闯大西洋的历史，我被深深地感动了。更使我感动的是他最后说的话："你们作家看得起我们这些打鱼摸虾的人……"听了他这句话，我就觉得，如果我的笔不去写这些"打鱼摸虾的人"，真是对不起他们了。于是就有了这本书的首章《弄潮大西洋》，摘要发表于《人民日报》，全文发表于《十月》。

现在回头再看我最初接触这一题材时所写的东西，已经觉得太简略了。但那毕竟是一个开端。从此，我虽为"局外人"，却时时关心着"中水"的一举一动，从大西洋传来的任何点滴消息都使我如同接到"家书"一样激动不已。中国远洋渔业虽然开创不久，但在国际上已经声名赫赫。因为远洋渔业的生产基地在国外，所以国内的同胞还不大知道，那些不怕困难，不怕挫折，不惜离乡背井、抛家舍业的人，正在为祖国、为人民进行着可歌可泣的奋斗！

我决心继续写下去。"中水"参加过西非创业的许多同志，向我提供了大量创作素材。采访面不断扩大，从北京一直到西非。我曾到拉斯帕尔马斯去亲身体验那个风云际会的世界渔业之都、各路英雄激烈竞争的战场；曾到大西洋的渔船上，去亲自参加他们那像战斗一样的海上捕捞；去倾听那些远离家乡、远离亲人的海外游子倾诉衷肠；曾到遥远的撒哈拉大沙漠，在毛里塔尼亚的努瓦迪布和努瓦克肖特，参加"中水"和国际合作伙伴的谈判；曾到祖国南方海岸的港口，为又一批远航的勇士送行；曾到"中水"所属的一些渔业公司和渔轮公司，了解他们在后方所做的默默贡献；曾到那些创业者的家里，询问渔家大嫂对天涯未归人的梦魂萦绕和殷殷寄语；曾利用那些船员归国探亲的宝贵机会，请他们用打鱼人的语言叙述那难忘的岁月；曾为在西非以身殉国的同志敬献花圈……

和他们接触得越多，我越觉得自己所知甚少，他们就像大洋大海，而我却只捕捉到一朵两朵浪花。那些朴朴实实的打鱼人，使我一次次受到灵魂的震撼，从他们身上，我看到民族的脊梁，国家的希望。他们默默无闻地无私奉献，从八十年代到九十年代，一如既往，并且还要传之久远。这是一种什么精神？我无法给以科学的定义。但凭一个作家的直觉，这正是中华民族要顶天立地、自立于世界民族之林所必须具备的最重要的精神！我把所见、所闻、所思、所想都写下来，奉献给我的读者，让他们知道在中华人民共和国的历史上，还曾有过这么一页也许不甚重要的篇章，而这一页却无论如何不应该被忘却、被丢弃！无数次采访，无数次核对，无数次查阅资料，我尽一己之所能，尽最大努力，追寻历史的踪迹，探求最原始的事实，遵循报告文学最根本的原则：真实。

前面的工作时断时续，而到了一九九四年，我几乎丢下了一切，全力以赴写《海魂》。我已经放不下它，如果不一鼓作气地写完，头脑里很难开始其他题材的构思。那些光着脊梁、浑身晒成古铜的渔家汉子，他们用血肉之躯在国际舞台上展现的一幕幕威武雄壮的活剧，闭目如在我的眼前。我忘不了在拉斯帕尔马斯亲眼看着他们从凌晨四时顶着星月到码头接船，用铁肩膀卸下几千吨的渔货，小心翼翼地捡起不慎掉落在地的一鱼一虾，一直干到第二天的凌晨二时，把船送走！在海上打鱼的人，同样也是日夜不息，祖国人民沉浸在梦乡之际，正是他们在大西洋上拉夜网之时……

一九九五年的春天，这本题为《海魂》的长篇报告文学终于送到了读者的手上。多年以来，我对于厚爱我的读者，已感“负债”太多，但我以为，这本书也许可以向读者“还愿”，因为它是用我的心血写成的！

然而，当我再次阅读书稿时，心中仍然感到深深遗憾。本来我计划中写得比现在更多，却未能如愿。当年，苏、美、日、韩等渔业强国的渔船驰骋天下，广阔的洋面上看不到一艘中国渔船。今天，从大西洋、印度洋到北太平洋、南太平洋，到处有五星红旗漫卷海风。十年之间，中国已经从一片空白中昂然崛起，成为举世瞩目的远洋渔业大国，在世界渔业界占有不可忽视的地位。我国远洋渔船有四百五十余艘、船员五千余人，我要全部走遍、访遍，显然是不可能的。

尽管我有很多遗憾，但我还是要敬告读者，《海魂》并不是中国远洋渔业史，而只是一个作家对中国远洋渔业的感受，一部文学作品。文学，从来就是历史的折射，但它又具有独立的品格，它以文学手段重现历史，给今人以精神的借鉴与启迪、艺术的享受与感发，似乎又与史书具有不同的存在意义。鉴于此，我给那些信任我、热爱我的读者捧出《海魂》，并且借此向那些默默无闻地为中国远洋渔业做出贡献的人，表达一个同胞的由衷敬意：致敬，时代的弄潮儿，中国远洋渔业的开拓者！

（原载《中国文化报》1995年4月5日）

我和报告文学

——《霍达报告文学选》代序

我幼时爱读史胜于读文学，青年时代曾随先师马非百老人致力于史学研究，却又终于没有走专门治史的路，而进了文学之门。这是不是一个误会？不，我至今感谢历史老人非百先生，甚至觉得，如果不先下一番功夫读史，几乎无以为文。

在古代，文与史之间并没有明确的分界，言之凿凿的史实，寓于凝练典雅的文字之中。这一点，到司马迁的《史记》，达到了高峰，不愧为“史家之绝唱，无韵之离骚”！试看《项羽本纪》中《鸿门宴》一段：“项王即日因留沛公与饮。项王、项伯东向坐，亚父南向坐……沛公北向坐，张良西向坐。”以简练的相同句型把主要人物在宴会上的方位交代得清清楚楚。“范增数目项王，举所佩玉玦以示之者三，项王默然不应。”寥寥数语，揭示了一个密杀阴谋。没有对话，没有张牙舞爪的大动作，仅仅写了范增的眼神、手势和项羽的反应，两个人物的不同性格和心理活动便活灵活现，跃然纸上。及至项庄舞剑，樊哙拥盾而入，“披帷西向立，瞋目视项王，头发上指，目眦尽裂”。奇峰突起，剑拔弩张，令读者惊心动魄，连呼吸都停止了。樊哙饮酒，啖彘肩，说出一大段指斥项羽的言辞，那震撼力简直超过最优秀的话剧！而项羽却“未有以应，曰：‘坐。’”高潮处突然置一静笔，更令人惊诧不已！

我后来写历史剧，写小说，写报告文学，可以说，无一不是受了太史公的影响和启发，他对于史料的充分占有和精辟独到的见解，对历史高度负责秉笔直书的大无畏精神，他对历史人物和事件游刃有余的驾驭所表现出来的高超的文学才能，都堪称千秋典范。如果要我把司马迁的著作界定某种体裁，我宁可说他写的是“报告文学”。

道出这一渊源，便很容易理解我为什么在报告文学创作中喜欢从历史的、宏观的角度入手，《万家忧乐》《国殇》《起步于黄帝陵前》《民以食为天》《渔家傲》《弄潮大西洋》……莫不如此。报告文学不等同于新闻报道，仅仅具有新闻价值的素材也并不为我所取。报告文学所观照的是历史，虽然它仅仅是历史的某一小小的片段，但在整个历史链条中，任何一个片段必然是其有机的一部分。由此及彼，举一反三。报告文学的任务应该是忠实地记录历史，帮助人们认识历史，为未来保存历史。对于今天活着的人们，它应当具有警策的作用；对于后世的人们，它还应该不失“以古为鉴”的意义。这就不是“热门话题”“花边新闻”“× 星秘闻”“广告文学”所能承载的了。

然而报告文学毕竟不同于史书而是地地道道的文学，要成其为文学，就必须用文学笔法，亦文亦史。前述的《鸿门宴》仅是大家最熟悉的段落，类似的例子不胜枚举。我读《史记》，有时候又把它当历史剧来读，觉得太史公对于戏剧矛盾冲突的设置，人物性格的刻画，甚至对“台词”的设计，真是精彩之至！须知司马迁笔下的人物、事件，有许多对他来说已是历史，不可能直接采访；而历史的框架又是“木已成舟”，也不容他随意更动。但他却在重重严格限制下把“戏”写得生动活泼，有声有色，谈何容易！

报告文学是一项极艰苦又极有诱惑力的事业。我在报告文学创作中，花费了十倍、百倍于其他体裁作品的时间和精力，用于调查研究，追踪事件的来龙去脉，想方设法“撬”开所有当事人之口，取得第一手材料，反复核对、推敲，反复踌躇，犹如“办案”。唯此尚嫌不足，还要把当地的史、志尽可能详尽地搜寻、研究，查找与我关心的事件、人物有关的一切蛛丝马迹。当我认为准备工作已经就绪，这才抚纸命笔，下面的事情也就得心应手了。我在《仰雪词馆主》和《吴冠中》中为两位艺术家以及一些很有影响的历史人物作传，在《国殇》中为五位英年早逝的知识分子作传，在《小巷匹夫》等篇目中为一个个当代人物作传，都曾为动笔之前的奔波而伤神，但在落笔之后，胸中块垒一吐为快，又得到了莫大补偿。写到矛盾冲突的高潮处，虽是早已被事实框定的情节，也可以写得洋洋洒洒、淋漓尽致，有时像戏剧，有时像小说，有时像诗。像什么都无妨，究其本身，它还是像它自己——历史。现实也是历史，今天发生的一切，在明天看来就是历史。就这个意义上说，一切文学样式也都是在写“史”，而当作家明确地意识到这一使命，就感到肩上无比的沉重，因为每一笔落下去，都面对着历史老人，都要对历史负责。记得有一位外国作家说过“做时代的秘书”这样的话，这话说得很深刻。而承担这一使命的最称职的作家，在中国首推司马迁。

我愿做太史公的一名小学生。

（《霍达报告文学选》，江苏文艺出版社 1995 年版）

《国殇》作者致读者

亲爱的读者：

你们好！拙作《国殇》发表后，《当代》编辑部给我转来了许多读者来信。这一封封信，大都出自中年知识分子之手，字里行间，渗透着悲壮的泪水，沸腾着滚烫的热血，使我读来仿佛又回到了为《国殇》而奔走采访的日子，看到了一颗颗“位卑未敢忘忧国”的豪士之心！

谢谢你们，我的虽不相识但心相通的朋友们，谢谢你们对一个作家的最好的安慰！

《国殇》是一篇文学作品，它不可能囊括我国中年知识分子全体的业绩和境遇，也不可能改变和解决现实生活中存在的许许多多的严峻问题，我深知自己的能力是极为有限的。一篇文章，如果能引起读者的强烈共鸣，能引起全社会（包括公仆和公民）的思索和关注，也就算没有白费笔墨。我作为中年知识分子群体中的普通一员，仅以一己之见表达了对民族前途的忧虑和希冀。当今寰球，改革和调整已不仅是中国的当务之急，而是世界潮流。在全人类以不同的认识、不同的姿态走向二十一世纪时，中国人应该怎么办？要自立于世界民族之林、跻身于强国之列，最重要的是提高人的素质，重塑民族之魂，而其关键正在于科学与文化！中国的“士”，经历了几千年的艰难跋涉，如今到了以身报国的最迫切的时期，就这个意义上说，“把我们的血肉筑成我们新的长城”，他们也就必然是最坚实、最可靠的砖石！因此，抢救知识、抢救人才也就成了这一切的前提！“伯乐葬马”“马找伯乐”那样的悲剧再也不应该重演了！

毋庸讳言，由于千百年的封建积习和几十年当中极“左”路线的束缚，在知识分子身上也一定程度地存在某些“劣根性”，如“达则兼济天下，穷则独善其身”的儒家思想和软弱性格，如在政治上的压力一旦“松绑”之后出现的“李白整杜甫”“武大郎开店”等现象，都表明了知识分子也需要一个觉醒、再造过程。要使自己真正成为“民族的脊梁”，无愧于任重道远的时代，既需要当局者的“慧眼相识”，也需要自身的砥砺和进取。

愿有识之“士”都能得其所哉、报国有门；愿在我们“新的长城”上，我们的知识分子焕发出新姿、新采！

朋友们，再次感谢你们充满真挚情感的来信，并且从心底里祈望我的《国殇》不再有“续篇”！

一九八八年九月二日于抚剑堂书屋

（原载《当代》1988 年第 6 期）

万家忧乐到心头

报告文学《万家忧乐》发表于一九八六年。当时，中国还没有走出计划经济的旧有模式，市场经济仅仅作为计划经济的一个补充，中国消费者协会刚刚成立，人民群众对于“保护消费者利益”这一概念还缺乏认识，多数人甚至闻所未闻。但是，这并不等于在我们的社会中不存在“保护消费者利益”的问题，恰恰相反，假冒伪劣、坑蒙拐骗等等侵犯消费者利益的现象大量存在，许多普通百姓蒙受了经济损失和精神折磨却欲诉无门，不知道该到哪里去“讨个说法”。在中国消费者协会的协助下，我跑了许多省、市、城、乡，跟踪采访大量的身受其害的消费者，真是触目惊心。如果只是就事论事地单独看待这些事例中的产品质量问题、价格问题或者售后服务问题，无非是买方和卖方的一些纠纷，但是，宏观地来看，它却是一个大问题，反映了在我国经济转型期，市场发育尚不成熟的情况下，由于消费者的利益还不能得到法律的有效保护，不法商家乘隙扰乱国家的经济秩序和人民群众的经济生活，已经在某种程度上败坏了改革开放的声誉，成为建设中国特色社会主义的一大阻力。我认为自己作为一个作家，不应该沉默，要为人民说话。在充分调查研究的基础上，我完成了报告文学《万家忧乐》。作品首先回顾了世界范围内的保护消费者利益运动的历史：自从一八九八年美国成立“消费者协会”，将近一个世纪以来，已经发展成一项声势浩大的国际性运动。可是，直到一九八一年，联合国亚洲及太平洋经社理事会在曼谷召开“保护消费者问题座谈会”，才向中国发出邀请，那时我们还根本没有保护消费者的组织。这至少可以说明我们在这个问题上已经大大落后于世界。如果我们不承认落后，或者自甘落后，那么，要把中国建设成世界经济强国是根本不可能的。保护消费者利益运动在中国的兴起，是历史的必然，是时代的要求，是人民的迫切愿望！

当然，《万家忧乐》不是消协的文件，而是文学作品，我向读者讲述了一个又一个故事，故事的主人公都是生活在社会底层的普通人。他们拿着血汗钱走向市场，却遭到形形色色的欺骗、剥夺和折磨，到头来落得一把辛酸泪！这些人无权无势，但他们是堂堂正正的公民，是有偿取得商品或者服务的消费者，拥有神圣不可侵犯的权利，这些人就是保护消费者运动的主力，中国消协就是为他们说话的组织！作品在《当代》杂志发表之后，我收到了许多读者充满激情的来信，诉说他们自己的切身遭遇，表达对保护消费者运动的由衷拥护；而那些被点名曝光的厂家却不敢作声，没有一个跳出来狡辩，这说明了正义事业的威慑力！当然，并不是所有的人都赞成《万家忧乐》，也有少数人对此反感，认为这部作品“美化资本主义，丑化社会主义”。这帽子未免太大了点儿。须知，“消费者”这个词汇泛指一切有偿取得商品或者服务、用于生活需要的自然人和法人，不分阶级，不分国度，也不分姓“社”还是姓“资”，总统要穿衣吃饭，工人、农民也要吃饭穿衣，汽车工厂不可能同时生产面包，石油大王也要掏钱买皮鞋。在这个世界上，人人都是消费者，拥有同等的权利。邓小平同志说过：“市场经济并不是资本主义的专利。”而消费者利益问题是市场经济的派生物，当然也不是资本主义的专利，我们大声疾呼“保护消费者利益”，天经地义，何罪之有？君不见，当中国消协帮助那些受到侵犯的消费者讨还公道时，他们热泪盈眶地“感谢党，感谢政府”，难道这不正是社会主义的光荣吗？

《万家忧乐》于一九八八年获得了全国第四届优秀报告文学奖，一九九二年又获得全国“保护消费者杯”个人最高奖。我并不把它看作个人的荣誉，而是人民对于方兴未艾的保护消费者运动的肯定。历史的潮流是不可阻挡的，我们现在已经有了保护消费者利益的一系列法规，中国的消费者组织成立十五年来，为消费者挽回了二十六亿财产损失，也保护、扶植了国产优质名牌，为推进中国保护消费者运动和改革开放事业做出了巨大贡献，这是有目共睹的事实。今天回过头来再看当年少数人的那些奇谈怪论，已是不值一驳的笑话了。在新千年之始，中国将加入世界贸易组织，中国的保护消费者运动也拥有更为广阔的用武之地，开创更加灿烂的前景，这是毫无疑问的。作为一个消费者，我和保护消费者运动息息相关；作为一名作家，我会继续关注这项关系到国计民生的事业。我很喜欢这样一副对联："四面湖山归眼底，万家忧乐到心头。"这是时代赋予作家的使命。

（原载《中国消费者报》2000 年 3 月 15 日）

《中国当代作家·霍达系列》自序

国学大师王国维谓："古今之成大事业、大学问者，必经过三种之境界：'昨夜西风凋碧树，独上高楼，望尽天涯路。'此第一境也。'衣带渐宽终不悔，为伊消得人憔悴。'此第二境也。'众里寻他千百度，蓦然回首，那人却在，灯火阑珊处。'此第三境也。"

此等语言，真正是过来人的经验之谈。其实，不必特指"成大事业、大学问者"，世间凡人，只要是下功夫研究点儿什么的，无论卖豆腐的、种西瓜的、编蝈蝈笼子的、弹钢琴的、唱戏的、写文章的，对于自己所从事、所熟悉、所热爱的工作，其中的酸甜苦辣，必有深切的体会：若要出类拔萃，独树一帜，绝非易事。人们要做好一件事，大都是从向往开始，如登高望远，对那遥遥可见的风景，充满无限的憧憬，这便是第一境。继而为之痴迷，苦苦追求，虽山重水复、万险千难也在所不惜，这便是第二境。许多人就在这第二境中停顿了，退却了，或者倒下了，吃尽跋涉之苦，却未曾尝到攀登之乐，因为他没有达到那风光无限的第三境。难就难在第三境，妙就妙在第三境。那是艰苦跋涉之后的突然发现，是长期积累之后的妙手偶得，是废纸三千之后的神来之笔。所谓"下笔似有神助"不过是自欺欺人，灵感来自作家自己，是冶炼了自身的天赋、智慧、阅历、学识和治学风格所浓缩的精华迸发的闪光裂变，可遇而不可求。一位前辈作家说过："寻诗争似诗寻我。"我曾在一篇文章中引用了这句话，并且阐述自己的创作体验："从某种意义上说，作家并不是作品的主宰，文学创作是一个奇妙的'互动'过程：你在'寻'他，他也在'寻'你。你为了寻找最佳的表现形式，'众里寻他千百度'；而他好像是一件早已存在的、完整的、有生命的艺术品，等待着你的发现，'蓦然回首，那人却在，灯火阑珊处'。

这样的创作状态，对作者来说已不是苦行，而是艺术享受。”编辑在发稿时，认为“苦行”二字不妥，问我是不是改为“苦刑”。我说不能改，这不是笔误，而是我刻意这么写的。“苦刑”是他人强加于你的刑罚，只能被动地承受，因此才深感其苦；而“苦行”是你主动地自找苦吃，虽苦而无怨，若“苦行僧”然。二者有着明显的不同，我取后者。

写作是一个自我“修炼”的过程，不断挑战自我、超越自我、升华自我的过程。回首几十年文学生涯，自然是苦多于乐，大半时间都花在了“众里寻他千百度”，然而，偶有“蓦然回首，那人却在，灯火阑珊处”的惊喜，顷刻间便抵消了所有的辛劳，所有的付出，由衷地感到今生不虚此行，庆幸我选择了文学，文学选择了我。

收在这部集子里的，是我自二十世纪八十年代以来一些有代表性的作品，一个个都是当年十月怀胎、一朝分娩，耗去了我的一份心血和一段生命，重新翻检时，像抚摩着自己的儿女。现在，他们都长大了，再一次整齐地排列成阵，去面对我的读者。母亲是不愿意当众评价儿女的，那就把这个权利留给读者吧，也许你能够猜到，哪一个是我最钟爱的。

二〇〇八年十二月六日写于抚剑堂书屋

（《中国当代作家·霍达系列》人民文学出版社 2009 年 7 月版）

还可以写得更好些

——《听雨楼札记》自序

在传统的中国，散文本来是文学的正宗，而将小说列为首位是“五四”以后的事。

散文的涵盖面极广，从天子朱谕、重臣奏章到凡人的述志、抒怀、辩理、记事、论人之作，以至序跋、日记、书信、碑记等，凡在韵文、骈文之外几乎无所不包。现代所谓的报告文学本来亦属散文一族，宣布独立也不过二三十年。

散文似乎是最好写的。小学生初学“作文”，无论什么记叙文、议论文、说明文，通通都是散文；连不识字的人接受采访，由识字的人把那些啰里啰唆的话记下来，稍加整理，发表在报纸上，印在书本里，也算“散文”吧。

散文其实是最难写的。试看在我们这个散文大国，上下五千年，文人们天天在“作文”，而留下《谏逐客书》《报任少卿书》、前后《出师表》《桃花源记》《讨武曌檄》《滕王阁序》《陋室铭》《醉翁亭记》、前后《赤壁赋》……那样名篇绝唱的能有几人！写文章第一靠才情，李太白“请日试万言，倚马可待”，天赋才情绝非东施可效颦者；第二靠学识，王国维谓读书三境界：“独上高楼，望尽天涯路”“衣带渐宽终不悔，为伊消得人憔悴”“众里寻他千百度，蓦然回首，那人却在灯火阑珊处”，于学识积累之中终达悟境；第三靠功力，白乐天“五六岁便学为诗，九岁谙声韵，十五六始知有进士，苦节读书。十二以来，昼课赋，夜课书，间又课诗，不遑寝息矣。以至于口舌成疮，手肘成胝，既壮而肤革不盈，未老而齿发早衰白，瞥然如飞蝇垂珠在眸子中也”，其读书治学如此辛苦，乃功力之源。中国古代的教育制度、科举制度纵然有种种弊端，但私塾先生用木尺打着学生手心强迫命令背诵古文却也逼出了不少人才，暂时不懂不要紧，背熟了，长大自会慢慢领悟，一辈子受用不尽。我猜想，苏轼、苏辙恐怕就是这样被苏洵老先生教育出来的，不然怎能成就“一门三学士”？曹雪芹幼时在他恨透了的那个类似“大观园”的大家庭里也一定受过这样的严格训练，不然怎能写出《红楼梦》？散文是小说家的基本功，也是一切文学样式的作者必备的基本功，如果连一篇千字文都写不好，遑论其他。

一个人，先天的才情不可强求，但学识和功力靠后天的学习和锻炼是能够弥补的。我尝懊悔自己少时死记硬背的功夫下得不够，“书到用时方恨少”；我尝感叹自己多年来一直在忙于小说和报告文学、影视文学的创作，而没有时间精研散文，不然，多下些力气，或许还可以写得再好一些。

（原载《霍达文集》卷十，北京十月文艺出版社 2017 年 12 月版）

我和儿子一起走进《海棠胡同》

二〇一〇年七月十七日，我创作的三幕话剧《海棠胡同》在京公演。

天幕上林立着拔地而起的崭新楼盘，与近景的平房杂院形成强烈的反差。旧城改造的推土机几乎推平了整条海棠胡同，只剩下这座有着二百年历史的沧桑故园和三棵龙钟古树，却拆不动了，开发商和“钉子户”之间，一场胜负未卜的博弈，在舞台上展开了……

当剧终落幕，观众席上响起了热烈的掌声，这让我无比欣慰，不仅是因为自己的心血得到了观众的认同，更重要的是，这出戏的导演王剑男是我的儿子，我为他的成功而自豪！这并不是剑男的第一部戏，他自二〇〇四年从中央戏剧学院导演系毕业，成为国家话剧院最年轻的导演，几年来已经先后导过《夜游戏》《特别的爱》《坚守》《物理学家》等多部话剧，现在又出色地完成了《海棠胡同》，我看着他一步步走向成熟。对一个母亲来讲，最大的欣慰莫过于此。常常有读者问我，哪部作品是自己最喜爱的？我由衷地回答：我最重要、最喜爱的“作品”是我的儿子！

剑男出生的时候，我已经三十八岁，可谓“老来得子”。分娩的过程漫长而且十分痛苦，他爸爸等在产房外，也在忍受着难耐的折磨。当产房响起婴儿的啼哭声，护士抱着儿子来见他的时候，他已经笑不出来，只是感叹道：“为了你，险些损失了我的一员大将！”他并且还写了一首七绝：“竖子成名叹嗣宗，人间何处觅英雄。苍天赐我纯阳剑，醉望乡关唱大风！”看得出，爸爸对剑男未来成就一番事业，怀着怎样的殷殷期盼。

受父母的影响，剑男小时候喜欢画画，喜欢读书，在写作上也显示出某些天赋，曾获得过全国少儿绘画比赛金奖和作文比赛一等奖，但我和他爸爸都不希望儿子将来以绘画或写作为职业，这些都可以作为一种艺术修养，支撑他去做更大的事，在更广阔的领域发挥他的艺术才能，比如导演。二〇〇〇年，他高中毕业，以优异的成绩考入中央戏剧学院导演系，实现了他的梦想，也是父母对他的期望。人生最大的幸福莫过于兴趣和职业的一致，他得到了，可以专心致志地去做自己喜欢的事了。“中戏”的四年学习，“国话”的五年磨炼，他长大了，不再是当年那个腼腆的孩子，而成长为一个具有专业知识、专业技能和独立见解的青年艺术家了。爸爸、妈妈也已经不可以对他的创作妄加“指导”，而只能平等地探讨、商榷，甚至在许多时候要向他“请教”了。父母盼着儿子比自己强，这不正是他对我们最好的回报吗?

二〇〇八年，一场突如其来的“5·12”大地震震动了全国，国家话剧院副院长王晓鹰导演邀剑男同赴四川，联合导演由成都话剧院在抗震救灾火线创作的话剧《坚守》。当时他父亲正在住院，即将手术，使剑男陷于两难之境。此前一年，他被文化部评为优秀共青团员，现在国家有难，正是挺身而出的时候，难道能后退吗? 其实，他多虑了，我们怎么会拦他? 爸爸对他说:“这时候你如果后退一步，将来就无颜面对历史!”我对他说:“儿子，家里有我在，你放心去吧!”我至今记得在五月二十五日那个深夜，儿子提起一个推拉箱，挥泪而去。在四川，他们冒着余震的危险，只用了二十天时间，以“坚守”精神赶排出了《坚守》，及时进京公演，并且在全国巡演，引起强烈反响，获得了全国五个一工程奖，受到国务院和中央军委的表彰，剧组被评为抗震救灾先进集体。

剑男踏上艺术道路的时候，正赶上泛娱乐化的年代，低俗、搞笑之风盛行，高雅艺术的生存遭遇严峻的挑战。一个艺术家，是随波逐流、趋利媚俗呢，还是独立高标、洁身自好? 剑男选择了后者，他认为，艺术应该是社会的良知，时代的精华，而不应该沦为浮华的奢侈品和浅薄的泡沫。这正是我们两代人的共识，他在《坚守》和《物理学家》中所流露的责任感和忧患意识令我震撼。《物理学家》是瑞士剧作家迪伦马特的名著，以貌似荒诞的故事，表达了知识精英对全人类命运的终极关怀这样一个极其严肃的主题，剑男选择这个剧本，就表明了对艺术品格的坚持和追求。这部戏在京一演再演，并且作为“高雅艺术进校园”剧目赴上海高校演出，还应瑞士驻华使馆之邀，为纪念爱因斯坦世界科学家大会做专场演出，取得了预期的成功。

二〇〇九年秋，我和剑男开始酝酿一部新作，这就是后来成形的《海棠胡同》。灵感从生活中来，“拆迁”这一极具时代特点的事件，你想躲都躲不开，在大街小巷，随处可见推土机在轰鸣前进，将一条条胡同夷为平地。这里面隐藏着多少故事？古都风貌和现代化进程的争夺，“钉子户”和开发商的博弈，社会公平和市场规律的较量……我和剑男走街串巷，在拆迁工地残存的“废墟”旁，倾听那些故土难离而又望楼兴叹的草根平民的呼声，不能不进入严肃的思考：城市建设的根本目的是什么？是GDP数字，是政绩工程，还是让人民群众特别是普通劳动者生活得更幸福、更体面、更有尊严？在并不发达的中国，基尼系数已经超过发达国家，“有钱的进来，没钱的出去”这条并不成文却客观存在的市场规则在起着怎样推波助澜的作用？当以“危旧房改造”的名义推倒成片的历史街区，树起千篇一律的水泥森林之时，是否应该警惕“建设性破坏”割断了本不应割断的城市文脉？当一座城市失去了历史的记忆，我们还能为子孙后代留下什么？

剑男自始至终参与了编剧工作，当剧本还只有《海棠胡同》这个名字的时候，他已经搜集了有关海棠的大量资料，剧中那段关于“人生三恨”和“海棠四品”的精彩对话便是由此生发而来，那古树闲庭的雅趣幽情也为这个剧本的风格定下了一个基调：所谓“京味儿”，不只是京腔儿、京“骂”、胡同串子，古都北京有着深厚的文化底蕴，我们所追求、所营造的应该是幽默风趣却不流于鄙俗，精致典雅却不失之晦涩，而将雅俗熔于一炉，让观众仿佛在品尝炸酱面的同时，又闻到一缕久违了的书香茶韵。剑男主张，剧中所有人物没有“正面”“反面”之分，编导不要简单化地偏袒任何一方，而是艺术地呈现生活本身的丰富驳杂，让观众自己去做出判断。这是极其高明的见解，现实生活就是“公说公有理，婆说婆有理”，不仅“得理不让人”，而且“无理搅三分”，我们最终完成的剧本，呈现的就是这种面貌，人人振振有词，让你听得津津有味，又莫衷一是，要论谁是谁非，还得回去好好想一想。

剧本经过反复修改，在字斟句酌中完成了。这是我们母子之间第一次合作，剑男不是在给我"帮忙"，而是"调动"我的一切积极因素，为他"服务"——这正是导演本色。如果把一出戏比喻为一项工程，那么，编剧只是设计师，绘制出平面的图纸，而导演则是工程的总指挥，协调各方关系，运用一切手段，把它立体地、生动地、富有魅力地呈现出来。排练是最考验导演功力的过程，看到我年轻的儿子在那些明星大腕儿面前指挥若定，掰开揉碎地给他们说戏，最大限度地挖掘他们的潜能，使之爆发出一个个火花，我不但放心了，而且感到庆幸：如果说一百个导演就会有一百个哈姆雷特，那么，剑男就是《海棠胡同》导演的最佳人选，因为他和我一样熟悉这条"胡同"，爱这条"胡同"，爱这里的每一个人，爱这里的一砖一瓦、一草一木。

儿子没有辜负我，没有辜负热爱他的观众。

（原载《金色年代》2014 年第 4 期）

两情若是久长时，又岂在朝朝暮暮

——电视剧《鹊桥仙》创作札记

纤云弄巧，飞星传恨，银汉迢迢暗度。金风玉露一相逢，便胜却人间无数。　　柔情似水，佳期如梦，忍顾鹊桥归路。两情若是久长时，又岂在朝朝暮暮！

这是宋代著名诗人秦少游的一首《鹊桥仙》词。我应中央电视台之约写一个古装电视剧本，便选定了以秦少游和苏小妹的爱情故事为题材，并以这首词为主题，定名为《鹊桥仙》。

苏小妹这个人物，在历史上毫无记载，但她和秦少游的故事却在民间广为流传，其中既有一些可以吸取的精华，也存在着大量的必须摒弃的糟粕。有的传说中，把秦少游描写成一个轻浮浪荡的“风流才子”，他慕苏小妹的才名而去求亲，又因为听到苏小妹容貌丑陋而懊悔，偷偷摸摸探得真相后才转忧为喜，和苏小妹结为夫妇，婚后不久却在赴任途中和一个什么妓女鬼混，完全背弃了当初的海誓山盟，而苏小妹却把丈夫的这种可耻行为看作“得意之事”，不但不加阻拦，反而百般促成，甚至以秦少游的名义将那个“名妓”接到自己家中。一个朝三暮四的“才子”，一个以耻为荣的“佳人”，他们之间还有什么“爱情”可言？这种“爱情”又有什么值得歌颂、值得欣赏的呢？难道这就是我们要奉献于广大观众特别是青年观众的吗？不，艺术应该是真的、善的、美的，文艺工作者的职责应该是在人们的心灵里播种“真、善、美”，鞭挞“假、恶、丑”！既然苏小妹是个虚构的人物，她和秦少游的这段姻缘是前人杜撰出来的，我们也大可不必受其束缚，完全可以放开手脚进行新的创造。

苏小妹是大名鼎鼎的苏洵之女，苏轼、苏辙之妹，从她的身上，应该看到这个文学世家的影响。是既才华横溢、多愁善感，又洁身自好、疾恶如仇的少女。她在自己的婚姻问题上不听任什么“父母之命、媒妁之言”“门当户对”“夫荣妻贵”，而是自有主张，“以文章妙选天下才子”。经过极严肃的选择，才委身于她最满意的秦少游，并且以自己的心爱之物瑶琴相赠。由于别人假冒秦少游之名进行的破坏，使她十分痛心，意识到自己择婿的标准只重“才”而忽略了“德”。决心和秦少游一刀两断，心中“只剩恨与羞”！而当她发觉事实与自己的判断不符，“其中有诈”时，又机敏、果敢地化装去秦少游寓所了解真情，看到了秦少游对她的真诚相爱之心，便勇敢地改正了错误，取回了那把秦少游所赠又被她撕毁退回的扇子，与秦少游重归于好。

秦少游在宋史中是有《传》的，但《传》中只字未提到他的爱情，这倒也为剧本的创作提供了有利条件，可以不受真人真事的局限了。他有大量诗词传世，其中不少是写爱情的，写得情真意切、深刻感人。我牢牢抓住他的那首《鹊桥仙》词不放，按照“金风玉露一相逢，便胜却人间无数”的意境来结构他和苏小妹的故事。人间的爱情故事的确是“无数”的，有各种各样的悲欢离合，有形形色色的欺骗、虚伪、无耻；有皆大欢喜的喜剧，也有令人目不忍睹的悲剧。而我们描写的这一对，应该“胜却”那些把一方的幸福建筑在另一方的痛苦之上的、尔虞我诈的假“爱情”，也应该“胜却”那些以一见倾心为基础实则完全没有基础的，甚至将婚姻以金钱、地位为交换条件高价出售的伪“爱情”，让美好的情操把那些龌龊肮脏的东西统统“胜却”！于是，我把秦少游处理成一位治学严谨、品行端庄的青年诗人。他毛遂自荐到苏府求婚，是有其思想基础的，他是苏轼的得意门生和知心朋友。对未曾见面的苏小妹实际上是了解的，是信赖的，希望苏小妹在学业上对他有所帮助。所以在得到婚姻许诺之后，虽然有人当面以苏小妹“貌丑”而挑唆，他也毫不理会，表示“决不负小妹”。由于别人的破坏而使他们的爱情一度破裂时，他仍然深深地怀恋小妹，坚信“小妹绝非朝秦暮楚之人”“我未负她，以心对天可也”！正是由于他对爱情的忠贞不渝，终于得到了苏小妹的完全了解，使两人的爱情经过考验之后，变得更坚实，更深厚，更牢不可破。

为了剧情的需要，在出场人物中除了苏轼之外，我还设计了方若虚、书童小乙和使女倩儿等人物。方若虚这个人是根据传说中王安石的儿子王雱曾向苏小妹求婚遭到拒绝这一线索而虚构的。在剧中，我把他处理成一个处处自作聪明又每每事与愿违的喜剧人物。他求亲不成，“多情却被无情恼”，便不惜用阴谋手段破坏别人的爱情来达到自己的目的，而结果却总是弄巧成拙，一步一步帮了倒忙，促成了苏、秦的婚姻，甚至在苏小妹洞房之夜三难新郎时，方若虚由于看到秦少游一时作不出佳对而幸灾乐祸地投石落水加以奚落，却不料为秦少游提供了构思的灵感，完成了他“成败都由萧何手，系铃解铃一线牵”这一身不由己的使命。

投石落水的情节，在民间传说中是苏轼有意提醒秦少游之举，突出了苏轼的才思敏捷，却未免显得秦少游太笨了，所以我不取此说，把戏给了方若虚，让他“无心插柳柳成荫”。“三难新郎”的情节，民间传说中也有，但只是文字游戏上，有“戏”而无“情”。除了最后一联，我将前二题都重新改写，让它们为主题服务，为苏、秦二人的爱情服务。

然而，戏并不能以此为完结。我想，“有情人终成眷属”“皆大欢喜”总不应该是爱情的全部。牛郎织女，鹊桥相会是在相爱，海天相隔也仍在相爱。我们不愿有情人离别，但离别毕竟是难免的，在现实生活中也是大量存在的。民间传说中的秦少游正是在“离”时出了问题，那么，我们就应该回避这个“离”字吗？不！我在全剧的结构上，把中心故事情节全部作为回忆出现，而在序幕和尾声中，把秦少游安排在得中进士之后出任定海主簿而走马上任的漫漫征途上。他望着滚滚的黄河，深情地回忆和苏小妹相爱的幸福新婚，对着浩瀚沧海又豪迈地表露“好男儿四海为家，岂能终日儿女情长”的情怀。他把坚贞的爱情深深地珍藏在心底，激励自己为国家大事而奋发作为，在全剧结束时，发出“两情若是久长时，又岂在朝朝暮暮”的最强音。广大电视观众特别是在热恋中的青年朋友们，如果能从这里受到哪怕一点点启发，得到一点点健康的艺术享受，便也是我的一点安慰了。

从电视文学剧本到搬上屏幕，是一件十分繁重复杂的集体劳动。导演果青同志和摄制组的全体演、职员同志，都为此剧付出了心血和汗水。热切希望广大电视观众在观看之余，提出宝贵的批评意见。

（原载《广播电视杂志》1981 年第 1 期）

今月曾经照古人

——《飘然太白》创作谈

××同志：

你好！来信收到。你约我写一点关于历史剧的创作体会，我因为没有思想准备，一时不知从何谈起。近年来，我陆续写了如《公子扶苏》《鹊桥仙》《江州司马》等历史题材的电影、电视剧本和一些历史小说，个中甘苦，自然是一言难尽。而且，“历史剧创作”这个题目也太大，很难在一篇文章中谈个彻底。我想，是否仅就在贵刊发表的《飘然太白》谈点管见。

李太白的名字，是孩童时代便印在我脑子里了的——大凡读过一点书的中国人都会这么说。“床前明月光”，连小孩子都能背诵。我们看见了明月，就仿佛看见了李白，他在中华民族中几乎成了一个与明月并存的人。为李白作传可以说是一件极为吸引文艺工作者的事，古往今来，不少旧戏曲、旧小说就曾经以他为题材。但作为现代的艺术形式——电影、电视，则还从未出现过李太白的形象。我被一种不可遏止的探索欲望所鼓动，开始了《飘然太白》的创作。

李太白活了六十二岁。他的一生，不仅经历极为丰富，而且留下了大量的脍炙人口的优美诗篇。这是中国文坛上雄视古今的一颗巨星，研究他的资料浩如烟海。要在一部五万来字的作品里容纳下这个李太白，确非易事。那么，从哪里下手呢？

感谢李白的知己好友杜甫，他的诗句“白也诗无敌，飘然思不群”提醒了我。“飘然”二字是李白的性格，有了性格便有了人物。李白是一位才华横溢、潇洒飘逸、豪放不羁的诗人，“司马子微一见，即谓其有仙风道骨，可与神游八极之表。贺知章一见，亦即呼为‘谪仙人’”[①]。真可谓超然物外、飘飘欲仙了。可是，这么一个“飘然”的人，却偏偏生不逢时，一生并没有真正“飘然”起来。李白所处的时代，正是大唐帝国发展到鼎盛而急转直下走向衰落的“安史之乱”前后，他不可能脱离时代而存在，不可能成为不食人间烟火的超人。他早年“仗剑去国，辞亲远游”，并不只是流连山水、浪迹江湖，而是怀着“达则兼济天下”的四方之志，寻找机会“申管晏之谈，谋帝王之术，奋其智能，愿为辅弼，使寰区大定，海县清一”[②]。这是封建社会的知识分子普遍的理想和事业心，与陆游的“万里觅封侯”、岳飞的“待从头收拾旧山河”是一种性质的，李白没有什么例外。正是出于这种目的，他才两次到了国都长安，并且在第二次进长安时（天宝元年秋）得到了玄宗的礼遇，受到不通过科举而直接由布衣入翰林的特殊恩宠。然而好景不长，他很快便被卷入了激烈、复杂的政治斗争，并且遭受了沉重的打击，在长安只待了两年左右的时间，便以“赐金放还”，实际上是被贬出京的结局惨然离开了。后来，又因为永王璘的牵连锒铛入狱，备遭折磨，直到临死之前才在流放途中获释。他在青年时代曾以“扶摇直上九万里”的大鹏自比，最后终于在碰得头破血流之后，哀叹着“大鹏飞兮振八裔，中天摧兮力不济”[③]而死去。这一前一后的两次赋大鹏，十分形象地概括了他的一生。他生性飘然，却被无情的风暴所摧折。飘然和摧折斗争的高潮，或者说由飘然到摧折的转折点是在长安时期。这段时间虽然极短，却是他一生中矛盾最尖锐、事件最集中的大起大落时期，似乎是他一生的缩影。于是，我便明确地把玄宗天宝元年至三年李白进出长安的活动作为剧本的主要内容。而把他早年出蜀漫游、晚年郁闷而死作为简短的序幕和尾声，其余各时期都一概从略了。戏剧矛盾的展开、发展、激化、解决都放在长安，组成了草答番书、上书受阻、醉卧长安、沉香亭赋词、遭谗被逐这样一个比较完整的故事。这样写来通顺畅达，比起从生到死写

---

① 赵翼：《瓯北诗话·李青莲诗》。

② 李白：《代寿山答孟少府移文书》。

③ 李白：《临终歌》。

李白的一生似乎收到了事半功倍的效果。历史剧是“剧”，而不是教科书，它不可能也不应该对历史人物有闻必录地写编年史。历史学家们花了多年力气才能条分缕析地加以罗列的年代、事件，要让观众（和读者）在一两个小时之内都看懂、都记住是不可能的，也是不应该的。剧作家走的是另一条路。他让观众（和读者）从生动有致的故事中去认识人物，而不是勉强他们为了人物而去吃力地记住那些繁杂的事件。

基于这样的考虑，我在《飘然太白》里，尽量减轻观众（和读者）的负担，让他们不须特别提醒自己去思考什么“时代背景”“历史事件”，他们只要盯住李白就行了，看看这位飘然而来的“谪仙人”来到长安后的命运怎么样，他的“兼济天下之志”实现得了实现不了，在宫廷里混得下去混不下去；等到故事看完了，这些也都有了答案。

在长安，李白一踏上政治舞台，便遇到了对立面。这不只是一两个“坏人”“奸臣”，而是一股强有力的腐朽势力。这股势力不仅控制了当时的朝政，而且左右了玄宗皇帝。“唐玄宗在开元年间，是励精求治的皇帝。”但是“在励精求治，取得了成就以后，便筋疲力尽，骄侈心代替了求治心。唐朝到开元时期才达到极盛的顶点，也就在这个时期的季年，造成了天宝时期的乱源”“骄侈政治使得一切消极因素都乘机活跃，在这一方面，他是代表腐朽势力的昏君”。[①] 正因为如此，李林甫、杨国忠、高力士、安禄山等人勾结在一起为所欲为才能得逞，并且愈演愈烈。在这种情况下，李白“由布衣得翰林供奉”，只不过是为唐玄宗的“爱才”做一点装点，实际上，唐玄宗根本没有打算让李白施展他的抱负。在他眼里，李白与乐师李龟年、神鸡童贾昌没有什么本质的不同，都是娱乐耳目的工具、粉饰太平的脂粉罢了。只不过由于李白的才高名大，所以才在形式上特别地显示出一些礼贤下士。李白在宫中的出路，只有两种可能：一是甘做玩偶，投入腐朽势力的怀抱；二是不肯随波逐流，被他们击败。李白走的是第二条路，不这样就不成其为李白了。所以，这场斗争的一开始，李白的败局就已定了。然而，从观众（和读者）的心理来看，是希望看到李白的成功和胜利的，

---

① 范文澜：《中国通史》。

而这实际上又不可能，于是我采取把李白的失败“慢慢道来”的办法，一步一步引向失败，而在总的败局中安排了许多小胜（如答番书，剑刺贾昌，羞辱杨、高等），借以安慰观众（和读者），激起他们站在李白一边的好胜心，吸引他们关心最后的胜负，直至最后才把底牌摊出来，激起他们心头的极大不平，造成情绪上的大幅度跌宕。

李白的失败虽已“命中注定”“在劫难逃”，而导火线却是由他自己点燃的，这便是他在沉香亭前奉玄宗之命为杨贵妃所作的《清平调》三首。“力士素贵，耻之，摘其诗以激杨贵妃……”[①] 这真是一个极富戏剧性的材料，当然不可不用。问题是怎样去理解，怎样去用。在剧本中的沉香亭一场，我把李白处理成似醉非醉、似醒非醒之中，在玄宗皇帝命他立进《清平调》词时，他的耳畔响起了贾昌的奚落讥笑：“翰林供奉算个儿品官儿！恕我冒昧，怕是不入品吧？你只不过写几首歪诗给皇上解闷儿，和我的鸡一样，是一种玩意儿罢了，又有什么可以显赫的？”一种羞辱之感袭上他的心头，他看见歌姬、宫女、梨园子弟们期待他出场献技，宦官、侍臣好像在欣赏一只临阵斗鸡选手，他看见安禄山、高力士、杨国忠怨恨、鄙夷、轻蔑的神色……这一切，使他变得十分清醒，他清楚地意识到自己所处的玩偶地位，而又不可能当众拒绝君命，便机智地利用了这一机会捉弄了杨国忠、高力士，让他们磨墨、脱靴，并且写出了三首对杨玉环貌似歌颂、内含讽刺的歌词。就剧本发表后的反应看，这样的处理是为人们所接受的。

与李白对立的人物，为了紧凑，我做了一些取舍和归纳，把李林甫推到了幕后，幕前只出现了高力士、杨国忠、安禄山和杨玉环等几个人。这几个人，身份、性格各不相同。高力士，突出一个“奸”字；杨国忠，突出一个“贪”字；安禄山，突出一个“贼”字。至于杨玉环，则比他们都要复杂，不是一个字所能概括得了。

杨玉环是一个自身充满矛盾的人物。外貌姣美而灵魂空虚，地位显赫而内心痛苦等。过去的旧戏曲和演义中，要么把杨玉环作为对爱情坚贞不渝的悲剧形象，深表同情地加以歌颂，要么把她写成狐媚误国的万恶之源，

---

① 《新唐书·杨贵妃传》。

我认为，这两种倾向都过于简单化、绝对化了。杨玉环本来不过是一个普通的民女，只是因为长了一副“倾国倾城”的容貌，被玄宗之子、寿王李瑁选为妃子，进而玄宗又强占子妻，封为太真妃，并且“姊妹弟兄皆列土，可怜光彩生门户”[①]，成为红极一时的政治人物。这种“有了貌就有了一切”的怪现象是封建社会的特有产物，她本身就是旧时代造就的怪胎。要说她与唐玄宗的“爱情”，真是无稽之谈，一方“宠幸”，另一方“承恩”，是玩弄与被玩弄的关系。实际上，她的地位与一名妓女并无什么本质的不同。今天她“回眸一笑百媚生，六宫粉黛无颜色”，就“承欢侍宴无闲暇，春从春游夜专夜”[②]，一旦“春去秋来颜色故”，就会“门前冷落车马稀”[③]，哪里有什么“爱情”可言？杨玉环的悲剧在于，她一旦被命运拖上了这条道路，便只能前进，不能后退。无数“失宠”后妃的悲惨结局使她拼命地利用自己的武器——容貌，去斗，去争，去邀宠、固宠，以便保住自己的地位，免得万一失宠，一败涂地。然而，这种时时如临深渊、如履薄冰的争斗又使她痛苦，她恨那个使她痛苦的人，因而自甘堕落、破罐破摔，与安禄山不清不白地鬼混，以此来作为“报复”。在尖锐、复杂的政治斗争中，她的这种私欲和冒险自然而然地打上了政治烙印。在安史之乱后，忠于皇室的将士们愤而逼她自杀，似乎也并不算冤枉，但以为杀了她便除了祸根却未免好笑，她只不过是一个牺牲品罢了。没有杨贵妃也一定会有张贵妃、赵贵妃的，祸根在于封建社会的腐朽政治，并不是因为某一个贵妃长得太漂亮，因而迷了皇帝的心窍以至于误国的。

我在剧本中没有对杨玉环做表面的丑化。丑化肯定是行不通的，她是历史上有名的美人，你弄成个獐头鼠目的小丑怎么行？外表的美一定要承认，一定要表现。观众（和读者）看到一个雍容华贵、艳冶娇媚的杨贵妃才承认她是杨贵妃。至于人品怎么样，那可以通过戏来表现嘛。我力图把笔触伸进角色的心灵中，寻找她的各种行动的内在根源和思想基础，分三

---

① 白居易：《长恨歌》。
② 白居易：《长恨歌》。
③ 白居易：《琵琶行》。

个阶段展示她的性格：第一阶段，显示她的受宠与豪华；第二阶段，揭示她内心的痛苦；第三阶段，才写出她的自私、阴险、狠毒。

需要特别提一提的是，我在剧中写了杨玉环对李白的爱慕。她早在幼年时期就在蜀中仰慕李白的才名，却一直未得睹其风采，直至做了贵妃仍念念不忘。所以，当听说李白来到长安的消息时她感到异常欣喜，李白为她写《清平调》时她由衷地陶醉，并原谅了李白对于杨国忠、高力士的嘲弄，甚至在关键时刻援助了李白。在李白醉卧便殿时，她按捺不住心猿意马，一个人悄悄地找到李白，先是旁敲侧击地述说自己的痛苦，最后竟然直言不讳地当面倾吐了对李白的爱慕之情，请求李白留在她的身边，主宰她的心灵，宽慰她的寂寥。而在这一切都落空之后，她在无限惆怅之余，被高力士的挑拨激怒，对李白的爱变成了强烈的恨，进行了无情的报复，以至于成为摧折李白的恶势力当中的一员主将，最终完成了她在本剧中的反面角色任务。

这一人物的这种处理，得到一些老前辈和同志、朋友的赞同，认为此剧在杨玉环的塑造上“道前人未道”，有独特之处。但也有个别同志对此不以为然，认为写了杨贵妃对李白的爱简直是大逆不道。理由呢？两点：一是“有损李白的形象”，二是“缺乏历史根据”。

所谓“有损李白形象”，真是一个怪论点。杨玉环的思想、杨玉环的行动怎么会有损李白的形象呢？狐狸想吃葡萄而未吃到，难道会“有损”葡萄吗？杨的行动由杨的头脑支配，李的行动由李的头脑支配，杨并不等于李。面对着杨玉环的花容月貌、柔情絮语，且看剧中的李白如何回答：

> 月光下，李白庄重地向杨玉环一揖：“太真娘娘，可惜你看错了李白！我告辞了！”
>
> ……
>
> 清冷的月光，洒在李白身上，照在李白脸上，他像冰雪琢成的一座玉佛，寒光袭人，凛不可犯。
>
> 他说：“可惜，我不是那只专事学舌逗笑的白鹦鹉，而是狂放不

羁、飘游四海的野鹤！刚才娘娘的话，使我更加清醒，翰林供奉的滋味我已经尝到了，那不过是皇帝和你手中的玩具！其实你自己也是皇帝的玩具，我还要做玩具的玩具？这就是翰林供奉吗？哈哈，可怜的翰林供奉！”

……

李白拂袖而去，清风飘起那洁白的衣袂。

难道这样就“有损李白的形象”吗？真是令人不可理解！这使我想起，阿Q欺负了小尼姑，未庄的人反而骂小尼姑不是东西，实在是太不公平了。我们今天的观众（和读者）总不至是未庄人的后裔吧？

我们不是常说“衬托”吗？我在剧中安排杨玉环这个人物，就是让她起衬托作用。衬托谁？衬托李白，烘云托月嘛！我就是想用她的浓艳来衬托李白的洁白，用她的空虚来衬托李白的充实，用她的腐朽堕落来衬托李白的高风亮节。没有黑就无所谓白，没有坏就看不出好，没有高山就不显平地，事物都是相比较而存在的！把李白安排在这个极端豪华而又极端腐朽的宫廷中，才能充分显示他的出污不染的品格，这个道理是显而易见的。

至于认为“缺乏历史根据”的说法，也未免太武断了吧？他大概只有在唐书中直接查出杨贵妃对李白说过“我爱你”三字才承认有根据！这显然又混同了历史剧与历史教科书，这一点在前面我们已经略略提及。前人也已经进行了许许多多精辟的论述。

历史剧是以艺术的手法再现历史，而不是机械地记载历史。即便是史书也不是把每一人物都有闻必录，事无巨细，见诸文字。历史上的人物并不是按照事先写好的剧本去生活的。因此，生活的原样照搬过来就不能成为“戏”，这在现代戏也是一样的。生活当中没有现成的“戏”，而只有素材，剧作家把这些素材概括、提炼、加工才使之成为戏，这加工的手段之一便是虚构。高尔基说，没有虚构便没有艺术，这一点也是不错的。如果不允许虚构，那么，历史剧便不必写了，我们只要读二十四史就行了。现代戏也不必写了，生活本身就是一切。科学幻想、神话、童话剧更没法写了，因为世界上压根儿就没有这些事。亚里士多德是这样区别历史家和剧作家的："一是述说已然的事物，另一是述说可能的事物。"[①] 历史现象有的是偶然性的，有的是必然性的。偶然是表象，必然才是本质，才是规律。被动地记录偶然的表象，不如主动地掌握必然的规律，找到了历史的规律、人物的规律，就取得了自由，不必一言一行都去考证是否确有其事，而是让它按照自身的规律去发展。在这里，主宰人物行动、人物命运的是规律，而不是作者，作者并不能为所欲为，人物活起来之后，他（她）要说什么、干什么，往往是作者无法预料、无法干预的。托尔斯泰说他没有想到安娜会死。这绝不是假话。我在写到杨贵妃在月下对李白说的那一番话时，是她这个特定人物在特定环境、特定关系中非说不可、脱口冲出的，我事先并没有做什么"设计"，在她不顾一切地倾吐已尽，脸上火辣辣地等待李白的反应时，连我也感到有些吃惊：嗬，你说得痛快，看怎么收场吧！我们不是要看"戏"吗？这就是"戏"啊！

实在说，我这点虚构真是算不了什么。古典名著《三国演义》中的虚构有多少？数不胜数。如果把它和《三国志》细细比较，就会大吃一惊。但是，《三国志》并不能把它推翻、把它压倒、把它代替，它作为一部成功之作世代流传。

当然，这并不等于说可以随心所欲地杜撰历史。历史上的重大事件、著名人物、关键年代应该尽可能忠实于历史，在大框框"查实有据"的基础上，允许细节的虚构。违反了这个原则，就会失误。比如同样以李白为题材的旧小说《李谪仙醉草吓蛮书》中编造了一个李白参加科举考试受到杨国忠、高力士羞辱的情节，就纯属画蛇添足。历史上的李白从未考过科举，是直接"由布衣得翰林供奉"的，你把考场的戏编得再精彩，再富有戏剧性，也是败笔。"从心所欲"，还要"不逾矩"啊！

由历史剧引起的这些话题，一扯起来就长得很，没完没了。我想就此打住，听听你的意见。《飘然太白》正在拍摄中，不久即可与观众见面，还不知将是个什么面目，观众反应如何，这都是我所想知道的。因为作品是

① 亚里士多德：《诗学》。

给人看的，写历史剧也是给今人看的，并不是为了“发思古之幽情”，为古人而写的。事实上，想在今天完全真实地再现唐代的历史，达到起死回生般地酷似李太白，是根本不可能的。我们只能就我们的理解，塑造我们心目中的李太白罢了。正如我们在书房里摆一只锈迹斑斑的青铜文物，大可不必去把它打磨得如初铸时那样金光闪闪了。因为我们是立足于今天来看历史，是无法也不必要去剥掉时间留在历史上的苔迹的。李太白的形象出现在今天的电视屏幕上，他所激发起来的是我们对祖国的光辉灿烂的文化传统的热爱，对较之封建制度优越千百倍的社会主义制度的热爱，对于振兴中华的辉煌前景的坚强信念。这，绝非是李白所能给予他的同时代人的东西。

“今人不见古时月，今月曾经照古人。”[①] 李太白的这两句诗说得多么精彩！我面对着亘古永存的明月，就是这样想的。这明月已不是唐时的月了，但它确曾照过唐时的李太白。这么说来，我们同李太白共照此月，真是三生有幸而极富有诗意！

一九八二年春，月明之夜于北京听雨楼

（原载《电视·电影·文学》1982 年第 3 期）

---

① 李白：《把酒问月》。

石迹耿千秋
——读李四光诗《悼子元》

李四光作为一位卓越的科学家，早已人所共知。但很少有人知道，他还是一位诗人。这里，介绍他的一首五言古诗《悼子元》：

崎岖五岭路，嗟君从我游。
峰峦隐复见，环绕湘水头。
风云忽变色，瘴疠蒙金瓯。
山兮复何在？石迹耿千秋！

此诗写于一九四三年，发表在李四光的重要学术论文《南岭何在》的卷首，系为悼念地质学家朱森而作。朱森，字子元，湖南郴县人。中学时代曾因积极参加五四运动被开除。一九二二年，考入北京大学预科，两年后进地质学系。当时的系主任就是刚刚从国外留学回来不久的李四光教授。在与国内外反动势力“围剿”的孤军奋战中，朱森是李四光最得力的助手、最心爱的学生。

“崎岖五岭路，嗟君从我游。”诗一开头便是这样的雄浑、深沉而悲壮，充满回首征途的无限感慨。那是一九三二年，为了解开当时中外地质学界迷惑不解的疑团——地理上的重要天然界线南岭，在地质构造上究竟是否存在，这是极为重要的课题，李四光携朱森等人从湖南到广西，考察南岭中部。他们往往兼程而宿，并日而食。凡有疑问，不解不去；遇有所获，乐而忘归。“观测所及，绝无丝毫苟且之处”。他们走遍闽西、赣南、湖南、粤北，数跨南岭。“峰峦隐复见，环绕湘水头”，南岭的雄姿开阔了他们的眼界，给他们探索科学奥秘增添了莫大的勇气。诗中朴素的风景描写，饱含着对祖国山河的眷恋和赞赏。正是这次难忘的南岭之行，产生了他们的专著《南岭何在》（李四光）和《南岭山脉地质纪要·自湖南武冈至广西柳州之地质》（李捷、朱森），证明了“南岭构造带”确实存在及其在地质上的重大意义。

一九四二年七月，朱森被国民党反动派妄加罪名，诬陷迫害致死。噩耗传来，李四光心痛欲裂，泣不成声。“风云忽变色，瘴疠蒙金瓯。”笔锋陡转，诗人用含血溅泪的十个字，强烈地抒发了胸中的悲愤，表达了他对国内外反动派的极大愤恨！

诗的结尾两句：“山兮复何在？石迹耿千秋！”一问一答，语调悲壮激昂，含义深远：朱森虽然被害致死了，他为祖国地质科学所做的贡献却不可磨灭；国土虽然破碎了，但河山犹在，将千秋万代放光辉！

李四光同志作为一位爱国科学家，永远是我们学习的榜样。他和他的战友们的卓越贡献将与山河共存。“石迹耿千秋”，这不也正是李四光同志对祖国、对人民的耿耿丹心的不朽写照吗？

（原载《光明日报》1978年5月21日）

女人的形象

一九六一年九月，英国陆军元帅蒙哥马利访华期间，在洛阳街头散步，路过一个小剧场，便闯进去看豫剧《穆桂英挂帅》。戏演了一半，剧场休息时，他却不想再看了。回到宾馆，评论说：“这出戏不好。怎么让女人当元帅？”

中国官员说：“这是中国民间传奇，群众很爱看。”

蒙哥马利说：“爱看女人当元帅的男人不是真正的男人，爱看女人当元帅的女人不是真正的女人。”

中国官员说：“中国红军就有女战士，现在解放军有位女少将。”

蒙哥马利说：“我对红军、解放军一向很敬佩，不知道还有女少将，这有损解放军的声誉。”

中国官员说：“英国女王也是女的，按照你们的体制，女王是国家元首和全国武装部队总司令。”

蒙哥马利于是无言以对。

事后，这位中国官员受到了周恩来总理的批评：“你讲得太过分！告诉客人这是民间传奇就够了。他有看法，何必驳他……还不晓得求同存异？弄得人家无话可说，你就胜利了？”

于是周恩来审查了为蒙哥马利安排的文艺晚会节目单，发现有一出折子戏《木兰从军》，便下令换掉了。“又是一个女元帅！幸亏问了你，不然他会以为我们故意刺他。”

周恩来如此处理这件事，是在特定的历史条件下顾全大局，体现了他的缜密和宽容。蒙哥马利对于穆桂英的高论，我们也不必论其是非。但是，从这则小小的故事中，我们是否也可以多少得到一点信息：在处处“女士优先”的西方世界，女人到底是什么形象？

在美国，有一位创建“化妆品帝国”的女强人艾丝蒂·劳德，她曾于一九七八年获得法国政府颁发的“法兰西荣誉勋位勋章”，一九七九年获得“巴黎市金质奖章”，一九八四年被美国全国母亲节委员会提名为“本年度杰出的母亲”。此外，她还获得纽约市政促进协会水晶苹果奖，以及美国“十大工商界女强人”“美国化妆业女王”的称号，她的化妆品公司年销售额达十亿多美元。而促使她走上成功之路的缘由，说来却是一个微不足道的刺激。那是她刚刚开始做化妆品生意的时候，一天，遇到一个仪容美丽、服饰漂亮的女人，她忍不住说：“这衣服多么雅致！我想问一下，在哪里能买到。您不介意吧？”

“告诉你和不告诉你会有什么两样呢？”那女人却冷笑着说，“你永远也穿不起这样的衣服！”这使她羞辱，使她发愤：“决不让别人第二次再对我说这样的话！有朝一日，我想得到的我都会有：名誉地位、各种珠宝、精美艺术品、舒适的家——一切的一切。”

这便是她的理想、她的奋斗目标，一个“女强人”追求的一切也不过如此而已！她为自己塑造了一个女人的形象，并且用她那名扬四海的化妆品塑造全世界的女人形象。

女人应该是这样的！对女人来说，比金钱、荣誉更重要的是华贵的服饰和美丽的脸！哪怕是当上了女王或者“第一夫人”的女人，不也是如此吗？

至此，我们也就不难理解蒙哥马利关于女人的那一番宏论了。

其实，在号称“妇女能顶半边天”的中国，人们也未必都像在戏台前边看《穆桂英挂帅》时那样看待女人，未必和蒙哥马利的观点相差多少，包括女人们自己。

穆桂英和花木兰被誉为“巾帼英雄”“女中丈夫”，只是因为有些“丈夫”气，不大像女人才成了稀罕物。而这两位稀罕物又是人们虚构的，推敲起来，史无其人。在中国历史上能留下姓名的女人本来就少得可怜，而能侥幸青史留名的却又大都（不是全部）没有什么功业可言，只不过靠了一张漂亮的脸蛋儿。不信吗？苏妲己、褒姒、西施、郑旦、赵飞燕、王昭君、杨玉环……都是“绝色美人”，如果没有这项资本，早已化为尘灰，谁也不会记得她们。什么“亡国祸水”，什么“爱国主义”，不过是人们根据需要贴上去的标签，她们只是男性统治者的玩物和工具而已，发迹也罢，倒霉也罢，都只是因为长得“美”。“云想衣裳花想容”“一枝红艳露凝香”“名花倾国两相欢，长得君王带笑看”。李太白为杨玉环写的赞辞《清平调》说得再明白不过了。“汉皇重色思倾国，御宇多年求不得。杨家有女初长成，养在深闺人未识。天生丽质难自弃，一朝选在君王侧。回眸一笑百媚生，六宫粉黛无颜色。”白居易的《长恨歌》也说得再明白不过了。就连那个在四面楚歌声中慷慨自刎的虞美人，也未脱这个模式。项羽兵败乌江，连江山、生命都舍得，唯独舍不得她，哀叹：“虞兮虞兮奈若何？”也只是因为她漂亮。她呢？“君王意气尽，贱妾何聊生？”从一而终，一副奴才相。史书上找不到她在楚汉相争中有什么政治上、军事上的贡献，仅仅靠了美色，当个“随军家属”，也够可怜的。项羽自身难保，她不死，还能有什么出路？只能当殉葬品。

女人，女人！女人只能是这个形象吗?!

中国的“第一夫人”江青在倒台之后，遭到万人唾骂，当然是因为她政治上作恶多端，咎由自取。但人们在讨伐之际，于义愤之中还多了一层意思：“女人怎么能……”如果她是个男人，便会少了这层意思，亦即古已有之的“祸水”论。说到这里，我还得郑重声明：本人一点儿也不喜欢江青，半点儿也不想为她翻案，只是觉得人的性别差异怪有意思的。男人该干什么，女人该干什么，似乎古今中外有一个约定俗成的界限。

那么，中国的女人应该怎么着呢？

《周礼·天官·九嫔》有明文规定：“掌妇学之法，以教九御，妇德、妇言、妇容、妇功。”简言之便是德、言、容、功，女子应该具备的四种美德。德，品德；言，言辞；容，仪容；功，女红。其中三项可视为修养或本事，但“容”也算一项，就不免太难为人了。一个人的脸蛋儿、身条儿或是花容月貌，或是奇丑无比，原是胎里带来的，本人如何做得了主？为什么不要求男人个个貌如潘安，而偏偏要求女人？答案简单至极：自从人类告别了母系社会，女人便成了男人的附属品，你不仅要供男人消愁解闷，为男人生儿育女，替男人持家劳作，还得使男人赏心悦目——要漂亮，“燕瘦环肥”，“樱桃樊素口，杨柳小蛮腰”，各取所需。长得不漂亮怎么办？那就挖空心思地打扮，讨男人的青睐。“容”作为名词的含义是“容貌”，作为动词的含义便是“化妆”。地球上第一个对着水面端详自己的容貌、第一个用兽骨兽牙之类装饰自己的原始人不一定是女人，即便是女人也绝不是为了取悦于男人，而是为了自我。而当女人为了取悦于男人而化妆的时候，女人已经失去了自我。

《战国策·赵策一》有一句流传千古的名言“士为知己者死，女为悦己者容”，把这个道理讲得一点儿都不含糊。我的一位朋友反其道而行之，说道：“‘女为悦己者容’不对。王八蛋喜欢你，你也为他而‘容’吗？应该是‘女为己悦者容’，为你所爱的人而‘容’。”这番话，我初听觉得新鲜，深以为然。细细想来，也不过是换汤不换药而已。为你所爱的人而“容”，必然是依照那个人的审美趣味去“修整”自己的“门面”，还是要取悦于他。一碗豆腐，豆腐一碗。仍然没有你自己。

前几天到发廊去做头发，与理发员聊起来，她诉说了许多委屈。她是个个体户，手艺不错，起早贪黑，顾客盈门，领导发型新潮流，赚了不少钞票。她的丈夫却拿这钱去赌博，一输就是好几千！

“那你挣钱不是白挣吗？为什么这么怕他？”我问。

“唉，有什么办法！”她长长地叹息，“不用钱拢着他，又怕他出别的事儿。女人老得快，我都奔四十的人了，他要是嫌我老，再找个年轻的，我可怎么办？所以，我这不还得自个儿打扮着点儿嘛！”

这位姐妹的坦诚话语使我震动。她也算是个有能耐、有资本的“强人”了，可内心深处却是这么柔弱！其原因只是她是个女人！

女人的容貌以及为容貌所做的辅助手段，其实只是商品，是交换的资本。这个商品的价值标准以及型号、样式和包装的审美趣味，迄今为止还是由男人制定的，哪怕假借了女人的手。中国女人古时以缠足为美，今时又以为丑，都是以男人的好恶为标准，女人对男人“投其所好”。而娼妓、舞女、应召女郎等职业则把这一特征表面化了。

前不久，北京举办了一个“人体艺术大展”，观者如堵。这件事本身没什么不好，但奇怪的是，在展出的作品中，为什么大部分是青年女模特儿的人体？也许是因为其“观赏”价值大于男人、老人和儿童，不仅有漂亮的脸蛋儿，还有裸露的身体，一丝不挂，任君观赏。我没有去调查观赏者都是什么人，持何种心理，但我听说在画家和女模特儿之间打了官司。这些年轻的姑娘，在当今中国，敢操此业，“为艺术而献身”，是勇敢的。画家对她们说：人体是最美的，没有什么羞耻可言。在外国，谁被画家画上了画，还因为自己的美而自豪哩！说得全对，一点儿不错。问题是，这些姑娘（或媳妇）的父母（或丈夫）不干，认为丢了他们的丑，他们于是诉诸公堂。你看看，这是怎么回事儿？画家认为你美，你自己也深知自己美，你的亲人自然也觉得你美，为什么到头来又成了“丑”事儿呢？说穿了，不是什么侵犯了“肖像权”的问题，而是侵犯了“欣赏权”的问题。一个女人的人体美，欣赏权只属于她的丈夫。作为“观赏物”的性质并没有变，不过更专制、更独裁罢了。而只有娼妓，这个“权”才能由诸多男人分享！

女人，女人！女人算人吗？

在大街上，我看见一些未成年的女孩子抹着蓝眼圈儿、红嘴唇，旁边跟着个小痞子，用粗俗的话骂她，甚至打她，她仍然曲意逢迎，唯命是从；在剧场里，我看到一些妖妖艳艳的“歌星”在一片喧嚣声中忸怩作态；在电视屏幕上，我看到一些年迈女士厚施脂粉，苦苦争春，竭力掩饰岁月刻在脸上的皱褶……我纳闷儿：她们这是干吗呀？她们的自我在哪里？

人可以失去一切，唯独不应该失去自我。

女人不但是女人，而且首先是人。

我国女界不断有“新潮”涌现，西方出现点儿什么“主义”，立即有人响应，似乎得了什么真传，可以立地成佛。其实，无论东方、西方，女人活得都不容易，争得都艰难。“解放”绝非好听好玩的两个字，它是“付出代价”的同义语。无论就社会或自身，都注定是漫长的。

我曾经应邀参加过一个女界的聚会，当某国女士问到“中国妇女地位怎样”时，我国一位女界人物答：“中国流行一句话：‘妻管严’！”

“妻管严”能说明什么地位呢？

写到这里，就此打住。但愿不被女同胞们误认为我反对妇女解放或者存心要拆哪家化妆品公司的台或者还有什么恶意。

己巳之春于抚剑堂书屋

（原载《家庭》1989 年第 11 期）

寂寞之道与道之寂寞

李太白诗云："古来圣贤皆寂寞，惟有饮者留其名。"《将进酒》系作者怀才不遇、愤世嫉俗之作，其压抑、愤懑之情自不难理解，但"惟有饮者留其名"一句毕竟太夸张、太浪漫了，把人类历史变成了一部"饮酒史"，无论如何难以交代。纵观有史以来，杜康留名，本不唯酿酒之功，而是率众攻灭寒浞，恢复夏氏统治，成就"少康之治"；刘伶传世，亦不在醉酒数月，创造了可以列入《吉尼斯大全》的纪录，而在于借醉酒消极抵抗当时的强权政治的名士风骨。即使包括李太白本人在内的"饮中八仙"，也都是因为各自在诗歌或书法上的成就早已举世瞩目，如"李白斗酒诗百篇""张旭三杯草圣传"，若不然，即使饮上千斗万杯、醉他十年八载，也不足为奇。

相比之下，前一句"古来圣贤皆寂寞"却平实得多，虽系情绪化的感叹之语，却包含着朴素的真理。我不能确切地知道李太白所说"圣贤"究竟包括哪些人，但试想像他那样敢于"风歌笑孔丘"的"楚狂人"，未必会像俗人似的迷信什么偶像，所谓"圣贤"，无非"智者"而已。太史公曰："古者富贵而名摩灭，不可胜记，惟倜傥非常之人称焉。盖文王拘而演《周易》；仲尼厄而作《春秋》；屈原放逐，乃赋《离骚》；左丘失明，厥有《国语》；孙子膑脚，兵法修列；不韦迁蜀，世传《吕览》；韩非囚秦，《说难》《孤愤》；《诗》三百篇，大抵贤圣发愤之所为作也。此人皆意有所郁结，不得通其道，故述往事，思来者。"即如司马迁本人，腐刑废身而不改其志，"隐忍苟活，幽粪土之中而不辞者，恨私心有所不尽，鄙陋没世而文采不表于后世也"。"欲以究天人之际，通古今之变，成一家之言。草创未就，会遭此祸，惜其不成，是以就极刑而无愠色。仆诚以著此书，藏诸名山，传之其人，通邑大都，则仆偿前辱之责，虽万被戮，岂有悔哉!"其坚忍、自信跃然纸（简）上，却又透露出无比的寂寞与孤独："然此可为智者道，难为俗人言也。"可见，太史公也是将"贤圣"与"智者""倜傥非常之人"视为同义语的。"古来圣贤皆寂寞"，这是历史的无情，"富贵而名摩灭""倜傥非常之人称焉"，则是历史的公正。华域之外，哥白尼、布鲁诺、伽利略倡日心说、地动论而遭教廷迫害，麦哲伦环球航行而为土人所杀，凡·高才华冠世而终生穷困潦倒，莫不"死日然后是非乃定"！

智者的寂寞在于"究天人之际，通古今之变"的思想与行动远远超出同代人的认知水平，首创的"一家之言"惊世骇俗。布鲁诺宁肯烧死在火刑柱上也要坚持真理，谭嗣同在断头台上仰天大笑"死得其所，快哉快哉"！高昂的头颅不肯向世俗屈服，乐观自信之中又包含着多么悲哀的自怜！其他如伯牙摔琴、屈子投江、太白捉月、张旭佯狂、凡·高割耳，莫不深藏着"难为俗人言"的大悲大哀！

智者的超前思想、超前行动，酿成了自身的悲剧，"死日然后是非乃定"，终为世人所认同，社会被推向前进，作为对其生前的寂寞、孤独乃至牺牲的莫大报偿。"文章千古事，得失寸心知""千秋万岁名，寂寞身后事"，这是智者的清醒。"通其道""思来者"，这是智者的远见，把检验真理的权利交付于绵绵历史，交付于子孙后世的智者。

很难讲多少年出一个司马迁，多少年出一个李太白，多少年出一个布鲁诺，多少年出一个凡·高。然而既有"古来圣贤皆寂寞"一说，却又似乎给人以希望，给人以安慰，似乎耐得寂寞便可成圣贤。于是"寂寞"便也成了时髦的东西，作为愤世嫉俗的标签。"道可道，非常道"，"道不行"，不必"乘桴浮于海"，"自甘寂寞"也就是了，且待下个世纪，下下个世纪！问题是下个世纪，下下个世纪的到来为时尚远。评判"道"之真伪的标准也就一时把握不定而莫衷一是、五花八门、层出不穷，于是陈腔滥调、邪门歪道、狗窃鼠盗、末流杂耍也都粉墨登场，混迹于"道"，人世间热闹得一点儿都不寂寞了，寂寞的倒是道。

（原载《文学自由谈》1995 年第 4 期，《散文》1996 年第 1 期转载。收入《世界学术文库》华人第 1 集，世界学术文库出版社 1999 年版）

难忘《木木》

少年时代读《木木》，三十年来未能忘。

屠格涅夫紧蹙的双眉之间刻着两道深深的竖纹，忧郁的眼睛闪射着愤怒，他用低沉的语调给我们讲述了那个故事……

“在莫斯科的一条偏僻的街上，有一所灰色的宅子，这所宅子有白色圆柱，有阁楼，还有一个歪斜的阳台”。在一大群家奴包围之中有一个寡居的贵族老太太，“她生活里的白天，那个没有欢乐的、阴雨的日子早已过去了；可是她的黄昏比黑夜还要黑”。只三言两语，便活画了这所大宅子——农奴制度的一个缩影，没落、寂寥、阴沉、冷酷的氛围自此笼罩全篇。

聋哑人盖拉新从乡下来到莫斯科，成了这座深宅大院的看门人。作者极力渲染他的魁伟和强力：差不多两米高的身材，在乡下时“一个人做四个人的工作”，“耕地的时候，把他的大手掌按在木犁上，好像他用不着那匹小马帮忙，一个人就切开了大地的胸脯”，“勇猛地挥舞镰刀，仿佛要把一座年轻的白桦林子连根砍掉一样”。“自从某一天晚上他捉住了两个小偷，把两个脑袋在一块儿狠狠地碰了几下（碰得那样厉害，简直用不着再把他们送到警察局去了）”。“没有人敢在饭桌上坐他的位子”，“连公鸡也不敢在他的眼前打架”。当管衣服的女人向塔吉雅娜寻衅时，“盖拉新突然站了起来，伸了他的大手，把它放在管衣服的女人头上，并且非常凶狠地望着她的脸，吓得她把头埋在饭桌上面。众人都不敢作声”。瘦小而温顺的洗衣女工塔吉雅娜唤起了盖拉新深藏心底的爱，成为他情感的寄托。他以哑巴特有的方式向她表示亲近，以巨人般的体魄和气力保护她，送给她姜饼做的小公鸡，并且默默地准备了向她求婚的聘礼——一方红棉布头巾。然而，出于这座宅子的女主人无法抗拒的意志，塔吉雅娜嫁给不可救药的酒鬼、鞋匠卡皮统。被夺去心中之爱的盖拉新一直把她送到克罗里米亚浅滩，归途中救了一只陷在泥泞中濒临死亡的小狗，他以哑巴含糊不清的“语言”叫它“木木”。此后，忠实的木木成了盖拉新在这所大宅子里唯一的朋友。可是，当这条小狗得罪了女主人，难以在此继续容身的时候，盖拉新也束手无策了。这位大力士不仅没有能够保护弱女塔吉雅娜，没有能够保护一条可怜的小狗，甚至连自己那强壮的体魄之中的一点情感也未能保护，因为悬在头顶的不平等的社会制度，其力量远远胜于他百倍、千倍、万倍！

作者以非凡的洞察力和表现力，将聋哑人盖拉新灵魂深处的痛苦极其真切地展现在读者面前：在塔吉雅娜与酒鬼卡皮统成婚的当天，盖拉新“空着手从河边回来：他在路上不知怎样把水桶弄破了；夜里他在马房里拼命地洗擦马身，弄得那匹马像草给风吹着似的摇摆起来，在他的铁拳下面它有点站不稳了”；木木不见了，盖拉新“呻吟了一个整夜”；木木失而复得，盖拉新把它藏在顶楼，自己却以“天真的狡猾”在人前保留着忧郁的表情，夜晚“脸色苍白地躺在他的床上，紧紧地扣住木木的嘴巴”；当他意识到保护木木无望时，“在自己的颈项上做了一个记号，好像在拉紧一个活结似的”，表示“他要自己担任弄死木木的工作”：他穿上过节时才穿的长裾外衣，带着经过细心梳理、毛皮发亮的木木到饮食店去，专门为它买了白菜肉汤，痴情地看着它吃，“两颗大的眼泪突然从他眼睛里落下来：一颗落在狗的倾斜的额上，一颗落在白菜汤里面。他拿自己的手遮住了脸”……一颗渴望自由、渴望爱的心灵在巨大压力下的无望搏斗和无可奈何的自戕，激起了读者感情世界的巨大波澜，产生了永久的艺术魅力。

“巨人”“树妖”盖拉新终究是一个弱者，他一步步妥协，一步步退让，最后不得不把自己的最后一点精神寄托亲手扼杀！

暮色苍茫的莫斯科郊外，克罗里米亚浅滩上，一只尖艉的俄式小木船。船上立起一副高大的身躯，昏暗中已经辨不清衣着的色彩。而只是一尊雕塑般的剪影。他的怀里抱着小狗木木，木木的脖子上套着一条带活结的绳子，绳子下端系着两块砖。

他长久地凝视着怀中的木木，凝视着脚下平静的河水……

那似乎是一幅色彩凝重、笔触雄浑的油画，在我心中凝固了三十多年，不忍让下面的情节打破它！

屠格涅夫出身于十九世纪俄国的一个贵族家庭，却又是这个家庭和这个阶级的逆子。由于发表反抗农奴制度的《猎人笔记》，他被放逐，《木木》是在监禁中写成的。十九世纪英国作家加莱尔曾经说过：“这是全世界最动人的故事。”二十世纪英国作家高尔斯华绥也曾经说过：“在艺术方面，比这个更强烈的对专横暴虐的抗议，还不曾发生过。”这些评价，《木木》当之无愧。屠格涅夫的全部作品，都反映了他对农奴制度及其一切产物的极大仇恨，对劳动人民悲惨遭遇的无限同情，以及对维护文化、教育、信仰与言论自由的热切渴望，而《木木》无疑是其中最精彩的篇章，小中见大，一以当十。聋哑人盖拉新自始至终没有一句“台词”，却令人于无声处听到了振聋发聩的惊雷！

值得注意的是，对于这所宅子的女主人——那位至高无上的主宰、农奴制度的象征，小说却着笔不多，只写了她的闲愁寂寞和喜怒无常，而并没有做任何形象上的丑化，甚至在小说的结尾还特地交代：“她从来没有命令他们把那条狗弄死。”这并非因为她的原型是屠格涅夫的母亲而“手下留情”，作者的高明之处正在于：他没有把悲剧的产生归咎于统治者个人的品质，他鞭挞的是扼杀人性的社会制度。维护这一制度的不仅是统治者，还包括了被统治者。且看那一群家奴的表演：管家加利夫洛在女主人面前唯唯诺诺，明知把塔吉雅娜许配给酒鬼并不合适而且将会带来许多麻烦，不仅不直言劝谏，却坚决执行，而且与众家奴密谋，创造性地设计了骗局，使盖拉新“自动放弃”塔吉雅娜；寄食女人白天像马车夫一样睡大觉，养精蓄锐以陪伴女主人度过漫漫长夜，察言观色地揣摩女主人的心思，投其所好；为了讨得女主人的赏识，加利夫洛先是背着盖拉新将木木卖掉，后来又兴师动众地带领一大群家奴攻上顶楼追捕木木；在这一系列举动中，跟班、厨子、尾巴叔叔、爱管闲事的马夫、寄食女人柳苞芙·柳比莫夫娜等都是不可或缺的帮凶；不幸的姑娘塔吉雅娜“只要听见人提起太太的名字就发抖”，得知太太要把她配给酒鬼卡皮统，她没有表示一丝反抗，“掉转身子，在门柱上轻轻地靠了一下，就走出去了”；包括大力士盖拉新，也

“很害怕他的女主人”“希望她给他恩惠”。当厄运向他头顶压过来，他也只有忍着心中的剧痛，一次次就范。这些奴才们身上的奴性，正是农奴主统治的社会基础。这使我们想起比屠格涅夫晚些时候的鲁迅先生对中国封建社会末期国民性的犀利的解剖，“哀其不幸，怒其不争”，鲁迅与屠格涅夫的心是相通的!

暮色苍茫中克罗里米亚浅滩上的那幅油画并没有凝固。盖拉新把套着活结、坠着砖块的木木举在河面上，最后一次看它。木木“信任地而且没有一点恐惧地回看他，轻轻地摇着尾巴。他掉开头，眯着眼睛，放开了手”。盖拉新听不见木木落下水去时的尖叫声，“等他再把眼睛睁开的时候，微波照旧一个追一个地在水面上急急旋动；它们照旧地碰在船舷上飞溅开去了，只有在后面远远的一些大的水圈逐渐在扩大，一直到了岸边”。

故事到这里本该结束了。而屠格涅夫却不肯结束，又续写了一个尾巴：“巨人”盖拉新“带了一种不屈不挠的勇气和一种交织着绝望与快乐的决心”返回家乡，好像“他的母亲现在唤他回到她的跟前去一样”，“他好像一头雄狮，强壮地、勇敢地踏着大步走去”。屠格涅夫在一八八三年与世长辞，距一九一七年俄国资产阶级二月革命和无产阶级十月革命还有三十四年，他生前还不可能为盖拉新们指出一条真正的出路，而只能倾其心血，将高压下的农奴的灵魂震颤摄录于笔端，永留人间。

（原载《博览群书》1996 年第 7 期。收入《小说家喜爱的小说》，十月文艺出版社 1996 年版）

春联贴倒了……

春节期间出去走走，在一条胡同口，见一座门楼上贴着大红春联：“玉犬迎春万户歌，金鸡辞岁千家喜”。

看那两笔字写得还不错，对仗也还工整，只可惜上、下联颠倒了，应该是：“金鸡辞岁千家喜，玉犬迎春万户歌”。送走的是鸡年，迎来的是犬年，怎么“玉犬”倒跑到“金鸡”前头去了呢?

心里这么想着，脚步已走到第二家门前，这里也贴着春联：“神州无处不春风，华夏有天皆丽日”。

又是一副好对子，可惜也贴颠倒了。

再往前走，家家门前都贴着春联，而无一例外，都是上、下联“交换场地”。我想，这到底是怎么回事儿?不怕麻烦，掉头往回走，仔细看了看，这些春联的笔迹都很相近，像是出自同一人手笔。想必写这些春联的人，早年间受过描红临帖的基本训练，或者曾是教书先生，或者当过什么字号的账房，最不济也许曾以代写书信糊口，因为有这两笔字，一条胡同的春联都请他写，他也乐得奉献“余热”，有求必应，练练腕子，等于在街头开个“书法展”。可惜的是他的这些大作都被贴颠倒了，糟践了。如果老先生腿脚还利落，扶着拐杖出来瞧瞧，怕是要气歪了鼻子，连连摇头叹息：“有辱斯文!”

春联是中国民间习俗之一，源远流长。过年贴上它，显得吉利、红火、喜庆，既是装饰品，又是艺术品。世界四大发明之一的火药也是中国人首创的，烟花爆竹的历史比春联还要久远，如今说禁就禁了，人们的年还是照样过。春联贴不贴倒也无关紧要。如今北京城高楼林立，四合院的地盘越来越小了，要贴春联没地方，已难以“千门万户曈曈日，总把新桃换旧符”。可是人们还是丢不掉那一份儿浓浓的怀旧之情，有门有院的人家，年头岁尾就想起来这码子事。但是，要贴，就把它贴端正了，弄得颠三倒四，却又煞了风景，有附庸风雅之嫌。

细究起来，贴倒了春联的人也未必有心“附庸风雅”，实在是无能为力。如今中年以下的人，认真练过毛笔字的不多，不要说“书法”，连书写都困难。半个世纪前小孩子发蒙必读的“天对地，雨对风，大陆对长空”，现在成了“古董”，许多人不知“平仄”为何物，手里拿着那两条写着字的红纸，认得哪是上联、哪是下联？便胡乱贴上罢了。说起来，这种颠倒的事儿多了去了，也不必较真儿。连文化人搞的电视剧中都随时可以听到称自己的家为“府上”，称别人的爹为“家父”；报纸上的许多文章把艺术“品位”写成“品味”，仿佛评论的是风味小吃，如今不是“食文化”大兴嘛！

据行家预测：到下个世纪，全人类将有两千种语言在地球上消失；而在现今世界上最通行的几种语言文字当中，汉语汉字使用的人数最多，涵盖地域最广，又具有简约、精确、规范、优美等优势，也许将成为世界通用的语言文字之一种。然而，与此同时，我们却不能不看到一个统计数字：我国目前有三亿左右的文盲，到下世纪，随着人口的增长，弄不好没准儿还会增加。如果到了那时候，老外们满口普通话，下笔“颜、柳、欧”，而我们这儿却认识汉字的越来越少，将如何是好？又是一个大颠倒！

须知，破坏比建设容易得多，把颠倒的历史重新颠倒过来是相当费力的。比如，国外有位科学家经过研究，说他已证明埃及的金字塔原来是个倒立的三角，上面的平台是外星人用来发射 UFO 的，后来他们走了，怕地球人利用这个平台，就给颠倒了过来。现在这位科学家突发奇想，要把被颠倒了的金字塔再颠倒过来，这谈何容易？——话说远了，就此打住。

（原载《光明日报》1994 年 3 月 12 日）

从《凤求凰》到《白头吟》

司马相如者，汉赋名家也。景帝时，相如曾为武骑常侍。文人竟做武官，用非所长，而且景帝刘启又“不好辞赋”，想必相如也觉得这个官当得没有多大趣味，便与枚乘等人去梁而游。梁孝王死后，他没了依靠，回到四川老家，穷得一无所有，且无以为业。于是投奔邛县县令王吉，并认识了当地富豪卓王孙。卓王孙有女名文君，新寡。相如慕其才貌，“以琴心挑之”。一曲《凤求凰》使文君心旌摇荡，一见钟情，两个人私奔而去。于是有了“文君当垆”的故事，早已为人们所熟知。

如今实行社会主义市场经济，有人提起这段陈年往事，说司马相如和卓文君二位开了“文人下海”的先河云云。这未免牵强附会。按司马相如和卓文君的私奔，只是为了爱情，卿卿我我之余，也还得吃饭，不得已做点小买卖，卖酒为生。文君在前台当老板娘兼女招待，相如在后面和打工仔、打工妹一样洗盘子。一位风流名士，一位豪门之女，落到这个地步，也是没法子的事，并非凭着什么商品意识的先知先觉，去做市场经济的弄潮儿。国人长期以来形成了一种历史认同心理，凡事总想找个历史依据，证明“古已有之”才心安理得，找不出来就勉强凑数。其实大可不必，历史毕竟不是任人雕琢的大理石。

闲话不表，只说司马相如和卓文君。《凤求凰》和“文君当垆”还只是他们两位的故事的一半，这一半又是以老丈人卓王孙终于认了司马相如这个女婿为收场，未免老套而且俗气。其实后面还有一半。我认为，后半比前半还要精彩，至少可以说，有了后半，这故事才更完整、更耐人寻味。

前面说了，司马相如本无心“下海”。那么他后来当然也就没有成为企业家，还是按照“学而优则仕”的模式，终于又做了官，当然是靠了他的文章才做成的。他有个四川老乡名杨得意，向新皇帝刘彻（即大名鼎鼎的汉武帝）推荐了相如的得意之作《子虚赋》，皇帝极为赏识，召见相如，相如又作了一篇《上林赋》，天子大悦，赐郎官之职。

故事于是又有了新的进展，节外生枝。相如突然要娶小老婆了！此时他大约已经把卓文君当初的听琴、私奔、当垆都忘到了九霄云外，又爱上了茂陵的一位女子，爱得疯狂，爱得热烈，要纳她为妾。其事载《西京杂记》。在那个时代，像司马相如这样的名人想做这样的事，是极为容易的，用不着找什么借口说两人“存在着个性差异，感情合不来，缺乏爱情基础，扭曲了人性，尝尽了无爱的婚姻的苦头”等，也不必说卓文君“粗俗”“母老虎”之类，连正式的离婚手续都不必办，直接娶茂陵女就是了。

麻烦在于卓文君。此人既然曾做出过惊世骇俗的私奔之举，就说明是位有“性格”的女性，不会甘心就这么被司马相如甩了，而要有所表示。不过她采取的方式不是去告司马相如，也不是去找茂陵女那个第三者去算账，而是赋诗一首——《白头吟》。诗曰：

皑如山上雪，皎若云间月。
闻君有两意，故来相决绝。
今日斗酒会，明旦沟水头。
躞蹀御沟上，沟水东西流。
凄凄复凄凄，嫁娶不须啼。
愿得一心人，白头不相离。
竹竿何袅袅，鱼尾何蓰蓰。
男儿重意气，何用钱刀为！

这诗写得极富感情，却并不悲悲切切。以皑皑白雪和皎皎明月象征纯洁的爱情，将忠贞不贰、白头偕老视为爱情的至高境界。然而，一旦“闻君有两意”，却又毅然决然，各奔东西，“故来相决绝”，主动提出离婚。尤其是末尾二句，“男儿重意气，何用钱刀为”！正气凛然，咄咄逼人，一扫巾帼柔弱，直使须眉汗颜！

司马相如万万没有料到她来这一手。也许是被她打动了，想起当初“以琴心挑之”的那份儿柔情蜜意，想起“文君当垆”时两个人卖酒洗盘子那份儿相濡以沫的不容易，艰难困苦都过去了，现在要甩人家，良心上不禁自责。而且他和文君本来是百分之百的自由恋爱、反封建的结合，如今却翻脸不认账，想一笔勾销，实在难以自圆其说，也许他未必有什么自责，只是将利弊权衡来权衡去，觉得卓文君不好惹，这个包袱不好甩，别弄得打不成狐狸惹一身臊，怏怏然只好将纳妾的打算作罢。

司马相如这档子外遇和婚变，至此宣告失败。

李太白有诗咏叹此事：

……

宁同万死碎绮翼，不忍云间两分张。

此时阿娇正娇妒，独坐长门愁日暮。

但愿君恩顾妾深，岂惜黄金买辞赋。

相如作赋得黄金，丈夫好新多异心。

一朝将聘茂陵女，文君因赠《白头吟》。

东流不作西归水，落花辞条归故林。

……

李太白的立场显然是同情文君、谴责相如的，“丈夫好新多异心”，已说得很明白，还有“兔丝固无情，随风任倾倒”“两草同一心，人心不如草”等句，都直刺那个翻云覆雨、见异思迁、朝秦暮楚的负心男人。

遗憾的是，卓文君并没有通过这次婚变认清司马相如，事后竟然原谅了他，与他和好如初。由此，我倒怀疑那首《白头吟》的动机了。“故来相决绝”说不定是故作姿态，以此来要挟甚至是争取相如，“白头不相离”才是真正的目的。相如妥协了，她也就既往不咎了，显出了弱者的本相，这又令人感到文君的窝囊。在长期的封建社会，妇女是无法摆脱依附于男性的被动地位的。不要说卓文君，就连那些名气比她更大些的女性，命运也都操在别人手里。西施被越王勾践当作糖衣炮弹，以自己的血肉之躯去腐蚀吴王夫差；王嫱奉旨“和亲”，嫁给匈奴单于，老单于死了又嫁给他的儿子；杨玉环先做寿王妃，后做公爹的贵妃。对她们来说，哪里谈得上什么“爱情”和“人性”，纯粹是工具、玩物、皇权加夫权的牺牲品而已。卓文君也是生活在那种氛围里，天大本事也跳不出去的。她的爱情火花，或许只在隔帘听琴、长街当垆时闪出了点光彩，便很快熄灭了。破镜重圆之后和司马相如“白头偕老”，倒真是“勉强凑合”的“无爱婚姻”了。

还值得一提的是那位没有留下姓名的茂陵女。她有没有隔墙向司马相如搔首弄姿，我不得而知，更大的可能是司马相如这个有妇之夫、情场老手先勾引的她。这位涉世未深的少女对相如的痴迷恐怕不亚于当初的文君，也幻想着“白头不相离”，却不料还没有来得及被纳为“妾”，就被甩了，落入了始乱终弃的轨道。谁曾为她鸣不平呢？

（原载《人民政协报》1994 年 3 月 19 日）

从修复石头城说起

六朝遗风，十代古都，钟山龙盘，石城虎踞。南京在中国历史上具有无可替代的地位，在文人的心中更是无价瑰宝。最近于报端得知，南京有关部门要修复石头城遗迹，甚感欣慰，同时也不无忧虑。

近年来，不断在新闻传媒中见到某某古迹被“恢复原貌”“修葺一新”的报道，我总是不敢相信这报道的真实。既然要“恢复原貌”，为什么“修葺一新”？反之，如果已“修葺一新”，又何言“恢复原貌”？

以唯物主义的观点来看，任何事物，“恢复原貌”都是不可能的。“原貌”就是事物最初的面貌，随着岁月的流逝，“原貌”一点点改变，或被自然力所剥蚀，或被人为地破坏、改变，总是要变样子的，要使它永远地维持“原貌”，除非日月静止，宇宙凝固，这当然不可能，不过是形而上学的梦想罢了。时过境迁、今非昔比之后，人们要“恢复原貌”，其实只是“恢复”到某个历史阶段的表象而已，因为那个被念念不忘的历史阶段，事实上已经不存在了。曾记得当时的规模、布局，更好一些的，能找到反映当时面貌的文字、图画资料，依样施工，依稀当年模样，犹如洋人给林肯总统做蜡像，或者用现代科技制造出一个依照设计好的程序会说会笑会和参观者握手的昔日影星玛丽莲·梦露，说到底还是假象，给活着的人一个安慰罢了，真的林肯早已灰飞烟灭，活的梦露早已香消玉殒，无处话凄凉了。文物古迹的“修葺一新”，实际往往是以新换旧。本来还保留着一些断垣残壁、旧砖古石，“修葺一新”的结果，是连那一点真东西也不存在了，文物古迹被“更新换代”了，这已经不再是古迹，而是“新迹”。断垣残壁、旧砖古石，当然也不是“原貌”，但好歹还是原物，那剥蚀，那残破，那斑斑锈迹，那点点苍苔，是历史流程留给它的印记，使后人在凭吊时发思古之幽情，做沧桑之感叹。鲁迅先生曾经嘲笑那将铜鼎擦得锃亮、大煞风景的土财主，但土财主毕竟还是没有将古鼎熔化再铸一个新鼎，只不过“整旧如新”罢了。试想青铜鼎在新铸之时恐怕也是锃亮的，喜好古物的文人们却不认可这般模样，偏偏爱它的锈迹斑斑。这是真正懂得文物，热爱历史。圆明园惨遭帝国主义焚毁，中国人当然痛心疾首，但那“宁为玉碎，不为瓦全”的断垣残壁，作为国耻的象征，倒可以使后人警醒，这便是文物古迹的价值，远远超过再花费巨资重造一个圆明园。如果我们把那仅存的一点古物、古迹也以新材料、新工艺、新技术充之、代之，则连这点意义也没有了呢！

鉴于文物古迹不断在以“保护”和“修复”的名义下被再度损坏，这方面的专家主张“整旧如旧”，而不是“整旧如新”。文物古迹的修复不仅应是“原址”，而且应保留“原物”，虽一砖一瓦，失去了就不可复得。对于年久风化或损毁的文物，可谨慎地修补、加固，但不应“以新换旧”。这是完全正确的，也是国际文物界公认的原则。但遗憾的是，说到容易做到难，许多文物古迹的“修复”并没有听这一套。

上述原则还有一个更难以做到的延伸：对于具有历史价值的文物古迹，不仅应修复和保留文物本身，而且应同时保留周围的环境，作为一个“历史地段”，使今人和后人瞻仰时，能够身临其境，如在当时氛围。时见某纪念馆或是某名人故居，原本是平平常常的民居，出了名是因为这里曾经发生过大事或是曾住过名人，现在“修复”的结果不仅焕然一新，了无当年气息，而且连周围的民居都统统拆除，剩下那所纪念馆或是故居孤零零地立在拔地而起的新楼之间。如果这种名人故居和新楼一起再被保留千百年，后人到此，将作何感想？恐怕要怀疑这位名人有精神病，爱在危楼之间故作“隐居”之态呢！

由石头城要修复的消息，引发出这些联想，把一些与石头城无关，与南京也无关的事都扯了起来，在此絮叨一番，似有聒噪之嫌。但我想，其中道理，未必真的与主题无关。我不知道石头城将怎样修复，修复到什么样子，也许我所说的这些，人家早想到了，无须我杞人忧天、班门弄斧。将来我到修复后的石头城瞻仰，也许只有叹服，别无话说。如此，则幸甚。

（原载《扬子晚报》1994 年 6 月 4 日）

秦俑作者姓“宫”吗?

据有关报道，举世瞩目的雕塑艺术杰作秦兵马俑终于找到了作者，他们是“宫欬”“宫丙”“宫疆”等八人。一批默默无闻的下层工匠艺术家从此将名垂史册，这无疑是一个伟大的发现，引起了史学界、艺术界人士的极大兴趣。有学者引用《史记·秦始皇本纪》中“隐宫徒刑者七十余万人，乃分作阿房宫，或作丽（骊）山”一语作为依据，认为：“他们既是服劳役的囚徒，原先的姓就得一律抹去；而他们既然都受过宫刑，‘宫’也就可能成为加于他们每个人的‘姓’”。

其实，这是一个很大的误解。

《史记·秦始皇本纪》中除上引之语之外，在《蒙恬列传》中尚有“赵高昆弟数人，皆生隐宫”与之呼应。“隐宫”是什么?《史记》之《集解》徐广曰：“为宦者。”《索隐》刘氏云：“盖其父犯宫刑，妻子没为官奴婢。妻后野合，所生子皆赵姓，并宫之。故云‘兄弟生于隐宫’也。又《秦始皇本纪》亦有‘隐宫徒刑者七十余万人，乃分作阿房宫，或作丽（骊）山’之语。”《正义》：“余刑见于市朝。宫刑，一百日隐于荫室养之乃可，故曰隐宫，下蚕室是。”前人的这些解释均将“隐宫”认定为施行宫刑之所，学者正是承袭了这一观点。但前人由于历史条件的局限，解释未必正确，难免望文生义，似是而非。显而易见的漏洞至少有两点：其一，说赵高的父亲“犯宫刑”，于史无据，及“妻后野合，所生子皆姓赵，并宫之”，属想当然。宫刑本是阉割男子的刑罚，与赵高的母亲何干?“赵高昆弟数人，皆生隐宫”，若说这里“隐宫”的“宫”就是宫刑，于情理上实在说不通。其二，宫刑施于男子，主要目的在于制造宦者即后世所称太监（也有少数例外，如司马迁曾因替投降匈奴的李陵辩解而受宫刑，出狱后任中书令），而秦时修阿房宫和骊山墓的刑徒有七十余万之众，若一律施行宫刑，既无必要，也无可能。人们之所以产生上述误解，都是由“隐宫”之“宫”字所引起。

历史疑案搁置两千年之后，二十世纪七十年代出土的云梦秦简终于透露了谜底。秦简云：“工隶臣斩首及人为斩首以免者，皆令为工，其不完者以为隐官工。”“将司（伺）人而亡，能自捕及亲所知为捕，除毋罪，已刑者处隐官。”“可（何）罪得处隐官？群盗赦为庶人，将盗戒（械）囚刑罪以上，亡，以故罪论。断右趾为城旦。后自捕所亡。是处隐官。它罪比群盗者，皆如此。”秦史学家马非百曾对秦简中的“隐官”二字给予特别注意，经考证，认为：“所谓隐官，乃是一个收容受过刑罚而因立功被赦之罪人的机关。处在隐官之罪人，必须从事劳动。其性质与后世劳动教养所大致相同。以此之故，余疑《史记》‘隐宫’乃‘隐官’之误。”在地下埋藏两千年后出土的秦简当然比世上流传的典籍更可靠，马非百的见解是极具说服力的。也就是说，所谓“隐宫”，并非《史记》原文，秦代也无此机构，而实际上是“隐官”。“隐官”的性质和职能，出土秦简和马非百的解释都已经说得明明白白，与“宫刑”无关。若照此，“隐宫（官）徒刑者七十余万人，乃分作阿房宫，或作丽（骊）山”便都顺理成章了。《秦始皇本纪》在叙述始皇陵墓建造时也有“天下徒送诣七十余万人，穿三泉，下铜而致椁，宫观官百奇器珍怪徒臧（藏）满之……”之说，也可与之相证，不仅证明了七十万人乃是从“天下”直接送往工地的。而非集中京师做过什么“宫刑”，并且从“宫观官百奇器珍怪”的字里行间也已透露出七十万人当中不乏能工巧匠的信息。陈胜、吴广和刘邦起义之时率领的刑徒当包括在这七十万之内，如果说这些人都受过“宫刑”，岂不荒唐？那些刑徒在送往阿房宫或骊山服役之前受过拘留管制是完全可能的，但那是在“隐官”，而非“隐宫”。

那么，秦俑作者宫疆、宫丙、宫彊等人何以都冠以“宫”字？他们是否都姓“宫”？有学者又以“在骊山做苦工的，还有一个虽未罹致宫刑却受过黥刑的犯人，他原来姓英名布，后来就改称为黥布”为例，“作为一条佐证”，来证明秦俑作者“何以都姓宫”。

英布“虽未罹致宫刑却受过黥刑”，以前说“他们既然都受过宫刑”本身就自相矛盾。至于英布改姓的原因，据《史记·黥布列传》载：“黥布者……姓英氏。秦时为布衣。少年，有客相曰：‘当刑而王。’及壮，坐法黥。布欣然笑曰：‘人相我当刑而王，几是乎？’”可见英布是为了应验相面先生“当刑而王”的预言，把受黥刑看作是因祸得福的吉兆，因而“欣然”改姓，并非统治者强加于他“黥”姓，这与秦俑作者“姓”什么完全无关。秦时并无后世“赐姓”习惯，古今之别，不可混淆。

有学者认定秦俑都“姓宫”，显然是以今视古，以为凡名字第一个字必是姓氏。其实，无论先秦还是秦汉，史籍中所列人名多矣，未见得一律以姓氏为冠。如鲁班，姓公输名般，因是鲁国人，史称“鲁班”(“班”与“般”谐音），却并不姓“鲁”；如“商鞅”，其祖本姓姬，氏公孙，卫国人，因称“卫鞅”，后因功封于商、於，故又称“商鞅”，并不姓“商”；如“燕太子丹”“秦王政”之称均未冠以姓，而冠以国名和身份。再如盗跖并不姓“盗”，“盗”是他的职业（强盗）；优旃也不姓“优”，“优”是他的身份（倡优）；尉缭亦不姓“尉”，“尉”是他的官职（国尉），犹言李斯为“丞相斯”、赵佗为“尉佗”，只不过李斯、赵佗的姓传了下来，而跖、旃、缭的姓失传罢了，如果硬派他们姓“盗”“优”“尉”，则大谬不然。明白了这一点，我们便不难理解为什么秦俑作者的名字前面都冠以“宫”字，那不过是表明他们作为宫室匠人的身份而已，与“宫刑”风马牛不相及。

（原载《光明日报》1995 年 2 月 20 日）

楚汉相争中的道德力量

“秦失其鹿，天下共逐之，捷足者先得。”刘邦和项羽双雄并起，叱咤风云，合力灭秦，夺得天下，又一分为二，豆萁相煎，势不两立，经过旷日持久的楚汉相争，最后以刘邦的胜利和项羽的失败而告终。究其原因，历来众说纷纭。范文澜先生说：“推究刘项胜败的原因，主要在于刘邦的拥护者是广大农民特别是旧秦国农民，项籍的拥护者只是些野心的领主残余分子。两人所依靠的力量不同，因之后果也不同。”项籍“代表领主残余势力，要把社会倒退到秦以前的旧时代去，阻挠历史前进的趋势，他只能成为一蹶不振的可怜虫”(《中国通史简编》)。至“文化大革命”中，此说被利用于“批儒评法”，进一步上纲上线，说刘邦是法家，主张统一，是进步势力；项羽是儒家，主张复辟分裂，是反动势力。给他们二人贴上“阶级”和“路线”的标签，只不过一厢情愿，并不符合历史事实。刘邦和项羽的起义，是陈胜、吴广率领的农民起义的一部分，顺应了天下反秦之暴政的历史潮流，客观上都代表了农民的利益，难分彼此。而在主观上，两个人都是怀着做皇帝的野心揭竿而起，不管谁做了皇帝，都是想统治整个中国，亦无所谓孰优孰劣。当初见到秦始皇帝出巡的威仪，刘邦说：“大丈夫当如是也！”项羽说：“彼可取而代也！”这便是他们最坦率的自白。至于刘胜项败的原因，刘邦本人在做了皇帝之后有一番很为得意的“经验总结”。汉高帝五年（公元前二〇二年），天下大定，高祖置酒洛阳南宫，向群臣发问：“吾所以有天下者何？项氏之所以失天下者何？”都武侯高起、信平侯王陵答道：“陛下慢而侮人，项羽仁而爱人。然陛下使人攻城略地，所降下者因以予之，与天下同利也。项羽妒贤嫉能，有功者害之，贤者疑之，战胜而不予人功，得地而不予人利，此所以失天下也。”但是刘邦却说：“公知其一，未知其二。夫运筹策帷帐之中，决胜于千里之外，吾不如子房。镇国家，抚百姓，给馈饷，不绝粮道，吾不如萧何。连百万之军，战必胜，攻必取，吾不如韩信。此三者，皆人杰也，吾能用之，此吾所以取天下也。项羽有一范增而不能用，此其所以为我擒也。”长期以来，论者多数以刘邦的见解为基础，从刘项两个人在谋略和用人方面的强烈反差来分析刘胜项败的必然性，与前引“阶级”和“路线”的分析相比，倒更令人信服一些。

然而，这个答案还不是问题的全部。项羽的失败，还有一个致命的直接原因，两千年来一直被史学家们忽略。前引高起、王陵所说“陛下慢而侮人，项羽仁而爱人”这句话至关重要。对于刘邦的“慢而侮人”，人们印象很深刻，最典型的事例就是他蔑视知识分子，往儒冠里面撒尿。而对于项羽的“仁而爱人”，则完全不予注意。项羽这个人的确可以称得上杀人如麻的魔王。早年他攻襄城，由于久攻不下，一旦获胜，就对手无寸铁的百姓大加杀戮，“襄城无遗类皆坑之”。进军咸阳的时候，新安一战，又“夜击坑秦卒二十余万人”。他“引兵西屠咸阳，杀秦降王子婴，烧秦宫室，火三月不灭”。后来城阳之战“北烧夷齐城郭宫屋，皆坑田荣降卒，系虏其老弱妇女。徇其至北海多所残灭”。外黄一战竟然要将城中十五岁以上的男子一律坑杀……他一生杀了多少人，恐怕数也数不清，不仅杀“敌人”，而且杀俘虏，杀百姓。然而正是他的敌对阵营中的高起和王陵说他“仁而爱人”，这又怎么解释？高起、王陵是汉臣，在汉高祖刘邦面前，他们不可能违背事实，为项羽涂脂抹粉，而且刘邦也没有反驳，可见“项羽仁而爱人”已是当时人们普遍的看法。司马迁不以成败论英雄，为项羽破例地作《本纪》，将其功其过其得其失都秉笔直书，当然难能可贵。但司马迁毕竟也是汉臣，他不可能有意美化项羽，把不存在的美德强加于其身。“项羽仁而爱人”之说，必有所本。“仁”是什么？孔子曰：“仁者爱人。”曰：“博施于民而能济众。”曰：“志士仁人，无求生以害仁，有杀身以成仁。”孟子曰：“为天下得人谓之仁。”曰：“亲亲而仁民，仁民而爱物。”曰：“君仁，莫不仁；君义，莫不义；君正，莫不正。一正君而国定矣。”项羽生性残暴，少时“学书不成学剑”，未必读过多少圣贤书。但他毕竟出身于贵族世家，耳濡目染孔、孟倡导的“仁义礼智信”这一套道德规范，虽不一定信服，却难以摆脱其约束。也正是这一点，成为他的致命弱点，在楚汉相争之中几个关键时刻都表现出来。

公元前二〇六年，项羽摆下“鸿门宴”，欲杀刘邦。以当时的军事力量而言，项羽拥有四十万大军，号称百万，而刘邦仅十万，号称二十万，悬殊很大。刘邦战战兢兢，俯首称“臣”地来见项羽，根本不是对手。当时，项羽想杀掉刘邦，简直易如反掌！然而他并没有这样做，最大的障碍不在刘邦，也不在暗中帮助刘邦的项伯，而在项羽的内心世界。樊哙带剑拥盾闯帐时所说的那番话，正中他的要害：“怀王与诸将约曰：先破秦入咸阳者王之。今沛公先破秦入咸阳，毫毛不敢有所近，封闭宫室，还军霸上，以待大王来。故遣将守关者，备他盗出入与非常也。劳苦功高如此，未有封侯之赏，而听细说，欲诛有功之人。此亡秦之续耳，窃为大王不取也。”不管刘邦、樊哙的实际行动如何，至少在理论上满口仁义道德，头头是道，理直气壮，咄咄逼人，项羽竟无言以对。“义帝”楚怀王是他和刘邦拥立的，“先破秦入咸阳者王之”是共同约定的；如果他杀了刘邦，就毁了约，把自己陷入“不仁不义”的被动地位。而实际上，“义帝”仅仅是个傀儡，刘邦和各路将领都惧怕项羽，他即使背叛义帝，杀了刘邦，也无人敢说什么，但他自己的内心深处有一个“道德法庭”，阻止他那样做。于是，不顾范增的劝阻，放虎归山了。这是项羽的一次重大失误，正如范增事后所说：“唉！竖子不足与谋。夺项王天下者，必沛公也！”事实证明，这次失误造成了项羽的终生遗憾。刘邦死里逃生，得以休养生息，等到羽翼丰满，项羽再想消灭他，就难了。

公元前二〇三年，在鸿沟为界的广武战场，项羽为了要挟刘邦，曾经做了一个水平不高的手脚，把刘邦的父亲抓了来，隔岸绑在高俎上，对刘邦说：“今不急下，吾烹太公！”他满以为，刘邦为尽孝道，一定会向他让步。却不料刘邦完全不为所动，从容答道：“吾与项羽俱北面受命怀王，曰：约为兄弟。吾翁即若翁，必欲烹尔翁，则幸分我一杯羹！”这一招又失算了。他本来是以道德为武器，想制服刘邦，不料反为刘邦所制。刘邦这个人，为了全局利益，对于局部的必要的牺牲毫不怜惜。即使他的父亲真的被项羽所烹，也决不妥协。“治大国若烹小鲜”，“烹”一个太公又算什么?！何况他深知项羽的弱点。项羽既然和他“约为兄弟”，若烹了太公，就会落下“不孝”“不义”的罪名，所以他断定项羽绝不敢烹！而刘邦自己呢？他从彭城逃跑的时候，为了减轻负担，让车子跑得更快一些，以摆脱楚军的追击，曾经几次把自己的儿女踢下车！他心里只有自己，哪里还顾得上道德！可是在必要的时候，他又捡起道德这面旗帜，为自己大造舆论。项羽杀了“义帝”，刘邦借此做足了文章，为“义帝”发丧，联合诸侯讨伐“不义”的项羽，又击中要害！

公元前二〇二年冬，项羽在垓下大败，元气丧尽。在虞美人自刎以后，他把随着自己南征北战的爱马乌骓交给了乌江亭长，也拔剑自刎，结束了英雄的一生。对于项羽之死，历来评说甚多。项羽临终之前自己说：“此天亡我，非战之罪也！”完全回避了自己的责任，可以说死得糊涂。“力拔山兮气盖世，时不利兮骓不逝。骓不逝兮可奈何，虞兮虞兮奈若何！”把一切都归于“时运”“天命”，迂腐得可以。当时乌江亭长对他说：“江东虽小，地方千里，众数十万人，亦足王也。愿大王急渡。今臣独有船，汉军至，无以渡。”而项羽却拒绝了这最后救他于危难的一次机会，说：“天之亡我，我何渡为！且籍与江东子弟八千人渡江而西，今无一人还，纵江东父兄怜而王我，我何面目见之？纵彼不言，籍独不愧于心乎？”他宁可死也不愿意回去愧对江东父老，可以说又死得明白，死得壮烈。他还说过一番更为壮烈的话：“天下匈匈数岁者，徒以吾两人耳，愿与汉王挑战，决雌雄，毋徒苦天下民之父子为也。”把急于结束战争的愿望提高到了忧国忧民的高度。当初陈胜、吴广起义时，曾打着项羽的祖父楚将项燕和秦公子扶苏的旗号，项羽和刘邦后来又立楚怀王之孙为“义帝”，都是为了在全国树立一个道德和道义的形象，把造反夺权的行为披上“替天行道”的色彩，易于获取天下人心。而当“天下匈匈数岁”，项羽速胜的愿望不但不能实现，反而一败涂地时，他便决心以死平息这场战争，即所谓“舍生取义”“杀身成仁”者也。此时此刻，左右他的思想行为的只有两个字：道德。项羽一生做了许多不道德的事，也许是因性格使然，也许是不得已而为之，但他最后却死得非常道德，为自己画了一个完美的人生句号。后世人们把他看作失败的英雄，崇敬而惋惜，大概都是因为这一点。而也正是因为这一点，导致了项羽的最终彻底失败。试想在当时的情况下，如果兵败乌江的不是项羽，而是刘邦，他会死吗？绝不会。既然乌江边上只有一条船，追兵必然拿他无可奈何。江东又有“地方千里，众数十万人”的“根据地”，为什么不去重整旗鼓、招兵买马、卷土重来呢？杜牧题乌江亭诗曰：“胜败兵家事不期，包羞忍辱是男儿。江东子弟多才俊，卷土重来未可知。”但项羽毕竟是项羽，而不是刘邦，在生死关头，他没有选择生路，而选择了死亡。他对江东父老有情，对虞美人有情，对战马也充满了深情，他对乌江亭长说：“吾骑此马五岁，所当无敌，尝一日行千里，不忍杀之，以赐公。”在他的人生最后一幕，我们看到的仿佛已不是杀人如麻的西楚霸王，而是英雄气短，儿女情长，一个完美的殉情殉道者。甚至在死之前，他看到来追杀他的正是“叛徒”吕马童，还深情地呼唤：“若非吾故人乎？”“吾闻汉购我头千金，邑万户，吾为若德。”拔剑自刎，成全“故人”拿他的头去向刘邦邀功请赏。

楚汉相争之中决定胜负的不是政治上谁是谁非，甚至也不完全取决于军事上谁强谁弱、谋略上谁巧谁拙，更有一个无形的道德力量在左右着他们，成为胜败的直接关键。刘邦知己知彼，游刃有余，自己不为道德所束缚，却又以此为武器一次次紧逼项羽，必欲置之于死地而后快；项羽处处被动，而又总想在“道德”上无懈可击，一次次地错失良机，最终四面楚歌，饮恨乌江。项羽的悲剧其实是道德的悲剧。他之所以两千多年来一直令人感叹歔欷、追思怀念，多半在于其道德力量和人格魅力。最具代表性的莫过于李清照诗：“生当作人杰，死亦为鬼雄。至今思项羽，不肯过江东！”

一九九五年稿

（原载《中华读书报》2002年8月21日、《天津日报》8月27日及《诗书画》2002年卷）

漫说张子房

司马迁作《史记·留侯世家》之时，鉴于汉高祖刘邦早已说过“运筹策帷帐之中，决胜于千里之外，吾不如子房”这样的评语，太史公便先入为主，猜测张良一定是“魁梧奇伟”的英雄状，乃至在采访中见到了张良的画像，却发现此人“状貌如妇人好女”，好自诧异了一番，并如实记载在他的大作之中，留下了颇堪玩味的一笔。

张良的“妇人好女”相貌，我辈已不复得见。但司马迁生活的年代距汉初不远，所见张良画像应当是可信的。虽然太史公也承认“以貌取人，失之子羽”，但他还是有些迷信，在《史记》中对历史人物的相貌多有记述，如秦始皇“蜂准，鸷鸟膺，豺声”，汉高祖“隆准而龙颜，美须髯，左股有七十二黑子”等，都在描写中不知不觉地掺进了感情色彩，给读者留下了“以貌取人”的暗示。那么，叱咤风云的英雄张子房，竟然生得一副女人模样，这可怎么说呢？

张良，字子房，其先韩人也，姓姬氏。其祖父姬开地，相韩昭侯、宣惠王、襄哀王；其父姬平，相釐王、悼惠王。这是一个五朝元老的贵族家庭。悼惠王二十三年，姬平去世；又二十年后，秦灭韩。当时子房还很年轻，没有来得及做韩国的官，但国破家亡却让他尝到了切肤之痛，于是不惜倾家荡产而谋求刺客，以灭暴秦，报家国之仇。后来，他终于访得一位力士，认为可堪重托，便铸铁为椎，重一百二十斤，趁始皇东巡之际，让那位力士潜伏道旁，待始皇车队驶过，力士借风沙做掩护，奋力抛出铁椎，却误中了副车，没有成功。秦始皇帝狡猾得很，他乘坐的那辆金银车，有八十一辆副车做掩护，使刺客难以辨明目标，力士手中的铁椎虽然厉害，竟未伤始皇一根毫毛，有惊无险。始皇下令全国搜捕了十天，却也没有抓到力士和子房。子房逃亡隐匿于下邳（今江苏邳州市），更名改姓，大约从那时才姓起“张”来。

这是历史有载的张良第一个惊天动地的行动，可与荆轲刺秦相伯仲。但张良不像荆轲那样被他人雇作杀手，而是怀着家国之恨向始皇复仇，可谓事出有因，正如毛泽东的那句名言：世界上绝没有无缘无故的恨。如果把张良的故事编成影视剧，应该比荆轲刺秦更合乎情理，也更好看。当然，张良毕竟是个文人，没有足够的武力和膂力，要不了一百二十斤的大铁椎，所以才假手于那个没有留下姓名的力士。由此，似也可以印证他“妇人好女”的相貌。

此番刺秦未果，张良闲游于下邳沂水桥头，遇见了他后来终生不忘的恩师黄石公。老人故意把鞋子扔在桥下，谓张良：“孺子，下取履！”张良竟然忍受了这种倚老卖老的傲慢，下桥为老人取了鞋子，且为老人“长跪履之”。经过几番考验，老人赐张良《太公兵法》，使之成大器。苏轼《留侯论》曰，“古之所谓豪杰之士，必有过人之节。人情有所不能忍者，匹夫见辱，拔剑而起，挺身而斗，此不足为勇也。天下有大勇者，卒（猝）然临之而不惊，无故加之而不怒，此其所挟持者甚大，而其志甚远也”，极赞张良之勇。苏轼认为黄石公并非鬼神，而是秦末“隐君子”，“以为子房才有余，而忧其度量之不足，故深折其少年刚锐之气，使之忍小忿而就大谋”。此说极有见地。苏轼并且极而言之，认为楚汉相争，刘胜而项败，关键在于“能忍与不能忍之间”，而刘邦的“忍”，则得之于张良的指导。

在刘邦漫长的政治、军事生涯中，张良确是一位卓越的参谋，多次在关键时刻出了关键的主意。刘邦攻下咸阳之后，入秦宫，“宫室帷帐狗马重宝妇女以千数，意欲留居之”，樊哙谏之，不听，而张良以民谚“良药苦口利于病，忠言逆耳利于行”导之，使刘邦还军霸上。鸿门宴前夕，张良以公关手段联络了项伯做内应，又在宴会紧迫之际代献白璧玉斗，掩护刘邦脱逃。项羽围荥阳，刘邦听信郦食其之计，“复立六国后世……楚必敛衽而朝”。张良八数其弊，及时阻止，不然将坏了大事。凡此种种，皆非大智大勇者不可为，假设没有张良，刘邦也许早就全军覆没了。

如果说，张良早年博浪刺秦以至后来参加农民起义都是为了报亡国之仇，那么在秦亡之后，这个仇已经报了，他却仍然不肯罢休，继续辅佐刘邦与项羽对垒，“为韩报仇”的原始动机就难以说得通了。尤其在劝阻刘邦立六国之后时，张良竟然说：“今复六国，立韩、魏、赵、齐、楚之后，天下游士各归其主，从其亲戚，反（返）其故旧坟墓，陛下与谁取天下乎?”他所反对者，其故国韩首当其冲，这说明张良的思想早已突破“复仇”的局限，而以统一天下为己任了。

刘邦灭楚，大业成就，张良功高盖世，但他却从未为刘邦领兵打仗，“常为策划臣，时时随汉王”。据说是因为“张良多病”。刘邦对他是极其器重的。汉六年正月，本欲封张良为齐侯，食邑三万户。而张良固辞：“臣愿封留足矣，不当三万户。”于是为留侯。刘邦左右大臣皆山东人，主张都洛阳，只有张良支持刘敬之说，极言关中之利，力主都关中。随刘邦入关之后，天下大定，张良便称病杜门不出，学导引辟谷之法，练起气功来了。晚年更“愿弃人间事，欲从赤松子游耳”。他的这些行为，都是常人所不可思议的。张良“状貌如妇人好女”，体格当然不似樊哙、周勃那样强健，因此在战争年代不可能扮演冲锋陷阵的角色，这很容易理解。但功成名就之后主动称病退居二线，恐怕就不只是出于健康原因了，“飞鸟尽，良弓藏，狡兔死，走狗烹”才是他真实思想的表露。一个极富进取精神的战略家，晚年却唯恐功高震主，变得消极谨慎，虽然避免了个人的悲剧，却本身就是历史的悲剧。

张良的一生，可谓大起大落、大开大阖，先是知难而上，奋发进取，将自己的潜能发挥到极致，最大限度地体现人生价值；而后知其不可为而不为，急流勇退，最大限度地保护自己，都是非凡智慧的表现。他没有君临天下的野心，所以才有进退自如的明智。他早已参透了功名利禄，却又不肯清净无为地虚度此生，着着实实轰轰烈烈地大干了一番事业，这只能解释为历史的责任感、使命感使然。时代造就了张子房，在秦末汉初风起云涌的天空，他像一颗流星，发射出耀眼的光芒，然后自己燃烧了自己，在灿烂河汉中消失了。

张子房，一位“状貌如妇人好女”的奇男子，一位兼具阳刚阴柔之美的伟丈夫。

（原载《天津日报》2003 年 2 月 11 日、《人民政协报》3 月 1 日、《文学风》2003 年第 4 期）

读《留侯论》

我之所以爱读《留侯论》，是把它当作“制怒”的良方。人生在世，难免遇到不平事，每当怒而拍案，脑际倏地闪过“天下有大勇者，卒然临之而不惊，无故加之而不怒，此其所挟持者甚大，而其志甚远也”，不免自愧意气用事，暗暗感叹：此不足为勇也，我不如子房——当然也不如子瞻！

北宋嘉祐元年，公元一〇五六年，年仅十九周岁的苏轼进京应试，以《刑赏忠厚之至论》获主考官欧阳修激赏，本可稳拿“状元”，但欧阳修误以为这份最佳试卷是自己的门生曾巩所作，为了避嫌，判了个第二名“榜眼”，阴错阳差，委屈了苏子瞻。五年后，嘉祐六年，公元一〇六一年，苏轼应中制科考试，又写下了千古名篇《留侯论》。留侯者，汉初名臣张良也，字子房，出生在故韩国五朝元老之家，矢志抗秦，为打下汉室江山立下了汗马功劳，但到论功行赏时，他却谢绝了三万户侯的尊荣，只希望在小小的留县过退休生活，刘邦接受了他的请求，封他为留侯。

当年秦失其鹿，天下共逐之。张良访得一位力士，认为可付重托，便铸铁为椎，重一百二十斤，趁始皇东巡之际，让那位力士潜伏道旁，等始皇车队驶过，力士借风沙掩护，奋力抛出铁椎！岂知秦始皇狡猾得很，他乘坐的那辆金根车，有八十一辆副车做掩护，使刺客难以辨明目标，力士手中的铁椎虽然厉害，却误中了副车，竟未伤始皇一根毫毛！这是一次失败的行刺，但也是张良在政治舞台上的第一次出场，给世人留下了深刻的记忆。对于这次冒险行动，东坡先生显然是不赞成的，“子房不忍忿忿之心，以匹夫之力，而逞于一击之间”，这样的暗杀有多大的成功概率？拿生命去冒险，拿日后可能取得的巨大成功做赌注，值得吗？他甚至说：“千金之子，不死于盗贼。何者？其身可爱，而盗贼之不足以死也。”这样的说法，放在以阶级斗争为纲的年代，当然是典型的“活命哲学”，要饱受批判的。有趣的是，革命导师列宁也曾说过类似的话：遇到强盗，把钱都给他。列宁想必没有读过《留侯论》，但与东坡的思想却有相通之处：生命可贵，死在区区蟊贼手里太不值得了。东坡认为，“子房以盖世之才，不为伊尹、太公之谋，而特出于荆轲、聂政之计”，你有你的使命，做刺客、当亡命徒实在是太可惜了，而在行刺失败后的全国大搜捕中得以保全性命，也纯属侥幸，“此圯上老人所为深惜者也。”

由此，便引出了又一段著名的故事。

据太史公《史记·留侯世家》载，张良行刺未果，避居于下邳，一日闲游于沂水桥头，遇见了他后来终生不忘的恩师黄石公即圯上老人。当时并不相识。老人故意把鞋子扔在桥下，谓张良：“孺子，下取履！”张良很吃惊，世上竟然有如此无礼的人，甚至想上前揍他一顿，只是看在他一把年纪的分儿上，才强压怒火，到桥下为他取鞋子。老人又命令他：“履我！”此时张良已取履在手，忍怒“长跪履之”，老人欣然受之，含笑而去。张良大惊，直到这时才悟出点儿什么，望着老人远去。老人走后又返回来，对张良说：“孺子可教也。”并约定，“后五日平明，与我会此”。张良跪地应诺。五天后，天明时分，张良如约赴会，却见老人已经先到了，朝他怒喝：“与老人期，后，何也？”转身离去，说：“后五日早会。”又过了五天，张良不待天明，闻鸡而起，匆匆前往，不料又落在了老人后头，再次受到老人怒责：“后，何也？”命他“后五日得早来”。又是五天过去，已经是第十五天了，张良不等夜半就早早地赶去，终于抢在了老人前头。老人来了，满意地说：“当如是。”于是赠给张良一部书，说：“读此则为王者师也。后十年兴。十三年孺子见我济北，穀城山下黄石即我也。”交代完毕，飘然而去，从此与张良不复见。他赠给张良的书，乃《太公兵法》，张良时时攻读，从中汲取智慧和韬略，后来成为杰出的战略家，正如汉高祖刘邦所说，“运筹策帷帐中，决胜于千里外，子房功也。”

从圯上老人赠《太公兵法》算起，十三年后，张良随刘邦过济北，果然在穀城山下见到一块黄石，当年老人所做的预言都应验了。太史公曰：

“学者多言无鬼神，然言有物（精怪）。至如留侯所见老父予书，亦可怪也。”显然，对于这般神神秘秘的怪事，连司马迁这样的智者也看不透，敬畏与质疑并存。而东坡先生却说：“然亦安知其非秦之世，有隐君子者出而试之？”一语道破真相，圯上老人不是鬼神，不是精怪，而是有志于灭秦的“隐君子”，对张良惜其才而忧其度量之不足，故意以神秘兮兮的手段来考验、指点他，“深折其少年刚锐之气”，“使之忍小忿而就大谋”。东坡解构了神话，给予科学的解释，“其事甚怪”的历史记载就顺理成章了。“而世不察，以为鬼物，亦已过矣”。

张良遇圯上老人的故事，主旨在一个“忍”字。东坡谓：“古之所谓豪杰之士，必有过人之节。人情有所不能忍者，匹夫见辱，拔剑而起，挺身而斗，此不足为勇也。”“且夫有报人之志，而不能下人者，是匹夫之刚也。”圯上老人刻意考验张良的，就是一个“忍”字；东坡先生着意赞赏张良的，也是一个“忍”字，“彼其能有所忍也，然后可以就大事”。如果圯上老人面对的不是张良，而是别的什么人，可能以后的一切都不会发生了。但张良毕竟是张良，“非有平生之素，卒然相遇于草野之间，而命以仆妾之役，油然而不怪者，此固秦皇之所不能惊，而项籍之所不能怒也”。

《留侯论》通篇说一个“忍”字，以此概括张良的一生，并以郑伯、勾践之“忍”证之，“忍”，是“古之所谓豪杰之士”的“过人之节”，“天下大勇者”智慧的精髓。他甚至把楚汉相争刘邦战胜项羽的原因也归结为这个“忍”字：“项籍唯不能忍，是以百战百胜而轻用其锋；高祖忍之，养其全锋而待其弊”，胜败“在能忍与不能忍之间而已也”。而这个“忍”字，并非出自刘邦本性，乃“子房教之也”。

成就大汉江山的首功归于张良，“非子房其谁全之”？司马迁作《史记·留侯世家》之时，猜测张良一定是“魁梧奇伟”的英雄状，及至在采访中见到了张良画像，却“状貌如妇人好女”，这很让习惯于把英雄豪杰概念化、脸谱化的人们感到意外，司马迁似乎也为张良没有“魁梧奇伟”的相貌而有些失望，遂用“以貌取人，失之子羽”来打圆场。其实，英雄豪杰本没有一定的模式。张良体弱多病，虽功高盖世，却只是“运筹策帷帐中”，未曾冲锋陷阵、攻城略地，不同于韩信、樊哙、周勃之流的武夫。此人外柔内刚、绵里藏针，能忍常人所不能忍，多次在关键时刻为刘邦做出正确决策，天下大定后又功成引退，避免了“飞鸟尽，良弓藏；狡兔死，走狗烹”的悲剧，真大智者也。东坡先生说得好：“此其所以为子房欤？”——这不正是张子房之所以是张子房吗？

《留侯论》寄托了苏轼对张良的深刻理解和由衷景仰，他多么希望自己也能为国家建功立业！“持节云中，何日遣冯唐？会挽雕弓如满月，西北望，射天狼！”不是为“封侯”，而是要体现自我价值。可是，纵观苏轼的一生，却是在权臣的无尽倾轧和朝廷的不断贬谪之中度过的。尽管如此，他仍然始终保持着豪放旷达的诗人本色，放眼“大江东去”，“天涯何处无芳草”，“一蓑烟雨任平生”！人非木石，岂能无情，我想，东坡先生也会有不平、不快甚至愤怒的时候，但当他想到留侯张良的“忍”，以至于“秦皇之所不能惊，而项籍之所不能怒”，也就释然了。

值得一提的是，苏轼的《留侯论》并非写于历尽沧桑的老迈岁月，而是初出茅庐的青年时代，以后的大风大浪、艰难坎坷都还未及出现，东坡先生——那时候也还没有“东坡”这个雅号，子瞻先生竟然似过来人，洞察世事，品评人物，如同一位历史老人，为后生孺子指点迷津，你道奇也不奇？“天下有大勇者，卒然临之而不惊，无故加之而不怒，此其所挟持者甚大，而其志甚远也。”此其所以为子房欤？此其所以为子瞻欤？

（原载《秘书工作》2014 年第 7 期）

《春秋》情结

《人民政协报》的《春秋》周刊已经出满了一百五十期，摞起来，抵得上一部厚厚的大书了。这一百五十期，我每期必读，不是泛泛浏览，而是慢慢地细读、通读，重要的文章还要剪贴留存。在这个信息爆炸的时代，书籍报刊多得读不过来，能够这么吸引人——至少这么吸引我的，没有几份，《春秋》周刊就是其中之一。

一份报纸为什么被我如此珍爱？原因有二。

一是好看。《春秋》周刊给自己定的办刊宗旨是："权威一手材料，亲历亲见亲闻"，这对我有很大的吸引力。我以写作为职业，无论虚构性的小说和影视文学、话剧剧本，还是非虚构性的报告文学，都写，但当我读别人写的东西时，则偏爱报告文学（纪实文学）、传记文学、回忆录、日记、书信、笔记、文史掌故，等等。因为它们真实、没有水分，或比较真实、较少水分。巧妙地运用水分是作家的拿手好戏，一个历史事件，在史书上可能只有几行字的记载，在作家手里却可以演绎成一部大书，一台大戏，或者几十集电视连续剧，可见水分之多。当然，"水分"并非无用之物，植物的花、叶，动物的血、肉，绝大部分都是水分，生命因水而焕发光彩。但我们不应因此而忘记了植物的种子、动物的胚芽，那是生命最原始的源头。我有着强烈的好奇心，想知道那些我所不知道的事，比如，一些重大事件的内幕，一些历史人物的身世，一些曾经骚动了一代又一代文人墨客创作冲动的故事的本来面目，而我又没有那么多时间和耐心去蹚别人笔下的水，所以最简捷的途径是读没有水分或水分较少的"干货"。《春秋》周刊所刊载的，大都是这样的干货，且随手举例，如：《黄埔军校历任政治部主任纪略》（第 144 期）、《一份民国初年的参议院记录》（第 146 期）、《国民党“一大”筹备的台前幕后》(第148期),等等,都是“踏破铁鞋无觅处”的珍贵史料,凭借《春秋》周刊,则“得来全不费功夫”。《春秋》周刊满足了我的好奇心、求知欲,捧读《春秋》犹如穿越历史时空漫步遨游,这是我写作之余最好的休息和消遣。

二是有用。我这里所说的“有用”,主要是指为我创作所用。我一向认为,作家的使命是认识历史、反映历史。即使你只写现实题材。今天的现实,便是明天的历史,更何况我所倾心的历史小说和历史剧。余生也晚,呱呱落地时,抗日战争已经结束,那么在此之前漫长的五千年中国历史,我都无缘亲历;当然,此后迄今的半个多世纪历史,以我的有限眼界,又能亲历多少?而从事历史小说、历史剧的创作,首先要尽可能深刻、准确地认识历史,才有可能真实地反映历史,带领读者走进历史。例如我前些年以一八九八年香港“拓界”前后的史实为素材创作的小说《补天裂》,动笔之前就花了很大工夫,把晚清史、香港史翻了个底朝天:中英《展拓香港界址专条》是怎样签订的?双方的当事人包括哪些人?经历了怎样的谈判?条约是在什么地方签订的?当时主管外交的“总理各国事务衙门”在什么地方?那座房屋是怎样的格局?当时香港的总督(包括历任的总督)以及相关的辅政司、警察司是谁?他们各有怎样的身世和家庭以及性格、嗜好?当时香港“新界”的抗英志士领袖有哪些人?他们的籍贯、生卒年月、生平事迹、家庭成员如何?那个时代,香港的社会结构、市政建设、交通和通信设备、官民人等的日常生活、语言特色等又各是怎样的?这些,我都必须知道,而又没有足够完备的“正史”可供查找,只有求助于文史类书刊,为此,我在香港奔走了三年,阅读了数千万字的资料,采访了知情或略知线索的各界人士数百人次。简直像是从沧海中捞取一粟;这样做犹感不足,我还实地踏勘。考察现存的有关遗迹,寻访秘藏于民间的族谱、账簿、私人手迹,它们都是活着的历史。哪怕片纸只字,也如获至宝。如果没有这些准备,小说就无从下笔,你纵有天大的虚构本领,也都是无源之水、无本之木。史学家的终点是小说家的起点。我爱文史,并非纯粹的“发思古之幽情”,而出于这样一个非常实际或曰实用的目的。那时候《春秋》周刊还没有创刊，不然可以助我一臂之力。但我的创作并没有停止，而是一直在继续，我的研究对象也随着创作题材的变换而不断扩大、延伸。比如，要创作一部反映民国初期人生命运的作品，我便首先要把民国吃透，那些重大事件，尽管只是作为故事的背景，也要弄清来龙去脉；而当时人们的诸多生活细节，更要做到了如指掌，使自己“生活”在那个时代。因此，我欢迎一切“有用”的文史读物，《春秋》周刊甫一创刊，便也为我所珍爱。当我将零零碎碎的剪报一一粘贴起来时，就像捡起一块块砖石，铺就一条通往历史的小路，也许它太曲折，太崎岖，并且时断时续，但仍然是珍贵的。

如果要说我对《春秋》周刊还有什么不满足或曰对它的期望，我倒是觉得，“权威一手材料，亲历亲见亲闻”这一宗旨似嫌过于苛刻了。“人生易老”，生于辛亥革命之前并且至今仍健在的人，已属凤毛麟角，那么，清代之前的事，还有几人具备“亲历亲见亲闻”的条件？难道我们就此画地为牢，只说民国以后的事吗？再过几十年，熟悉民国的人也陆续过世了，我们又该怎么办？其实，历来有“历史癖和考证癖”（胡适语）的人，从来都是尽可能利用前人留下的可利用的材料，再加以自己的考证和分析，而绝不局限于“亲历亲见亲闻”。当年孔子作《春秋》，“文成数万，其指数千，万物之散聚皆在《春秋》。《春秋》之中，弑君三十六，亡国五十二，诸侯奔走不得保其社稷者不可胜数。”（司马迁：《太史公自序》）怎么可能全是孔老夫子的“亲历亲见亲闻”呢？司马迁作《史记》，“上计轩辕，下至于兹（霍达注：指汉武帝时），为十表、本纪十二、书八章、世家三十、列传七十，凡百三十篇”，绝大部分也不是“亲历亲见亲闻”，而是“网罗天下放失旧闻，略考其行事，综其终始”（司马迁：《报任少卿书》），太史公不是说得明明白白吗？那么，我们的《春秋》周刊也不必作茧自缚，而应该把门开大，把门槛放低，招贤纳士，网罗天下文史珍闻，虽未必“权威一手材料”，哪怕是道听途说，只要能为我所用，也不妨给它一席之地。再进一步设想，还可以命题征文，设问求答，如果引来对同一个事件、同一个人物的不同记述和评说，使我们获得相互印证、比较的机会，去粗取精，去伪存真，从而更准确地切近真实历史，岂不更好？

（原载《人民政协报》2004 年 2 月 19 日）

明日黄花蝶也愁

“黄瓜菜都凉了”，是北京人口语中常用的一句话，比如，甲对乙说：“别着急，等我回来，这事儿一定给您办成！”乙说：“等你回来？嘁，黄瓜菜都凉了！”意思是：晚了。这句话，我怎么听怎么别扭，总觉着实在毫无道理。要形容“晚了”，自有生动贴切的比喻，为什么非要说“黄瓜菜都凉了”？要知道，无论北京方言，还是规范的普通话，都只有“黄瓜”，而没有“黄瓜菜”这个词，其他地方的方言中好像也没有，那么，它是怎么被生造出来的？而且，黄瓜作为蔬菜，常常是生吃或凉拌，本身就是“凉”的；当然也可以炒着吃，但是如果炒出来不及时吃，任何菜放久了都会凉的，又岂止黄瓜？为什么非得用“黄花菜都凉了”来形容“晚了”？

今试解其谜。

我猜想，这个“黄瓜菜”恐怕是个变种，它本来是“黄花菜”；而“黄花菜”也是个变种，本来是“黄花”。但这个“黄花”却已不是“黄花菜”了，在古诗文里，“黄花”专指菊花。如相传为王安石所作的咏菊诗：“昨夜西风过院林，吹落黄花满地金。”李清照词《声声慢》：“满地黄花堆积，憔悴损，如今有谁堪摘？”《醉花阴》：“莫道不销魂，帘卷西风，人比黄花瘦。”

现在让我们来看苏轼咏菊的名句。《南乡子·重九涵辉楼呈徐君猷》：“万事到头都是梦，休休。明日黄花蝶也愁。”末句“明日黄花蝶也愁”，在他的诗《九日次韵王巩》中也曾用过。此诗此词，都作于重阳节即夏历九月九日。“黄花”，当然是指菊花，古代有重阳赏菊的习俗。“明日”，指重阳节第二日，即九月十日。“明日黄花蝶也愁”，是说如果错过了重阳赏菊的最佳时机，待节后再来，花已凋谢，蜂蝶也无兴趣了，以此比喻过时的事物。当然，这是诗人夸张的说法，九日、十日只有一天之差，花不至于残到这种程度。唐人郑谷就说过："节去蜂愁蝶不知，晓庭还绕折残枝。自缘今日人心别，未必秋香一夜衰。"后两句说的是实话，花未必一夜衰败，是人的心境不同了。第一句给了苏轼启发，由"节去蜂愁蝶不知"升华为"明日黄花蝶也愁"。

最要紧的就是"明日黄花蝶也愁"这句话。若给以最简洁、最通俗的解释，它的意思就是"晚了"——这不恰恰和"黄花菜都凉了"是一样的意思吗？

结论已经有了："黄花菜都凉了"正是从"明日黄花蝶也愁"演变而来。只是因为苏学士的诗句太雅了，老百姓囫囵吞枣，难以消化，遂以讹传讹，先是把"黄花"变成了"黄花菜"，后来又变成了"黄瓜菜"。之所以造成这样的误会，大约那个"蝶"字也有一定的连带责任，它不是和盛菜的"碟"同音嘛！于是东坡居士的"黄花"终于变成了一道"黄瓜菜"，被盛到"碟"里，你要是来晚了可不就"凉了"嘛！

想到这里，不禁哑然失笑：雅俗之间的沟通竟如此之难，我们习以为常的语言文字中，这样的阴差阳错不知还有多少！

附带还要说一句："明日黄花"这个成语至今在书面语中仍然存活着，只是常被用错。我曾不止一次在稿件中使用"明日黄花"，待刊登出来发现已经编辑改成"昨日黄花"，人家好心地认为是我写错了，过时的当然是"昨日"，怎么能是"明日"呢？所以要帮我"改正"，而不知此典出处，更不明白东坡先生此处所用的"时态"——权且借用英语的"时态"概念——不是"过去完成时"而是"将来时"，有什么办法！

（原载《人民政协报》2004 年 10 月 25 日、《诗书画》2004 年卷）

公子扶苏事考

研读秦史，给我留下最深刻印象的却是太史公着笔不多的公子扶苏。

公子扶苏者，秦始皇帝之长子也，刚毅而武勇，信人而奋士。始皇烧天下书，坑诸生四百六十余人于咸阳，扶苏谏曰："天下初定，远方黔首未集，诸生皆诵法孔子，今上皆重法绳之，臣恐天下不安。唯上察之。"始皇怒，使扶苏北上监蒙恬于上郡。

始皇三十七年，行出游会稽，并海上，北至琅邪，至平原津而病，崩逝于沙丘平台。临终令赵高为书赐公子扶苏曰："以兵属蒙恬，与丧会咸阳而葬。"书已封，未授使者，始皇崩。中车府令赵高乃与公子胡亥、丞相李斯阴谋破去始皇所封书赐公子扶苏者，而更诈为丞相受始皇遗诏，立子胡亥为太子，更为书赐长子扶苏曰："朕巡天下，祷祠名山诸神以延寿命。今扶苏与将军蒙恬将师数十万以屯边，十有余年矣，不能进而前，士卒多耗，无尺寸之功，乃反数上书直言诽谤我所为，以不得罢归为太子，日夜怨望。扶苏为人子不孝，其赐剑以自裁！将军蒙恬与扶苏居外，不匡正，宜知其谋。为人臣不忠，其赐死，以兵属裨将王离。"封其书以皇帝玺，遣胡亥客奉书赐扶苏于上郡。

使者至。发书，扶苏泣，入内舍，欲自杀。蒙恬止扶苏曰："陛下居外，未立太子，使臣将三十万众守边，公子为监，此天下重任也。今一使者来，即自杀，安知其非诈？请复请，复请而后死，未暮也。"使者数趣之。扶苏为人仁，谓蒙恬曰："父而赐子死，尚安复请！"即自杀。

这便是《史记》中有关篇章所勾勒的扶苏大致轮廓。

但司马迁的记述似也有自相矛盾之处。如扶苏北上的时间，依《史记·秦始皇本纪》所说，是因为谏阻“坑儒”而遭遣，时在始皇三十五年（前二一二），距三十七年（前二一〇）始皇驾崩，赵高、李斯、胡亥合谋沙丘改诏，赐扶苏自裁，仅两年的时间。而据《史记·李斯列传》所载的伪诏内容，有“今扶苏与将军蒙恬将师数十万以屯边，十有余年矣”之语，则扶苏北上为蒙恬监军绝不止两年，应在十年以上。著名秦史专家马非百先生就曾经指出：“扶苏之监上郡，绝非三十五年事。”（《秦集史》）那么，扶苏北上为蒙恬监军，究竟始于哪一年？如果从始皇三十七年上溯十年，恰好为秦统一六国的时间。《史记·蒙恬列传》载：“始皇二十六年（前二二一），蒙恬因家世得为秦将，攻齐，大破之，拜为内史。秦已并天下，乃使蒙恬将三十万众北逐戎狄，收河南，筑长城，因地形，用制险塞，起临洮，至辽东，延袤万余里。于是渡河，据阳山，逶蛇而北。暴师于外十余年，居上郡。”这里的“暴师于外十余年”与伪诏中所说“十有余年矣”是一致的，由此可以认定，扶苏作为蒙恬部队的监军，自始皇二十六年至三十七年，参与了包括北逐“戎狄”、修筑万里长城和屯兵戍边的全过程，时间长达十年以上。

或问：始皇三十五年“使扶苏北监蒙恬于上郡”之说又如何解释？其实，若仔细推敲史料，也完全可以理顺。赵高、李斯、胡亥合谋炮制的伪诏中罗织的扶苏罪状有“无尺寸之功，乃反数上书直言诽谤我所为”一语，所谓“数上书”，当然是不止一次上书，也就是说，像谏阻“坑儒”这样的抗上行为，扶苏已经做过多次了。而且，谏阻“坑儒”时被始皇怒逐上郡，也不等于说这就是扶苏的初次北上，说不定他已经往返于上郡和咸阳之间多次，上书和被斥也已经反复了多次。尽管伪诏中扶苏的罪名均为诬陷不实之词，但“十有余年矣”和“数上书”总不至于是无中生有，应该还是可信的。

有一种观点认为：扶苏“为人仁厚而懦弱，对历史发展贡献不大。他在许多地方与秦始皇有不同的政见，包括修建长城。从某种意义上说，他是反对修建长城的”。

对此，我是不赞成的。“扶苏为人仁”，语见《史记·李斯列传》，但是，“仁”或曰“仁厚”都不等于懦弱，说他“懦弱”，则于史无据。恰恰相反，“长子刚毅而武勇，信人而奋士”却有案可查。而且，这两句话出自必欲除扶苏而后快的赵高之口，绝无溢美的可能。扶苏的行动也证明，他不是一个“懦弱”的人。秦始皇独裁统治时代是绝对没有言论自由的，“天下敢有藏《诗》《书》、百家语者，悉诣守、尉杂烧之。有敢偶语《诗》《书》者弃市。以古非今者族。吏见知不举者与同罪。令下三十日不烧，黥为城旦。”“使御史悉案问诸生……犯禁者四百六十余人，皆坑之咸阳，使天下知之，以惩后。益发谪徙边。”在这样血腥残暴的高压政策和恐怖气氛之下，扶苏敢于反对暴政，挺身而出，冒死苦谏，极其难能可贵，难道是“懦弱”者可为的吗？如果说“懦弱”是指他对待伪诏没有反抗而顺从地自杀，这就过于苛求古人了。在等级森严的封建社会，君要臣死，臣不得不死；父要子亡，子不得不亡。始皇既是扶苏的君王，又是生身之父，这双重身份，都是必须绝对服从的。尽管扶苏与始皇政见不同，但两个人的阶级属性和根本利益是一致的，他不可能背叛始皇去“造反”，而只有服从，哪怕屈死也要服从，这是历代忠臣唯一可能的选择，也是历史的局限性使然。扶苏在不了解沙丘改诏阴谋的情况下，从容赴死是顺理成章的。他之所以没有接受蒙恬“复请”建议，是因为深知其父的专横武断，绝不会收回成命，“复请而后死”也是死，“父而赐子死，尚安复请”！从容赴死是需要极大勇气的，怎么能因此指责他“懦弱”呢？

说扶苏“反对修建长城”也于史无据。恰恰相反，扶苏是万里长城的监造者。如前所述，扶苏自始皇二十六年至三十七年为蒙恬部队监军，参与了北逐“戎狄”、修筑长城和屯兵戍边的全过程，劳苦功高，仅监造万里长城这一项就足以名垂千古，难道还“对历史发展贡献不大”吗？诚然，扶苏终其一生，都没有处于权力的中心，他空有“刚毅而武勇，信人而奋士”的雄才大略却不得施展，无法改变大秦帝国的走向，甚至连自己的命运都难以主宰，功成身亡，遗恨千古，这一历史悲剧正是由历史造成的，扶苏本身无可指责。始皇和扶苏相继而死，社会各种矛盾急剧爆发，曾“鞭笞天下，威震四海”的大秦帝国迅速土崩瓦解。值得一提的是，秦末的陈胜吴广起义军为了争取人心，曾打着公子扶苏的旗号，因为“百姓多闻其贤，未知其死也”，此举系“从民欲也”，“宜多应者”（《史记·陈涉世家》），可见扶苏在国人心目中享有极高的威望。章太炎先生曾在《秦政记》一文中说：“藉令秦皇长世，易代以后，扶苏嗣之，虽四三皇、六五帝，曾不足比隆也，何有后世繁文饰礼之政乎！”这是极精辟的见解。试想，如果沙丘改诏之事不曾发生，或者虽发生而未能得逞，由扶苏继承皇位，定是一位贤明之君，那么，至少秦汉史将会改写了。但历史毕竟不能假设，扶苏和短暂的秦王朝都已成为遥远的过去，只留下默默无语的万里长城，令后世的登临者扼腕叹息！

（原载《人民政协报》2004年11月15日、《诗书画》2004年卷）

“金镶玉”还是“荆山玉”?

凡是经历过“样板戏”时代的人，都会记得《沙家浜》里有这么一句台词：“阿庆嫂，我刁小三有眼不识金镶玉!”意思是说，自己不知道阿庆嫂有“背景”、有能耐，非寻常之辈，把她小看了，有眼不识泰山。如果他说“有眼不识泰山”倒也罢了，可偏偏不是，而说的是“有眼不识金镶玉”。

这就不免令人纳闷儿，什么是“金镶玉”?为什么要说“有眼不识金镶玉”?

其实，这句话应该是“有眼不识荆山玉”，典出自那个著名的“和氏之璧”的故事。

《韩非子·和氏》载：楚人卞和在楚山中得一玉璞，献给楚厉王，厉王命玉工鉴别，玉工说：“石也。”厉王认为卞和欺骗了他，命人砍去其左脚。厉王去世，武王即位，卞和又将玉璞献给武王，武王又命玉工鉴别，玉工还是说：“石也。”武王也认为卞和在欺骗他，命人砍去其右脚。武王死后，文王即位，卞和抱着玉璞在楚山下痛哭，一连哭了三天三夜，泪水流尽，眼中滴血。文王听说，派人去问他：“天下受刑被砍掉脚的人很多，你为什么如此悲伤?”卞和答：“我悲伤的不是被砍掉双脚，而是美玉被当成石头，忠贞之士被当成骗子。”文王于是命玉工剖开玉璞，里面果然是宝玉，因而命名为“和氏之璧”。

楚国地处荆地，楚山也称荆山，和氏之璧出自荆山，又称荆山玉。三国曹植《与杨祖德书》：“人人自谓握灵蛇之珠，家家自谓抱荆山之玉。”唐骆宾王《上瑕丘韦明府启》：“倘荆璞无致于见疑，夜光不逢于按剑。”宋刘筠《许洞归吴中》：“荆山待价何犹晚，龟手犹期裂地酬。”明高叔嗣《古歌》:“荆和当路泣,良璞为谁鸣。”用的都是这个典故。

当玉璞未剖开之时,表面与普通石头无异,至于里面是否有玉,玉的质量如何,犹如隔皮猜瓜,也许是黑籽红沙瓤儿,也许是白籽白瓤儿的生瓜蛋子,实在是很难说。所以玉器行里把买卖玉璞特别是硬玉(翡翠)称为“赌石头”,赌赢了也许一夜暴富,赌输了也许破产跳楼,故有“要发财,赌石头;要跳楼,赌石头”之说,自古如此,至今仍然如此,因为要鉴别未剖的玉璞,实在是太难了,很大程度上是碰运气,如若不具备深厚的学识、丰富的经验和高超的技巧,“有眼不识荆山玉”是很难免的。所以,两代楚王的玉工都没能看透荆山玉,把它当成石头,这并不奇怪;直到第三代楚王的玉工把玉璞剖开了,才发现了和氏璧,这也很正常,完全符合人们由表及里、去伪存真地认识事物的规律。即便这个故事有虚构的成分甚至完全虚构,也虚构得很内行。“有眼不识荆山玉”由此成了著名的典故。

而“有眼不识金镶玉”则不然,根本“没讲儿”。什么叫“金镶玉”?无论金子镶在玉上,还是玉镶在金子上,都一览无余,不难识别,何谈“有眼不识金镶玉”?显然,“有眼不识金镶玉”是从“有眼不识荆山玉”讹变而来,讹变的原因当然是因为“荆山玉”不够通俗,所用的典故不是人人都能说得清的,识字不多和完全不识字的人便不知所云,甚至觉得有些绕口,于是在口语中渐渐地被发音相近的“金镶玉”所代替。

“有眼不识金镶玉”并不是《沙家浜》作者的杜撰,在此之前,民间就有这个说法,借了这部戏的传播,影响面更广了。正因为如此,我才觉得更有必要为之“正本清源”,免得再以讹传讹。也许,这个话说得太晚了。

(原载《诗书画》2004年卷)

说“私淑”

记得在去年也可能是前年，在某报上看到一篇文章，是谈论中国画传统的“师傅带徒弟”教学方式的。说这种教学方式“带有很大的私淑成分”。看到这里感到莫名其妙，师傅手把手地教学生，怎么会“带有很大的私淑成分”呢？显然，文章的作者误解了“私淑”的意思，以为就是秘传绝技、面授机宜。其实，“私淑”意思是：未能亲自受业但景仰其学术并尊之为师。比如，柳亚子从来没见过列宁，但尊崇列宁的学说，所以自称“私淑列宁”；白石老人的学生遍天下，真正得到他亲授的却只有数得过来的几个人，其余的都是慕其名而摹其画，甚至连他的面都没见过，但可以称为齐白石的“私淑”弟子。那篇文章，把“私淑”的帽子扣在入室弟子头上，意思完全弄拧了。最近又在这家报纸上看到一篇文章，说张仃先生的风景素描“是先生于焦墨山水同期经营的私淑作品”，也感到奇怪，不知先生“私淑”何人？看到下文，才知道指的是张仃先生这批作品“从未面世”，可见文章的作者也没弄懂“私淑”的意思，当成“自藏”使用了。

其实，“私淑”并不是特别生僻的词，翻翻辞典就可以弄清释义。

另外，此文说张仃先生的风景素描“一发而不可收拾，岁岁出行，写生不辍”，也是不妥的。此处的“一发而不可收拾”应为“一发而不可收”，喻事物开始之后其势不可遏止，如箭矢既已“发”出，是“收”不住的，写成“不可收拾”就带有了贬义。文章本身是赞扬张仃先生的画的，又怎么能“不可收拾”呢？

这两篇文章的作者都是在艺术界颇有影响的人物，正因为此，行文更应该严谨，免得贻误读者。

（原载《诗书画》2005 年卷）

“期间”和“其间”

日常翻阅报刊，每每看到一些文章中该用“其间”的地方却用了“期间”，比如：

“从一九五八年父亲被戴上右派分子帽子直至‘文化大革命’结束，期间二十多年来，父亲吃尽了多种冤案、错案的苦头。”（二○○六年五月十二日《光明日报》）

这里的“期间”，按作者的意思，是指前面所说的从一九五八年到“文化大革命”结束这段时间，但既有逗号分隔，后面就不应直接用“期间”。“期间”是什么？“期”指时间、时期，“间”即中间、当中，“期间”所涵盖的范畴必须加以限定，才可成立，如“抗日战争期间”“‘文化大革命’期间”“求学期间”“暑假期间”等。像上述的例句，为概括前面所指时间范畴，则应该在“期间”前面再加上一个“这”字，“这期间”就是“这段时间”。更简练的办法，可以用“其间”二字。“其”是代词，相当于“这”，“其间”就是“这段时间”。总之，在这个句式里，代词“这”或“其”是必不可少的。

附带再说一句。“这”和“其”的词性、词义是相同的，使用时要避免重复。我尝在报刊上看到“这其中”“这其间”的字样，这里的“这”字就多余了。

（原载《诗书画》2006年卷）

“侧目”辨

读报看到这么一段文字：

“蒋廷黻十来岁时就立下了去西洋留学的志愿。当时，一位在东洋留学的亲戚来到他家，其仪表举止都令乡亲们侧目、羡慕。蒋当时就想：如果在东洋念书就能受到如此的尊敬，那么，自己将来一定要到更远的西洋去念书。”（二〇〇六年五月十一日《人民政协报》）

这里用了“侧目”二字。作者的意图很清楚，是把“侧目”当作“羡慕”的同义词的。但是，侧目一词并没有这个意思。“侧目”，就是斜着眼睛看人，非但没有羡慕之意，反而是表示畏惧、憎恨或鄙视。《中国成语大辞典》上有一些经典的例子：

《战国策·秦策一》：“（苏秦）妻侧目而视，侧耳而听。”

《史记·汲黯列传》：“天下谓刀笔吏不可以为公卿，果然。必汤也，令天下重足而立，侧目而视矣！”

《老残游记》：“诸君记得当年常剥皮做兖州府的时候，何尝不是这样？总做的人人侧目而视就完了。”

“侧目”或“侧目而视”被错用的情况颇为常见，看来有辨清词义的必要。

（原载《诗书画》2006年卷）

诗仙非仙

杜甫谓李白："白也诗无敌，飘然思不群。"贺知章一见李白，呼为"谪仙人"。此后的一千二百多年里，李白便以一位飘然出世的"诗仙"形象深深地印在人们心里。李白是中国从古至今绝对一流的大诗人，能够与他相提并论的，也只有屈原和杜甫等少数几个人，确实堪称诗坛泰斗。李白又是个信奉道教的人，道家的至高境界便是"羽化成仙"。所以，将"诗仙"的桂冠赠予李白，很浪漫很精彩也很传神。

然而李白毕竟是人不是仙。超然世外的"仙风道骨"只是表象，积极入世的儒家传统却渗透血液。他幼时的勤学苦读，青少年时代的习武和游历，并非为了日后"得道成仙"，而是"申管晏之谈，谋帝王之术，奋其智能，愿为辅弼，使寰区大定，海县清一"。这是中国长期封建社会中"士"阶层的最高理想和根本出路，李白生活在那个时代，未能免俗也根本不可能免俗，从一开始便表现为思想的矛盾和人格的分裂。

李白在二十岁之前，曾经和一个叫东严子的人一起在岷山"巢居数年，不迹城市。养奇禽千计，呼皆就掌取食，了无惊猜"。做出如此悠闲而怪诞的举动要干什么？"广汉太守闻而异之，诣庐亲睹，因举二人以有道……"明白了，原来是要用这养鸟的把戏哗众取宠，吸引官方的注意，扩大自己的知名度！李白之所以没有接受广汉太守的举荐，只不过觉得当时自己的影响还不够大，时机还未成熟罢了。二十六岁那年，他"仗剑去国，辞亲远游"，以安陆为中心漂泊了十六年之久，广泛交际，大造舆论，曾一掷三十万金以周济寒士，还曾"托身白刃里，杀人红尘中"，连白刀子进去、红刀子出来的勾当都干过，也都是在积极塑造自己的名士形象，寻找实现其政治理想的机会。他不耐烦或者不屑于爬台阶地走科举取士之路，朝思暮想着自布衣一跃而为卿相，一封《与韩荆州书》道尽胸中隐秘。“生不愿封万户侯”，故作姿态，言不由衷，“但愿一识韩荆州”才是真话。他对荆州刺史韩朝宗何以那般推崇？“以周公之风，躬吐握之事，使海内豪俊，奔走而归之。”大树特树韩荆州，其目的却是为了推销自己：“一登龙门，则声价十倍”“龙蟠凤逸之士，皆欲收名定价于君侯”“三千之中有毛遂，使白得脱颖而出”“使白扬眉吐气，激昂青云”。话说得如此露骨，其急迫之情溢于言表，使千百年后的人拜读诗仙的这篇遗作，都替他老人家不好意思。

李白在四十二岁时，由于道士吴筠的举荐，终于受到最高统治者玄宗李隆基的垂青，宣召进宫。期待已久的李白迸发出巨大的喜悦，“游说万乘苦不早，著鞭跨马涉远道……仰天大笑出门去，我辈岂是蓬蒿人”！他本来以为此去长安，一定会混个宰相啦什么的，却不料李隆基只赏给他一个小小的供奉翰林，弄臣般的御用文人，做做帮闲文字罢了，根本无权参与国家政治，人也只好“长安市上酒家眠，天子呼来不上船”了。看似很清高，很狂傲，但若是真清高，真狂傲，又何必到长安来呢？尤其难堪的是他奉玄宗之命为杨贵妃写的《清平调》三首，“云想衣裳花想容，春风拂槛露华浓”“名花倾国两相欢，长得君王带笑看”，这样粉饰太平、媚上趋时的词句竟然出自诗仙之手笔，也是很尴尬的事。尽管如此，他也仍然不能见容，高力士向杨玉环进谗言：“以飞燕指妃子，贱之甚也！”这叫没碴儿找碴儿，其实李白未见得果有此意。这就混不下去了，李白只好自找台阶儿，走人，总共在长安待了不到三年，仕途就此完结。“行路难！行路难！多歧路，今安在？”英雄末路，恓恓惶惶，被扭曲的诗人发出痛彻肺腑的呼号。

他的后半生又是到处流浪。好容易遇到了一个建功立业的机会，参加永王璘的部队去平定安史之乱，却又不料由于统治阶级内部的矛盾，永王璘成了叛徒，李白自然难脱干系，被捕入狱，流放夜郎，获释不久就死了，留下了“天生我材必有用”的哀叹和呐喊，使后来人读之又一次次地跃跃欲试。人或曰：以李白之才，好好地做诗人不好吗？干吗非要去治国平天下？商鞅、李斯都是直奔主题，专修政治，并没打着什么文学的幌子，而且还说焚书就焚书，说坑儒就坑儒。李白如果要治国平天下，也不必耗费那么多精力去弄诗歌，搞得自己人格扭曲，两头儿耽误！殊不知，不仅李白如此，中国封建社会的文人谁也没有把知识才学当作“纯学术”，而只是实现治国平天下的政治理想的手段。“达则兼济天下，穷则独善其身”，前者是拼搏的动力，后者是不得已的聊以自慰，失败后复作清高之状，顾一下面子。如若丢官后再有机遇做官，马上又眉飞色舞，弹冠相庆，感激涕零，再做一番“臣不惜肝脑涂地”之类的表态。

这似乎是躺着说话不腰疼，有意“寒碜”前贤。但前贤不是神，不是仙，谁也摆脱不了历史的桎梏。历史赋予李白储江藏海的才华，又加以残酷的挤压，使之喷涌倾泻，蔚为奇观，造就了名垂宇宙的大诗人。如果他年轻时隐居起来压根儿就不出山，只写些不食人间烟火的梦话，也就不成其为李白了，说不定史册上根本就留不下他这一号，后人不知其何许人也。

（原载《文学自由谈》1994 年第 3 期）

江 上 月 魂

公元七二六年的一个秋夜，朦胧月色中，峨眉山下的平羌江（今青衣江）波光粼粼，一叶扁舟顺流而下，飘然东去。船头上，伫立着年仅二十六岁的诗人李白，这是他第一次离开养育他的巴蜀大地。怀着深深的眷恋，他轻声吟哦着："峨眉山月半轮秋，影入平羌江水流。夜发清溪向三峡，思君不见下渝州。"他披着故乡的月色走了。幼年的苦读，少年的游历，已经为此做了充分的准备，他终于"仗剑去国，辞亲远游"，要在更广阔的天地施展抱负，建立一番功业！

三十六年之后即公元七六二年，李白已经是六十二岁的老人。他饱经忧患，历尽坎坷，政治上的抱负已经彻底破灭，拖着老病残躯，他在长江的南岸当涂默默地注视着一轮浑圆的明月，回味着自己的一生……

"明月出天山，苍茫云海间。""明月出海底，一朝开光曜。"这是他政治抱负的诗化。李白生活在道教盛行的时代，但积极入世的儒家思想却又时时鼓舞着他"申管晏之谈，谋帝王之术，奋其智能，愿为辅弼，使寰区大定，海县清一"。这是封建社会知识分子体现自己的价值的唯一途径。出于高度的自信，他甚至对科举考试这种按部就班地爬台阶的方式都不耐烦，迫不及待地希望由布衣一举而为卿相，一步登天。为此，他少年时代和东严子在岷山"巢居数年"，"养奇禽千计"致使"广汉太守闻而异之，诣庐亲睹，因举二人以有道"。这种颇有些哗众取宠意味的怪诞之举，以及他随后在安陆的十年浪游中"托身白刃里，杀人红尘中"的任侠之风，都可以被认为是在有意识地为自己制造舆论、提高知名度，以引起最高统治者的注意。而当他四十二岁时由于道士吴筠的举荐，受到玄宗的垂青，被召入宫，便毫不隐讳地道出了喜从天降的兴奋："游说万乘苦不早，著鞭跨马涉远道……仰天大笑出门去，我辈岂是蓬蒿人！”

然而，严酷的现实教训了这位天真的知识分子。当时朝廷政治黑暗，奸佞当道，官场腐败，内忧外患，一触即发，玄宗已从励精图治转变为昏聩骄纵，大唐帝国岌岌可危，岂是李白这么一位地位如同弄臣的供奉翰林所能够改变的！他要么同流合污，甘作附庸，要么洁身自爱，急流勇退，此外别无选择。在经历过“长安市上酒家眠，天子呼来不上船”的自我麻醉，忍受过扭曲自己奉命写作“云想衣裳花想容”之类应景辞章的痛苦之后，终于在自秦汉以来形成的儒、吏之争中败下阵来，哀叹着“含光混世贵无名，何用孤高比云月”，自请归隐，重做游侠，“人生得意须尽欢，莫使金樽空对月”！

“旧国见秋月，长江流寒声。”安史之乱的爆发再一次使李白燃起报国的激情，当永王以抗击安史乱军为号召，三次下书召辟他为府僚佐时，他虽曾踌躇，最后还是“难以固辞”，毅然应召，“誓欲斩鲸鲵，澄清洛阳水”。李白在永王幕中总共不过一个来月的时间，却不料因此蒙受了有生以来最大的政治打击，当永王被肃宗以“叛乱”罪名诛灭之时，李白被捕入狱，流放夜郎。人们不必为诗人辩诬，也不必为诗人惋惜，以他的爱国痴情和政治上的天真，这个归宿正是历史的必然，只不过做了统治阶级内部倾轧的牺牲品而已。

“夜郎天外怨离居，明月楼中音信疏。”“迁客此时空寂寞，长洲孤月向谁明？”然而李白在流放途中还没有真正到达夜郎，在三峡即获释放，但那是因为太子登基而遇大赦，新皇帝为安抚民心而玩弄的惯技和惯例，并不意味着“平反昭雪”。但诗人却欣喜至极，似乎从今又有什么希望了，“朝辞白帝彩云间，千里江陵一日还。两岸猿声啼不住，轻舟已过万重山”！随后，年过花甲的诗人还请缨从军，更显天真，终因老迈多病，也未能如愿，“中夜四五叹，常为大国忧”！他没有等到亲眼看见安史之乱的平定，已经被病魔和死神扼住了咽喉。他意识到，自己的生命就要结束了……

明月无言，默默地映照着曾经千百次讴歌她的诗人。诗人无言，默默地注视着与他一生为伴的明月。那不是天上的明月，而是沉在江底的月影。

当年，诗人曾多少次奇思异想，“欲上青天揽明月”，如今，明月近在咫尺。诗人一生追求光明，却始终被黑暗缠绕，唯有向明月倾诉衷肠了！那么，就再来一次对饮吧，“永结无情游，相期邈云汉”！诗人举杯邀月，且舞且歌，向江心的月影扑去。长江上飘过一片透明的云彩，卷起一个久久回旋的旋涡……

关于李白之死，历来有“病死”和“扑月而死”两说争执不下，其实又何必争论呢？一切自有大江明月做证。“古人不见今时月，今月曾经照古人”，看那万古不息的江流和永垂宇宙的明月，不正是诗人不灭的灵魂吗？

李白辞世时，他的夫人、女儿都已先他而去，身后唯余爱子伯禽。伯禽没有成为像父亲那样的诗人，却也像父亲一样“一生好入名山游”，世人不知其所终。伯禽有二女，均嫁了农民，泯然众人矣。这便是诗人的“千秋万岁名，寂寞身后事”。值得一提的是，李白有妹名“月圆”，关于她的故事没有流传下来，只有那充满诗意的名字和故乡的“月圆之墓”令人浮想联翩。妹葬江之头，兄葬江之尾，千秋万代伴随着滔滔江水和江上月魂。

（原载《扬子晚报》1994 年 5 月 1 日）

我书被盗

我的长篇小说《穆斯林的葬礼》自一九八八年出版，六年来已经十余次印刷。这期间，我曾接到大量的读者来信，多数是向作者倾诉阅读此书的感受，还有尚未买到书的读者询问我哪里可以买到。但是，近一两年来，情况发生了变化，有许多读者来信向我抱怨此书的印刷太粗糙，而且错别字连篇。有的读者还寄来详细的勘误表，第几页第几行出了什么错，都一一标明。你简直不敢相信，一本书中谬误竟达两千多处，甚至从目录就开始错！

这使我大吃一惊。我深知出版此书的北京十月文艺出版社的编辑们的敬业精神。《穆斯林的葬礼》的每一次印刷，在装帧上有什么细微的变动，责任编辑钟轩同志都事先向我打了招呼，事后又送来样书，“印刷粗糙”似不可能；此书在第一次印刷前已认真地做了三次校对，以后又做过多次重校，误排之处虽不敢说绝对没有，即使是有，也微乎其微，“谬误百出”更不可能。那么，读者怎会有那样的反映？我于是打电话给钟轩同志。他说，那必是盗版无疑。出版社也接到了类似的不少来信，指出的谬误五花八门，各有各的“错”法，看来盗版的还不止一家，而是许多家。这些书盗来无踪去无影，出书都是假冒原版，在版权页把书号、出版社、印刷厂、印数、定价等一律照抄不误，读者购书心切，买了假货，却来找出版社“算账”，不仅出版社的名誉受到败坏，而且蒙受了巨大的经济损失，因为盗印一万册就可以“赚”几万元，印几十万册则数百万到手，盗版者大发其财。他还说，某位作家的一本小说，仅作者本人搜集到的盗印本竟达二十七种之多！

我对这种无法无天的强盗行径感到愤慨。在这之前，我还不知道“书林大盗”竟然猖狂到如此程度。盗版者与抄袭、剽窃者不同，不是欺世盗名，而是欺世盗财。使我痛心的不仅是作家的著作权和出版社的专有出版权受到侵犯，而且深深地为读者痛惜。我从他们的来信中得知，凡爱书、买书的大都不是有钱人，为了买一部定价十几元的书，往往要节衣缩食，掂量再三。而当他们发现买到的是错误百出的假货时，该是何等心情！

我个人当然无力为那些买了盗版书的读者一一更换，出版社也无此责任和义务。靠作者和出版社来抓盗版者，当然是抓不完的。还是要靠法律，靠公检法，靠从中央到地方的层层行政管理机构，认真地抓一抓，抓住了书盗就绳之以法，重判他几例，以儆效尤。此外，也要靠公众舆论和全社会的监督。钟轩同志告诉我，有一位细心而又懂法的读者，在买到盗版本《穆斯林的葬礼》之后，及时地在当地报纸、电台将其“曝光”，使更多的读者了解真相、提高警惕，结果当地盗版书的“销路”就断了。这真是一个好办法。愿大家都来围剿“书林大盗”，看他们能横行到几时？

（原载《光明日报》1994 年 8 月 6 日）

诗人情怀

王安石性情执拗，百折不回，绰号“拗相公”。他在任宰相期间，大胆改革，厉行变法，遭到保守派的激烈反对，两次罢相，几起几落。反对派有司马光、文彦博、韩琦等人，还有大名鼎鼎的文坛巨子苏轼。

苏轼是宋代文学革新的主将，词开豪放一派，笔力纵横，气势磅礴，前无古人。胡寅《酒边词》称：“苏氏一洗绮罗香泽之态，摆脱绸缪宛转之度，使人登高望远，举首高歌，而逸怀浩气，超然尘垢之外，于是《花间》为皂隶，而柳氏为舆台矣。”王灼《碧鸡漫志》说：“东坡先生……指出向上一路，新天下人耳目，弄笔者始知自振。”然而与文学上的革新精神相反，他在政治上却相当保守，王安石推行新法，他极力反对，向神宗皇帝上《万言书》，并作诗文讽刺抨击，攻击新党“新进小生，小人招权”，王安石“怀诈挟术，以欺其君”。由此，两位文学大家便成为改革与反改革的政敌。王安石的姻家、御史谢景温弹劾苏轼在奔丧期间，“多占舟舡，贩私盐、苏木”，回京时又“多占士兵”，企图以此整倒苏轼，虽查无实据，不了了之，也已使苏轼在京城处境艰难，出任外补。后又有“乌台诗案”事发，御史何大正、御史中丞李定等人弹劾苏轼诗文中“愚不识时，难以追陪新进；老不生事，或能牧养小民”“读书万卷不读律，致君尧舜终无术”“东海若知明主意，应教斥卤变桑田”等语为诽谤朝廷，使苏轼被捕入狱，自元丰二年八月二十日至十一月二日，审讯十一次，把他所有的作品一一审查，欲置之死地。幸而神宗无意杀之，仅贬为黄州任团练副使了事。这次大折腾，虽不是王安石直接动手，但他身为宰相，当然起了作用，和苏轼的矛盾进一步深化，成为冤家对头。

政治上的打击并没有使苏轼沉沦，在黄州谪居的闲愁之中，他仍以浪漫豪迈之情，写下了大量杰作，其中以《念奴娇·赤壁怀古》最为出色：

大江东去，浪淘尽，千古风流人物。故垒西边，人道是，三国周郎赤壁。乱石穿空，惊涛拍岸，卷起千堆雪。江山如画，一时多少豪杰！　　遥想公瑾当年，小乔初嫁了，雄姿英发。羽扇纶巾，谈笑间，樯橹灰飞烟灭。故国神游，多情应笑我，早生华发。人生如梦，一樽还酹江月。

此时，正处在仕途峰巅的王安石，却“高处不胜寒”，日子并不好过。在反对派激烈的攻讦下，变法失败，王安石第二次罢相，退居江宁（今南京）。在钟山脚下，辟园名“半山”，悄然栖息。著述之余，骑驴漫游，凭吊古迹，不乏吟唱，试看其金陵怀古之作《桂枝香》：

登临送目，正故国晚秋，天气初肃。千里澄江似练，翠峰如簇。征帆去棹残阳里，背西风，酒旗斜矗。彩舟云淡，星河鹭起，画图难足。　　念往昔，繁华竞逐，叹门外楼头，悲恨相续。千古凭高对此，漫嗟荣辱。六朝旧事随流水，但寒烟衰草凝绿。至今商女，时时犹唱，后庭遗曲。

这位失败的政治家，退休的宰相，面对六朝遗迹，想起历代兴亡，“悲恨相续”，“漫嗟荣辱”，心情激愤而苍凉，可与东坡《赤壁怀古》媲美。《历代诗余》引《古今词话》谓：“金陵怀古，诸公寄调《桂枝香》者三十余家，惟王荆公为绝唱。”

元丰七年（公元一〇八四年），神宗想起谪居黄州的苏轼，“人才难得，不忍终弃”，下诏移官汝州。苏轼在去河南汝州赴任途中，经过江宁。此时，苏在顺风，王处逆境，今非昔比。然而，苏轼却不计前嫌，特地去看望王安石。王安石身着便服，骑着小驴，亲自到江边迎接，两个人相见，几多感慨！苏轼说：“轼今日敢以野服见大丞相！”虽不无幽默，亦饱含真诚。

苏轼在江宁盘桓月余，与王安石谈诗论政，甚为投机，昔日的嫌隙于相逢一笑之中烟消云散。苏轼即席赋诗，王安石赞曰："老夫平生作诗，无此佳句！"苏轼读王安石《桂枝香》，也不由叹服："此乃老野狐精也！"王安石称苏轼："不知更几百年，方有如此人物！"苏轼谢王安石："从公已觉十年迟！"惺惺惜惺惺，到了难分难舍的地步。赵翼《瓯北诗话》谓："东坡襟怀浩落，中无他肠。凡一言之合，一技之长，辄握手言欢，倾盖如故。"苏轼如此，王安石亦如此，他虽与苏轼曾在政治上为敌，却深爱东坡之才，表现了大政治家、大文学家的风度襟怀。非蝇营狗苟、鸡肠鼠肚者所能望其项背也。

（原载《扬子晚报》1994年9月26日）

路边的歌声

人多“悲秋”，而我“伤春”。北京的春天很短暂，仿佛严冬转眼间就是盛夏，如果说二者之间的转折期就算春天，却又春意甚微，由于少雨水而多风沙，连花儿都没有精神，看那一树树、一丛丛的红杏、碧桃、海棠、丁香，在干燥的空气中伸展着枝丫，无可奈何地听任骄阳的暴晒和风沙的摧残，不由人心生感慨：如此苦苦地争春，又何必呢?

心里这么想着，我穿过社区楼群间的花园，朝着附近的一家超市走去。园里的花期已近尾声，落英缤纷，被风吹得满地。脚踏着片片残红，抬头望望不阴不阳的天空，心头泛起一股莫名的惆怅。

突然，远处飘来一阵若隐若现的乐曲声，那旋律十分熟悉。再往前走了几步，听得更清楚了，竟然是我在二十多年前创作的电视剧《鹊桥仙》的插曲！陈年往事顿时浮现在眼前。此剧取材于“苏小妹三难新郎”的民间传说，熟悉宋史的人都知道，苏东坡其实并没有一个名叫“苏小妹”的妹子，秦少游也不是他的妹夫，此事纯系子虚乌有。但人们宁肯以假做真，相信大文豪苏轼的妹子必定是个了不起的才女，而能够与她匹配的也非淮海居士秦观莫属，希望在“三难新郎”的趣事中展露他们的才华，并从这一观赏过程中获取文化愉悦。剧本在野史素材的基础上进行艺术创造，设计了一系列的阴错阳差、矛盾冲突，使剧情跌宕起伏，一波三折。最后当然是误会解除，有情人终成眷属，皆大欢喜。这是我所有创作中唯一一部喜剧。那时候年轻，偏爱悲剧而并不大喜欢喜剧，唯恐把戏搞“俗”了，所以在喜剧的框架上又适当注入“雅”的因素。为此，我特地创作了一组具有古典诗词韵味的歌词《难诉相思》，由男女声对唱、合唱，用在男女主角爱怨交织、矛盾缠绵处，词曰：

孤馆寒窗风更雨，欲语语还休。昨日春暖今日秋，知己独难求！四海为家家万里，天涯荡孤舟。昨日春潮今日收，谁伴我，沉与浮？

连夜风声连夜雨，佳梦早惊休。错把春心付东流，只剩恨与羞！风雨催花花何苦，落红去难留。春暮凄凄似残秋，说不尽，许多愁！

张弦难诉相思意，咫尺叹鸿沟。花自飘零水自流，肠断人倚楼。夜夜明月今何在？不把桂影投！关关雎鸠恨悠悠，一般苦，两样愁！

此歌由时任电影乐团团长的高潮同志作曲，著名歌唱家王洁实、谢莉斯演唱，电视剧由果青同志导演，一九八〇年十二月三十一日晚在中央电视台播出。那时候还不兴“贺岁剧”的说法，现在看来，在除夕夜播出这么一出以婚恋嫁娶为题材的喜剧，给辛劳一年的人们带来一点欢愉，也可以算是大陆最早的“贺岁剧”了。播出之后，观众反应热烈。《鹊桥仙》获该年度全国优秀电视剧奖，后来被称之为“飞天奖”的奖项便是从那时开始的。此剧获奖并不意外，意外的是插曲《难诉相思》也拿了个太平洋影音公司“云雀奖”，那是我首次涉足歌词创作，有“种豆得瓜”之感。随着磁带的大量发行，这首歌风靡全国，后来又进入“卡拉 OK”。多年以后，有一次在深圳，一对年轻的朋友请我吃饭，饭后又邀我去歌厅，我不会唱歌，客随主便罢了。正是在那里，我和《难诉相思》相逢。就像在一个陌生的地方，发现书店里有自己的著作，看见读者在购买、在阅读、在谈论，作者是很感欣慰的。请我听歌的年轻人说：“我们在上大学的时候，就是唱着《难诉相思》讨好女孩子的。现在，我和我爱人一起来唱这首歌，献给霍老师！”

从二十世纪八十年代初到现在，一晃二十多年过去了。“流行歌曲”像走马灯似的翻新了无数次，许多“老歌”已不再听见有人唱了。不料现在又听到了《难诉相思》。那么，这街边林荫道旁的歌者是谁？

我饶有兴致地快步向前走去，转了一个弯，绕过遮挡视线的树丛，这才看清了，那是一位盲人，席地而坐，手操胡琴，自拉自唱，而且变着声调转换男女两个角色。他的嗓音和胡琴演奏技巧都不算好，但拉得很专注，唱得很动情。这是盲人的特点，没有了外部世界形与色的干扰，他们对声音的感知和表达便特别敏感，特别细腻。眼前的这位盲人很年轻，看样子不过二十出头，正是青春萌动的年龄，虽然双目失明，但他的心灵是健全的，向往着美好的情感，所以唱起歌来“未成曲调先有情”。过往的行人都是他的听众，陆陆续续把一两枚硬币丢在他面前的旧罐头盒里，那“叮当”的声响便是对他最好的回报，最大的鼓励。

我在他面前停下来，静静地听他唱完。行人都走过去了，而我却没有走，从提包里掏出一张十元钞票，递到他手里。他捻了捻，一愣：“啊？给这么多！”

我俯下身，耳语似的对他说：“这歌儿是我写的！”

他显然吃了一惊。在他的卖唱生涯中，像这样的事儿恐怕还是头一回，竟然碰到了歌儿的作者！他很兴奋，朝我仰起头，使劲翻动着眼珠，尽管根本看不见我。突然，他猛地甩开手腕，又拉起了琴弓，更加起劲地演唱起来……

我“伤春”的情绪消失得无影无踪。一首二十多年前写的歌，今天还能听到一位盲艺人在街头当众演唱，这是我的造化。他什么也看不见，但记住了我的歌。谢谢！

（原载《北京晚报》2002 年 7 月 18 日）

文人与“海”

当年，戏曲票友成为正式演员，称为“下海”。眼下，“文人下海”成为时髦，却不是要当名伶，而是专指经商，即文人做买卖。不时见到报章上说：“××下海了”“××也下海了”，大有大势所趋、非“下海”不可的紧迫感，似乎未“下海”的将要“落伍”了！

在全国政协八届一次会议上，“文人下海”成为文艺界委员的议论焦点之一。我认为：我们曾有过“八亿农民都是诗人”“全民炼钢铁”的经验教训，大凡一哄而起的事情，几乎都是做不成的。正如不可能全民都成为诗人一样，“全民经商”、文人都“下海”既不可能，也不合理。

有的人“弃文经商”，可能是不再热爱文艺创作这个行当了，人各有志，不可勉强；如果他确有经商的才能，那么，人尽其才，转业去做买卖，也无可非议。

有的人酷爱写作这个行当，却“囊中羞涩”，为自己或为一个文艺团体、一个地区的文艺事业生存、发展计，不得不去搞“三产”，筹集资金，“以商养文”，对此，我深表同情，甚至敬佩。但“以商养文”养得了养不了，还是个问题。

文艺作品作为社会财富，当然具有商品属性。但不可否认，它同时又是精神产品，对社会的政治、经济、文化、道德有着巨大的影响力，自古以来，优秀的传世之作往往感染了一代又一代人，诸葛亮的《出师表》、岳飞的《满江红》、文天祥的《正气歌》，成为民族精神的精华。这样的作品，绝不是经济杠杆操纵下可以批量生产的，让诸葛亮、岳飞、文天祥以及曹雪芹、曹禺、老舍去“练摊儿”“以商养文”，那岂不是以民族的灵魂为代价？舞台上的《茶馆》是民族瑰宝，而如果老舍本人去开茶馆，则成了民族的悲剧!

人民大众喜闻乐见的通俗音乐、通俗戏曲、通俗书刊，本身就在市场上流通，有本事的人把这部分市场活跃起来，搞得健康、红火、财源茂盛、皆大欢喜，也是好事。但是我们偌大一个拥有五千年历史、十二亿人口、幅员九百六十万平方公里的泱泱大国，绝不可能靠卡拉 OK、迪斯科和武侠小说自立于世界民族之林。严肃文学、严肃艺术标志着一个国家和民族的文明程度，关系着社会繁荣进步的千秋大业，还是需要国家大力扶植，不要让它到了非“下海”不可的地步。

严肃文学、严肃艺术，历来是殚精竭虑的寂寞之道，“艰难困苦，玉汝于成”，从屈原到米开朗琪罗，从凡·高到曹雪芹，古今中外鲜有借此而“发财致富”者，选择这条路就必须耐得住清贫，无私奉献，为民族、为人类的文明而献身。而真正深刻地反映了民族精神和时代风貌同时又具有高度艺术感染力的文艺作品，放眼历史，也必然会经得起“市场”的考验，而不是昙花一现的过眼烟云。我国四部古典文学名著至今畅销不衰，就是明证。作家、艺术家应该专心致志地去为人民创造这样的精神食粮，国家应该尽力为他们创造必要的环境和条件。以经济建设为中心丝毫也不意味着精神文明的建设就不重要了，更不意味着“十亿人民九亿商”，作家、艺术家人人要“下海”。

（原载《中华英才》1993 年第 9 期）

中国女性和中国文学
——在第四次世界妇女大会上的演讲稿

我曾经在一篇题为“女人的形象”的文章中提及发生在一九六一年的小故事：英国陆军主帅访华时偶然看到《穆桂英挂帅》这出戏，颇不以为然，“这出戏不好，怎么能让女人当元帅？爱看女人当元帅的男人不是真正的男人，爱看女人当元帅的女人不是真正的女人”。

如果按照蒙哥马利的观点，中国就几乎没有“真正的男人”和“真正的女人”了，因为像穆桂英、花木兰这样的女英雄，在中国家喻户晓，受人尊敬。她们都是中国古代民间文学作品中的人物，虽然历史上未必确有其人其事，但必定以类似的真人真事为依据、为原型。这些女英雄在祖国面临危难的时候，挺身而出，英勇战斗，做出了和男人一样甚至超过男人的业绩。这些作品，不仅是中国女性的英雄赞歌，也是对以男性为中心的社会的有力抗争。

在长达两千多年的中国封建社会，文学作品中的女性，大量的是“温良恭俭让”的窝囊相，或者是凭借美色取悦男性的可怜相，像穆桂英、花木兰那样的女英雄毕竟太少了，因而才愈加可贵。在浩浩荡荡的古代作家队伍中，像李清照那样写出“生当作人杰，死亦为鬼雄”昂扬豪迈诗句的女作家更少了，简直是凤毛麟角，因而才愈加可贵。

一九一九年爆发的五四运动是中国有史以来对封建主义最猛烈的冲击，在至今将近一个世纪的时间里，中国社会发生了翻天覆地的变化，不仅“中国人民从此站起来了”，中国妇女的命运也得到了根本的改变。据最近的统计数字，中国妇女的就业率占就业总人数的百分之四十四左右，这在西方发达国家也是一个相当高的比例。从政府部门到各行各业，女官员、女专家、女学者、女先进工作者和劳动模范层出不穷。可以说，中国女性自古以来还从未像今天这样拥有与男性平等的社会地位和旗鼓相当地竞争的机会，这是必须充分肯定的、值得我们珍惜的。大批女作家以独具特色的作品登上文坛，成为中国文学界的一支劲旅，约占中国作家协会会员的三分之一，这也是中国历史上从未有过的。

当然，中国女作家及其作品并不等于“女性文学”，即使加上男作家所写的妇女题材的作品，也构不成“女性文学”这一概念。作家无论性别，他们首先是作家，关注的应该是整个中国的历史和现实，其中自然也包括妇女问题。

在当代中国，妇女解放的使命还没有彻底完成，封建主义陈旧观念和作风并没有肃清，近年来又与国外的一些所谓“新潮”汇合，形成一股逆流。盲目的“性解放”使得一部分女性的贞操观念淡薄，道德沦丧；应召女郎、舞女等专为男性服务的职业应运而生；甚至连娼妓、纳妾这些早已根绝的丑恶现象又重新出现；拐卖妇女、女性吸毒也时有所闻；低劣的色情书刊、录像流入市场，向西方社会看齐了。这是女性的耻辱，社会的病态，是对妇女解放运动的反动，中国妇女的命运面临着倒退到重新沦为男性的附属品、奴隶、玩物的危险。口头上和表面上的“女士优先”帮不了妇女的任何忙，新潮服装和昂贵的首饰也并不能真正美化妇女的形象。妇女的彻底解放，寄希望于全社会的文明进步，寄希望于妇女本身的自爱、自尊、自强。这正是中国作家所关注的焦点之一，中国文学所肩负的使命之一。

一九九五年九月于北京

（原载《光明日报》1995 年 9 月 5 日）

珍惜英雄

最近，在同一天，看到三则新闻："神舟五号"返回舱在京展出，航天英雄杨利伟为观众讲解；杨利伟在五四青年节与青年学生座谈；杨利伟和歌手孙楠一起唱歌。作为一名电视观众和报纸读者，对此不免且喜且忧。

喜者，为英雄的"亲民"而感动。自古以来，英雄模范人物总是受到人们的尊敬和热爱，因为他们之中，有的以鲜血和生命捍卫了祖国的尊严和人民的生命财产，有的在自己的工作岗位或学术领域，做出了突出的成就，为国家、为民族赢得了荣誉。过去我们常说，我们的时代是个英雄辈出的时代，然而与十三亿人口的庞大数字相比，英雄毕竟还是少数，尤其像杨利伟这样的航天英雄，中华民族有史以来第一人，虽凤毛麟角亦不足以喻其稀有。可喜的是，我们的英雄没有居功自傲，藐视凡人，而是谦逊礼貌，和蔼可亲，与民同乐，有求必应，那些围观的热心人，有要求合影的，有希望签名的，都一一予以满足，这是何等高尚的风范！中国人一向有崇尚英雄的传统，但一段时间以来却遭遇到"非英雄"的"挑战"，似乎"英雄"与"人性"是势不两立的，写"英雄"就泯灭了"人性"，讲"人性"就必须否定"英雄"，于是连历史上的民族英雄岳飞也需要重新"定位"了，早已家喻户晓、深入人心的红色经典里的英雄人物也一再被"改编"实则是不断被糟践，"英雄"一词逐渐淡出社会生活，在一些孩子的心目中，如果说还有"英雄"，那就是两种人，一是武侠小说和武打片中飞檐走壁、呼风唤雨的"大侠"，一是走红于银幕、荧屏、歌坛的"明星"，"追星族"对他们的痴迷膜拜，简直到了走火入魔的地步。而在"神舟五号"飞天成功之后，我们欣喜地看到另一番景象。为祖国争光、为民族争气的航天英雄杨利伟受到人民群众包括广大青少年异乎寻常的尊敬，从“明星崇拜”到“英雄崇拜”是一个巨大的转变，对于增强中华民族的凝聚力，全面建设小康社会，其精神作用是不可估量的。

那么，忧又何来？之所以忧者，我们的英雄太忙了。又是讲解，又是座谈，又是唱歌，再加上前一阵子还要做航天事迹报告，还要赶赴香港和那里的爱国同胞见面，英雄也是人，也仅一百多斤的血肉之躯，也是每天只有二十四小时，要在他的本职工作之外再做这么多事，简直不堪重负。何况这些事并不是非他本人去干不可，要做报告，要座谈，自可以让惯弄笔杆子的去写稿，让擅耍嘴皮子的去演讲，这方面的人才有的是；至于唱歌，更不是杨利伟的专长，何必非要他一展歌喉？杨利伟可是个任重道远的人哪，据报道，拟在明年升空的“神舟六号”，搭乘人员中头一个就是杨利伟，而且以后还有“神七”“神八”，那样的超高科技，是我们这些局外人无法想象的；那样的超高难度，容不得一丝一毫的含糊，杨利伟将全副精力投入仍唯恐不足，哪还有闲工夫掺和那些无关紧要的劳什子？

长期以来，我们已经看惯了这样的现象：一个人在某一领域出了成果，成了名，各种荣誉、头衔、会议、仪式便接踵而来，搞得他正经事儿干不了，表面看起来，光彩得很，而实际上，对于真正有事业心的英雄模范人物来说，其内心世界苦不堪言。社会若是爱护他，就让他专心致志地做自己所内行、所热爱的事。而不要把他当作稀罕物到处展览。钱钟书先生生前就极不愿意接受新闻媒体的采访和崇拜者的造访，说：“如果你吃了一个鸡蛋，觉得很好，又何必非要见那个下蛋的母鸡呢？”比埃尔·居里也曾说过：“如果所有的宴会我都去参加，就没有时间做科学实验了。”因此我很欣赏前不久中国工程院公布的一份文件，其中有两项内容，大意是：不提倡院士什么社会活动都去参加，不提倡院士担任非本专业的“评委”“顾问”之类，真可谓切中时弊，英明至极。

当年鲁迅先生逝世时，郁达夫曾说过一段痛心疾首的话：“没有英雄的民族是可怜的生物之群；有了英雄而不知珍惜，是没有希望的奴隶之邦。”在这里引用这段话，分量似乎太重了些，但它的主旨是不错的：珍惜英雄。

（原载《人民政协报》2004年5月10日）

君心似我心，两情长依依

近接天津的柳溪女士来信，说她“要编辑一部女作家谈丈夫或爱情的书籍”，嘱我写一写“这一部分不属于写作范畴内的生活内容”。因此，有了下面的文字。

我和他相识在二十年前。那时我们还多么年轻！他二十五岁，我还小他一岁。我们正处于人生的黄金年华，而祖国却在经受着十年浩劫的折磨。我们当然无力回天，只能默默地关注着祖国的命运，瞩望着自己的前途，一片渺茫，难以预测。

记得我和他第一次见面是一九六九年的五月三日。那一天，几个年轻的朋友相约到香山春游，有认识的，也有不认识的；不认识的见面之后也就认识了。那天他穿一身深棕色布衣，身材瘦长，面目也清瘦，头发略显长，戴一副黑框近视眼镜；举止庄重，沉默寡言，文质彬彬。第一印象令人想起瞿秋白。

我们一起在山下的一家馆子用了午餐。吃的什么，已经记不得了，但我记得清清楚楚的是由他做东。他并不是这次春游的发起人，也不是香山人，无由尽“地主之谊”，却为什么要做东呢？隐隐可见此人在他周围朋友中的位置，也已显出他不甘居于人后的品性。

饭后一起登山。那天天气不好，“极目青郊外，阴霾布正浓”。因此游人极少，一般人总是喜欢艳阳晴空、万里无云，殊不知那样常常煞了风景。阴天自有阴天的妙处，天低云暗，氤氲升沉，峰峦间平添出一股茁茁生气。他的兴致很高，步石阶，上陡崖，且时时驻足凝望远处，似在思索着什么。手中的一支香烟飘出缕缕青霭，与云天呼应。他的神色和阴沉的群山一样冷峻。

忽而，风乍起。山林间瑟瑟作响，如海啸，如裂帛，如五指急扫琵琶四弦，如千军万马齐奔、大纛旌旗猎猎。一时飞鸟齐噪，急急远遁；游人惊呼，四散奔逃。然而我们没有逃走，因为他没有走的意思。他兀立在山崖上，任狂风掀起长发和衣襟，双手背在身后，望着动荡中的群山，似乎十分兴奋。

俄顷，狂风祭起乌云。好一天云！从西北方向升起，初如海潮拍岸，继如狼烟直上，终于弥漫苍穹。汹汹然，荡荡然，浑浑然，凛凛然。而压顶黑云之中，又浓淡渗化，黑白扭结，翻滚奔涌，变幻莫测，“银瓶乍破水浆迸，铁骑突出刀枪鸣”！那个沉默寡言的人，此时被深深地激动了，振衣而呼：“走啊，上山！”

倾盆大雨冲刷着巍巍香山，石壁如铁，春草如翠，落花如雪。山间的石径上，攀登着一群不畏风雨的年轻人，哪管它衣衫湿透、寒彻肌骨！

雨停了，我们相互顾盼，朗声大笑。踏着泥泞落花，攀着带雨新枝，采食野杏山桃。“花褪残红青杏小”，那杏儿小如豆粒，犹如一枚枚翠珠。味微酸，微苦，了无甜味，却又觉甘之如饴。沉默寡言的人不再沉默，即兴赋诗曰：

林暗风低扫画楼，行人尽去鸟无留。
一天泼墨腾惊马，万树飞花走汗牛。
叠嶂迷蒙山隐脚，连溪涨满水出头。
赋诗何必经霜叶？若有豪情冒雨游！

一首七律，写尽了当天的所历、所见、所思。字里行间，洋溢着他作为画家的独特感受，自不待言。而最使我触动的则是末句，尤其是“豪情”二字，显露了这位文弱书生的“真气”：豪气、丈夫气、阳刚气！

当时我只知他名“为政”，不解其意，还以为是“文艺为无产阶级政治服务”的缩写。经询问，才知这名字是自幼由他的祖父取就的，名“为政”，字“北辰”，典出自孔子《论语·为政篇》：“为政以德，譬如北辰，居其所而众星拱之。”他还有两个别号，一为“古丰豪士”，嵌进他的出生地，且自称“豪士”，见其气概；二为“听雨楼主”，又见其淡泊明志、宁静致远。

从那一天起，他就突然闯进了我的生活，成为我有生以来所佩服的第一个男性。但是，我当时根本没有想到（他也没有想到）我们会成为终身伴侣。最初，我们只是彼此尊重的朋友，后来像兄妹。直到一年半之后，即一九七一年一月一日，我们结为夫妇，那是友谊发展的必然结果，“不谋而合”。我们庆幸彼此在长时间的交往中都没有以选择爱人的眼睛观察对方，也没有凭借“月下老人”的联络，这是人间最真诚、最自然、最纯朴、最完美的结合。“当两颗心经历了长久的跋涉而终于走到了一起，像镜子一样互相映照，彼此如一，毫无猜疑，当它们的每一声跳动都是在向对方说：我永远也不离开你！那么，爱情就已经悄悄地来临，没有任何力量把它们分开了！”——多年之后，我在自己的作品中这样写道。这正是我们的生活的真实写照，我们的生命的体验。

婚后，我们在一座绿荫环抱的白色公寓里的三层楼上，度过了最初的岁月，并且生下了第一个孩子。家里的一切都是自己购置的，没有接受父母的赐予和亲友的馈赠。房间里悬挂着一帧横幅：“自力更生”，那是他的手笔，骄傲地宣布好男儿自强自立、双肩承担起爱情所赋予的责任。我们的生活清贫、洁白，相濡以沫，两情依依。他有一首《浣溪沙》如此描述：

游遍芳丛五月山，奇峰险路看云烟，荒藤野树共攀缘。
几度春风人老矣，小楼灯火饼如盘，叮咚书案数余钱。

上阕仍是写当年的香山之游，何等浪漫；下阕笔锋一转，写眼前情景，又是何等现实！说“人老矣”，其实人并未老，只是心境苍凉，直如陆放翁“心在天山，身老沧洲”之慨！当时四害横行，万马齐喑，文章如土，芳林寥落，大批文艺工作者处境艰难，多有甚于我辈者，牢骚不发也罢。但他是血性男儿，在沉闷抑郁之中也难掩真情，“梦中忽忆丹青事，彻夜难平少壮心”！剑鸣匣中，厩马长嘶，这是他生命的呐喊，闻之使我心灵战栗！而我所能奉献于他的，唯有一颗爱心。在漫漫长夜，我们对坐灯前，互相抚慰，听冷雨敲窗，杜鹃啼血，等待天明。

我体弱多病，频繁就医，每次都由他陪伴。车站离医院太远，他便背着我去，那男子汉的肩背，给予我的岂止是力量！归来煎药，照例是他的事。他于烹调半窍不通，唯独练就了煎药的本领，为了我。而一边煎药，一边还借此对句自娱：“家常便饭三餐药，海外奇谈两寸针。”夜间照顾孩子，也偏劳他了。“最怕夜半娃娃醒，慢拍轻歌总不眠。”“梦里踢翻花被，醒哭几声无泪。夜半闹灯前，搅得爹娘如醉。如醉，如醉，奶罢呼呼酣睡。”夫妻之情，亲子之爱，给了他极大的安慰，也引发了他无穷的诗思，这个积习不改的人哪！

“四人帮”一朝覆灭，强加于知识分子的精神禁锢土崩瓦解。积压太久的情感像决堤洪水汹涌奔泻，我们各自的创作都繁忙起来。书房的灯火常常彻夜不熄，我们各据一案，倾吐胸中的“丝”，向祖国，向民族，向我们自己。有时，各自的奋战又交错扭结，我静静地立在他的身后，看他那酣畅淋漓的泼墨；或者是，他掷笔于案，静听我酝酿之中的文学构思。文学、艺术，我们赖以生存的土地，我们辛苦劳作的田园，我们“自力更生”的家，给予我们生命的依托、情感的纽带。这是属于我们的一片净土、圣土，没有喧嚣嘈杂，没有污秽尘埃，那洁白的雪峰之间回响着我们彼此的呼唤，那清澈的碧水之中映照着我们相印的心灵。一首小提琴协奏曲《梁祝》，是我们最喜爱的乐曲，在静静的夜，它在我们的书房、卧室回荡，如清泉淙淙，如春蚕吐丝，如絮语呢喃，两颗心深深地陶醉其中……

我们结为一体已经十九年了。十九年来，我们感情如初，没有过些许的欺骗和误解，更不要说纠纷争斗，有的只是真诚的爱。他生性清高孤傲，不尚空谈，不喜社交应酬，惜时如金，跳舞、打牌等游乐一概远远避之，所嗜唯诗、酒、书、画。他的好恶也就成了我的好恶，甘愿陪他深居简出。我自幼生活在一个穆斯林家庭，养成了独特的饮食习惯。十九年来，我的习惯也就成了他的习惯，不论家居、外出，甚至他只身独处异国，也从不破戒。这并不是宗教信仰，而是出于对我的尊重。“君子一诺重千金”“君子慎独”，这是他做人的准则。爱情，是尊重，而不是屈从；是给予，而不是索取；是奉献，而不是占有。这是我们对爱情的共识。爱情，在我们心中是一种崇高的信仰。“惟愿君心似我心，定不负相思意。”“上邪！我欲与君相知，长命无绝衰。山无陵，江水为竭，冬雷震震，夏雨雪，天地合，乃敢与君绝。”

一九八二年，我们生下了第二个孩子。产前长久的阵痛，折磨得我死去活来。他一直在产房外等着，感同身受。当护士抱着粉嫩婴儿向他报喜时，他却全无笑意，对初次见面的襁褓之中的儿子慨然叹曰：“为了你，险些损伤我一员大将！”这是长坂坡大战之后刘玄德对阿斗说的话。天可怜见，我的儿子不是阿斗，他的父亲也并非不爱儿子，但更爱的是儿子的母亲！

现在，儿女都渐渐长大了。总有一天，乳燕将离巢而去，而我和他，一对老燕子，还要长久地守着老巢，在我们的人生轨道上生活下去。爱情之树，是用心血和生命浇灌的，不断注入新的营养、新的活力，她是岁寒不凋、风雨难摧、根枝连理、花开并蒂的长青之树，我们珍惜她，犹如珍惜自己的眼睛。当然，也有暂时的别离。每当我或是他因事单独外出时，总要经受“断肠人在天涯”的滋味。鱼雁往还太慢了，那时最频繁的联络便是电话，即使分居在地球的两边也是如此。正因为这样，我们总不愿分别得太久，总是归心似箭。一次，他去新加坡举办个人画展，小住旬日，便思归心切，有诗为证：

南国西窗月影移，夜半无寐有所思。
天近平明忽一梦，妻儿嘱我勿归迟！

他就是这样一个人，一向刚毅不拔的豪情变作似水柔情了！另一次，他去瑞士参加国际艺术家交流活动。当时，我正在卧病。他为我煎好了最后一剂汤药，依依惜别。为了安慰他，我强撑病躯起来，送他到机场，目送载着他的飞机朝遥远的阿尔卑斯山方向飞去。在瑞士，他用三个月的时间完成了原定半年的工作计划，提前归国。东道主和朋友们执意挽留他，他婉言谢绝。那里留不住他，像磁石一样吸引他的，只有我们脚下的这片热土，只有我们这个温暖的家。临行前，他心绪不宁，耳边甚至"听"到了家中儿女的说话声。他打国际电话告诉我他的归期，那也是一首七言绝句：

夕阳鸦噪不成诗，倦客无眠忆妻儿。
莫道天涯别离苦，归来正是月圆时！

他就是这样一个人，就是这样一个人啊！

现在，当我写这篇文章的时候，他又在收拾书画，准备远行了。去吧，好男儿志在四方，我从不阻拦他，让他去做他所醉心的事业。飞得再远，也总是记着早早归巢。他的自画像，镶在我胸前项链上的鸡心珮里；我和孩子们的照片，装在他的日记簿里，我们仍然朝夕为伴。我们所喜爱的小提琴协奏曲《梁祝》，复制了两盘，让我们分别在两地重温那梦魂萦绕的天籁之声。"两情若是久长时，又岂在朝朝暮暮"！待到重逢时，我们将更深切地理解人生，理解爱情！

一九九〇年一月八日，写于抚剑堂书屋

（原载《家庭》1990年第9期。收入《女作家的情和爱》，天津人民出版社1991年版）

明 月 在 天

公元一九七二年，岁在壬子。那是我和为政结婚的第二年，怀着孩子。初为人妻，将为人母。分娩预计在九月，正是阴历八月中旬。我住进了妇产医院，等待生产，也等待中秋。八月十一的夜晚，我进了产房。我当时被阵痛折磨着，无心看也看不见月亮；但可以想象，那天的月亮已经接近浑圆了，因为距中秋节只差四天了。为政在大厅里等着，焦急，又满怀着希望。在难耐的等待中，他在为未来的孩子命名，如果生个男孩，就叫“剑男”；女孩呢，叫“剑歌”。他想好了，“吟罢低眉无写处”，就写在火柴盒上。

夜里十一点整，孩子出世了，是个女儿，一个胖丫头。从这一刹那起，她有名字了：剑歌！（而“剑男”的名字是在十年之后我们有了儿子才真正用上的）护士送我们母女出产房，我疲惫已极，无力说话，只是向孩子的父亲报以一个艰难的微笑。他只得到这短暂的机会，看了我和初生的女儿一眼。我们被送进房间，他一个人走了，回到家，却没有入睡，在灯下写了一首长诗：《剑歌行》。诗中写道：“新生小女名剑歌，面色皎皎白胜雪。眼如其母含秋水，黄发似我不覆额。女孩性情多羞涩，姗姗来迟望海月。神医妙术催儿出，子夜秋熟瓜蒂落。落地呱呱哭声紧，婴儿声高母声弱……”从这些诗句中，可以看到他对我们母女怀着多么深的情爱！诗中“姗姗来迟”是指预产期已过，他等得非常急切；“望海月”之说，是因为李白有句：“海月十五圆”。剑歌生在八月十一，已经可以望见“海月”了。他这个人喜欢引经据典。在那个令人窒息的时代，他的诗情画意也只有寄托于妻女了。“生剑歌，爱剑歌。佩长剑，唱高歌。女孩当有男儿志，志在天涯海扬波！”他希望下一代不再受父母所经历的苦难！

三天后，他接我们母女平安回家。翌日就是中秋节了。那是一个寂寞的节日，我们两个人，不，我们已经是三个人了，相濡以沫，相依为命，内心却非常充实。因为我们无愧于人生，无愧于亲人，无愧于祖国。在祖国遭受磨难的时候，我们依然深深依恋着她，默默地为她奉献，虽然那时力不从心。窗外，明月在天。我们给江苏老家写了一封家书，那里有高堂父母，还有年迈的奶奶。奶奶有了重孙女，四世同堂了，普通的人生、人情也弥足珍贵。信中还有一首七律："清风明月望归鸿，喜报家书寄古丰。世代勤劳贫若水，儿孙振奋气如虹。前承祖德三槐绿，后起新人四世同。沽酒无钱心亦醉，剑歌堪慰白发翁！"

十八年过去了，老奶奶和白发公婆都先后去世了，我和为政已届中年，女儿和儿子长大了。他们赶上了改革开放的时代，不必再重复父母那风雨如晦的青春岁月了。

又近中秋，月亮一天天地圆了。可惜，今年的中秋我无法和丈夫、儿女一起度过，即将应邀前往美国参加爱荷华国际写作中心的活动，女儿也要东渡日本留学。"不应有恨，何事长向别时圆？人有悲欢离合，月有阴晴圆缺，此事古难全"。临别之际，我赠女儿七绝一首："吾家小女渡扶桑，一水牵愁万里长。纵是东瀛山水美，月明勿忘是家乡！"无论我们在东瀛，还是在西洋，心里总是装着故土上方的明月！

走了的，留下的，愿我们各自珍重。再过几天，只有几天了，"海上生明月，天涯共此时"！

一九九〇年中秋前夕，急就于北京抚剑堂

（原载《新民晚报》1990年10月3日）

野　草

“野火烧不尽，春风吹又生。”白居易如此歌颂“原上草”即野草，除去人们在时常引用时所引申的其他意义，他原本歌颂的便是野草的旺盛的生命力。

而人们并非都是这么喜爱野草。比白居易早得多的东郭先生在被狼欺负了一回之后就发愤写了一篇文章:《除恶务尽，斩草除根》。其实他受的那番委屈和野草完全无关。因为老先生没法儿找狼报仇，只好拿野草出气，在他之前或者之后，也还有人时不时地跟野草过不去，比如屈原大夫就总把香草比作美人，把荆棘比作奸佞，荆棘也是野草。野草的名声总不大好就是了。

记得二十多年前，我还在读书的时候，每当学校当局要我们“大搞卫生”，便总少不了一项：拔草。当然是拔野草，把房前屋后、路边、操场四周的野草坚决、干净、彻底地消灭之，直到眼中不见绿色，才算完事儿，鸣金收兵，英雄似的。

现在再说二十多年之后。我不知道如今的学生们是否还在星期六下午奉命向野草发动进攻，但我家门前的草坪却是每隔不久就被洗劫一回。

说起来，那草坪也是怪可怜的。自从十多年前盖了我们居住的这排高层建筑，就有了门前的草坪。里边种的草，据说是花了很多钱从外地买来的优良品种。园林工人一撮一撮栽下去，还时常来浇水啦什么的，很用心。但不久就被孩子们踢球捉迷藏踩得一塌糊涂，于是就采取了防卫措施，在草坪周围装上铁栅栏，并且插上“严禁践踏草坪，违者罚款”的牌子，以示神圣不可侵犯。

但那草很不争气，受着这般如独生子女似的保护，却仍然长不好，过几天就死了一片，剩下少数幸存者，像瘌痢头上的几撮黄发，挺不好意思。园林局是铁了心的，不活，再栽。于是再栽再死，再死再栽。这场战役打了十几年，草坪仍不见起色。我看园林工人早就不耐烦了，只是拗不过领导，所以只好不厌其烦地重复无效劳动。

就在他们无可奈何地伺候这不识抬举的草坪的时候，野草不声不响地长起来了。先是在铁栅外边，然后侵入其内部边缘地区，后来索性登堂入室，填补“癞痢头”的空白了。而且后来居上，比人工栽的草高出一大截，繁茂无比。

这当然是不可容忍的。园林工人奉命拔草，就像我们当年奉命拔草一样。但拔了之后没几天，野草又冒了出来。于是就重复我们在二十年前打过的旷日持久的战役。因为拔了再长，这仗就总也打不完。

亚运会前夕，园林工人推来了剪草机，要把草坪修剪整齐。无奈野草已成气候，和“正式”的草混为一谈。分不清谁该拔，谁该留，而且时间紧急，容不得慢慢地选择，园林工人便干脆囫囵吞枣，排头推去，推成了小平头儿。野草们竟然侥幸混进“正式”行列，为亚运增光添彩了。

野草们当然无意和园林工人以至园林局过不去，它们只是不明白：为什么同样是草，却有的受百般优待，有的却一定要被“斩草除根”？而且，除也是除不尽的，野草的生命力远比那些备受青睐的草强盛得多。

我每天从门前经过，有意无意总要看一眼草们。不管是什么草，它们在我眼中是平等的。绿色的生命，人类的朋友。它们给予人类的好处，除去科学家们所说的那些之外，还有许多美的享受和人生的启迪。大话都不去说它，单单“映阶碧草自春色”“朱雀桥边野草花”的自然趣味，有何不好？

（原载《绿叶》1992年第1期）

携手人生路

《光明日报·家庭周刊》的编辑葛宗渔同志恳约我和夫君谈谈婚恋和家庭，这是她这个栏目的题中应有之义。我自认为还不到写“回忆录”的年龄，而且也不喜欢将身边琐事充塞于文字，但小葛的盛意难却，只好勉力为之。

我和为政已经携手走过二十多年人生之路，当我们回首翻检家庭相册时，往事如昨，历历在目……

我们的第一张合影摄于一九七〇年夏天，我们结婚前不久。当时，“运动”正闹得风起云涌，文章如土、芳林寥落，已经谈不上艺术。在人心惶惶之际，我跟他回了一次江苏老家，心灵得到暂时安宁。那时候，我还不足二十四岁，他刚满二十六岁，还多么年轻、多么单纯！我记得，即使在那样险恶的环境中，他还曾经写诗感叹：“梦中忽忆丹青事，彻夜难平少壮心！”

“四人帮”覆灭之后，国家趋于安定，我们才真正进入创作的风调雨顺。那时我们已经是“三十而立”的年龄，但比起那些历尽磨难甚至死于非命的前辈，还算是幸运的，“夺回失去的青春”，犹未为晚。

二十多年的共同生活，生儿育女、衣食住行，自然免不了无数艰辛，而创作则是这个家庭最主要的内容，我们两个人共同的生命。我在创作《秦皇父子》时，连睡梦中都在念着人物的台词，他便扮演另一角色，和梦中的我对话；在创作《穆斯林的葬礼》时，我连续几个月夜以继日足不出书房，孩子不得不交给他照管，尽管他的创作也十分繁忙。与此相反的情形是，他作画时，我便给他端上一杯茶，静静地旁观。

文学、艺术，我们赖以生存的土地，我们辛勤耕作的田园，我们无限依恋的家。

对女性来说，我以为，难以容忍的平庸是没有事业的支撑，无法弥补的缺憾是没有温馨的家庭。感谢命运，把应该属于我的都给了我。

最近的一张合影由《中华英才》画报社记者李金华所摄，地点就在我们家门口，宽阔的前三门大街。我们走过世界其他国家的大大小小的不少街道，没有一条比得上家门口这条街，当然不仅仅是因为它宽阔、豁亮，更重要的是一份情感。我们已经在这条街上生活了十多年，林荫便道上的每一块方砖，斑马纹人行道上的每一条横线，似乎都印着我们的足迹。多少个清晨，我们匆匆跨过马路，送孩子去幼儿园；多少个黄昏，我们在绿荫下缓缓散步，交谈着正在酝酿的创作构思；夜深人静，我们在灯下工作，耳畔还传来这条通衢大道的车辆疾驰的声响，仿佛在催促着我们赶路……

人生是一条长长的路。我们两个人本来有可能是擦肩而过的路人，由于命运的安排，有幸结伴而行。执着于创造的作家、艺术家都是孤独的，因为他的思想、他的艺术手法不可能与别人重复，命里注定要一个人默默地思索，默默地赶路。辛弃疾说：“知我者，二三子！”这绝非故作清高，实在是艺术个性所决定的。而我们并不孤独，因为两个人一起赶路，比“独行侠”好得多了。我们一边赶路，一边交谈，或者是求索之中的苦闷，或者是一得之见的欣喜。鲁迅有赠许广平绝句一首：“十年携手共艰危，以沫相濡亦可哀；聊借画图怡倦眼，此中甘苦两心知。”这首诗，我们读来极觉真切，所不同的是，我们“携手共艰危”不止十年，而是二十多年了。

李金华摄下的恰恰是我们互相扶携着穿过人生路口的一刹那。构图与当年那张合影极为相似，而影中人却已经不再是青春少年。回首人生路，无怨无悔，只是更觉珍惜由两个人融合的生命。有人问我们一生何求，答曰：以生命为代价，追求人生和艺术的完美。

（原载《光明日报》1995 年 5 月 19 日）

燕雀之志

冬日，一只小麻雀不知怎么地误入了居民楼，见人影憧憧，危机四伏，立即明白了这不是它待的地方，赶快逃走！它向楼道的窗子飞去，却“咚”的一声撞在什么东西上，如坠石般落了下来。于是更加惊慌，再次奋起，冲飞，仍然是那个结果，锵然有声，坠落在地。再三，再四，都是以冲锋开始，以失败告终。它实在不明白这是怎么回事，明明看见那一方明净澄澈的天空，却飞不出去，总有一种看不见的硬邦邦的东西在阻挡它，好似妖术魔法，那是什么东西呢？以麻雀的智力，很难弄懂人发明创造的那种玩意儿：玻璃。于是可怜的小东西为了逃生就坚持不懈地以血肉之躯反反复复地去撞玻璃。当然，它最终也没有撞开，只把自己弄得精疲力竭，伏在楼道里的水泥地上喘息，积蓄力量，以求一逞。

这情景，恰巧被我遇见。我从楼道里经过，看见它正在那里喘气。见有人来，急匆匆又要起飞，却已经没有了力气，于是，“束手就擒”，做了我的俘虏。

我的举动不应受到谴责，因为我丝毫不想加害于它。在这朔风呼号、万木萧索、滴水成冰的隆冬季节，我为这鸟儿顿生同情之心。北京城虽有广厦千万间，却没有它做巢的地方。北京城虽有诸多品味佳肴美馔的好去处，却不是为它准备的。它所要求的其实不过几粒谷物甚或草籽而已，但北京没有农田，供观赏的草坪在冬天也已是草枯冰封，觅食很难了。回想我们在“除四害”的时代，对麻雀“全民共诛之”，赶得它们上天无路、入地无门；后来科学家说麻雀每年吃掉多少多少害虫，有益于人类，这才又为它“平反”，从“耻辱柱”上卸了下来。想起这段历史，面对着这只小麻雀，觉得挺对不起它似的。所以，我“捉”鸟其实是爱鸟。昔日那些喜爱

“放生”的和尚、居士以及做出仁爱之态的帝王之类，不也是先捉了鸟再“放生”吗？即使是当今“保护动物协会”的什么人，也会先救护它，然后再考虑安置它的出路。

我顺理成章地把小麻雀带回家来。当然，除了以上人道主义的考虑之外，还有一个很实际的目的：我的小儿子非常喜欢小动物，这正好可以做他的玩具。

儿子果然像得了宝贝那么高兴，立即把家里的铁丝笼找出来，供麻雀居住。那笼子是以前为养鸽子而做的，以两个铁丝文件筐对扣而成，还做了开阖自如的门，这是孩子的爸爸的手艺，他为满足孩子的乐趣舍得花时间做这些事。但这笼子的网眼儿太大，麻雀装进去，很容易钻出来，因此我们不得不再加以防范措施，用一根细绳儿缚住了它的腿，拴在笼子里面。麻雀即使钻出笼子也无法逃走，在它扑楞楞地寻找脱身之术之时，人已经闻声赶到，把它重新塞进笼子里去。

儿子非常珍爱这只小东西，为它在笼子里备了水，还专门买了小米来，供它膳食。一家人像争睹什么稀罕物，蹲在笼子前，看它吃食。

然而小麻雀却不为所动，大义凛然，宁肯忍饥挨饿，也“不食周粟”，视死如归，有伯夷、叔齐之气概。

儿子很着急：“小麻雀，你吃啊，吃啊！不吃东西会饿死的！”

他爸爸说：“养麻雀只能养没出窝的幼雀，成年的就难驯化了。你看，你看，它在生气呢，就这样不吃不喝，活活气死！”

那语气之肯定，表明他在儿时对此有着丰富的经验。

我却不大相信它真的会“绝食”到底。一只小小的麻雀，在它饥肠辘辘之时能够抵御近在嘴边的美食诱惑吗？

当晚，我们把笼子放在饭厅里，各自回房休息。

第二天一早，就听见儿子悲切的喊声：“妈妈，不好了！麻雀饿死了！”

我一惊，赶紧跑过去，只见麻雀仰面躺在笼子里，两只小爪儿静止地蜷缩在肚子上，果然是死了！

孩子的爸爸叹息着说：“怎么样？我说养不活就养不活吧？”

他的理论得到了证实。

我懊悔自己好心办了这么一件坏事，害了这小小的生命。默默地打开笼门，伸手去拿这只死雀，想找个地方把它埋掉。

谁能料想，就在我的手触到麻雀的一刹那，它突然扑楞楞蹿跳起来，要趁此机会夺门而逃！

儿子破涕为笑："噢，它没死，没死！"

我却大吃一惊，小小的麻雀竟然会想出这么高超的骗术，"装死躺下，以待时机"！

孩子的爸爸颇有些尴尬，他的"老经验"和面前的新问题完全对不上号。

有我们三人重兵把守，麻雀的这次"越狱"当然没有成功，结果是使我们更加防范。

又过了两天，麻雀仍然是那种绝食姿态，但也并没有饿死。它的体内究竟储存了多少营养，可供如此消耗？我也有些不安了。但因为忙，也没有时间老是注意它。一次，我无意中经过笼子旁边，竟然看到它正在啄食小米！心中不禁暗笑：看来，你的"英雄"行为也是很有限度的，这不就乖乖地就范了吗？

然而，就在这时，麻雀发觉了我在注视它，便立即停止进食，重新掉转头，闭上眼睛，卧在笼底，作宁死不屈的绝食状。

它"饿"而不死之谜被揭开了，原来它在对人采取两面派策略，既要保证自己不饿死，又要保持自尊，顾全面子。既然如此，我便放心了，嘱咐儿子和家人，给它留个时间吃东西，不要惊扰它。

如此几天过去，小麻雀安然无恙地活下来了，看来它的伎俩已尽，只好接受了这种牢笼中的生活方式。想必它也明白：这比它在外面栉风沐雨、食宿无着、担惊受怕要舒服得多了，有道是"人为财死，鸟为食亡"，一只小鸟嘛，除此之外又有何求呢？从此，我们也就心安理得，虽然它腿上的细绳儿松动了，也不再过问，由它去。笼子也由原来放在饭厅改为放在阳台上，除了添水、添米之外，尽量不打扰它。

不料有一天，当我们又怀着“窥测”的神秘感悄悄地接近阳台时，却发现笼子已经空空如也，麻雀不见了，逃走了，摆脱了人对它的控制，重新飞向那虽然居无定所、觅食艰辛却自由自在的天地了！为了实现这一目标，它动足了脑筋，耍尽了花招，甚至忍受着人对它的种种误解，但是，它最终还是胜利了！

望着空荡荡的鸟笼，儿子怅然若失，我则仰天长叹！

太史公书载：陈涉少时，尝与人佣耕，辍耕之垄上，怅恨久之，曰：“苟富贵，勿相忘。”佣者笑而应曰：“若为佣耕，何富贵也？”陈涉太息曰：“嗟乎，燕雀安知鸿鹄之志哉！”

陈胜当然不是就鸟论鸟，他的本意，人人皆知，不必我解释。但自从他说过这句名言，像燕子、麻雀这样的小鸟，便成为“胸无大志”的象征，两千年来，铁案难翻。而我所遇见的这只小麻雀，却用自己的行动潇洒地推翻了人给它们强加的“诬陷不实之词”。

嗟乎，人安知燕雀之志哉！

（原载《北京晚报》1993 年 9 月 12 日）

我和我的狗

英国有一句谚语："爱我就爱我的狗。"中国也有一句俗语："打狗看主人。"两者似乎是一个意思，说的都是根据与主人的关系决定对狗的态度。但细细品味，一个着眼于"爱"，一个立足于"打"，内涵大大不同了。看来，我们中国人的传统心理，是把狗视为人的附庸，人的工具，人的"走狗"，并没有真正把它当成朋友。小时候，我家养过一只狗，叫"虎子"，二十世纪五十年代被"打狗队"活活打死，父亲无力救它，惨叫着："虎子！"一口鲜血喷涌而出！我至今不明白，人为什么要打狗呢？

"终于有了自己的狗！"

十多年前，北京又有人养狗了。那时我的孩子还小，看见人家的狗，很羡慕。我慑于童年的惨痛记忆，并不想再养狗，只是为了哄孩子，就从朋友家"借"了两只狗，心想，让他们"玩"几天，等新鲜劲儿过了，再还给人家。谁知借得容易，还就难了，孩子和狗有了感情，不肯放手。那天，我打发他们去看电影，借机让人家把狗带走。更没想到的是，借来的狗也恋我们这个家，临走时眼泪汪汪，不忍离去。那情景，至今历历在目。

家里没有了狗，就像丢失了一件心爱之物，到哪里去找回来呢？

一九九二年秋，农业部副部长张延喜去莫斯科开会，我拜托他，方便的话，帮我从国外买一只小狗。果然，他办到了，回京后提了一只纸箱来到我家，一打开，两只毛茸茸的小狗钻了出来，一只毛色棕黄的京巴儿，一只通体墨黑的贵妇犬，都很小，身长不过十多厘米，估计刚刚满月。从莫斯科到北京，万里迢迢，张兄为它们付出了多少辛苦，真是一言难尽了。

我问他花了多少钱，他笑笑说："五美元买了这只黄的，那只黑的是'饶'的。"当时苏联刚刚解体，经济崩溃，卢布贬值，人心惶惶，狗当然也就不值什么钱了，这两个小东西，真正是"丧家之犬"，有机会跟随张兄乘国际航班来到我家，也是缘分。全家人都喜欢得了不得，我先生当即为它们命名：那只黑的是雌性，比较文静，可称"默默"，"默"者，黑犬也；而那只棕黄色的是雄性，更活泼一些，就叫它"闹闹"吧。我十岁的儿子满足了心愿，说："妈妈，我们终于有了自己的狗！"

全家宠爱在一身

童年的闹闹尚未发育成熟，耳朵、尾巴、胸脯的长毛还没有长出来，但它那乖巧的神态十分招人喜爱，一双晶亮的大眼睛好似会说话，谁见了都说："这小狗真可爱！""闹闹"这个名字也越叫越"响"；而"默默"的体形则迅速增大，牛犊子似的，不怎么好看了，正式的名字"默默"也渐渐被欠雅的诨号"黑子"所取代。以貌取人是人类的弱点，我也未能免俗，不想再留黑子了，便把它送给了别人。

此后，闹闹集全家宠爱于一身，具有无可争议的地位，家里所有人的床，它想上哪张就上哪张。它从小就没拴过狗绳，出门都是家长抱着。冬天我穿着大衣，怀里揣着闹闹，只在胸口处露出个小脑袋，像袋鼠似的。第一次带它去肯德基，售货员喜欢它，"请"它吃鸡，不要钱。闹闹狼吞虎咽，把一块鸡吃得精光。那时候它好胃口，吃苹果，吃鸭梨，吃羊蹄儿，吃烤鸭，中国的美味吃不够，还是"社会主义好"啊，要把在俄罗斯的亏空都补回来。有一次，我们吃过饭还没有来得及收拾餐桌，闹闹把盘子里的一只鱼头叼走了，跳上我先生的床，吃得津津有味。小保姆看见了，急得大叫："叔叔，快来啊，不得了啦！"先生跑过去一看，却说："小声点儿，别惊动它，让它慢慢儿地吃！"一直耐心地等它吃完，至于一塌糊涂的床单怎么办，都无所谓了。北京当时还买不到狗粮，闹闹爱吃什么，我们就给它买什么。新鲜的羊肝儿，加上调料，蒸熟了，把馒头切成丁儿，拌在一起，开始它先闻闻，一副并不在意的样子，等来了食欲，才慢慢地享用。家里买了活鸡，总是先把那冒着热气的鸡肝儿、鸡心做熟了，给闹闹吃。闹闹还有一个特殊的嗜好，喜欢吃羊头肉上的羊眼睛。售货员说："一个羊头上只有两个眼睛，我给你抠下来，剩下的肉还怎么卖啊？"但是，架不住我的恳求，也只好妥协，久而久之，那几位售货员都成了朋友，我尊称她们是闹闹的"姨"。

闹闹爱干净，给它洗澡的时候，不吵不闹，安安静静地让我给它淋浴，把那一身柔软的皮毛冲洗得干干净净。洗过之后，还要用吹风机小心地吹干，怕它着凉。这一套程序结束，闹闹就开始撒欢儿了，飞快地从这个房间蹿到另一个房间，好似骏马在草原上疾驰，这大概是它最得意的时候了。飞奔犹感不足，它还要跳到我的床上，如果此时床上恰巧有报纸、杂志，那就像猎物撞上虎口，被它又撕又咬，扯得粉碎！我大声喊道："你焚书坑儒，你是秦始皇！"闹闹毫不在意，每次洗澡过后都绝不错过这个"犯疯"的机会。我不忍心败它的兴，以后再给它洗澡，就事先在床上放一些过期的报纸，供它撒野。它尽兴之后，小保姆再耐心地收拾那个烂摊子。咳，谁让我们大家宠它呢！

我们在遛狗时候，偶尔也能碰见黑子，对昔日主人以及它的伙伴闹闹，黑子仍然充满深情，摇头摆尾，又闻又舔，亲得了不得。征得它的新主人同意，我们带黑子回家来玩一会儿。离开很久了，黑子还记得这个家，进了门，激动地到处乱窜，每个房间都要看一看，闻一闻，颇有花木兰万里归来，"开我东阁门，坐我西阁床"的意味。当时我一阵心酸，真后悔把黑子送了人，但已经无法挽回了。听说它的新主人为此打了它，以后再也不许它回"老家"了。

曾经张贴的和无处张贴的《寻狗启事》

动物学家说，小狗七个月就发育成熟，头一年的一岁相当于人的十六岁。闹闹成年以后，出落得光彩照人。一身棕黄色的皮毛，在太阳下闪耀着锦缎般的金光；两耳的长毛披到肩膀，镶着黑边儿，俗称"铁包金"；蓬松的大尾巴翘起来，再呈放射状下垂，像一束花；胸部、腹部、臀部的白色软毛日渐丰满，前腿的肘腋部位长出来一排丝绦般的“飞毛腿”，神气得很。那时我们住在市中心的前门西大街，遛狗的时候，不相识的路人“回头率”极高，都说：“嗬，这狗真漂亮！”闹闹高傲、悠闲地在前面走，我在后面紧跟着，邻居王奶奶说：“新鲜！人家都是人遛狗，你们这是狗遛人！”我说：“人家的狗被拴着项圈，扯着链子，跟囚犯似的被主人押解着上街，我看着倒不舒服！”闹闹走着走着，会时时回过头来，看见我落在后头了，它就等在那里，等我跟上了再走。如果我们相距五十米开外，只要我叫一声：“闹闹！”它就会飞跑回来，扑向我的怀里，惹得路人赞叹不已：“这小狗，跟人真亲啊！”为了这声赞叹，我们曾多次在马路上“表演”，每次闹闹都表现极佳，看来，风头连狗都愿意出啊！我有事出门，凡是能带闹闹的，都尽量带上它，实在不行，只好暂时把它留在家里。等我回来，它便迫不及待地迎面扑过来，拥在我的怀里，激动得又喘又叫。于是，这也成了我向人炫耀的“节目”，为了让它“激动”一个，我假装有事儿出门，哪怕只隔五分钟，回来它也照“激动”不误，我猜想，它大概也懂得这是“演”给人看的。

某日，家里人正在各忙各的，突然发现闹闹不见了。于是全家出动，楼前楼后，大街小巷，高喊着“闹闹”到处找，也不见踪影。它到哪儿去了呢？是自己跑丢了，还是让狗贩子给偷走了？万一有个好歹……我们怎么能失去闹闹？家里没有了闹闹，这日子怎么熬？眼看天快黑了，仍是一筹莫展。我先生猛然想起大清国两代帝师翁同龢张贴《访鹤启事》的故事。于是，他立即挥笔写下《寻狗启事》，备述闹闹的外貌特征，谎称此狗有病，急需治疗，烦请拾到者送还，愿以一画相赠。这一启事抄写了多份，四处张贴。一个小时后，便有一位中年男子抱着闹闹送上门来，看来，王为政先生的画还是颇有吸引力的。我们当即兑现诺言，把他的一幅代表作《小熊猫》送上，还对人家千恩万谢。是啊，还有什么能比这个小生命更重要呢？它能够失而复得，我们还有什么舍不得的？

闹闹两岁的时候，家里又来了一只狗，是张延喜夫人钱静杰介绍的，说她的朋友有一只狗，和闹闹长得一样，也是雄性，俩狗在一起，也好有个伴儿。我说，那就来吧。哪知来了一看，是一只西施狗的“串儿”，白棕相间的杂色，大概好久没洗澡了，毛挺脏，已经擀了毡，不大招人爱。但既然来了，也不好再送走，就留下了，顺着闹闹的名字往下起，叫它“欢欢”。但是，它在这个家里的地位，自然和“先入为主”的闹闹是无法相比的。前面已经说过，闹闹可以随便上主人的床，而欢欢则没有这个权利，晚上就睡在墙角的一只大盆里，它自己还叼来一只旧玩具娃娃，抱着睡。有一天，我从外边回来，一进房间，就看见闹闹和欢欢正在我的床上嬉闹。闹闹大展雄风，气壮如虎；欢欢也不示弱，闪转腾挪，身手不凡。正当厮杀得难分难解，突然发现我来了，欢欢瞥了一眼，便“噌”地跳下了床，两眼流露出羞愧的神色，好像在说：我错了，我犯纪律了！我不但没有处罚它，反而倒增添了对它的怜爱，这个小家伙，别看外表傻乎乎的，心里还挺“鬼”！

正因为欢欢机灵，所以出门也不需要照看，遛狗的时候我只管盯着闹闹，欢欢总是不离左右，即使它跑远了，只要喊一声“欢欢”，它便会立即出现在我的面前。那天，我到离家两站远的六部口去买东西，照例是抱着闹闹，让欢欢跟在后面。过马路的时候，欢欢警惕地看着飞驰的汽车，身子紧贴着我的腿，瑟瑟发抖，亦步亦趋走过去。到了和平门十字路口，再拐弯向北，到了那家商店，我想，闹闹抱在我怀里，不至于惹什么麻烦，要是让欢欢跟着进店，恐怕店家和别的顾客会有意见。于是就让它在门口等着，还委托一位摆摊儿的帮着照看一会儿。等到我买完了东西，出门却不见了欢欢。问那个摆摊儿的，他正忙着，根本没留神狗是什么时候跑的。我懊恼极了，真不该把欢欢托付给一个陌生人，把它弄丢了！我一路埋怨着自己，抱着闹闹走回家，上楼时对电梯司机说：“唉，我家的欢欢丢了！”不料她却说：“没有啊，刚才我还看见它呢，坐电梯上去，回家了！”真是令人难以置信，从六部口到家，要走交叉的两条街，还要过马路，上电梯，小欢欢怎么有这么大的能耐？

从那以后，我对欢欢刮目相看了。平心而论，欢欢长得也不算丑，那一身乱毛，洗净梳平了也挺漂亮，特别是那淡棕色的睫毛，长长的，弯弯的，楚楚动人。可是，这么好的狗，却又不能在家久留了。那时候北京市还没有关于养狗的法规，社会上风传要“打狗”，养狗的人家都人心惶惶，为了避“风头”，我还曾把闹闹和欢欢送到动物园去住过一阵，总也得不到准确的消息，又接回家来。到了一九九五年春天，北京市的“限养”令终于出台，对于市民养犬的注册、防疫以及遛狗时间等都做了详细规定，这些都没什么，最要命的是，每户人家只许注册一只狗，也就是说，我家的闹闹和欢欢，二者只能留其一，否则，自五月一日起，没有注册的那一只就成了“黑户”，若是被警察抓走，怎么办？全家人商量来，商量去，闹闹、欢欢都舍不得。但是，在没有万全之策的情况下，也只能让欢欢走了，我们总不能放弃闹闹吧？

解铃还须系铃人。当初，欢欢是钱静杰引来的，现在只好又请她为欢欢安排去路。她说：“我在唐山有个朋友，就送它到唐山去吧！”我们想，唐山现在对养狗还没有任何限制，何况又是交给小钱的朋友，欢欢也算有了个比较好的归宿了。

欢欢走的那天，全家人都很难过。车来了，欢欢却躲在床下不肯出来。它真聪明，从我们的言谈举动，就已经知道我们要“赶”它走了，可是它舍不得这个家！先生把它从床下拉出来，打开一听午餐牛肉，切成片，喂它吃，让它吃饱。这是欢欢在家里吃的最后一顿饭。我再给欢欢带上两大包它平时喜欢吃的烤鱼片，一瓶矿泉水，连同一封给它的新主人的信，送它上路。信是事先写好的，交代它的名字叫“欢欢”，备述它的种种优长、美德和生活习惯，拜托收信人善待它，它可是一条好狗啊！

欢欢走后，我们就再也没有见着它。起初得到的消息是，它到了唐山，只吃从家里带去的烤鱼片，喝从家里带去的矿泉水，人家喂什么都不吃，“不食周粟”，如此忠贞而执着，令人热泪盈眶，歔欷不已，真想把欢欢再接回来，可是不能啊，回来注不了册怎么办？我们是遵纪守法的人哪，唉，太守法了！后来，又意外地听到，欢欢的主人不幸病逝，家人也已搬走，欢欢流落何处，不得而知。

欢欢是一九九五年走的，到现在已经十年有余。十年来，无尽的思念和懊悔一直在折磨着我，纵使再写一份《寻狗启事》，可又到哪儿去张贴？

唉，欢欢，我对不起你！这十年的岁月，你是怎么生活的？你还在人间吗？欢欢，我们想你啊！

不老的童车

从一九九五年以来，我们再没有养过别的狗，一直是闹闹的独家天下。闹闹似乎也很习惯这样的生活方式，它跟人亲，跟狗并不亲，遛狗的时候常常是“小园香径独徘徊”，不大和人家的狗套近乎，特别是公狗，常常无来由地见面就打架，倒是对“女士”客气一些。它也曾有过几次恋爱，但“女”方所生的子女，我们都不知下落。尤其令人难过的是，那个怀着闹闹的孩子的“七七”莫名其妙地失踪了，留下了永远的遗憾。

我们全家人也早就习惯了这样的格局：四个人，一条狗，组成一个温馨的家庭。儿子每天放学回来，总是先和闹闹玩一会儿，再做功课。他和闹闹一起长大，闹闹是他的玩伴儿，他的朋友，他的童年不可分割的一部分。女儿出外求学多年，回来时已经成了大人，闹闹也长大了，久别重逢，彼此都已不是本来面目，而闹闹仍然熟悉她的气息，亲切地摇着尾巴，热烈地和她拥抱。平时，我先生作画累了，回到卧室，总习惯地仰卧在沙发上，把两条腿伸到床上歇一歇。每当这时，闹闹便不失时机地跳上床，然后沿着他那两条腿，像过独木桥似的走过去，舔先生的手。看着它过“桥”时摇摇晃晃的步态，以及它舔手时迫不及待的神情，先生慈爱地笑了，那是他的身心真正放松的时候。闹闹和我，关系比他们更密切一层。它的狗筐就放在我的床边，我的床同时也是它的床，它想睡哪儿就睡哪儿。我读书、写作到深夜，它卧在床上等着我，等着等着睡着了，“呼噜噜”鼾声如雷。它睡到最熟、最舒坦的时候，袒胸露腹，四仰八叉，全不像野生动物在睡眠中也着意掩藏最容易受到外来攻击的咽喉和腹部。狗是人最亲密的伙伴，最忠诚的朋友，它绝不相信自己的主人会加害于它，躺在主人身边，当然是最安全的了。我怕房间里太亮，晃它的眼，就把台灯扭过来，并且把灯光调暗，让它毫无干扰地睡觉。只要有闹闹在身旁，即使悄无声息，我也无比踏实，它那孩童般均匀的呼吸，它的体温，温暖着我的心。

新世纪之初，我家从市中心搬到了方庄，小区里有花园，有大片的绿地，闹闹玩儿的地方多了，也大了。由于我和先生都很忙，在我家待了多年的小保姆就担起了每天遛狗、喂狗的任务。但我仍然不能完全解脱，闹闹的伙食仍然由我安排，从采购到烹调都要亲自动手。我最怕看到它渴望随我出门而又唯恐得不到允许时恳求的目光，每当那时，我便毫不犹豫地放下一切，先带它去玩儿。我不忍辜负它，不愿让它失望。为了省我的力气，也为了闹闹的舒适，我特地买了一辆童车，推着它招摇过市，闹闹高兴了，把前腿支在车前的“轼”上，巡视着前方，大将军似的，很是威风，任人观赏，毫不怯场。街坊四邻未必知道我姓甚名谁，但许多人都能叫出闹闹的名字，在这一带，它的“知名度”相当高。乘车的闹闹春风得意之际，也正是推车的我心满意足之时。旁观者常说：您把小狗当孩子养啊！是的，闹闹是我的孩子，最小的孩子，也是最乖的孩子，从没有和我有过任何争执；同时，它也是我最宽容的一个孩子，我从没有因为它的过错而惩罚它，对于一个不会说话的孩子，我忍心吗？

然而闹闹并不仅仅是我的孩子，还是我的朋友。进入二〇〇六年，闹闹十四岁了，它是北京市第一批注册的狗，当时它三岁，大名“王阿闹”。现在，它童年的伙伴儿大都已经辞世，“故人云散尽”，闹闹是硕果仅存的老前辈了，这是它的幸运，也是我的欣慰。一位动物学家对我说：十几年来，它带给了你那么多快乐，现在该你回报它了。这话没错，但不完整。在我看来，我和闹闹之间不仅是给予和回报，还有更重要的亲情和友谊。十几年来，它和我朝夕相处，耳鬓厮磨，分享我的幸福和欢乐，也分担我的忧愁与烦恼，在任何时候、任何情况下都不离不弃，不猜不忌，相依为命，诚挚如初，这样的倾心知己，一生能有几人啊？我愿闹闹永远坐在这辆不老的童车上，由我推着，轻轻地，缓缓地，朝前走啊，走啊，在我们面前，是和煦的春风，是无尽的绿地……

（原载《北京晚报》2006 年 1 月 28 日至 2 月 1 日）

此事古难全

十几二十年前，听说关于西方人养狗的种种奇闻，比如开设专门的狗食品店、狗美容店、狗医院、狗墓地，等等，觉得不可思议，认为那是资本主义社会的人们精神空虚，钱多得没处花。不承想若干年后，一切都悄悄地改变了。西方有的，我们这里也有了，更重要的是，理解了人和动物相互依存的那种深厚感情。

我家养狗是从二十世纪八十年代初开始的，算上从朋友家“借”来的狗，前前后后养过丁丁、点点、莎莎、毛毛、闹闹、黑子、欢欢、菲菲、淘淘，以及最早的一条连名字也没有的豺狗，竟达十余条之多，但多数都没有久待，走马灯似的风云散尽。一九九五年，北京市政府开始“限养”，我们又送走了欢欢，只留下一个闹闹。我们养狗，开始只是为了哄孩子玩儿，饲养并不精心。渐渐地，孩子长大了，狗却像永远长不大的孩子，仍然和当初一样依恋着主人。当我从外面归来时，闹闹迎面扑来的那阵狂吻；当它意欲跟随我出门时，那执着而又有些惶恐的探寻目光，都使我怦然心动。我把它抱在怀里，那一团毛茸茸的小生命，像婴儿般的温暖着母亲的心。

不知不觉，我对闹闹的照料越来越精细。它不爱吃宠物商店里买来的狗粮，我就为它专门采购食品，按照它的口味和所需营养，单独烹制。家里买了活鸡，宰杀之后，曾是先把那冒着热气的心、肝儿洗干净，加上佐料，蒸熟了，给闹闹吃，看它嚼得那个香啊，我欣慰至极。岁月如流，闹闹的年龄一天天大了，几年前就开始掉牙，吃东西不大方便了，我和小保姆就嚼了喂它，那情景，哪像是喂狗，分明是在喂一个宝贝孩子。天气凉了，我们给闹闹准备了御寒衣物，从毛衣、棉衣到羽绒服，还有防雨雪的雨衣。近几年来，闹闹也不再像以前那么善跑了，遛狗的时候，它往往走一段路就累了。我为它专门买了辆儿童车，推着它走，它雄踞在车上，扶着车的前沿，像检阅部队的大将军。附近的邻居未必认识我，但许多人都熟悉闹闹，它是这一带的“知名人士”。我出门，凡是能带它的地方，总是带上它，而不忍心让它在家孤独地等待。有人不解地问我：为什么对闹闹这么好？是不是太过分了？我说：人对狗的爱，大概是缘于对人的失望吧？在物欲横流的经济社会，已经没有永恒不变的亲情，也没有永恒不变的友情，人与人之间的亲疏冷暖，都可以用金钱和现实利益来量化了。而狗和人却不会，永远不会，它爱你，爱得永远是那么专一，那么执着。即使你顷刻之间一贫如洗，所有的亲人、友人众叛亲离，还有你的狗追随着你，不离不弃，难割难舍，它是你最后的朋友。

闹闹是一九九二年出生的，到二〇〇六年就十四岁了，折合成人的年龄，已经是百岁高龄，它老了。但是，这一点恰恰被我忽略了，或者说是我不愿意正视，因为在我眼里，它永远是那么幼小，那么稚气未脱，像怀抱中的婴儿，我没有想过，也不敢设想，有一天它会离我而去。十几年来它虽然也有过一些小病小灾，但给它吃点儿药、打打针也就好了，我甚至学会了自己在家里给它打针。二〇〇五年九月，闹闹突然气喘得厉害，这种情况以前没有出现过，超出了我仅有的一点儿兽医知识范围。赶紧抱着它去医院，医生说，是心脏有问题，给开了药，嘱咐如何如何服用，并且说，如果它这一关能闯过去，再活两三年没问题。言外之意：要是闯不过去呢？就危险了。对此，我半信半疑。总觉得医生难免卖弄“生意”口，吓唬人的目的在于赚钱。儿子却听进去了，他九月底出差去外地，临行前抱着闹闹，亲了又亲，似乎唯恐这一别会成永诀。幸运的是，闹闹这一关竟然闯过去了，我们心里的一块石头落了地。可是，到了十二月下旬又出现了新问题，闹闹不吃不喝，勉强喂给它吃的，吃了就呕吐，有时一天要吐好几次。带它去医院，拍了 X 光片子，才知道是胃溃疡，遵医嘱要禁食禁水，靠输液给它补充营养，让胃部慢慢修复。读者谁能够想象给一条不会说话、没法商量的小狗输液有多么艰难？我们不忍把它绑在输液床上，而坚持请医生出诊，在家里给它输液，怕它乱动，家里的人有的抱着闹闹，有的扶住它的腿。为了适应它，人甚至要跪在地上，从下面托着它，一次输液就要坚持好几个小时，其累人的程度可想而知。而闹闹竟然表现得那么顺从，让伸左腿就伸左腿，让伸右腿就伸右腿，显然，它也懂得这是为它治病，也盼着治好。输液时间久了，它的腿肿得厉害，走路一瘸一拐。在输液的间歇，它走到水碗旁，想喝水，又不敢喝，抬起头来，以哀哀的目光看看我。我说："实在渴了，就喝点儿吧!"它站在那里，犹豫许久，却终于没有喝，又走开了。它似乎知道，喝了水又要呕吐，它得忍着，好一个懂事的闹闹!

在难耐的煎熬中，我们跨入了二〇〇六年。到了一月三日，闹闹的腿肿得愈加厉害，输液愈加艰难，呕吐得也愈加剧烈，给它吃了灭吐灵也不管用，吐起来简直牵肠绞肚，胃里早已没有食物，吐出来的只是白沫和黄水。看着它那痛苦的样子，我忧心如焚，赶紧把医生请到家里来，问他有什么办法，请他无论如何要救救闹闹。医生沉吟道："它年龄大了，多种器官老化了，衰竭了，你要做好精神准备!"我不禁一个冷战，似乎明白了医生的意思，轻声恳求他："大夫，请你尽最大的努力抢救它，也请你尽最大的努力减轻它的痛苦！……"说这话的时候，我的脑际掠过一丝不祥的预兆，自己的脊背都发麻了。医生给闹闹打了镇静剂和解痉针，渐渐地，闹闹安静下来，也不再呕吐了。我抱着它，一边给它吸着氧气，一边轻轻抚摩它，它就这样睡着了。当时，我之所以理智地这样做，其实是因为我的懦弱，我不愿意，也不敢看着它痛苦地和我生离死别。闹闹这一次睡去，再也没有醒来。晚上八点十分，当我意识到闹闹的心脏已经停止了跳动，像遭受了致命的一击，一个鲜活的小生命，就这样突然结束了，我无法接受这个事实！唉，痴心的我啊，总是忘记了闹闹的年龄，虽然它在我的眼里永远是个孩子，可是屈指算来，十四岁的狗已经相当于百岁老人，和它同龄的狗早已先后辞世，它是硕果仅存的"寿星"，满嘴的牙都掉光了，胃溃疡使它水米难进，四条腿都已扎满了针眼，输液都输不进去了，即使暂时留住它的生命，又靠什么维持啊？"月有阴晴圆缺，人有悲欢离合，此事古难全”！

家里出了大事，儿子、女儿都回来了。闹闹侧卧在它平常睡觉的藤条筐里，身下铺着柔软的褥子，身旁撒满防腐的花椒和鲜红的花瓣儿。我把它金黄色的长毛梳得平平的，它的衣服，穿过的，没穿过的，都给它带走。在一张印着闹闹画像的新年贺卡上，我们郑重地写着：“我们永远爱你，全家人永远怀念你！”闹闹在这个生活了十四个年头的家过了最后一个晚上，次日凌晨，我们把它送走了，送到它的长眠之地，那里风景优美，树木茂密，绿荫如盖，安详静谧。我们把它深深地埋葬在地下，地面上没有凸起的坟，更没有墓碑，不留任何痕迹，使它不受任何干扰，静静地安息。

至今我仍然觉得奇怪，自己在当时竟然能够那么冷静、沉着。把闹闹的后事安排得那么井井有条。可是第二天，紧绷太久的精神就立即坍塌，再也支撑不起来了，一阕《诉衷情》，就是在那最痛苦的日子写成的：

此生谁许百年期？最怕别离时。千回百转无计，今夜送君归。　呼不应，影难追，墓无碑。从今唯有，冷月横空，照我徘徊！

自从闹闹走后，儿子就从家里搬出去住，他说，这里留着闹闹太多的痕迹，他不忍触景生情。此后，家里更冷清了。过去几乎在每个角落都随时可见闹闹的身影，而现在千呼万唤也难寻了。朋友们好心地劝我再养一条狗，我苦笑笑，说：“我不缺狗，缺的是相依为命的闹闹，爱是不能替代的！”每当我想闹闹的时候，就到墓地去看看它。看是看不到了，只能隔着那三尺黄土，跟它说说话儿，述说无尽的思念之情。

那天，我又去看闹闹，远远地，听到一阵乐曲传来，轻柔哀婉，像是云南的民族乐器葫芦丝。我越走越近，果然看见一个中年男子在吹葫芦丝，他面对着的，恰恰是埋葬闹闹的地方。我奇怪，这人为什么单单选了这个地方，来演奏这么忧伤的曲子，好像是专门为了我，为了闹闹。我不语，静静地立在他身后，听他演奏。他神情专注，全然没有察觉有人旁听。等到一曲终了，我对他说：“你演奏得真好，谢谢你！”他这才看了看我，谦逊地微微一笑。我又说："我想请你再吹几个曲子，献给我的朋友，我的亲人，可以吗？我给你钱！"他却摇了摇头："我是在这儿练习，不要钱！你想听什么曲子？"说着，摊开了面前的乐谱，让我随便点。我从心里感激他，点了一首《思念》。葫芦丝又"呜呜"地响起来，乐曲幽咽低回，像耳畔轻声絮语，像含泪的喃喃诉说，那是牵心动腑、千回百转、柔肠寸断的思念……

（原载《北京晚报》2007 年 1 月 3 日）

珍爱生命

那已经是好几年前的事了。某日，瑞士驻华使馆的大使周铎勉来电话，约我和王先生到他那里吃饭。周大使是我们的老朋友，早在二十世纪八十年代，他当文化参赞的时候，王先生赴瑞士开展两国之间的艺术交流，瑞方的经办人就是周铎勉，也正是从那时起，开始了我们的友谊。这个瑞士人热爱中国文化，不但起了个中国味儿十足的名字，还会说汉语，能写汉字，和中国人交往没有任何障碍。

我爽快地接受了邀请。一个小时后，周大使又来了个电话："你们的爱犬闹闹也一起来吧！"噢，真是一个意外的惊喜，我连忙说："好的，谢谢！"在中国，从来也没有请客连狗一块儿请的。你的狗再名贵，再娇宠，它还是狗，狗和人是不能平起平坐的，即使客人带了狗来，主人出于客气，不便拒绝，但绝不可能事先向狗发出邀请。而西方人在礼仪上却特别较真儿，请客吃饭，请谁谁到，未被邀请的是不能跟着来的。周大使知道闹闹在我家的娇宠地位，也知道我们外出常常带着它，所以主动地向闹闹发出了邀请，正合我意，诚如那句西方谚语所说："爱我就爱我的狗。"不仅如此，周大使此举，还有一层深意，须细心人才能体会。记得过去在交谈中，我曾经问他："你怎么不养一条狗啊？"他很认真地说："我经常外出，如果让狗自己待在家里，会很孤独，那太不人道了。"这句话让我感到震撼！中国人养狗的历史有几千年了，无论守家护院还是观赏把玩，都是为人所用，有谁想到过狗也会孤独，也需要人道吗？周大使自己不养狗，却比许多养狗人还懂得狗。他说这句话的时候并没有深思熟虑，而是脱口而出，一种根深蒂固的观念的本能反应——东西方文化竟然有这么多不同！现在，周大使邀请闹闹和我们一起赴宴，也正是充分考虑到闹闹的情感，不愿意让它孤独，真是“善解狗意”！

闹闹是一条毛色金黄的京巴儿狗，我们全家的最爱。一九九二年冬天它来自俄罗斯，当时还那么小，好像还没有满月，对故乡莫斯科不会有什么记忆，很快就把北京当作自己的家了，习惯了这里的一切。馒头、花卷儿、椒盐烧饼、五仁月饼、糖火烧、老婆饼、三鲜馅儿饺子，烤鸭、烧鸡、酱牛肉、羊头肉、羊蝎子，还有美国肯德基，都是它爱吃的。我们从没有给闹闹吃过残汤剩饭，每一顿饭都是为它专做的，而且为了胃口的新鲜，还不断给它变换花样。凡是人吃的，都有它的份儿，甚至有些特殊食品只有它才能享用，连我这个体弱多病的人都没有奢侈到吃牛初乳，却舍得买给它吃。家里所有的房间，每个人的床上都有它的位置，它想睡哪儿就睡哪儿，所有的沙发、椅子，它想卧哪儿就卧哪儿。有一次，王先生刚刚作完一幅画。铺在地板上晾干，不提防闹闹进了画室，大摇大摆地从画面上踏了过去。王先生看见，不但没有发火，还指着那一串清晰的爪印，笑道：“梅花点点，这是闹闹的杰作！”我们对闹闹就是这样的宽容，无论它“犯”了什么“错误”，从未遭到过呵斥。它是家里最特殊的成员，一个小生命，从遥远的异国来到我们身边，这是天赐的缘分，我们有责任照顾它，关爱它，呵护它，而不愿意让它受一点儿委屈。现在，周大使正式向闹闹发出邀请，把它当作朋友，当作贵客，我为闹闹感到欣慰，感到骄傲，狗也需要尊重！

按照约好的日期，我和王先生带着闹闹来到大使官邸，周大使和夫人热情待客。宾主落座，品茗交谈，闹闹就在客厅里随意溜达。时间久了，便忍不住跷起后腿，朝着沙发的根部“方便”一下。我看在眼里，心里发急，来不及阻止，又怕吓着了闹闹，不敢拦它。其实这也怪不得闹闹，在家里，它从不这样，总是等到外出时才“方便”。可是，来到这个新地方，又没人带它出去，又有什么办法呢？有道是“活人不能让尿憋死”，何况狗乎！正不知主人意下如何，只见周大使微微一笑，好像什么事也没有发生，又继续和我们说话。我悬着的心放下了。他是个懂得动物、尊重生命的人，小狗要“方便”是它的天性，既然请它来做客，就要尊重它的生活习惯。我想，对小狗如此宽容的周大使，恐怕不会喜欢观赏那些以鞭子威胁和食物诱惑的手段迫使骆驼下跪、老虎钻圈等违反动物天性的所谓“表演”吧？

开饭了。宾主入席，闹闹像往常一样，习惯地卧在我旁边的椅子上，却对餐桌不屑一顾。它就是这样，吃惯了自家的饭，在外边从不眼馋嘴贱，任凭别人以美味引诱，仍然置若罔闻，不吃嗟来之食，极具绅士风度。席间，服务员端上来一盘炸鸡翅，嗅觉极其灵敏的闹闹闻到了香味儿，突然一个纵身跳上了餐桌！不仅周大使夫妇吃了一惊，我和王先生也很意外，闹闹虽然任性，但像这种情况还没发生过！我连忙替它打圆场，说：“你们的鸡翅真香啊，连一身傲气的闹闹都想吃了！”周大使随和地笑了：“好啊，那就吃吧！”我连忙把闹闹抱下来，放在椅子上，一边安抚它：“闹闹，这不是在自己家里，出门做客，要斯文点儿！”一边对服务员说：“请给我们拿个盘子！”哪知道，还没等到盘子拿来，闹闹已经按捺不住，“噌”地又跳上了桌子！我很为难，既不愿意扫了主人的兴，又怕委屈了闹闹，只好无可奈何地说：“唉，这都是我在家里惯的！”周大使真不愧是一个“中国通”，马上随机应变，说：“没关系，那就‘主随客便’吧！”紧张的气氛立即缓和了，就这样，闹闹站在餐桌上，把那盘鸡翅吃得精光，别人连尝都没尝。

岁月如流，往事如烟。周大使早已任满回国，闹闹离开人间也已经两年了，可是那一顿午餐仍然留在我的记忆中，因为闹闹吃得高兴，吃得随心所欲，还因为它这位特殊客人所受到的特殊礼遇。

两年来，闹闹生前的点点滴滴不断地在我脑际闪现，有时甚至十分清晰地听到它的声音，好像它根本没有离去，一回头就可以看到它那灵动的眼神，一伸手就能触摸到它那柔润的皮毛，时间愈久，思念愈切，撕心扯肺，不能自已。王先生开导我：生命是一个过程，有始就有终。值得欣慰的是，自从闹闹来到这个家，享受到了人间最真挚的爱，可以说它比世界上的任何一条狗都活得幸福。是的，闹闹是幸福的，十四年里，我们全家人宠它、爱它，从来没有一点儿委屈它、勉强它、对不起它，连朋友们也都那么宽容它、尊重它，在这个充满条条框框的世界上，它却无拘无束，活得潇洒，活得自如，此生足矣，夫复何求？它走了，我对它只有思念，没有愧意。如果人与人之间也能够这样体谅包容，相互珍惜，无愧无悔，这个世界该是多么和谐啊！

（原载《北京晚报》2007 年 1 月 3 日）

寻　味

已经有好几年了，心里馋馋的，总想吃一顿烧茄子。这是北京人的家常菜，每逢夏季，应时的鲜茄子上市，家家户户烹而食之，成本低廉，制作简便，本没有什么特别之处。也许，正因其家常和平易，在盛行山珍海味、粤菜西餐的当今，反倒令人怀恋。到餐馆点了这道菜，却横竖不对味儿，嫌做得不地道，惹得人家不高兴，把厨师长请出来理论一番，说得头头是道，可我不服。厨艺不是语言艺术，光靠说是不行的，要让食客“口服”才能“心服”，吃着不对味儿，说得天花乱坠有什么用？

回家自己做。选最好的料，用上等的油，精心烹制，一丝不苟，如同在完成一件艺术品。满怀信心地尝一尝，却仍然不对味儿。几次试验，都归于失败。问题到底出在哪儿？是如今的茄子被农药、化肥所害，质量不行了，还是不小心买了地沟油？据专家说，迄今为止还没有检测地沟油的有效手段，天天入口的东西，都很难说混进了什么有害物质。可是，我用的茄子是无公害“绿色食品”，油是进口的橄榄油……

百思不得其解。某日，在家里又做试验，一边操作，一边极力回忆着母亲在世时是怎么做的，亦步亦趋，用心揣摩，恍惚之中，眼前涌出一幅图景，母亲正从老宅的厨房里走出来，手里端着一盘刚刚出锅的素烧茄子，煎得金黄的茄块上冒着油泡儿，一股久违了的清香扑鼻而来，啊，就是这个味儿！突然之间，我明白了，终于明白了，那是妈妈的味儿！萦回于我心中久久不散、苦苦追寻的，正是妈妈的味儿，它和我的童年，和当年的老宅，和妈妈含辛茹苦养儿育女的岁月，一起永远地逝去了，上哪儿再找回来啊？

我长叹一声，熄了火。从此之后，再也不提烧茄子。

月到中秋，一年一度的月饼大战又起。如今的人们已经吃腻了名目繁多、虚饰浮华、百味杂陈的月饼，朋友们送来的，多数又被我转送了出去，连品尝的欲望都没有，唯独留下了一种朴朴素素的“自来红”，这是北京人记忆中原始、老牌、正宗的月饼，尝一口，就好像又回到了童年。

我问丈夫：“你们家乡的月饼，什么味儿？”

他一愣：“想不起来了。”

奇怪，怎么会想不起来呢？天南地北的人，都有着各不相同的味觉记忆，无论锦衣玉食还是吞糠咽菜，都和童年，和母爱，和故乡，和生于斯长于斯的一方水土连在一起，储存在心灵深处，萦绕于齿舌之间，咀嚼一生，回味一生。

良久，他才说：“哦，想起来了。我家的月饼，不是花钱买的，是奶奶做的。我叔做的模子，在木板上挖一个圆槽，周围一圈花边儿，当中刻个‘寿’字。不知道奶奶用的是什么材料，在模子上压出个月饼形儿来，就算是‘月饼’了，在贫困和饥饿的年代，过节哄哄孩子罢了，没有品牌，没有特色，要说是什么味儿，那就是奶奶的味儿吧！”

他说着，垂落两行清泪。

二〇一二年秋，写于抚剑堂书屋

（原载《北京晚报》2012年11月10日）

他扑向太阳
——吴冠中的艺术道路

很久以来，我总想为著名画家吴冠中先生写一篇短文，却迟迟未能如愿。我为他笔下的画幅而折服，为他不知疲倦的艺术劳动而惊叹，为他那清瘦的面庞上一双闪闪发光的慧眼而感染，但怎样来描绘他呢？却不知如何下笔。

终于，在我读到他写的充满激情的《凡·高》一文时，豁然开朗了！

> 每当我向不知凡·高其人其画的人们介绍凡·高时，往往自己先就激动，却找不到确切的语言来表达我的感受。以李白比其狂放？不适合。以玄奘比其信念？不恰当。以李贺或王勃比其短命才华？不一样。我童年看到飞蛾扑火被焚时，留下了深刻的永难磨灭的印象，凡·高，他扑向太阳，被太阳熔化了！

他把凡·高写活了，无意中也勾勒出一幅惟妙惟肖的自画像！

“太阳”，它是光和热的源泉，是造就自然和人类的鬼斧神工，是“真善美”的崇高艺术境界。

一九一九年，吴冠中出生在江苏宜兴的一个清苦农家。这个挂角野读的村童是打着赤脚向太阳扑去的。在国立杭州艺专，他一头钻进民族艺术的星空，从仰韶文化到秦汉石刻，从唐宋人物到明清墨竹，他目不暇接地浏览着，手不释卷地摹写着，就像儿时划着木盆在碧波中采莲摘菱，他甚至担心舟不胜载。然而，很快便感到了不足。他举目远望，发现自己周围闪烁的只是银河中的群星，而不是太阳，或者说，太阳还遥在天边，“盈盈一水间，脉脉不得语”。夜空的清冷，晨曦的迷蒙固然使他陶醉，但他向往的是烈焰升腾、光华万丈的太阳。他不满足于“墨分五彩”，而要让蕴藏在日光中的赤橙黄绿青蓝紫毫无保留地分解在调色板上。他告别了恩师潘天寿，甘愿留级插班进入西洋画系。毕业之后又远渡重洋，直奔巴黎。

在巴黎，他追日的速度不仅使同辈人惊异，也博得他的老师苏弗尔皮先生的刮目相看。年轻的艺术家擦拭着汗水，计算着扑向那光灿灿的太阳已经没有多少光年之遥的距离。

那一年，巴黎的一个美术团体发起绘画比赛，并将对优胜者颁奖。吴冠中雄心勃勃，跃跃欲试，要拿它一个头奖！但是，创作题目公布之后，他立即打消了这个念头。《圣诞节》！为什么不是《端午节》？使他梦魂萦绕的是龙舟盛会，而不是唱诗班，使他荡气回肠的是《离骚》，而不是《圣经》。圣诞节，他并非不熟悉，几年来，他也曾和巴黎的老师同学一起欢度这个节日。但总是有一层隔膜、一段距离。圣诞节，这是人家的节日！他不爱耶稣，他爱汨罗江，爱屈原！民族的血液在他的血管中冲腾，他突然为“独在异乡为异客”而无限惆怅。他对着默默流淌的塞纳河出神，望着高耸入云的埃菲尔铁塔遐想。他凝视着熔金般的太阳，寻找向它靠拢的途径。

啊，多么玄妙莫测的太阳！虽然生活在地球上每一角落的人们都可以得到它的光热，它却从来没有平均施舍，不但有春夏秋冬，还有风雪雨露。太阳虽然只有一个，而椭圆形的地球上的人类通往太阳的道路却有千万条，中国的吴冠中决不能走荷兰的凡·高的老路！

已故的凡·高说过的话在他耳畔回响：“你是一粒麦种，应该撒在自己的土壤中！”

苏弗尔皮先生对他说：“回到中国才能从自己传统的根基上发出新枝！”

于是，他又匆匆上路了。

“万里赴戎机，关山度若飞。”祖国的山，祖国的水，为这位长征者提供了最丰富的营养。啊，又饥又渴的艺术家，痛饮吧，这是故土的甘泉，这是母亲的乳汁。你远走天边，在瞻仰罗丹的雕塑杰作时，可曾想到霍去病墓前的石刻？在徘徊于夏凡纳的壁画之前时，可曾忆起顾闳中的《夜宴图》和韩滉的《文苑图》？在欣赏罗浮宫的无身石佛头像时，可曾记得它的身躯和脚跟还坚实地立在祖国的泥土上？“人生易老天难老”，这泥土下埋藏着我们无数先人的躯体，而这泥土却永存着，他们创造的灿烂辉煌的艺术传统也永存着。虽然，他们只是夜空中的寒星，黎明前的晨曦，但是，随之而来的不就是一轮红日吗？前人在无路的泥土上走出了路，但没有走完，你走来了，冲上来！

有一次，吴先生在威海面对着大海写生。他把画架绑在礁石上，以免被强劲的海风掀掉，浪花打湿了他的衣衫，他全然不顾，整整五个小时的紧张工作使他忘记了一切，直到满意地端详着完成的新作，收拾画具时才发现一位热心的旁观者默默地站在他的身后。这是一位须发全白的渔民，自始至终关注他那战斗般的创作全过程。临了，才蹒跚离去，喃喃地说：“中国人真聪明啊，外国人就画不出来！”

吴冠中被老人的话惊呆了。他知道，这并不是对自己作品的准确估价，因为他常常面对祖国的山河感到自己技巧的贫乏，感到无能。他的作品也曾经受到同行和外行的种种非议。同时，他也相信这位老人未必见过多少外国美术作品，未必具有评判其优劣的眼力。然而，他却可以肯定，老人见过帝国主义的炮舰在这里登陆，他本人就是苦难的旧中国的见证！他的话，正是代表着人民对祖国山河的热爱、对自己的艺术家的无限期望啊，期望你在全人类的文明进步的竞争中赶上去，超过去，名列前茅！为了这个，你能不竭尽自己的每一滴心血吗？

吴冠中画了多少画？没有人做过统计，也无法统计，一山、一水，一草、一木……无一不成为他的表现对象，他在画布上画，也在宣纸上画，两者都没有时，他就画在木板上、马粪纸上！

太阳的光辉闪耀在他的画上：在青翠欲滴的《瓜与花》的枝叶上，在《漓江鱼鹰》的明净澄澈的水面上，在《春雪》的融融残玉上，在《海》的滔天白浪上……

追日者深知太阳是一个奇热无比的火球，但却甘愿被它熔化！

也许，人们永远追不上太阳，因为，人生是有限的，太阳却是永存的，而人们理想中的太阳却又随着时代的推移越升越高。但是，他毕竟是距离太阳越来越近了。以至于我们在远眺他的背影时，已被四射的光芒闪烁得只看见一片透明的云彩。

是的，他正在扑向太阳……

（原载《艺术世界》1981 年第 1 期）

送您一束红玫瑰
——送别崔月犁伯伯

春节之前，我打电话到崔月犁伯伯家，准备去给他和书麟阿姨拜年。接电话的是一个熟悉的声音，好像就是崔伯伯本人，只是显得低沉。我并没有多想，便说：“伯伯，我是霍达，您好吗？”话筒里的那个声音却说：“我父亲去世了。”我一愣，以为号码拨错了，忙问：“是崔伯伯家吗？”对方回答：“是。”“你是谁？”“我是晓彤。”

这就完全没有错了，他的儿子决不会误报父亲的死讯！但是，噩耗来得太突然了，突然得令我没有任何思想准备，难以置信，我急切地说：“这怎么可能？前几天我还在电视里看见他！什么时候去世的？”“大前天，”晓彤说，“他去世很突然，只有几分钟，就……”

放下电话，我和为政连外衣也顾不上换，便匆匆赶往崔伯伯家。一路上，我们默不作声，沉浸在巨大的悲痛之中，崔伯伯不平凡的一生犹如一部波澜壮阔的影片，清晰地映现在眼前……

一九二〇年，崔伯伯出生在河北深县一个农民家庭，本姓张，“崔月犁”是他在革命战争年代的许多化名之一。一九三七年六月，在中华民族生死危急的关头，年仅十七岁的他便投身革命，同年十二月加入中国共产党。一九四三年，他奉命来到平津地区，以医生为掩护职业，从事地下党工作，任北平学生工作委员会委员兼秘书长、职员工作委员会书记。在白色恐怖下，他和书麟阿姨置身家性命于不顾，先后与日伪敌寇和国民党反动派巧妙周旋。后来，他又按照党中央的部署，为争取傅作义将军起义、和平解放北平做出了不可磨灭的贡献。我在十多年前创作的电影《鞘中之剑》，其中那位英气勃勃、大智大勇的“李大夫”，原型便是崔伯伯，历经风雪严寒迎来古都春晓之日，他还不到三十岁。共和国的开国功臣当时还那么年轻！

从一九四九年一月到六十年代，崔伯伯先后担任彭真同志秘书、中共北京市委统战部副部长、市政协秘书长、全国保卫世界和平委员会秘书长、北京市副市长兼卫生体育部部长、统战部部长、市政协副主席兼秘书长等职务，在他亲手参与解放的这片土地上，洒下了辛勤耕耘的汗水。

一九七八年以后，崔伯伯历任国家卫生部副部长、部长、党组书记、全国中医学会会长、中国保卫儿童委员会主席，并兼任全国爱国卫生运动委员会副主任和中国中医药学会、世界医学气功学会，中国中西医结合学会等学术团体的会长、理事长等职务，在党的第十二次全国代表大会上当选为中央委员。在拨乱反正的新时期，当年的“李大夫”重操旧业，为医治“四害”给国家带来的灾难、造福于人民而殚精竭虑。他坚决贯彻执行党的十一届三中全会以来的路线、方针、政策，注重调查研究，坚持改革、开放、搞活，组织力量对癌症等疑难病症发起攻击，努力开创卫生事业新局面，推向新高度。他本是西医出身，但同时对于祖国传统医学极其重视。他认为，源远流长、博大精深的中医中药学是其他任何学科无法替代的，是世界古老文明和当今尖端科研项目之一。继承和发展中医中药学，使之走向世界，为人类做更大贡献，是中国医务工作者当仁不让、义不容辞的神圣责任。他为建立中医网点、发展中医教育、总结名老中医经验、开展中医科研，做了大量工作，呕心沥血，不知疲倦，以此作为自己终生奋斗的事业。他多次抱病观察边远地区，为缺医少药的少数民族同胞增加医药投资，改善医疗条件。每到一处，人们载歌载舞，喜迎来自北京的亲人，那鱼水相依、水乳交融的场面令人难以忘怀。

一九八七年，崔伯伯退居二线，在党的第十三次全国代表大会上当选为中央顾问委员会委员。他不顾年事已高，疾病缠身，仍然关注着祖国的改革开放大业，牵挂着息息相关的人民群众。长期革命斗争造就的这位特殊人才，人们已经很难界定他的“专业”，作为卫生战线的老部长，他不能放弃自己的事业，虽已古稀高龄仍然深入基层调查研究，主持中医典籍的编译出版工作；作为统战工作的老战士，他广泛团结海内外各界人士，为弘扬中华文化、建设有中国特色的社会主义、促进祖国和平统一而辛劳奔走；作为一名老共产党员，他心中时时装着老百姓，倾听着来自社会底层的声音，向党中央反映社情民意，为群众排忧解难，甚至以老病之躯亲自走访菜市场，详细询问关系着千家万户生计的物价起落，连他住地的电梯工因为值班而误了吃饭，他都看在眼里，回家急忙嘱咐家人："某某还没吃饭，赶快给她送点儿去！"

这样一位可亲可敬的长者竟然走了！他走得太急，走得太突然，走得令人揪心！

走进崔伯伯居住的那座楼，便遇到手捧花篮的陌生人，我们一起上了电梯。电梯工面带悲戚，默默地把我们送上五楼，不必问，大家都是去同一个地方，向同一个人表达敬意和悼念。

接待我们的是崔伯伯的儿子晓彤和晓澎，其余孩子还没有来得及赶回。在崔伯伯平时休息和会客的房间里，挂着他的大幅彩照，清癯的面容，慈祥的微笑，只是再也听不到他那爽朗的笑声。遗像前已经摆满了花篮，洁白的马蹄莲、金黄的秋菊，寄托着人们无尽的哀思。晓彤含着热泪，向我们述说崔伯伯的最后时刻："一月二十二日那天早晨，爸爸本来是要去参加《中医古籍名著编译丛书》的一个会议，突然感到身体不大舒服，临时决定去医院，衣服还没有穿好，就跌倒在床前，昏迷不醒。医生闻信立即赶来抢救，上午十时三十五分宣布死亡。其实在他摔倒后几分钟就已经没有了脉搏，只是谁也不愿意相信，医生为挽救他的生命尽了最大的努力……"崔伯伯是累死的，他虽然已经不再担任领导职务，但这位老共产党员仍然在竭尽全力为党为人民工作，直至生命的最后一息！

我们去看书麟阿姨，生怕她经不住这突然而来的致命打击。但出乎预料，她神态冷静、安详，坐在兼做画室的客厅里，面前摆着几张纸，似乎刚才正在写着什么，回味着她和崔伯伯并肩战斗的一生。难以想象，她是以怎样的毅力强制住内心深处的巨大悲痛。彻底的唯物主义者是无所畏惧的，这对经历过地下斗争年代九死一生和十年浩劫的老战士，早已把生死参透了。崔伯伯生前曾多次谈及自己的身后之事，嘱咐家人捐献他的遗体、角膜，不保留骨灰，他真正做到了“怀着一颗心来，不带半根草去”，把一切都交给养育他的人民和华夏热土。晓彤说：“爸爸不愿意看到悲悲切切的场面，不喜欢凄凄惨惨的白花、黄花，他喜欢赤诚、炽烈的红玫瑰！”这是儿子心目中的父亲，是对崔伯伯那火一样的生命的生动诠释！

二月十日，崔伯伯的遗体告别仪式在北京医院举行，江泽民等党和国家领导人，党政机关和众多的学术团体献了花圈。哀乐低回，灵堂门外排着长长的队伍，其中有他生前的老战友、老同事，有长期在他麾下工作的医务工作者，有和他交往密切的社会各界人士和国际友好人士，还有许多来自社会底层的、得到过他的帮助的普通劳动者。崔伯伯襟怀坦白，面慈心善，他的一生都在行善；他参与和平解放北平，使国共两方兵不血刃，千年古都免于战火，百万民众免遭涂炭，造就无量功德；他领导医学界攻坚克垒，济世活人，挽救了万千生命；他为官清廉，勤政爱民，心系百姓，惠及四方……这些，人们怎么能忘记呢？现在人们都向他走来，从四面八方走来，百姓们记着他的好处，但斯人长逝，无以为报，唯有在他的灵前痛洒一掬热泪，做最后的诀别。

我和为政捧着一束红玫瑰，走进灵堂。在“沉痛悼念崔月犁同志”的横幅下，悬挂着崔伯伯的遗像，两侧是我们敬献的挽联：“坦荡无私，赤子情怀如朗月；鞠躬尽瘁，公仆风范似铁犁。”这是崔伯伯为共产主义奋斗一生、为祖国和人民忠诚服务一生的写照。他的遗体安卧在苍松翠柏和鲜花丛中，走完了七十八年光辉的人生之路，他奉献了自己的一切，永远地长眠了。面对遗容三鞠躬，我们把殷红的玫瑰放在他的身旁。

起灵的时刻到了，伯伯的遗体即将移送八宝山火化。我们把心力交瘁的书麟阿姨从轮椅上扶起来，让她再看伯伯最后一眼。这时，她再也无法控制自己的感情，扑上前去，伸出颤抖的手，拉住伯伯的胳膊，口中喃喃有声：“我再也看不到你了……”随后，她匍匐在棺木前，把那束红玫瑰，一朵一朵，一瓣一瓣，撒在棺底，陪伴伯伯远行。殷红的玫瑰，这是他生前所喜欢的花，红得像火，鲜得像血，赤诚、炽烈，一如他那不朽的生命，不灭的灵魂！月犁伯伯，安息吧！

（原载《北京晚报》1998 年 3 月 11 日）

荒煤，文坛守门人

——荒煤逝世周年祭

荒煤老师病重的消息传来，我的心骤然一沉，立即奔赴北京医院……

病房内外走动着焦躁的人群，从楼道里就听到如雷的鼾声。我急急走进病房，荒煤老师仰卧在病床上，一动不动，只是张着嘴，发出紧急而剧烈的鼾声。其实这不是熟睡的打鼾，而是昏迷中的艰难呼吸。医生、护士以及荒煤老师的女儿好林、秘书严萍、司机小陈向我述说着他的病情，他们所说的那些医学用语我听不大懂，情急之中也听不进去，但早已明白了他们的意思：他已经不行了，只有准备后事了。我不敢相信，这位被电影界、文学界奉为师长的老人真的要离开我们了吗？我走近病床，像过去那样凑近他那听力欠佳的耳朵，大声呼唤着："荒煤老师！荒煤老师！……"

荒煤无语。我伸手抚着他的脸，也没有任何反应，只是在无知觉状态中鼾声不止，而这艰难的呼吸一旦停止，他的生命也将随之结束了。望着他那清瘦的面容，泪水蒙住了我的双眼，如烟往事像"闪回"镜头清晰地浮现在面前……

和这位长寿老人的漫漫人生路相比，我认识他的时间不算长，但也不算短了。那是在一九八〇年，欧阳山尊先生把我的电影剧本《我不是猎人》和《公子扶苏》转给荒煤，征求意见，因为荒煤和夏公是中国电影界的泰山北斗，就教于他是顺理成章的。荒煤很快便读了剧本，写了信来，约我一见。那是我第一次走进他的府上，临近大门的一间斗室，兼做他的会客室、写作间和卧室。一家之长住"门房"，像个"守门人"。他解释说："我耳朵聋，住在门边，有人来找，好听得见。"第一印象便是这位老人的谦逊、随和。他和我谈论剧本，主要谈历史剧《公子扶苏》，说了一些肯定和勉励的话："你在剧本结构、人物刻画上都下了功夫的，写得也很有气势……"但更多的是流露出他的疑虑重重。当时，"文革"刚刚结束，政界、思想界正在"拨乱反正"，开展"真理标准"的讨论，极"左"阴霾尚未廓清，文艺创作还处于"乍暖还寒"阶段，历史剧特别是涉及"千古一帝"秦始皇的历史剧应该怎样写，还是一个"敏感"的问题。荒煤说，前不久某电影厂要拍摄一部有关刘邦和项羽的片子（这二位也曾被纠缠进"批儒评法"的政治运动中），就有人提出一个问题："你们现在拍这种电影，为什么？想说明什么？"荒煤曾在"文革"中饱经政治磨难，又是电影界的最高领导，不能不想得多一些，既要尽量避免政治上的麻烦，又力图探索历史题材创作的正确路数，用心可谓良苦。但我当时年轻气盛，很激动地述说自己的见解，和他"争论"，此后在彼此的书信往还中仍然"争论"不休。十年之后，荒煤在为我的一本报告文学集作序时还提到我们最初的相识，说起当年对我的指导，他认为"现在看来可笑"，其实，"可笑"的应该是我，受益的也是我。正是在这种无拘无束的交往中，我在影视创作和文学创作的道路上从青年步入中年，也越来越敬重这位忘年之交的忠厚长者。

一九八六年夏，我的中篇小说《红尘》刚刚发表，正在青岛休假的荒煤就写了评论《霍达新作〈红尘〉读后感》。他说："对反映十年动乱的作品，有些评论工作者总有无尽的忧虑。我倒希望有些评论家下下'凡尘'，来认识一下这篇作品中一些极为平凡的人物，对他们演出的一场小小的悲剧做个了解。"荒煤很喜欢《红尘》，对其中的人物设置、性格刻画、情节推进做了细致的分析，并且表示"特别欣赏作者那么运用自如地用北京口语写景写人，揣摩人物、描绘人物心理，纯朴自然，清新可喜"，甚至说："我简直有点惊奇，我觉得这不像是一般感情丰富的女作家的手笔。似乎有点老舍先生的神缘，但又与老舍那冷峻、辛辣的讽刺笔法有所不同。"老师的肯定和褒奖，使我确有诚惶诚恐之感，但更令我震动的是他那在这篇评论中所表现出来的忧虑："彻底否定'文革'这句话说起来简单，真正做到，谈何容易。""一场大地震之后即使轻微的余震，也会使人心魂不定，较之突然的风暴，蕴孕着更深的颤抖。”他以一位老共产党员、老作家的成熟、睿智和强烈的责任感，关注着中国的前途，关注着文坛的命运，“呼吁作家要努力创造站在历史经验总结的高度更全面概括‘文革’的史诗性的作品”。

出于长期领导电影工作的职业本能，荒煤非常希望《红尘》能搬上银幕，这与我的创作初衷不谋而合。他不厌其烦地亲自审阅了我修改多次的剧本，并且对拍摄厂家、导演和主要演员都做了具体设想，在他那间“门房”般的小屋里，我们谈得很兴奋，那时他完全不像“领导”了，而是真正的艺术家，对于创作——尽管这是别人的创作——充满了激情。但是由于种种原因，这些都没有实现，“可惜，在‘娱乐主体’论的大潮中成了梦想”。他后来曾感慨地说。荒煤在以往领导电影工作中曾经有过许多遗憾，一些想拍的片子没有拍成，一些已经拍成的片子不得不违心地做出“修改”，一些有意思的题材丧失了问世的机遇，对于《红尘》，他付出了很多心血，终于又是遗憾，从他那一声叹息，我深深理解这位老人那颗沉重的心。

一九八七年底，我的长篇小说《穆斯林的葬礼》发表，未等单行本出版，荒煤便捧着杂志读完了全书，这对于一位古稀老人来说已很劳神费力，但他读得很兴奋，说：“打开杂志能一口气看下来不能舍手，读得很流畅，被作品中的一些人物的遭遇和命运所吸引，为他们的喜怒哀乐、生死忧患所感染，人物性格的特征与其内心世界逐渐生动鲜明的表现而终于留了一些难忘的印象，读后不能不引起许多思考……这确是我这两年来极少有的情况。”翌年夏天，出版社召开《穆斯林的葬礼》座谈会，荒煤恰恰因为一个重要会议而不能参加，特地写了信来。那封信其实是一篇评论，像以往一样，他对他这名学生的新作给予了充分肯定和热情的鼓励，并且再一次以电影行家特有的语言，称赞这部作品“用平行蒙太奇，交叉地表现两代人的命运”“结构使人感到新奇”。然而他又决不仅仅“捧场”，在充分肯定的同时也指出了作品的不足：“表现旧时代、旧社会的场景描写、生活气息、社会背景，甚至包括二次大战伦敦市的某些生活现象，都写得比较生动、细致。可是，对比起来，新中国六十年代的时代、生活背景的描绘都似乎太简略了一些。”“倘如加强这方面的描写，我觉得这部作品的现代意识会更强烈一些。”其实，六十年代正是我的学生时代，那段生活也是我最熟悉的，如中苏论战和“三年自然灾害”“三面红旗”“反右倾”“突出政治”及个人崇拜……闭目如在眼前，但写起来难免心有余悸，有些已经写出来的段落又删去了。经荒煤指出，茅塞顿开，打消了思想上的“禁忌”，把删掉的又恢复起来，并且对全书做了一次全面的加工、修改，增加了七八万字，使得单行本不再留下“遗憾”。《穆斯林的葬礼》自问世以来，得到了同行和读者很多的赞誉，我当然非常感谢，而荒煤老师真诚的批评尤其令我铭记在心。

一九九一年，我的报告文学集《万家忧乐》出版，请荒煤作序。他看了书稿，说“激发了我更多的热泪，也引起我强烈的思考”。他思考的是什么呢？“我们的文艺既不能只强调什么‘娱乐人生’的功能，也不能强调什么脱离时代、生活和群众的‘纯文学’。”“‘文学是人学’的确是颠扑不破的规律，作家不写人，不关心人的命运，不画‘魂’，不去发掘我们民族在振兴中华的伟大创业中一颗又一颗饱经坎坷而奋斗不息的美丽的心灵，不去满腔热情地歌颂这些可贵的中国魂，他从哪里去获得和创造真正的艺术生命?!”

一年又一年，一位又一位前辈辞世而去，当我们隆重庆祝荒煤八十寿辰之后，他也日渐衰老，头发几乎全部脱落，牙齿也残缺不全。而他的头脑却仍然非常清晰，那广阔、光洁的额头中蕴含着深沉的思想，他思考着，写作着，指导着众多的晚辈，在时风时雨的征途上赶路。

一九九四年，我赴香港为创作长篇小说《补天裂》深入生活，搜集素材。行前，我去看望荒煤，他听了我的这项创作计划，很激动，也很感慨。激动的是我没有辜负他的期望，知难而进，敢于不远数千里前去啃这个大题目，为迎接香港回归祖国尽一名作家的责任；感慨的是年龄不饶人，他已经不可能出远门了，要不然真想到香港去看一看呢！我问他有什么事要在香港办，他说：“你去那么远的地方不容易，我什么也不需要，就等着看你的书了！”

一九九五年初冬，我从香港返京，听到了一个令人震惊的消息：荒煤老师病重住院，并且已确诊为癌症！尽管我对现代医学技术抱有幻想，却不能不考虑荒煤的年龄，一位年逾八旬的老人要闯过这一关，恐怕是很难很难了！我马上赶往医院去看他，行前匆匆地炸了些“松肉”，装了一饭盒带去，老人的牙不好，也许可以吃一些？

荒煤躺在病床上，面容比过去消瘦得多了，但情绪仍然很好，他的司机小陈告诉我，老人至今仍然不知道自己患的是不治之症，他的夫人张老师和家人、工作人员都瞒着他。这使我在见到他的时候，心情更加沉重，生怕出语不慎，流露了真实病情，刺激了老人的情绪。但荒煤对此毫无觉察，仍然像过去那样，兴致勃勃地和我谈文学创作，详细询问我《补天裂》的写作进度，并且殷切嘱咐我在长篇小说创作中应该注意什么什么，思路极为清晰，讲得很有条理。我用医院的病例纸详细记下他的话，心里在暗暗感叹：这位不久于人世的前辈，在他生命的尾声，心中仍然装着文学这一神圣的事业，肩上仍然担着诲人不倦的使命！我怕他太劳累，也怕他发觉我的伤感情绪，便适可而止地起身告辞，劝慰他多加保重，忍着眼泪离开了病房，因为心绪烦乱，竟然忘记了带走那几页记录纸。走到楼道里，荒煤让司机小陈追上了我：“老头儿说，‘这是她写的，拿走啊！’”我接过这几张纸，热泪终于忍不住滚落下来！

那是荒煤最后一次和我谈文学，永远难忘的一次长谈……

又是一年过去了。一九九六年冬，我再次回到北京，《补天裂》的创作已处于完稿之前的“冲刺”阶段。我闭门谢客，日夜兼程，当然不仅仅是为了赶在香港回归之前完成创作“任务”，还因为我的背后有众多的眼睛在看着我，关心我、支持我的人们在等着这部书的问世，其中就包括我的良师益友荒煤老人，我不能让他们失望！可是，荒煤已经等不及了，在举世翘首以望的一九九七年到来之前，他就要离去了……

当我再一次来到他的病床前，任凭我含泪呼唤，荒煤毫无反应，回答我的只有那艰难的呼吸声响若雷鸣。我不能分担他的痛苦，无计挽救他的生命，也难以承受这巨大的心理折磨，盘桓许久，凄然而去。走了好远，还听到那震慑心魄的鼾声，那是伏枥老骥最后的嘶鸣。我平生写过的作品大多是悲剧，在作品中极尽悲欢离合之能事，而在现实生活中却脆弱得经不起这生离死别的打击！

我赶写着《补天裂》最后的篇章，把精心塑造的主人公最终送进死亡之门，心里惦记着荒煤，不断地打电话询问，又唯恐听到那可怕的消息。可是，奇迹出现了，荒煤没有离去，他竟然战胜了死神，又活过来了！这简直令人难以置信，我惊叹老人顽强的生命力！当我赶到医院，果然那痛苦的嘶鸣消失了，我看到的是神态安详的荒煤，见我来了，转过脸，慈祥地望着我。"荒煤老师！"我激动地叫着他，迫不及待地告诉他，"我的书写完了，可以请您看了！"他点点头，脸上似乎泛出欣慰的笑容，嘴唇嚅动着，对我说"……"他的声音微弱，言辞含混，完全不能辨识，但我仍然不断地点头，告诉他，我"听"明白了他说的话！我相信，在场的所有的人也都"听"到了这位老作家的心声……

我们并没有留住荒煤老师，他还是走了。灵堂没有设在客厅，还是那间"门房"似的小屋，他平时工作、休息和会客的地方，印留着他生命的最重要的痕迹的地方。张老师说："他习惯那间小屋。"这句朴素无华的话，包含对朴素无华的荒煤的深深的理解。我又走进了荒煤的小屋，置身此地，并没有感到悲哀，心中涌起的是与凭吊亡人的气氛并不协调的一丝欣慰。我感谢上苍，在老师的弥留之际给了我一个极其宝贵的机会，把我要说的话告诉了他，完成了他所关注的创作，向他交了卷，没有留下遗憾。望着他宛若生时的遗像，仿佛一如往日，在和来访的我们促膝对谈。荒煤没有死，像众多的花圈和挽联所表达的那样，他活在我们的心里，活在文坛，活在他的岗位上，活在他这间"门房"似的小屋里，如一尊门神，用自己的身体抵挡着风风雨雨，护佑着后生晚辈。"我耳朵聋，住在门边，有人来找，好听得见。"有他在，年轻人可以活得踏实些。

（原载《随笔》1998 年第 4 期，收入《忆荒煤》，中国电影出版社 1997 年版）

别情依依忆冰心

“文坛祖母”冰心老人溘然长逝的消息传来，后生晚辈们无不为之震动。尽管她已经创造了九九高龄的纪录，但我们多么希望这位与二十世纪同龄的老人寿满百岁，跨进新的世纪，可惜岁月无情，谁也不能留住她！

我几乎自读书识字便熟知“冰心”这个名字，却迟至八十年代末，一直没有贸然拜访，因为我知道，老人虽年事已高，仍笔耕不辍，她的时间太珍贵了。但我却没有料到，未曾谋面的冰心老人却关注着我的创作。

那是一九八八年，我的报告文学《国殇》发表之后，周明同志拿给冰心老人看，她“一听到‘国殇’这两个字，就心惊肉跳！就知道这一定是一位满含着热爱祖国和一腔怨愤之心的作者，用自己的笔浸着血泪写的”。当时她因病即将入院治疗，已经一点儿力气都没有了，而且担心自己经不起阅读这种作品的情感刺激，只好先放下来。三个星期之后，老人出院回家，心里仍然挂念着这篇报告文学，不但细细地读了，而且写下一篇充满激情的评论《我呜咽着重新看完〈国殇〉》。她写道：“《国殇》里那些为‘国’而‘殇’的知识分子，我一位也不认得，但他们的形象在我的脑子里是活灵活现的！因为这样的人物和他们的遭遇，不但科技界中有，社会科学界中也有，文艺界中也有，正如这篇文章里所说……”老人不惮其烦地引用了报告文学中的两段文字，并且以她那特有的敏锐而犀利的笔法，边引边注，在“‘文革’过后在科技、文化、教育事业一片荒芜，百废俱兴的时期”一句当中，老人加了“‘文革’前头，还应该加上‘反右’二字！冰心注”；在“我国知识分子的总收入尚不及普通劳动者”一句之后，老人加了“比起腰缠万贯的‘倒爷’来，更有天渊之别了，冰心注”；而在引文的结尾处，紧接“为了中华民族的腾飞，抢救中年知识分子迫在眉睫”这句话，老人喟然叹曰："说'腾飞'是很乐观的话，长出翅膀的知识分子，有的已经折掉了，坠地了，有的已经飞走了，'外流'了，谈'抢救'谈何容易!""说一千，道一万，抢救知识分子的工作，还得知识分子自己来做，'殷鉴启圣，多难兴邦'，呼吁，请求，是没有多大用处的，我有这个经验!"文章的末尾，老人写下了"一九八八年九月一日急就"字样，可见她当时的激愤之情，如果不是病腿行动不便，简直就要拍案而起了！冰心老人曾经用"甜、酸、苦、辣"四个字概括自己写作历程中的不同阶段和不同风格，的确，她晚年的散文、随笔，最大的特点便是一个"辣"字，披肝沥胆，直抒胸臆，无所顾忌，一语破的，展现了一位正直的老作家的嶙嶙风骨、坦荡胸襟。在这篇文章中，老人对我这个晚辈寄予热情的鼓励，"希望她一直坚持这样地写下去，至少我希望她不像这个'多少事欲说还休'的老人!"

捧读这篇发表在《文艺报》上的评论，我激动不已：原来，被我们视为泰山北斗的冰心老人离我竟是这么近，我们的心是连在一起的！于是，便由周明引见，我与为政一起前去拜望她老人家。冰心老人坐在她那朴素的客厅中的书桌后面，慈眉善目，和我们谈文学，谈艺术，谈历史，甚至深情地谈到她的父亲——曾经参加过中日甲午海战的谢葆璋将军，使我从中窥察到融化在冰心生命中的浓烈的爱国之情的源头，将门虎女也是一名战士啊，只不过她手中的武器不是枪炮，而是一支笔，为了我们的祖国从积贫积弱的历史中崛起。她从"五四"一直战斗到今天。一见如故，从此，我与年龄长我一倍的冰心老人结成忘年之交，她的道德文章成为我高山仰止的楷模。

我们认识的那一年，是冰心老人的八十八岁大寿，此后每一年的十月五日前后，只要我在北京，都要前去向她表达美好的祝愿。平常，每隔一些时日，我也去看看老人，总是觉得心中有话要对她说，并且要听听老人的声音，虽只言片语也令人振聋发聩。若是间隔得时间长了，老人便会写信来，约我们去聊天，逢年过节，我和为政寄了贺卡去，老人必亲笔还贺，有时兴之所至，还题词垂赠，诸葛亮诫子书和龚定庵诗句，都是她特别喜爱书写的内容，集龚句联浑然天成，最见老人的功力和情操，非常人所能为之，乃当代文坛的奇迹绝唱，我得以珍藏墨宝，幸莫大焉。尤其令我感动的是，老人在九十一岁高龄时还将我的长篇小说《穆斯林的葬礼》通篇读过，并且为这本书的外文版写了序，《序》中的勉励之词鞭策着我努力读书、写作，以不负老人厚望。

一九九四年，我为创作《补天裂》赴香港深入生活，虽然有时返回北京，但来去匆匆，难以经常看望冰心老人了，而这时老人的身体已大不如前，住进北京医院，年复一年，不知何日才能出院。三年后，《补天裂》出版了。我在书中刻意塑造的主人公正是北洋水师的后代，报国无门，九死未悔，最后在抗击英国殖民者展拓香港界址的战斗中为国捐躯，这一创意的最初萌生便是源于对冰心老人对她父亲的爱国情操的一脉相承。

可是，当我怀着“还愿”的心情来向老人汇报时，她却已经不能再读书了，多么令人遗憾！老人在恍惚中记起了我是谁，以微弱的声音谈起一些往事，我不忍再搅扰她，不谈创作，只说一些祝福她早日康复的话，轻轻地按摩着她的手，她的腿，问她：“舒服吗？”老人慈祥地笑了：“舒服……”我问她想吃点儿什么，她说：“猕猴桃。”我立即到外面去买猕猴桃，等我拿着猕猴桃再回到病房，老人却又认不得我了。“冰心老师，我是霍达呀，不是刚刚来过吗？”“噢，”老人的记忆又重新恢复，拉住我的手，“霍达，霍达，好久没见了，咱们是老交情啊……”于是，一切从头开始，循环往复，仿佛她沉浸在一个长长的梦中，时而醒来，时而睡去，说不定在什么时候，就再也醒不来了。我的泪水忍不住涌出来，苍天为什么这样不公平，你不该剥夺一位智者的思维啊！

如此又挨过了两个年头，岁月已经临近二十一世纪的门槛，我在心中说，对老人的女儿和女婿说，对熟悉的朋友们说，冰心老师一定能闯过这道门槛，到那时，我们将在庆祝新世纪到来的同时为这位百岁老人祝寿！

可是，天不遂人愿，仅一步之差，老人停止了她的脚步，永远地长眠了。如烟往事奔来眼底，一代宗师冰心老人音容宛在，却再也不能与我们做促膝交谈！相见时难别亦难，我想为老人说几句送别的话，但在这悲痛的时刻，思绪纷乱，百感交集，却说不出……也许，当年为政给冰心老人画像时所题的一首七律，概述了老人的一生经历，并且嵌进了老人的一些重要著作书目，可以多少表达我们的心意，谨录以献祭于老人的灵前：

一片冰心在玉壶，同龄世纪等身书。
春华春水邀明月，秋雨秋风忆鉴湖；
沧海横舟忍去国，烽烟策马认归途。
橘灯光暖怜孺子，点点乳汁记事珠。

（原载《文艺报》1999 年 3 月 20 日）

大师不朽

——纪念李苦禅先生诞辰一百一十周年

苦禅先生诞生于一八九九年一月十一日，但按华夏古历，却还没有进入己亥年，当为戊戌年十一月三十日，属犬。我之所以特别强调这个年份，是因为在以“戊戌变法”为标志性事件而载入史册的那一年，中华大地上诞生了一批盖世英才：周恩来、刘少奇、瞿秋白、彭德怀、田汉、老舍、李苦禅……他们在不同的领域做出了杰出的成就，对当代及后世产生了巨大影响。

我认识苦禅先生的时候，他已年逾古稀。当时正值十年浩劫之中，经历过种种磨难、劫后余生的苦禅老人从“干校”回到北京，在中央美术学院的传达室负责分发报纸、接听电话。真正是“黄钟毁弃，瓦釜雷鸣”，一代国画大师竟沦为这等处境。一个星期天，我陪同我家先生王为政和他的同学吴传麟，到煤渣胡同美院宿舍去看望苦禅先生。苦老白发苍苍，穿一件棉涤混纺的灰色短袖上衣，很旧了，前胸后背都是汗迹。但简朴的装束却掩盖不了老人的器宇轩昂，谈笑自若，毫无悲苦之态，更不像某些人在失势时那样自卑自贱，令人肃然起敬。

那时，苦老的夫人和子女都被发配外地，他孤身在京，衣食无人照料，困难可想而知。他本不会做饭，自己炒鸡蛋时还要学着“颠勺”，结果把鸡蛋颠到火炉里去了。当他把这当作笑话讲时，我听了却笑不出来，只觉得心疼。自此，我们便常去看他，尽可能地宽慰宽慰这位孤独的老人，帮他做些家务。看到他那件汗渍斑斑的短袖上衣总也不换，我就说：“李先生，您把上衣脱下来，我给您洗洗！”他却不肯，直说：“不用，不用……”我知道，老先生要面子，讲礼节，不愿让客人动手。但我们哪算是客人？老人的子女不在跟前，理应尽一尽晚辈之责。在我的一再劝说下，老人才进里屋换了下来，这件上衣总算见了天日。以后，每隔三五天，我都去把他换洗的衣服洗干净，但仅限于外衣而已，内衣、内裤他都刻意收起来，不让别人看见。有时候，我也帮他做做饭，以那一时期的物质条件和我的“厨艺”水平，也就是鸡蛋炒饭而已。我至今记得，第一次炒得挺好，第二次就不行了，原因是上次把他仅有的半斤油都用光了，这次只好干炒。这类往事，想起来可笑而又可叹！

我们每次到来，老人心情就极好，开怀畅谈，从天下大事到生活细节，从绘画艺术到京剧表演，信马由缰，妙趣横生。谈到兴起时，展纸援笔，挥毫泼墨，直抒胸臆。亲眼观摩苦老作画，才知道什么是大师风范，不由得想起古人评论苏东坡词时所说：“眉山苏氏一洗绮罗香泽之态，摆脱绸缪宛转之意，使人登高望远，举首高歌，而逸怀浩气，超然乎尘垢之外，于是《花间》为皂隶，而柳氏为舆台矣。”东坡开豪放一派词风，“大江东去”，千古无敌，晚唐、五代艳词《花间集》和柳永的那些风花雪月之作，只配给他抬轿子、吹喇叭了。中国绘画的大写意花鸟，八大山人是一个高峰，齐白石是一个高峰，苦禅先生近承白石，远接八大，创造了又一个高峰。他的画删繁就简，大气磅礴，令观者惊心动魄。苦禅出，充斥画坛的那些纤柔俗艳之作，皆不足观矣。绘画之道，是极讲功力的，但比功力更重要的是画家的气质。功力可以通过后天的刻苦磨炼而获得，而气质是上天赐予的，伪装不得，也模仿不来。苦禅先生豪侠旷达的气质，和他那大刀阔斧、元气淋漓的画风，浑然一体，相得益彰，连他的老师齐白石都由衷赞叹：“雪个先生无此超纵，白石老人无此肝胆！”“人也学吾手，英（苦禅先生名英）也夺吾心，英也过吾，英也无敌。来日若不享大名，天地间无鬼神矣！”正如白石老人所料，苦禅先生日后果成大器，享大名，在写意花鸟画史上拥有不可替代的地位。真正的大师，不是自封的，更不是靠炒作而成的，而是大浪淘沙之后留下的真金。历史无情，艺术史从来只记录大师的匠心独创，而忽略平庸之辈的嘈杂喧闹，诚所谓“会当凌绝顶，一览众山小。”

与苦禅先生交往，令我们受益匪浅。为政曾说：“得苦老亲炙真传，是我学画生涯中的最大收获。从苦老那里学到的不是单纯的笔墨技巧，更重要的是境界，从作画的境界到做人的境界，苦老都是我终生的楷模。”我虽非画家，也深有同感。苦禅先生正直、率真，讲信义，重承诺，赤诚待人，心口如一。他自青年时代投师白石门下，与齐翁情同父子。白石老人早已名满天下，画作洛阳纸贵，于是仿冒者蜂起，赝品充斥坊间，当时尚为北平国立艺专学生的苦禅先生宁愿以拉黄包车维持生计，也决不肯假冒老师之名以弁利。为此，白石老人赞曰：“苦禅仁弟画笔及思想将起余辈，尚不倒戈，其人品之高即可知矣！”苦禅先生与画界同行惺惺相惜，从不嫉贤妒能，李可染、许麟庐等画家均由他引见，拜齐白石为师，后皆成大器。苦禅先生追随、侍奉恩师三十四年如一日，直到白石老人去世。这不仅是出于对恩师的深情和对艺术的尊重，更是自身人格的锤炼。苦禅先生的人生信条是“必先有人格，尔后才有画格”，他本人就是最好的范例。早在日寇侵华、民族危亡之际，他曾冒死掩护抗日志士、共产党员、爱国学生，不幸被捕入狱，受尽酷刑仍威武不屈；中华人民共和国成立之初，他曾直言上书毛主席，坦陈中国画教学的艰难遭遇，其胆略与勇气，又有几人能为？苦老以传奇性的一生，书写了一个顶天立地的“人”字，这也正是他绘画艺术的坚实骨架。中华自古以人品、画品并重，有大人格才有大艺术。画界名流荟萃，难免文人相轻，但论及苦禅先生，则无人不称道。

运动后期，苦老的夫人和子女陆续回京，他终于结束了那一段孤寂清苦的生活，重享家庭的温暖。过去的朋友、学生都来看望他，慕名求见的人也越来越多，家里经常高朋满座。苦老对于来访者，无论地位高低、名气大小，一律以礼相待，赫赫高官和普通百姓，在他那里平起平坐。凡登门请教画艺者，苦老都耐心指点，并且亲笔示范，将自己的画作慨然相赠，毫不吝惜。他秉承白石老人遗风，常在自己喜爱的学生作品上题字勉励，一片怜才之心，跃然纸上。他深知年轻人学画不易，要在茫茫艺海崭露头角更是难上加难，需要老一辈的扶持，一经名家品题，则声价十倍，这是不言自明的。以自己的光焰照亮后来人，正是为师者的至高境界。那些颤抖着双手接过苦老墨宝的青年学子，一辈子都会感念老人慈父般的仁爱之心。

在改革开放的新时期，苦禅先生焕发了艺术青春，并出任全国政协委员，他以耄耋之年，握如椽之笔，作鸿篇巨制，尽情挥洒胸中浩然之气，讴歌改革开放的开明盛世，展望中华民族伟大复兴的光辉前景。可惜病魔无情，向老人突然袭来，一九八三年六月十一日，一颗艺术巨星陨落了！

光阴荏苒，苦老辞世已经二十六年了。不，当我们凝望着老人慈祥的遗像，总觉得他并没有离去，仍然活在我们的心中，他那沉雄博大的艺术，永远留在人间。苦老的一生，作为画家，他在继承传统文化精髓并吸收外来艺术优长的基础上勇于探索，开拓进取，创造了独具个性的艺术风格；作为美术教育家，他辛勤耕耘，硕果累累，培养了一批卓有成就的后继艺术家，被公认为大写意花鸟画的一代宗师；作为一名爱国者，他以赤子之心为国家前途、民族发展而不懈奋斗，无私奉献，直至生命的最后一息。他是二十世纪中国知识分子的杰出代表之一。

苦禅先生不朽！

己丑清明，写于抚剑堂书屋

（原载《人民政协报》2009 年 4 月 20 日）

非百百非不非秦

——怀念著名史学家马非百先生

一九八五年春节，我照例给马非百先生寄去贺卡，数日后即接到回函，却不是马老手迹，而是师母游若愚写来的：“霍达同志：您好！惠卡拜读。可惜，信来迟了！不幸马非百患病毒性肺炎，于一九八四年十二月十日上午九时突然去世！彼苍者天，非百再不能与您相见，畅谈秦史矣！不胜悲痛！……”

太意外了，一代史学大师就这样匆匆走完了人生旅途！

马非百先生字元材，湖南隆回县人，一八九六年生。一九一九年考入北京大学，先后就读于英文系和经济系。当时正值五四运动爆发，风华正茂的马非百也卷入了革命洪流，与中国共产主义运动的领袖人物李大钊、陈独秀、毛泽东都有过交往。一九二六年，他受聘于黄埔军校，任历史教官和政治教官，与邓中夏等中共高层人士仍有密切联系。他积极支持省港大罢工和广州起义，起义失败后，他掩护同志们撤退，自己也逃亡上海。此后，他主要致力于教育和治学，担任过中学教师、校长，河南中山大学、山西大学、河南大学的讲师、教授、历史系主任等职。但这位向往革命的学者并没有隐居书斋、不问世事，而是力图把马克思列宁主义运用于教学和研究之中。他仍然和一些共产党员、进步人士秘密接触，并且利用自己的身份掩护、营救过邓拓、嵇文甫等共产党员。一九四九年是国共两党长期较量中的一个重要年份，也是中国知识分子何去何从的分水岭。就在那一年，傅斯年准备出任台湾大学校长，约请非百先生到台大担任重要职务，被他拒绝。上海解放前夕，非百先生从苏州动身，分三段乘车来到北平。同年六月，经他的学生、当时的华北大学教育长兼政治研究所主任尹达介绍，进入华北大学学习，那时，他已经五十三岁了。从华北大学毕业后，他被分配到中国历史博物馆工作，先后任设计员、办公室主任。那是他一生中最为意气风发的年代，因为他亲身经历了、亲眼看到了革命的胜利，并且正式参加了革命工作，政治理想和业务专长紧密地结合在一起，他决心做一名革命的史学家，把历史博物馆办成全国先进单位。

非百先生是成就卓著的历史学家，尤工秦汉史、中国经济史和经济思想史，同时又是一位古籍整理专家。早在中华人民共和国成立前，他就已经发表和出版《桑弘羊年谱》《秦始皇帝传》《秦史纲要》上册和《桑弘羊及其战时政策》《秦汉经济史料》《周秦诸子经济思想之研究》等重要著作以及多篇单篇论文，尚未出版的还有《桑弘羊传》《秦集史》《管子轻重篇新诠》。为了研究秦史，他立志要沿着秦始皇七次出巡的路线去亲自考察一遍，由于条件所限，没有得以完全实现。中华人民共和国成立后，他先后担任中国历史博物馆研究员兼办公室主任和中华书局编辑。即便在遭受不公正待遇的逆境之中，也仍然没有放弃史学家的使命，在辛苦的劳动之余，像反刍的老牛一样咀嚼着中华民族多灾多难的历史。

十年动乱结束后，马老已届耄耋之年。这把年纪，对任何行业的人来说，都应该退休养老、颐养天年了，而马老却要从头再来，填补那几十年的空白。老眼昏花，双手哆哆嗦嗦，在狭小的居室，他伏案写啊写啊，密密麻麻的字迹就像火车站拥挤的人群，互相纠缠着，撕扯着，只有中华书局的老编辑们才能辨认，因为马老是那儿的老人儿啊！马老几经沧桑，几十年来一直不断修改的书稿《管子轻重篇新诠》《盐铁论简注》《秦集史》，终于得以出版，这件工作几乎陪伴他终生。马老治史极其严谨，在充分占有史料的前提下，独立思考，决不盲从。比如《史记·如皇本纪》中“始皇东游，至阳武博浪沙中，为盗所惊”一句，他经过实地勘察，发觉历来句读有误，遂改为“始皇东游，至阳武博浪，沙中为盗所惊”。不但指明了当年始皇遇刺时的地理环境、气候特点，而且将一直流传的“博浪沙”这一以讹传讹的地名也给予纠正了。又如《战国策·秦策》中吕不韦说：“而士仓又辅之”，马老疑“士仓”系“土仓”即“杜仓”之误，却又苦于没有证据，弄得昼夜苦思，而又无人能助，后来忽于午睡中梦到《诗经》中的“自土徂漆”，这里的“土”即为“杜”，由此才解决了悬疑。再如赵高的出身，《史记·蒙恬列传》中曾提到“赵高兄弟皆生隐宫”。何为“隐宫”?《史记·集解》云：“徐广曰：为宦者。”《史记·索隐》：“刘氏云：盖其父犯宫刑，妻子没为官奴婢。妻后野合，所生子皆赵姓，并宫之。”《史记·正义》：“宫刑，一百日隐于荫室养之乃可，故曰隐宫……”总而言之，都认定赵高的父亲受了“宫刑”，而宫刑犯人须在“隐宫”养之百日，而赵高兄弟即在此时生于“隐宫”。绕了好大的弯子，总觉似是而非，难以服人。试问：赵高之父纵使受了“宫刑”，与其妻何干？为什么她要到所谓“隐宫”去生孩子？马老经过缜密查寻，终于在新出土的云梦秦简中找到答案。秦简云：“工隶臣斩首及人为斩首以免者，皆令为工，其不完者以为隐官工。”原来，秦时根本无“隐宫”之设，倒是有个“隐官”，乃是一处收容受过刑罚因立功被赦的罪人的机关，与后世之劳动教养所类似。赵母正是在这个地方生下了赵高兄弟二人，与“宫刑”毫无关系，两千年迷雾终于得以廓清。对于史学家来说，一生中能够解决一两个字的问题，就已经是巨大收获了，诚可谓“吹尽狂沙始到金”啊！

二十世纪七十年代后期，我以秦王朝的兴亡史实为基础，创作了历史剧本《秦皇父子》。我以忐忑不安的心情将剧本送请马老审阅。马老一生致力于秦史研究，对于在历史天空中像流星一样闪烁过耀眼的光芒又迅速消失、给后世留下无尽争论的大秦王朝，他充满了感情，正如当年胡适所说，“非百百非不非秦”。当他看到自己所熟悉的历史人物秦始皇帝、扶苏、胡亥、李斯、赵高、蒙恬、蒙毅、卢敖等在剧本中都化为艺术形象，老人极其兴奋，给予了充分的肯定和热情支持，甚至连我所虚构的人物和情节也予以首肯，因为历史剧毕竟不等于历史教科书，只靠堆砌史料并不是艺术。在这一点上，马老表现了难得的通达宽厚，大师毕竟是大师。

一九八三年六月，马老分到了两套新房，从西城没水河胡同乔迁安定门外馆东街新居，当时，那里还是比较偏僻的地方。他在给我的来信中说，“空间是够宽的了”，流露出对“组织上的照顾”的感激之情，但又说，“只是地点偏远，自己既无能力外出访友，而友人下访又很困难，以此感到很孤寂！”那时他已经八十七岁，对于这位风烛残年的老人，住房的改善还有多少意义呢？当年，他身居斗室，连床下都塞满了书籍和手稿，最需要的是“空间”，可是没有；现在，有了“空间”，却丧失了工作能力。悲夫！马老在这所新居只住了一年多，便去世了。令我至今抱憾的是，在他最后的岁月里，我没有能够及时地去分担老人的“孤寂”，虽然计划着和爱人、孩子一起去看望他，却因为诸事繁忙而一拖再拖，等到我终于来到他的新居，这里已经成为“故居”，人去楼空，睹物思人，与游师母说起当年往事，不禁感叹歔欷！

一九八六年秋，我的《秦皇父子》由北京人民艺术剧院上演，首场演出时，贵宾席上没有马老的身影，他盼望已久的一出戏，已经看不到了。

我今生有幸，结识了包括马老在内的一批德高望重的老前辈，忘年之交，亦师亦友。他们在世时，我还年轻，常在他们门下走动，也并不觉得受宠若惊。及至他们都不在了，我自己慢慢变老了，才越来越感到失去大师的空落和惆怅。

非百先生，怀念您！

（原载《人民政协报》2007 年 8 月 13 日）

忘年之交

——怀念孙大光同志

我和大光同志的认识，大约是在一九七六年底或者一九七七年初。当时，“四人帮”刚刚垮台，国家地质总局邀请几位文艺工作者到地质战线深入生活，创作反映李四光同志业绩的文艺作品。在那个特定的历史时期，这是很需要一些胆识的。众所周知，“四人帮”肆虐十年，各个领域的学术权威几乎都被打倒了，“知识越多越反动”。十月的胜利虽然从组织上清除了“四人帮”，但“批邓，反击右倾翻案风”还在继续，思想上仍很混乱。而大光同志明确提出要为知识分子的典型人物李四光树碑立传，显示了他的远见卓识。

被他邀请的文艺工作者之中，包括我和我的先生——画家王为政。我们的选题是创作一套类似画传的组画《我国卓越的科学家李四光》，由我撰文，为政作画。在此之前，我们对于李四光是不够熟悉的，仅闻其名而已。为了让我们尽快地进入“角色”，地质总局安排李四光的旧部、秘书以及家属和我们一次次座谈，提供了很多文字资料和形象资料，仅李四光生前的工作照和生活照就不计其数，使“李四光”由文字符号变为立体形象，闭目如在眼前。我们拜访李四光故居，踏着他当年走过的路，到他发现第四纪冰川遗迹的庐山去实地写生，并且深入基层地质队去感受“是那山谷的风，吹动了我们的红旗；是那黎明的雨，洗刷了我们的帐篷”的野外勘察生活，李四光这个形象在我们心中活起来了，只需把他付诸笔墨。

创作极其顺利而且迅速。在一九七七年一年之内，整套组画全部完成，由郭沫若先生题签，上海人民美术出版社出版，作为向即将召开的全国科学大会的献礼。其中的两幅画，《毛主席和李四光》《周总理和李四光》在一九七八年一月八日周总理逝世两周年之际由新华社发通稿，一夜之间几乎覆盖了全国所有的报纸，家喻户晓，使李四光这个形象大放光彩，经历过那个时代的人们至今还留有深刻的印象。

一九七八年三月十八日，全国科学大会在京召开，邓小平在开幕式上讲话，指出：四化的关键是科学技术现代化，要大力发展科学研究事业和教育事业，大力发挥科技和教育工作者的积极性。他着重阐述了科学技术是生产力这个马克思主义的观点，明确肯定我国知识分子是为社会主义服务的脑力劳动者，是劳动人民的一部分。华国锋在大会上做了《提高整个中华民族的科学文化水平》的发言，大会还宣读了中国科学院院长郭沫若的书面讲话《科学的春天》。的确，那是中华民族科学、技术、教育、文化事业的春天，是拨乱反正、改革开放新时期的开始。组画《我国卓越的科学家李四光》的诞生，可谓恰逢其时，扣准了时代脉搏，顺应了时代潮流，这个功劳，首先应该归于这项创作的领导者大光同志。

这里要特别说一说大光同志在我们创作中所起的作用。其实，在整个创作过程中，大光同志并没有发号施令、指手画脚，他和他的部下，只是竭尽全力地为我们创造条件、提供方便，至于文章该怎么写，画该怎么画，则绝不横加干涉，作家、画家享有充分的创作自由。我们像朋友一样随意交谈，一起在职工食堂吃饭。地质总局食堂里的凉菜做得很好吃，大光同志开玩笑地说："爱吃你就多吃一点儿，可也不要吃得太胖了！"在地质总局生活的那一段时间，记忆之中觉得十分愉快。现在想想，这正是大光同志领导艺术的高超，不露痕迹的领导才是最聪明的领导，这与那种对文艺不懂装懂，偏偏还喜欢班门弄斧的某些官员相比，真如天壤之别。

大光同志是尊重知识、尊重人才的典范。他曾在一篇文章中说："地质工作必须由内行来领导，如果自己不懂，工作起来就像是隔靴搔痒。如果一大批领导骨干不懂或不很懂专业技术知识，就会贻误整个事业的发展。"这段话中的"地质"两个字，如果换成"文艺"，会令我们感到更加亲切。我有时候甚至觉得，大光同志没有能到文艺界做领导工作，是很可惜的。这么说，千万不要以为大光同志对文艺"外行"，其实他懂行得很，自己文章写得好，而且还从地质战线发现、扶持文学人才，有“文坛伯乐”之誉。他精于书画鉴赏，是知名的收藏大家，曾在一九八七年和一九九八年两次将珍藏的二百四十一幅古今名画捐献给家乡，从那些作品的目录中，已约略可见其鉴赏品位。

回忆和大光同志的交往，不觉已近三十年。这期间，地质总局先后更名为地质矿产部和国土资源部，大光同志早已从领导岗位上退下来，部长也换了好几茬儿，我和为政没有再去过部里，但仍然和大光同志保持着联系。有时候，到他住的那个小院儿去坐坐，看看他的收藏，聊聊当年的往事，恍然如昨，勾起一番感慨；秋天来了，院子里的小枣儿红了，他和夫人张刚同志还想着让手下人给我们送一些来，尝尝鲜。吃在嘴里，又脆又甜，那哪是枣儿啊，是忘年之交的一份情谊。转眼又是一年秋，大光同志已经不在了，他住了多年的那个小院儿，因为拆迁，已不复存在，那棵枣树恐怕也难以保住了。以后，再想念大光同志，到哪儿去看他呢？

（收入孙大光同志纪念文集《大光》，地质出版社 2007 年版）

半个世纪白毛女，五十年间战士情

——记歌唱家王昆

一

半个世纪之前，德、意、日法西斯带给全人类一场空前浩劫，中华民族到了最危险的时候。风在吼，马在叫，黄河在咆哮！保卫黄河，保卫华北，保卫全中国！当日寇铁蹄踏上河北唐县的土地，一个年仅十二岁的小姑娘毅然走出家门，要去投奔抗日队伍。

娘哭着问："闺女，你上哪儿去？"

她说："找三叔去！"

娘大吃一惊。在这个家，谁也不许提那个"失踪"了的三叔，只有奶奶每天都在菩萨面前为三叔祷告，保佑他在外边别冻着，别饿着。这丫头要去找三叔?!

"你知道他在哪儿吗？"

"不知道。"

一九三七年十月的一个夜晚，她和比她大两岁的姑姑和堂姐一起走了，跑过二十里地，爬上魏庄岭，到了中共唐县县委所在地北店头，参加了抗日队伍。

十二岁的女兵，身材还没有步枪高，能干些什么呢？感谢爹妈给了她一副天生的好嗓子，在学校里曾经因为组织同学唱戏而挨过老师的教鞭，到大车店扒着窗户看走红的"戏子"险些被糊窗纸的人喂了一嘴糨糊，没想到在抗日队伍里圆了她的歌唱之梦：

叫老乡，你快去把战场上，
快去把兵当！
莫等到日本鬼子来到咱家乡，
老婆孩子遭了殃，
你才去把兵当。

你别说，日本鬼子难找我，
我就享快乐，
你一不当兵二不出钱想着法儿地躲，
没人打仗亡了国，
我看你怎么活！

未经专业训练的天然童声清脆嘹亮，未经文人加工的方言土语明白晓畅，震动了那些身穿臃肿的黑棉袄、头裹羊肚子手巾的庄稼汉的心灵，他们扛起土枪洋枪，拿起大刀长矛，投入到那场血与火、生与死的大搏斗中去。

夜深人静，青纱帐里走出游击队、武工队和普通老百姓，人人眼里闪射着复仇的火焰。小姑娘手里敲打着洋瓷缸子，又在引吭高歌：

一更里月儿挂树梢，
背起了炸药扛起了铁镐。
出（嘚儿）村庄去破坏铁道，
免得那鬼子兵运兵来杀烧。
嘚儿噌，嘚儿噌，嘚楞打噌打噌，
免得那鬼子兵运兵来杀烧！

那时候，她已经是训练班里的“尖子”，合唱《我的家在东北松花江上》，当唱到“什么时候才能回到我的家乡……”大伙儿使坏，都闭了嘴，只剩下她一人唱“爹娘啊……”她当然挺得意，人来疯，不知道真正的成名还在后头。

一九三九年四月，她参加了周巍峙领导的西北战地服务团，每天跑七八十里地，巡回演出。她的任务是找老乡借个板凳啦什么的，说得好听点儿就是“剧务”。遇到人手不够的时候，也凑合着演个逃难的老百姓，一出场就被鬼子打死，没什么戏。导演曾经想让她演《雷雨》里的四凤，又觉着这个乡下小丫头没有大都市的生活感受，终又作罢，只让她演一些边边角角的小角色，《复活》里的“红头发的克拉拉”，《李自成之死》里的女兵之类，连台词也没有几句，龙套而已。

一九四四年四月，她随西北战地服务团回到了延安，进入鲁迅艺术学院戏剧音乐系学习，一个将影响她终生的契机就在眼前了。

清清延河水，巍巍宝塔山。在三叔居住的窑洞前，一位身穿列宁服的阿姨笑眯眯地端详着她，说：“恩来，快来看！王鹤寿这个侄女，十九岁，从前方刚来，在鲁艺学习。侄女怎么会这么像叔叔呢？真有意思！”

中国未来的总理愉快地舒展着剑眉，向小姑娘伸出他那受过伤的右臂，亲切地握手：“十九岁，正是学习的年龄，要好好学习！”

一九四五年四月至六月，中国共产党第七次全国代表大会在抗日战争即将夺取最后胜利的关键时刻隆重召开。延安鲁艺献给大会的礼物是大型民族歌剧《白毛女》的首场演出。大幕拉开了，舞台上出现了中国农民的典型杨白劳和他的女儿喜儿，“北风那个吹，雪花那个飘。雪花那个飘飘，年来到……”无须说明书，也无须早期“文明”戏开场之前的“幕表”，观众立即随着这歌声进入规定情境，为父老乡亲的悲惨命运潸然泪下，义愤填膺。延安没有电，舞台上挂的是汽灯，当然更不可能有麦克风，演员全凭肉嗓子，把每一个音符送到最后一排观众的耳朵里。人们被震撼了！第一幕结束后，导演来到后台，兴奋地对演员们说：“毛主席来了！周副主席来了！还有……还有……会场座无虚席，连陈赓旅长都是站在门口看的。第一幕很成功，所有的人都拿着手绢擦泪。”并且特别嘱咐喜儿的扮演者：

“你演得很好，千万别紧张！”其实，她当时完全把自己融进戏里去了，根本不知道什么叫紧张。

演出结束了。那时候还不兴谢幕，也没有首长上台接见、照相这些程式，都拥到化装室里去看杨白劳和喜儿，包括周恩来、刘澜涛、罗瑞卿这些叱咤风云的人物。

邓颖超说：“恩来，你发现了没有？这孩子化装起来，多么像张瑞芳呀！”

周恩来笑声朗朗：“是像，特别是嗓音很像张瑞芳！”

正在忙着卸妆的“喜儿”并不知道他们说的张瑞芳是抗战大后方的一位大明星，更没有想到延安也从此升起了一颗新星，那便是她：王昆。

二

王昆从鲁艺所在地桥儿沟到中央组织部去见三叔王鹤寿，搭周副主席的车子。那不过是一辆小型卡车，但在当时的延安已属凤毛麟角，没有几辆。周恩来和邓颖超坐在前面的驾驶室，王昆站在后面的槽帮里。车子一开，凛冽的朔风把她的头发都吹起来，像飘扬的旗帜。那是她头一回坐汽车，心里美得不行。

车子过了飞机场，顺着延河拐了个弯儿，到了中央党校对面，她该下车过延河了。车子为她停了下来，她下了车，周恩来和邓颖超也下了车，陪着她沿着延河散步，说了好一阵子话。

“你一个晚上唱《白毛女》这样大的歌剧，嗓子累不累？有没有保护措施？”周恩来问。

“每演一场，组织上发给两个鸡蛋，叫生着喝下去，说这样能保护嗓子。”王昆答。

“不演出的时候有没有？”

“没有。”

“其他演员有没有？”

“林白和我一起演喜儿，她演的时候我没有，我演的时候她没有，其他演员一律没有。”

“哦!”周恩来深深地叹息一声，“我们现在还很困难哪！请你转告大家，这个戏表现了广大劳苦农民的命运和反抗，因此感人至深，希望你们再加工修改。革命形势很快就改变了，你们文艺工作者将到更广阔的天地去，有更重要、更繁重的任务在等着你们。你学了毛主席《在延安文艺座谈会上的讲话》吧？讲话的核心就是文艺为人民，你是唱歌的啰，你要记住为人民歌唱!”

慈父般的谆谆教导，王昆记住了，一辈子也不会忘!《白毛女》从延安演到解放区，从抗日战争演到解放战争，王昆以歌声为武器，为人民而歌唱。前线的“戏台”是用冻土临时搭成的，杨白劳喝了盐卤而死，喜儿受伤倒在山洞里，就是躺在这样的土台子上，等到幕间演员站起身来，土台子上已经被他们的体温融化出凹陷的人形！要说身上不冷、嗓子不疼，那是假的，可是，当他们看到战士在枪杆上刻着“为杨白劳、喜儿报仇”的誓言，仿佛得到了最高的奖赏。

在枪林弹雨、烽火硝烟之中，王昆长大了。

三

“白毛女”边走边唱，跨进了新中国。她的歌声在抗美援朝的战壕里回响，她的足迹踏遍苏联、东欧各国以及音乐之都奥地利的舞台，一九五七年她因主唱电影《白毛女》而成为共和国首批金质奖章的得主。

土生土长的“白毛女”，在五十年代的“土”“洋”之争中也曾经困惑。一九五一年，前来我国访问的苏联人民演员哈里玛·纳赛洛娃悄悄地对王昆说：“你千万不要去那个什么学院学那个‘洋嗓子’，千万不要重复我走过的弯路。在苏联我有千百万观众，是斯大林奖金获得者。后来为了学科学的唱法，我上了音乐学院，等回到乌兹别克的时候，我的观众再也不认我了！我丢掉了‘自己’，心里很痛苦，关起门来，一面打着鼓，一面流着泪，练呀，练呀，终于把‘自己’找回来了。中国人民有好几亿，不用多，你有十分之一的听众也就够了！”

这肺腑之言，使她怦然心动。然而，在那个时候，中央音乐学院苏联专家班仍然是“挡不住的诱惑”，她还是主动要求去进修了。临行之前，周恩来语重心长地叮咛道：“你去学习是好事。但学归学，只能学好，不能学坏。什么叫学‘好’？就是你学完之后，不能让我们再也认不出你来了，而只能让我们觉得你比以前唱得更好了，但还是王昆，而不是别人。什么叫学‘坏’？那就是我们在收音机一听，听不清是谁，以为是另外一个什么人！”

日理万机的共和国总理，还惦记着一位歌唱家的成长之路，这一番对艺术的论述何等精辟！可惜，当时的王昆并没有完全理解。两年之后，当她在苏联专家和中国专家的课程中都拿了满分，已经能用“洋嗓子”熟练地演唱威尔第的《奥赛罗》了，却发现自己唱民歌已经使不上劲、吐不清字、唱不成调了。在一九五七年的一次盛大的音乐会上，她当着周总理的面唱了维吾尔族歌曲《解放了的时代》、印度歌曲《摇篮曲》和印度尼西亚歌曲《宝贝》。周恩来一脸严肃，说：“你终于学成这个不土不洋的样子了。你的嗓子本来是很高亢、嘹亮的嘛！关于‘洋嗓子’‘土嗓子’问题，你们音乐界什么时候才能纠缠得清呢？《宝贝》是刘淑芳的曲目，你唱它做什么？你要走自己的路嘛！”

总理的严责振聋发聩，王昆惭愧得几乎流出泪来。她暗暗发誓：一定要把“自己”找回来！

四个月之后，她将一封请柬郑重地送到中南海，请总理来听她的独唱。那一天，她唱的是《夫妻识字》《南泥湾》《北风吹》《扎红头绳》和《秋收》。大幕徐徐地落下去，周恩来和邓颖超走上了舞台。

王昆泪眼望着总理，总理满面春风，握着她的手说：“今天你唱得很好，我很高兴！”

邓颖超说：“你的歌声使我们回到了延安！”

哦，延安！还记得延河边上的散步吗？还记得中央党校后台化装室里的笑谈吗？转眼快二十年了。“白毛女”王昆从那时脱颖而出，在世界上兜了一个大圈子，又把“自己”找回来了！

四

一九六二年，经周总理批准，王昆调入刚刚组建的东方歌舞团，担任独唱演员和艺委会主任。

也是在这一年，纪念毛主席《在延安文艺座谈会上的讲话》发表二十周年之际，《白毛女》再次上演，周巍峙特地把当年首场演出的原班人马重新召集起来，联袂登台。周恩来总理和许多中央领导同志都兴致勃勃地前来观看，仿佛十八年后重回延安！

一九六四年，举世瞩目的大型音乐舞蹈史诗《东方红》隆重上演，并拍摄为电影。这是在周恩来领导下，由共和国最优秀的一批艺术家联合创作的一部杰作，人们称周恩来是“总导演”。王昆在大歌舞中担任《农友歌》的领唱。她在作曲家原作的基础上二度创作，加强了湖南民歌风味，大获成功。毛主席看后十分赞赏：“很有当年革命妇女的气魄！”周总理说：“王昆是二十年前的《白毛女》，二十年后的《农友歌》呀！”

六十年代初期是王昆歌唱艺术的又一个高峰。那时，我们的祖国刚刚从天灾人祸中复苏，经济困难的阴影还没有褪去，而人们的精神面貌却是那样奋发昂扬，文艺界在周总理的呵护扶持之下也呈现出一片春色。可惜，严冬很快就要到来了，《白毛女》的原班人马曾相约在她诞生二十周年、三十周年时再相聚，只能是梦想了！

一场史无前例的“文化大革命”搅乱了正在前进中的共和国，人妖颠倒，魔鬼横行。王昆被江青打成“特务”“反革命”，《白毛女》的原班人马都成了“黑帮”，只有陈强一个人没有改变“身份”，纸糊的高帽子上写着“恶霸地主黄世仁”。

黑云压城城欲摧，周恩来殚精竭虑，挽狂澜于既倒。他挺身而出，保护一大批开国元勋，保护曾经受战火考验的文艺战士：“周巍峙有什么问题？他作了《志愿军战歌》，影响很大嘛！至于王昆就更没有问题了，她从小参加革命，在革命队伍里长大的，在延安演出了《白毛女》，对革命文艺工作是有贡献的！”

周恩来没有能解救王昆和周巍峙，“四人帮”对他们的迫害更变本加厉。爪牙们甚至无耻地威胁王昆，逼迫她提供攻击周恩来的“子弹”。王昆的心在滴血，眼在冒火！周总理，是她敬爱的领袖、师长和慈父，谁妄图玷污周总理，天诛地灭！一名小喽啰向王昆勒索钱财，她正义凛然地回答：“我不会给你钱。我的钱包放在哪里，你都知道，可以自己去偷嘛！”革命战士身陷囹圄，威武不屈，她心里越来越明白：这哪里是什么“革命”？分明是法西斯借尸还魂！啊，当年的反法西斯斗争还没有完结，那就再较量一次吧！

想要逼死我，
瞎了你眼窝！
我是舀不干的水，
扑不灭的火，
我不死，我要活！
我要报仇，我要活！

在铁窗外监视着她的狗窃鼠盗之辈，面对着不可征服的“白毛女”，能不心惊胆战吗?!

一九七六年一月八日那个寒冷的清晨，收音机里播放的哀乐把亿万人的心击碎了。不好了，天塌下来了！王昆踉踉跄跄向北京医院跑去，泪水打湿了前胸，衣襟冻成了冰块。她站在马路上凝视着那座可望而不可即的医院：周总理，您在哪里！她平生第一次懂得什么叫肝胆欲裂，向着前方深深地三鞠躬，哭倒在地上……

十里长街送总理，那如山如海的花圈中有周巍峙、王昆一家敬献的一个简陋的花圈，那泣血号天的人群中有一个从延安走来的“白毛女”，周总理，您知道吗？您老人家慢走，让我们再看一眼您鞠躬尽瘁的面容！

周公无语，撒手归去。十里长街，万人广场，九百六十万平方千米的神州大地，北风吹，雪花飘，正经历着共和国成立以来最严酷的一个冬天……

五

十月响春雷，九州尽开颜。王昆重登舞台，放声歌唱，千万观众聚集在体育场、剧场和电视荧屏前，泪飞如雨，纵情欢呼。

一九七七年，东方歌舞团恢复建制，一九七八年王昆出任团长。十年之间，发扬传统，锐意创新，广出人才，展示实力，二度腾飞，再造辉煌。“东方歌舞团的名称很光荣，你们要保持这个光荣！”周总理在“文化大革命”之中东方歌舞团被“砸烂”的情况下仍殷殷寄语，现在，他老人家九泉有知，可以欣慰了。

一九八二年，王昆演唱的《白毛女》和《桂花开，幸福来》获广电部颁发的金唱片奖。

一九八七年，王昆获巴基斯坦总统授予的卓越明星勋章。

一九八九年，王昆退居二线，任东方歌舞团顾问。她与一批老艺术家一起创建了东方声乐培训中心和东方华夏艺术中心，走遍大江南北，为国育才。她集资出版了《难忘的歌——抗战篇》录音、录像带，她在纪念毛主席百年诞辰等重大活动中登台演唱，她组织举办了《当代资深著名歌唱家首唱曲和成名曲演出展》在祖国各地巡回演出，所到之处，盛况空前。

一九九五年，中国人民抗日战争暨世界反法西斯战争胜利五十周年，也是《白毛女》诞生五十周年，当年扮演喜儿的那个小姑娘王昆，如今已是七旬老人。古稀之年，王昆仍然嗓音洪亮，风采依旧，堪称奇迹。从抗日战争时期就参加革命队伍并开始歌唱生涯，至今仍然活跃在舞台上的歌唱家，只有王昆一人了。文坛泰斗夏衍在辞世之前写道：“她演歌剧满怀激情，她唱民歌朴实纯真，可以说是一片天籁。六十年风风雨雨，她胸怀坦荡，古稀之年仍保持艺术青春，弥可贵也。”

半个世纪之前的“八一五”之夜，中国现代史上的盛大节日。当第五十个“八一五”到来的时候，七十岁的王昆将再度演出《白毛女》，以她那永葆青春的歌喉，纵情高唱：太阳出来了，太阳出来了！

（原载《中华英才》1995 年第 13 期）

天地为之久低昂
——记舞蹈家资华筠

“昔有佳人公孙氏，一舞剑器动四方，观者如山色沮丧，天地为之久低昂。㸌如羿射九日落，矫如群帝骖龙翔。来如雷霆收震怒，罢如江海凝清光。”这是杜甫《观公孙大娘弟子舞剑器行》诗中的一节，真可说是字字珠玑，灿烂夺目，动人心魄，“㸌如”“矫如”“来如”“罢如”以一系列极为形象的诗句写了舞蹈的光感、动感、声感、静感，令人如临其境，致使如山观者，在被震撼之后一派静穆，连“天地为之久低昂”！

但，我又深觉遗憾。因为文学语言的精彩描述毕竟不能代替视觉形象，我终于无法“看”到公孙大娘的剑器舞到底是怎么一回事儿。更令人不快的，我想如果没有杜甫这首诗，人们将无从得知唐开元年间曾有过这么一位公孙氏（叫什么名字？杜甫没写）的杰出舞蹈家，即使如公孙大娘这么杰出的艺术大师，在封建统治的时代，也只得栖身“梨园”“伎坊”之中，属“倡优”之列，舞蹈这种表露人的情感、自娱的原始特质已经丧失，舞蹈艺术家也根本谈不到人格尊严和自我价值。他（她）们不可能具有较高的文化素养（在这里，“文化素养”包含着更大的范畴而并非贬低其舞艺的高超），也不可能具有著书立说的能力和权利，因此只能以有限的血肉之躯在有限的时间内自愿或不自愿地为舞蹈艺术献身，在放出一阵耀眼的光芒之后，便像彗星一样永远消失在“久低昂”的“天地”之间。

我常想，如果公孙大娘能够亲手留下一部著作，或可超过杜甫这个舞蹈外行的描述千万倍，该是多么辉煌！然而，这是不可能的！呜呼，舞蹈家！呜呼，舞蹈艺术！

近几年，陆续读了资华筠的自传《舞蹈和我》以及她的一批关于舞蹈的散文，我的上述遗憾得到了补偿，因为终于读到了舞蹈家写的关于舞蹈和人生的精彩文字。（也许其他舞蹈家也写了不少这样的文字，而我孤陋寡闻，未曾拜读，敬请海涵。）

资华筠是新中国造就的第一代舞蹈家之一。中华人民共和国成立时她只有十三岁，有幸考取由戴爱莲主持的中央戏剧学院少年舞蹈班，得名师真传。在十五岁那年即一九五一年，即赴柏林参加世界青年联欢节的舞蹈比赛，和同伴们一起以《西藏舞》夺得金奖，为刚刚诞生的共和国赢得了荣誉。此后便脱颖而出，成为一颗灿烂新星，屡屡获奖。她是戴爱莲的传世名作《飞天》的“原版”演员，创造性地把长绸舞从京剧“化”入舞蹈，十余米长绸在手中飞卷自如，翩翩起舞，如行云流水，令人叹为观止。画家叶浅予赞曰：“敦煌有飞天，华筠能舞之。”《飞天》由壁画上飞到舞台，飞到人间，飞向世界，迷倒了亿万观众，成为中国舞蹈经典作品，最早的表演者、创作者资华筠功不可没。她也是国际获奖节目《荷花舞》和《孔雀舞》的最早演员之一。《荷花舞》脱胎于陇东、陕北的民间舞蹈《荷花灯》，原型是以“一颠一颠的蹭步来跑场子”，经戴爱莲加工、升华之后变得纯净、优美、抒情。当资华筠以轻盈的“水上飘”步法上场时，观众甚至怀疑她穿的是溜旱冰的“轱辘鞋”。《荷花舞》把亭亭玉立、出淤不染、香远益清这些象征中华民族传统精神的真、善、美意境，表达得淋漓尽致。《孔雀舞》则取材于傣族民间舞蹈。编导者大胆地将原来的男性为主的舞蹈改变为女性独舞，并且删除了沉重的“鸟架子”和“鸟冠”，又以缀满雀翎图案的曳地长裙取代了筒裙，一个既为傣族人民首肯又被全中国、全世界赞赏的“孔雀公主”终于骄傲地诞生于舞林。

资华筠在人生和事业的高峰时期赶上了“文化大革命”，本来应该灿若黄金的十年在浩劫中沦为粪土。但她不甘沉沦，冒着极大的风险，借体委训练场秘密练功，“混迹”于北大宣传队向工人普及舞蹈知识。工人师傅在政治压力下，在停电的夜晚（真正是“最黑暗”的时刻）举着烛光请她跳舞，这真是中国舞蹈史上令人心碎又令人感奋的一笔！

“四害”覆没之后，资华筠已是不惑之年，但仍以不可遏止的激情，拼着“老”命，和几位前辈、老友创作、演出了《周总理永远活在我们心中》《长虹颂》。一九八〇年，在全国独舞、双人舞比赛上，她与姚珠珠再度合作《飞天》，荣获优秀表演奖。这是她最后一次获奖。已隐隐有“老将”捧“安慰杯”之感。从此，极少登台演出，年逾半百之后任中国艺术研究院舞蹈研究所所长。如此看来，她的缀满荣誉也布满伤痕、可堪骄傲也可堪感叹、不无遗憾也不无欣慰的舞台生涯，大体善始而又善终，可以画上一个句号了。

然而她却不！在尽职尽责地做所长之余，她仍然念念不忘还有许多事情要做。当然不是“老夫聊发少年狂”，去和晚辈争强斗胜，“晚有弟子传芬芳”也就够了。但资华筠毕竟不是公孙大娘时代的“伶人”，而是今天的艺术家，她有更高的精神境界和完整的艺术观、自我价值观。从资华筠所写的大量舞评、舞思可以看出，公孙大娘的今日子孙已经怎样超越了祖先。华筠已经消逝了的舞台岁月以文字手段永驻了。她的自传《舞蹈和我》便是三十多年舞台生涯、人生道路的一个系统的总结。这本书使我感动的不仅是她少年时代同时考取中央戏剧学院少年舞蹈班和南开高中却含泪撕毁南开入学通知而毅然献身舞蹈艺术，也不仅是她在训练中战胜常人难以想象的困难所表现出来的毅力，以及她在运动中的不幸遭遇，还在于她在繁忙、劳累而又辗转不定的演出途中完成了大学中文系课程，并且在不惑之年风雨无阻地业余从师学习英语，从中可以看出一位自立自强的艺术家的远见卓识。在游历亚、欧、美三十余国的演出之中，她把视野放宽到世界范围，立足于民族艺术而又广泛采撷异国芳菲，从墨西哥、西班牙、印第安、秘鲁、阿根廷、印度、波兰、德国、苏联等的民间舞蹈中汲取新鲜活泼的养分，并且对我国五十六个民族的舞蹈逐一进行研究，寻求融会古今中外、发展中国舞蹈的创新之路。“五十而知天命”，她又开始了《舞蹈生态学》的写作，为中国舞蹈艺术著书立说。她不仅是舞蹈家，而且是学者。她的著作，功在当代，功在后人。

而我对于华筠还有更高的期望，建议她在完成《舞蹈生态学》之后，再写一部鸿篇巨制的文学作品，不是她的自传，而是塑造前仆后继的数代人的形象，为新中国的舞蹈事业树碑立传。这将是可歌可泣、可咏可叹的一部大书。华筠对此却有所顾虑，其一曰："文学功力不足！"其实，她有丰富的阅历，又有极好的文笔，已具备最基本的条件；其二曰："还是留给作家写吧！"她应该明白，专业作家未必像她那样熟悉舞蹈家的生活，仅仅靠采访和"体验生活"恐怕难以写得令行家首肯。这件事需要舞蹈家当中的文学家来做。

我想华筠总有一天会这么干起来，她的前辈、同行、朋友都会热心地为她做参谋，集思广益，众志成城，来完成这件并非属于华筠一个人而是属于整个中华民族的事业，这部未来的作品将会使"天地为之久低昂"！

我期待着。

（原载《太湖》1990 年第 9、10 期合刊）

梨园酣梦

酣梦梨园醒复醉，醉眼蒙眬，一展杨妃媚。待月西厢花影碎，秋江雁去斜阳坠。　一片痴心谁与寄？台后台前，似戏原非戏。镜里佳人空自对，柔情忍却女儿泪！

这首《蝶恋花》小词，说的是一位异国奇女子，新加坡乐龄京剧团团长、艺术之家总监吴书玉。

我和吴书玉女士已认识多年。她的公职是新加坡一所中学的美术教员，我家先生去新加坡讲学或举办画展，她总是热心地帮忙，有时也挤在学生当中听课，就这样不知不觉便成了很熟的朋友。他们是书画之交。书玉每次从南洋到北京来，必到舍下做客；我去新加坡的时候，她自然更是热情照应。书玉已年逾不惑，但看上去却很年轻。她身材小巧，体形苗条，性格文静，未曾说话，脸上先泛起腼腆的笑容，生人也许猜她不过二三十岁。我和书玉见面的时候，很少听她谈到本行——绘画，她津津乐道、滔滔不绝的往往是京剧和中国民族音乐，到北京来办事，也总是找这方面的学校和表演团体联系什么什么。她是个“戏迷”。不过，不是普通的戏迷，而是早已迷出了名堂，现任新加坡乐龄京剧团团长和艺术之家总监，在新加坡的京剧界颇负盛名，拿手好戏有《贵妃醉酒》《秋江》《西厢记》《拾玉镯》《白蛇传》等数十出，难以尽述。去年我在新加坡的时候，便曾欣赏她和她的学生合演的《秋江》，台上的书玉光彩照人，袅袅婷婷，载歌载舞，把个为了爱情而私奔的小尼姑陈妙嫦演得活灵活现。我惊叹她的表演天赋和艺术悟性，更钦佩她对艺术的一片痴情，几十年刻苦磨砺，矢志不移。

书玉本是豪门名媛，父亲是新加坡的“船王”，当年新加坡河门泊万里船，大半都姓吴。然而，书玉却没有跟着父亲“在商言商”，而是莫名其妙地迷上了艺术。还是在她上中学的时候，来自中国的戏曲艺术片《梁山伯与祝英台》在狮城上映，书玉一下子着了迷，自此与中国戏曲结下不解之缘。如果豆蔻年华的女儿只此一迷，倒也罢了，不料也就在那个前后，她与一个小伙子双双坠入爱河，而小伙子的家境又不是吴老先生所中意的。这一来麻烦了，生活中的“梁祝”上演了，吴老先生说：你要嫁他，我们就断绝父女关系，我没有嫁妆给你，将来遗产也没有你的份！书玉抱定了“生命诚可贵，爱情价更高”的信念，昂然说：不给就不给，我们自食其力！所以，这位大家闺秀没有能够进大学深造，中学毕业之后就跨上了艰难的人生之路。“剧情”的发展不像梁祝，倒更像卓文君与司马相如了。志同道合的两个年轻人自力更生筑起小巢，养育了两个可爱的儿子，并且在业余时间创办了乐龄京剧团，时在一九八一年。他们自筹资金，遍访名师，四处求教，招聘不付薪水的业余演员，而且经常免票为社会演出。不为名，不为利，只为实现自己少年时代的艺术之梦，在南洋培育梨园之花。

遗憾的是，这场可歌可泣的爱情并没有持续太久，他们分手了。无须评论谁是谁非，这场婚变对于书玉总之是个致命的打击。但是，她对艺术的痴心却并没有因此而摧毁，一个孤身女人，带着两个幼子，顽强地活下去，并且仍然撑起不倒的乐龄京剧团。可以想见，这需要多大的勇气！

岁月如流，书玉在艺术上渐渐成熟了。她曾在一九八八年、一九九一年两度在中国戏曲学院进修形体训练和表演专业，取得优异成绩；曾在一九八四年扮演梁红玉击鼓抗金，以巾帼不让须眉的英雄气概参加新加坡国庆二十五周年大典；曾在一九九一年被新加坡国家艺术理事会委任为“艺术大使”，率团赴苏格兰进行文化交流并担任导演，同年应印度尼西亚政府之邀参加印度尼西亚艺术节演出，赢得世界性的荣誉。除领导乐龄京剧团和艺术之家之外，她还身兼新加坡布莱德岭联络所京剧指导和华族文化艺术中心执行委员、新加坡艺术理事会艺术咨询委员、宗乡总会文化组委员等多种职务，一年三百六十五日，繁忙之至。她似乎越忙越显精神，艺术已经成为她的生命，是她生存意义的全部。“当你年轻的时候，你的经验等于零；可当你的演技已经炉火纯青时，你却发觉已经进入老年了！”她说，在说这番话时，那语气中有自信、自怜，似乎还有些许的无奈。

书玉从不后悔自己走过的路，父女情绝，夫妻恩断，纵然天道有所不公，但书玉不悲不哭，“柔情忍却女儿泪”！她对艺术忠贞不贰，作为华族的一员，对得起生她养她的中华民族，今生无悔。

（原载《中国艺术报》1996 年 4 月 12 日）

一代名医姚五达

突闻姚五达大夫逝世的噩耗，震惊之余，我陷入深深的悲痛之中，久久不能平静。

我结识姚大夫是在十几年前。一九九〇年秋，我大病一场，久治不愈，到了第二年秋天，已是形销骨立，虚弱不堪。

某日，有客来访，和我先生商谈收藏他的画作事宜，见他心不在焉，愁眉不展，不免要问："王先生是不是身体不大舒服？"他便直言相告："不是我生病，是我爱人重病在身，跑了好多医院，仍然不见起色。"

客人脱口说道："我给您介绍一位大夫，治疑难杂症特别有办法。"

"谁？"

"姚五达。"

世间事物的发生、发展，往往具有极大的偶然性。当年如果没有那位客人的来访，或者虽然来了却少说了一句话，我便失去了认识姚大夫的机缘，那岂不是终生的憾事！

当天晚上，那位友人就开车陪我们来到了崇文门东大街姚大夫的寓所。那时，他已年届古稀，白发苍苍，一团和气，给人以亲切之感。于是望、闻、问、切，这是中医诊病的基本程序。姚大夫与众不同之处在于，在开好处方之后，他又仔仔细细地审视一遍，轻声说道："好极了！"好像是在赞赏别人的手笔。不，这张处方不可能出自他人之手，它体现了姚大夫对病情的独特认知和医治的独特思路，犹如面对复杂的战争局面，不同的指挥员各有各的打法，或正面强攻，或迂回包抄，其结果也是大不相同的。我常见一些中医大夫，对初诊病人不敢把话说得太满，只说，先吃几服药看看，见好再来。这本也无可厚非，万事开头难，要允许人家先试一试，“摸着石头过河”。但患者拿着这样的处方，心里却没有底，满怀希望而来，心绪茫然而去，气已泄了大半。姚大夫则不然，知己知彼，百战不殆，在完成处方之际，他对于这场“战役”已是胜券在握，所以他才敢于做出“好极了”的自我评价，这是指挥员在完成兵力部署之后静待捷报传来时的气定神闲，是艺术家欣赏自己刚刚完成的作品时的满足和陶醉，而作为医生，他的自信对于患者则是最富于鼓舞性的心理暗示：有这样的大夫，你还怕什么！姚大夫把处方递给我，微笑着说：“你放心，一定给你治好，我说话算数！”

当时，我的眼泪几乎要夺眶而出，一年多来我苦苦盼望的就是这句话啊！走出姚大夫的家门，我看到街上熙熙攘攘的人群，心中已不再是以往的疏离感，因为我的病有救了，还可以像别人一样享受人生，享受生活！

果然，姚大夫的许诺没有落空，服了他开的药，我的病情渐渐缓解，数月后基本痊愈，到一九九二年春天已经可以出外考察工作和出国访问了。切身的经历，使我感受到姚大夫医术的精湛和医德的高尚，对他充满了由衷的敬佩和感激之情。

其实，姚大夫早就医名远播，只怪我孤陋寡闻，认识他太晚了。一九二一年，姚五达出生于北京的一个中医世家，幼承家学，十五岁随父佐诊，后考入北平国医学院，苦读五载。一九四〇年以优异成绩毕业，又拜“四大名医”之一孔伯华先生为师，深得孔氏真传；而立之年已是远近闻名的杏林高手。

中华人民共和国成立后，姚大夫曾先后在北京市第三医院、妇产医院、建工医院等单位从事中医临床、教学、科研工作。几十年来，他救治了千千万万个患者，给无数家庭带来了健康和欢笑；他培养了一批又一批后起之秀，如今已桃李满天下；他总结自己在治疗妇科疾病、内科温病方面的独到经验，创立了“轻可投实法”“截流开源法”“温病治疗六法”，并撰写了《妇科治疗经验》《温病治疗经验》《诊法伤寒要诀》《中医杂症》等学术著作，为祖国医学宝库增光添彩；他还是治疗不育症的专家，帮助许多渴望做父母的夫妇圆了天伦之梦，在他办公桌的玻璃下压着一沓婴儿的照片，这些孩子都是靠了姚大夫的神奇医术来到世间；他经常应邀为国家领导人、国际友人、海外华人华侨诊治疑难病症，在海内外享有盛誉。由于他对祖国医疗卫生事业所做出的卓越贡献，国务院授予他终身特殊津贴，并被有关部门任命为“继承老中医学术经验指导老师”……

姚大夫退休之后，仍然退而不休，超前服役，因为患者需要他，中医事业需要他，他继续为他人的健康奔忙，先后在北京炎黄国医馆、同仁堂、京城名医馆等处应诊，慕名就医的中外患者应接不暇。他出诊的足迹遍布各地工厂、农村、工地、军营，晚年还曾不远数千里亲赴香港，为驻港部队官兵义诊。直到他自己身患重病，仍然不肯拒绝任何一位求医就诊者，从病床上挣扎起来，为来客把脉、开方，他真正把救死扶伤奉为天职，忘记了自己的安危！

二〇〇一年春，姚大夫度过了硕果累累的八十华诞。然而，就在这个春天，他的夫人不幸辞世。四十年的相濡以沫，一旦生离死别，给予他的打击简直是致命的。姚大夫是一个感情细腻的人，和他在事业上的自信恰恰相反，生活中的姚大夫性格内向、谦逊和蔼、淡泊名利、与世无争，和爱妻携手并肩，把儿女抚养成人。如今儿女大了，爱妻走了，留下耄耋之年的一只孤雁，他飞不动了。在人前，他强忍悲痛，勉作笑颜，当儿女不在身边的时候，才暗自饮泣，一腔老泪流不尽那长长的思念。熟悉他的人都在担心：姚老恐怕过不去这一关了。果然不幸而言中，一年不到，姚大夫也驾鹤西归，到另一个世界里相伴他的爱妻去了。

姚大夫的遗体火化那天，正值北京大雪之后，天气奇冷，道路壅塞，然而这一切都阻挡不住悼念的人群从四面八方涌来，他们都要见姚大夫最后一面，为他送行。灵堂里摆放着党政机关的领导同志和各界人士敬献的花圈。低回的哀乐声中，人们排着长队，缓缓走到他的身旁，默默地三鞠躬。人群中，有有关部门的领导，有与他多年共事的同行，有受过他无私教诲的晚辈，他那些远在海外的弟子也专程飞赴北京，含着热泪，扑倒在恩师灵前……

更多的是曾受惠于他的不同年龄的患者，用鲜花、挽联表达对他的怀念和感激之情。其中有一对中年夫妇，当年姚大夫为他们治愈了不育症，现在他们带了孩子来拜辞恩人，这孩子如今已经十几岁了，一米七几的小伙子，如雨后春笋。逝者长已矣，但他给世界留下了生命，留下了健康，留下了希望。

姚大夫静卧在鲜花丛中，依然像生前那样安详、谦和，仿佛在和他的患者交谈："你放心，一定给你治好，我说话算数！""别着急，不生气，少管闲事不思虑！"这是他经常对病人说的话，不但治人之病，而且宽人之心，现在还有谁能为他宽心，替他治病呢？没有了，一代名医姚五达走完了八十年人生之路，完成了苍天赋予他的历史使命，和我们永别了。

姚大夫，您慢慢地走……

（原载《北京晚报》2002 年 1 月 19 日、《人民政协报》3 月 18 日）

门框胡同记事

且说门框胡同

北京到底有多少胡同？明人张爵写的《京师五城坊巷胡同集》、清人朱一新写的《京师坊巷志稿》和民国时期出版的《北平地名典》《北平指南》，洋洋洒洒地开列了几千条胡同的名单，但认真考订起来也未必就已经完备，反正我是说不清，仅距我家不远的大栅栏一带的胡同就已经多如牛毛，门框胡同便是其中的一“毛”。

门框胡同在二十世纪四十年代还有门槛遗留在入口处，可以推测原来有一个完整的门框，名字便也由此而来。它的确窄得像个门框，汽车是过不去的，但常常被骑车的、步行的、挑担子的人塞满，现今的青年男女喜欢挎着胳膊遛大街，到了这儿就不大好挎了。

门框胡同虽然窄小，却是一条交通要道，如果你要从前门西大街、西河沿和廊房头条、二条、三条到大栅栏去，或是从大栅栏到这边来，就得从门框胡同穿过，所以它俨然有大栅栏的“门户”和“咽喉”的架势。

大栅栏原名“廊房四条”，和廊房头条、二条、三条并列。历经元、明、清三朝，渐渐成为繁华的商业中心，绸缎布匹、日用百货、干鲜果品、珠宝玉器、参茸饮片、茶馆饭庄、酒肆戏楼无所不包，终年客商云集，日夜车水马龙，为“京师精华”“中城珠玉锦绣”。王府井大街与它相比，只能算是“后起之秀”，而天桥则只堪称“下九流”了。门框胡同就是串联“珠玉锦绣”的一条链子，可谓举足轻重。

公元一九〇〇年，岁在庚子，义和团在北京大闹“扶清灭洋”，各国公使一片惊慌，出兵干涉，英、美、俄、法、德、日、意、奥八国联军血洗北京，慈禧太后和光绪皇帝逃之夭夭。次年，这场历史劫难以永远钉在耻辱柱上的《辛丑条约》而告终：中国赔偿白银四亿五千万两；将东交民巷划为由外国人驻兵保护、华人不得入内的“使馆区”；拆毁大沽至北京的炮台；由各国派兵驻守从山海关到北京的铁路沿线的城市；永远禁止中国人民反抗外国侵略的行动……

庚子事变使大栅栏一带化为灰烬！

但是，大栅栏却也并没有因此而被抹掉，它在废墟中又重新出现了，百废俱兴，百业并举，“二十年后又是一条好汉”，甚至比原来的大栅栏“更大栅栏”。经历过庚子大火的老人儿渐渐都谢世了，儿孙们也就不大记得当年赛金花在这一带为德军统帅瓦德西筹措钱粮、骗买民女的往事了。

如今的大栅栏比当初体面、堂皇得多了。虽然还叫“大栅栏”，但始建于乾隆年间的铁栅栏早已不见踪影了，是一片“没遮拦”的热闹去处。老字号的店铺油饰一新，又挂上了有着数百年声誉的金字牌匾，新建筑则追求时代气息，门脸儿镶上大理石面儿，店堂里装上护墙板，糊上锦缎似的壁纸，挂着豪华的枝形吊灯，有的还播放流行歌曲以助兴。这景象，从大街上一直延续到小胡同里。

如果你逛完了“同仁堂”“德仁堂”药店，“张一元”茶庄，“瑞蚨祥”绸缎庄，“内联升”鞋店，“亨德利”钟表店；吃过了“同和轩”饭馆，又就手儿转了一圈第一、第二百货商场和首都彩色摄影厅，见口儿往北走，就进了门框胡同。

小小的门框胡同，其容量却是惊人之大。仅餐馆便有四家，其中“同益轩”“瑞宾楼”相当豪华，“同义馆”“会仙居”属中小型。服装店大的有“蓝翎”，小的不计其数。这里还藏着北京仅有的一家“全景电影娱乐中心”，花上一块钱，就可以做一次二十四分钟的《冒险的旅行》，领略由鱼眼镜头展示的最新进口复制，大洋彼岸奇妙而惊险的景色。至于其他的吃的、喝的、穿的、戴的、听的、看的、玩儿的，就不胜枚举了。临街的房子大都租给了个体户，哪怕是一间、半间门脸儿，也可以开个字号，挂着重重叠叠的牛仔裤、连衣裙、蝙蝠袖的毛衣、人造毛皮的大衣、猎装、西服……说不上是从哪儿趸来的，价钱可以面议，成交前后往往浮动很大。还有沙发、组合柜、镀金首饰、塑料玩具、进口录音机、录像机、组合音响，还有汽水、烟酒、冷饮，还有修鞋的、修钟表的、扩印彩色照片的、点痦子的、刺双眼皮儿的、扎耳朵眼儿的……好像是什么都有。租不上门脸儿的就在街上摆摊儿，卖苹果、鸭梨、橘子、黄瓜、心里美的水萝卜、进口的“厄瓜多尔”香蕉，等等等等。胡同就显得更窄了。

我很少有工夫去“逛”大栅栏，但自从搬到了附近，也就免不了有时要到同仁堂买点儿丸、散、膏、丹，到百货商场为孩子买裤衩、背心，来回都要侧着身子挤过门框胡同。因为挤，便也就走得慢，走走停停，浏览着这条今中有古、古中有今的小胡同，总觉得它里面好像藏着什么故事。后来竟然在这里还有了熟人，就是在路东挂牌子“专修‘傻瓜’相机”的个体户。

专修“傻瓜”相机的小伙子

如今的“个体户”，名声多半不大好，几乎成了“坑、蒙、拐、骗”的同义语。但我听别人介绍说，这个小伙子不但技术好、服务态度好，而且“很有思想”，于是萌发了要采访他的念头。找他谈了几次，果然很有收获，后来便写成了报告文学《小巷匹夫》。

这个“匹夫”是个不大安分的人物。他原来是一家国营照相馆的摄影员，有感于气动快门的原始、落后、误差大，鼓捣成了“遥控电动快门”，成为技术革新的新闻人物。又进一步想搞“照相监视系统”，目的在于使人像摄影跨越“隔皮猜瓜”的阶段，让顾客能在照片拍出之前就预先“审定”自己的尊容，可以省去以后不满意再上门算账、吵架、补照等一系列麻烦，还可以增加收益。这原是个不错的主意，领导也表示支持，却奈何不得使惯了旧设备的同事，落下“出风头”的嫌疑。领导又把图纸还给了他，他一怒之下给撕了。三年之后，日本人“率先推出”了这项新成果，把他气得眼睛冒火。那时他已经离开照相馆了。他本来是想换个地方接着搞，有几个摄影单位要他，照相馆又不放，把好机会都错过了，他无路可走，退了公职，当了个体户，差点儿把新婚的妻子给气跑。

我问他为什么要“专修‘傻瓜’相机”，他抬起披着乱发的头，眯着一双被精巧的相机零件折磨得发红的眼睛，苦笑了笑，眼角拢起了与二十来岁的年龄不相称的鱼尾纹，说：“因为找我修‘傻瓜’相机的人太多！这几年，日本的‘傻瓜’相机大批进口，北京市的私人相机里头，‘傻瓜’占一半儿，把国产的同类产品给挤垮了！其实，‘傻瓜’相机的工艺并不特别复杂，日本的‘富兰卡’比咱们国产的次得多，一用就坏，可就是有人认，真是邪门儿！人家卖给咱们的时候，多数都不带图纸，附加的维修零件只给百分之三，实际上损坏率要高得多，可是没有零件，连国内的组装厂子也没法儿修，大批的‘傻瓜’就报废了！”

“你用什么修呢？你有进口零件儿？”我问。

“我没有，我用的是土造的‘国产件儿’！”他说着，拿出像一粒花生米大小的东西给我看，“就说这个高压线圈吧，是相机闪光灯的关键、易损部件，特别容易坏，可是国内无货，全靠进口。其实这有什么？就是磁芯绕上线圈！咱们的一些国营厂子，宁可把磁芯低价出口，等人家加工之后再花外汇高价买回来，还以为是‘洋货’呢！您说是可笑还是可气？”

我问他“国产件”是怎么生产的，他叹息着说：“一言难尽！”原来是他找了好几家电子大厂都碰壁之后，和一个不起眼的街道小厂联合试制成功的。他就用这些“国产件”来替换损坏的进口零件，使一台台“傻瓜”康复，收费却相当便宜。名声很快传出去，吸引了整个北京城和黄河以北地区买了“傻瓜”相机而又无处修的人，顾客盈门，生意兴隆。他的店只有巴掌大，却享有“只此一家，别无分号”的声誉，他一年到头埋头和“傻瓜”打交道。他的技术不保密，把“相机使用、保养知识”抄成大字，贴在墙上，公之于众，让“傻瓜”相机减少损坏。他的压力也就小一些。他又不打算靠“傻瓜”吃一辈子，等到没人上门来修了，他的使命就完成了，好干点儿别的事儿。但目前他还得天天和“傻瓜”纠缠，“我不忍心瞅着人家把中国人当傻瓜坑!”

他的话，使我的心里翻腾了好久。这小伙子还真有点儿匹夫之志呢，他是把“生意”当成事业来干的，不甘当傻瓜，才专修“傻瓜”!

那天下午，我又去找他聊，快到店门口的时候，却挤得走不动了，被一群人挡住了去路，而这些人却不是来修“傻瓜”相机的……

变色镜

人家占了他门口的宝地，当街做起了买卖。

“哎，买进口变色镜！有美国的、日本的、联邦德国的，国际流行款式，现代科技精华！本品采用优质水晶石和多种化学元素经过严格的熔炼和精密的热处理工艺制成，最大的特点是能自动变色，遇到强光变暗，到了暗处变亮，能遮挡太阳光和紫外线对眼睛的刺激，最适合航海、航空、野外作业、海滨旅游的人员、汽车驾驶员、电影放映员的需要；最适合文艺工作者的需要，新婚旅行的需要，社交场合的需要；能为您增添女性的魅力、男士的风度，居家、旅行，不可不备；还可以防止头晕眼花，对角膜炎、青光眼、老花眼、近视眼、散光、夜盲症都有显著疗效！经济实惠，美观大方，一镜多用，要买的快来买啊，存货不多，来晚的可就买不着了！……”

这是一段背得滚瓜烂熟的广告语，把变色镜的优越性渲染得淋漓尽致。而做这一番演讲的，竟是一个十五六岁的男孩儿，衣着平常，其貌不扬，还带有几分稚气。如果他在街上卖冰棍儿、卖晚报，收旧瓶子、收破烂，绝无动人之处，而奇怪的是他却在闹市做起了进口货的买卖，并且能做这一番滔滔不绝的宣传，即使有现成的讲稿，也算不容易了。他的行囊极为简单，只是一个手提包，一边说着，一边拿出货物，挥舞着：“美国的、日本的、联邦德国的！……”立即博得过往行人的青睐，眨眼间就围了一片。

“咳！你这镜子多少钱?”

“二十五块一副!”

“嗬，够贵的！”人群中发出议论。

“贵？”卖眼镜的男孩话茬儿接得快，“现在的二十五块钱您能买什么？全聚德的一只烤鸭还三十多呢，吃完了就完了。变色镜能让您戴一辈子！值不值？”

笑声。这是表明人们觉得他说得“倒也是”，就往前挤，看他的变色镜。

一个中年妇女从我旁边往里探头，手里提着个大网兜，装着支支棱棱的莴笋、油菜，直碰我的腿。“走吧，走吧，瞅这玩意儿干什么？”旁边有个穿工作服的男人不耐烦地催她，显然是她的丈夫了。

“哎，你瞅瞅，变色镜！”她不但不想走，还往前招呼她的丈夫，“我正想着买一副呢！”

“什么，什么？你还想戴这个？”男的撇撇嘴。

女的说：“去！我是说给咱们老大买，现如今的年轻人都往洋里打扮，他正搞着对象呢，老怕人家瞅着他没‘派’！”

“戴上变色镜就有‘派’了？嘁！他才挣几个钱？尽玩洋的，整天抽的是‘万宝路’‘三个五’，你连根冰棍儿都舍不得吃，还给他花钱填海眼呢？”男的很不以为然，却又做不了老婆的主，那女的把网兜递给他，让他等着，就自己挤到里头去了。

卖眼镜的把变色镜摆了一片，人们都在弯着腰挑选，那女的赶忙伸手拿了一副，“倒是挺是样儿，”她说，问那男孩，“这是进口的？”

“不信您仔细瞅瞅，上面印着洋字码儿呢！”男孩坦然地笑笑。

“噢……”那女的拿着变色镜，瞅着镜片上的圆形标志，瞅了一阵，大概并不认得洋文，就转脸瞅瞅旁边，朝挨着她站在旁边的一个胖老头儿说，“哎，老师傅，您瞅瞅这是……”

“唔？”那老头儿正在悠闲地瞅着前面的变色镜，没想到这是在叫他，回头见到那女的是在跟他说话，一愣。这年头儿，“师傅”是个用滥了的称呼，在街上问路、借火儿、借气筒，都称“师傅”，如果对方是位工人，自然乐于接受，而有的就不大合乎身份了，这位老头儿就是如此。问话的人不认得他，我倒是对他很面熟，他就住在我们那一排楼里，据说原来是什么单位的书记。我常看见有小汽车来接他，他上车的时候旁若无人，很有一点儿在街坊面前摆摆架子的味道。我从来没和他说过话，等于不认得，不过耳闻这个人没什么工作能力，人缘也不好，在任期间毫无政绩可言，年龄一大，自然就被淘汰了。“退下来”之后，就不大看见他坐车出门了，有时候在楼前头瞎转悠，和街坊打个毫无内容的招呼，似乎闲得无聊。现在，他转悠到这儿来看卖变色镜的了。穿着一身灰中山装，腆着肚子，背着手，耷拉着眼皮，花白头发拢得很整齐，依然是个领导模样，仿佛在“视察”什么似的。听见人家叫“老师傅”，显然很不高兴，这不符合他的身份。可是，在这儿又有谁知道他过去的身份呢？

中年妇女把变色镜递过来请他过目，他略略犹豫了一下，也就只好接了过去，耷拉着眼皮仔细看镜片上的字，紧绷着的嘴唇旁边的好几条皱纹，随着脖子的转动而扭曲，蚯蚓似的。他那副神情很像是在“审查”眼镜。眯着眼睛看了一阵，却没说话，只在嗓子里含含混混地“唔，噢……”不知是因为老眼昏花看不清，还是压根儿不认得上面的洋文。

卖眼镜的男孩指着老头儿手里的镜片说：“这不嘛，USA，正经的美国货，您瞅清楚喽！”

“是，倒真是……”老头儿终于说。

他这么一说，旁边的人兴趣就更大了，好多双手都往前伸。中年妇女赶紧从胖老头儿手里接过“USA”，生怕被人抢了去。“要买就快点儿买吧，别磨蹭了！”她丈夫在外面等得不耐烦了。“着什么急呀？”她冲后面嚷了一嗓子，又朝卖眼镜的男孩说，“哎，我买两副，你可得便宜点儿！”

“得了，大婶儿！您还想让我白送是怎么着？”男孩笑笑，伸手往南一指，“您到大栅栏里边瞅瞅去，晨光眼镜店，跟我这儿一样，美国康龄变色镜，公家卖四十五，日本架、联邦德国片的卖五十三，连安徽凤阳产的‘柴’货还卖四十呢！我这儿全是进口的，只收您二十五！”

“噢！”围观的人一片惊叹，为之轰动。

中年妇女赶紧又抓了一副，却并不急于付钱，犹犹豫豫地问：“那……

你为什么比公家卖得还便宜？”

“啧，进货途径不一样嘛！”卖眼镜的男孩神秘地说。

人群中发出一阵轻微的、会意的笑声。卖眼镜的等于公开告诉大家，他走的是“偷税”“漏税”“走私”之类的“途径”，这就更加激起了人们的购买欲望，看来他是很掌握这种心理的。中年妇女看来是决定要买了，从钱包里掏出了钱，却又塞回去，蹲在地上，拿了好几副眼镜比来比去。丈夫又在后面催她，她倒极有耐心：“待会儿，我还得挑挑呢！”

男孩鄙夷地瞅了她一眼，任凭她蹲在地上去挑选，又去招呼别的顾客了：“哎，瞅清楚，美国的、日本的、联邦德国的！二十五块一副，便宜到家了！我可不为赚钱，是给首都人民谋福利！要买快来买，过这个村儿，没这个店儿，想吃包子没这个馅儿，您可别后悔！”这一串的广告又带着“土特产”的味儿。

围在前面的呈现出抢购的趋势，后边又招来一圈子的人。人总是好奇的，围观本身就是广告，何况那男孩又在从头背诵“国际流行款式，现代科技精华！本品采用……”有的人在挑选，有的人在掏钱，有的人在商量，有的人在犹豫，又都没真正买定，变色镜吊着买主儿的胃口，也揪着卖主儿的心。那个胖老头儿却不知哪儿去了，我刚才忘了注意他。

蹲在前边的一个姑娘把十几副眼镜都试了一遍，还在抢别人手里的，先挤到里头的中年妇女差点儿跟她打起来。卖眼镜的男孩不大耐烦地说：“甭挑花眼了您哪，个个好，您到底要哪副？快点儿，快点儿，国营商店可不让您这么挑！”

中年妇女说：“不让挑我可不买了！一分钱买两根针，我还得挑直溜的呢，嘁！”

男孩对她的兴趣不大了，抬眼招呼前边正朝里挤的一个男人，那人肤色黝黑，头戴一顶白色遮阳帽，身穿一件汗渍斑斑的红棉毛衫，左胳膊夹着件大衣，右胳膊提着一嘟噜北京糕点。男孩笑着对他说：“这位大哥，卖君子兰发财了，还不买副变色镜？”

“嘿，你咋瞅出来的呢？”那人讪讪地笑着，果然一口东北腔，挤到前头，从大嫂、大姑娘、小伙子、中年人、半大老太太们扒拉过来扒拉过去的眼镜里抢过一副眼镜，“出门戴上这玩意儿倒是不赖，哈？真能变色儿不？你别蒙我们老赶！”

“瞧您说的！我多咱蒙过人？您试试，这是联邦德国的，还能不变色儿？”

东北佬憨戴上试试，咧着大嘴乐。又把眼镜摘下来，正着看看，反着看看。胡同里被西边的房子挡得不见阳光，也弄不清变色儿不变色儿，就伸手掏钱，皮带上挂着个皮荷包，鼓鼓囊囊尽是票子。

“还是这位大哥痛快！”男孩奉承着，伸手去接钱，“您哪，这就更够‘派’了，上太阳岛去度哈尔滨之夏吧！能挣会花才是好样儿的！”

这本是讨好买主儿的话，无意中却伤了别的买主儿，正低头挑眼镜的那位中年妇女嘀咕说：“我们可不是万元户，哪儿挣那么多钱去？哼，上这儿显摆来了，那钱还不知是怎么来的呢！”

“咦，你说是咋来的？凭能耐挣的！君子兰一盆儿就上万，你见过吗？”东北佬憨拍着腰里的皮荷包，“瞅着眼红了是咋的？”

旁边的人看他这么毫不隐讳地抖富，有的摇头，有的点头，有的感叹。中年妇女说：“眼红？我们还没学会坑人呢！”

“我坑人了，你又能咋的？坑人的多了，你去告哇！”

这么你一言我一语，跟说相声似的逗起来没完没了，卖眼镜的男孩说：“哎，别吵了，要买快买！”

中年妇女和东北佬憨都赌着气地往外掏钱，眼看变色镜的买卖要开市，却又被那位胖老头儿给岔开了，“哎，二十怎么样？”他一边从后边往里挤，一边朝男孩嚷了一声。这一声，使得往前递票子的手又缩回去了。

男孩恼火地瞪了他一眼：“二十？您上‘晨光’去问问公家的价儿！我这货要是摆到他们柜上，立马儿就卖四五十！”

“我刚从‘晨光’来，”胖老头儿胸有成竹地说，原来他已经去做了调查研究，“东西倒是真东西……”

“噢！”那些正在挑眼镜的、准备付钱的，都为这及时的信息而振奋。

东北佬憨忙问："比这儿贵不？"

"那当然，"胖老头儿说，"问题是，他这儿进货也比公家便宜嘛！"他冲着男孩问，"二十块一副，怎么样？"

"别逗了，老头儿！"男孩冷笑着说，"我进货还二十三呢，一副才赚两块钱，您还想让我亏了血本儿？"

称呼从"老师傅"又降成了"老头儿"，使这位有身份的人很不舒服，面带愠色。但他也没有发作，忍了，在这里不可能指望人家称他"××书记"或"××同志"，他和市井小民是一样的。他把一只手背在身后，另一只手抬起来，伸出一个指头，点着男孩，像发表"指示"似的，耷拉着眼皮，说："唉，你们这种人哪，尽想钻公家的空子……"

男孩鼻子里"哼"了一声："不钻公家的空子，你上我这儿干吗来了？还想占我的便宜，老帮菜！"

"老帮菜"比"老头儿"更难听了，他大丢面子，气得下巴上的肉直哆嗦："你……骂人！"

"骂你又怎么样？不买眼镜靠边儿待会儿去，别在这儿招人不待见！"男孩不客气地往外扒拉他，丝毫也不照顾他的身份，把他看扁了。

"唉，买卖不成仁义在，别吵吵了，大伙儿还等着买眼镜呢！"东北佬憨现在倒来充当和事佬了，把男孩拦住。

胖老头儿怕吃眼前亏，后退了几步，却也没走，他恐怕是不好意思就这样败走，就站在旁边怒目而视，伺机反扑的架势。

男孩接着张罗买卖，东北佬憨却趁机杀价："哎，我说，就照这位老大爷说的，二十，行不？"

"哎呀，你可真是的！"男孩不满地瞟瞟他，"说好了的二十五一副嘛，少一分也不卖！"

"二十，多一分钱不给！"东北佬憨坚持说。他卖君子兰赚得容易，却花得仔细，能省的就省，寸步不让。

"二十，二十！"大伙儿都随声附和，连刚才差点儿和东北佬憨打起来的中年妇女也跟着嚷，他们现在又结成统一战线了。

“二十五，不还价儿！”男孩一口咬定。

“二十一怎么样？我全包了！”东北佬憨胳膊底下又钻出个穿花衬衫的长发青年，使出了拍卖行上的手段，大概他想整个趸走，再到别处卖好价去。

“哎，你这个人是怎么回事儿？”人们群起而攻之，眼看这个害群之马要坏大伙儿的事。

“花钱买东西！干什么？”花衬衫青年丝毫不怕众怒难犯，从上衣兜里掏出一沓硬哗哗的钞票，问那男孩，“哎，一共多少？都归我了！”

男孩刚要答话，人们都急眼了，冲他嚷嚷：“别卖给他！我们是先来的！……”

眼看要爆发一场变色镜的争夺战！

这时，斜刺里却杀出两员战将，卖眼镜的男孩一看就慌了，忙着收摊儿，把人们正在挑选、试戴的眼镜都抢回来，往手提包里塞，慌慌张张地说：“不卖了，不卖了！”

围观的人乱了，有人窃窃私语：“联防的人来了！”

路见不平

我一直弄不清“联防”是个什么组织，它既不是公安机关，也不是工商管理部门，又好像拥有这方面的权力，常出没于大街小巷，特别是个体商摊集中的地带。这些人都穿便衣，也没有什么标志，专门出其不意地收拾不合规章的摊贩，处置的办法有没收、罚款、补税等。在农贸市场或在胡同里摆摊的，最怕“联防”，也最恨“联防”，背地里给他们送了个相当不雅的尊号——“二狗子”。

现在，两位“联防”过来了：一位，二十来岁，彪形大汉，看来有的是力气，能对付任何泼皮无赖；另一位，四十有余，矮小而精明，眼睛很有神，嘴唇向前突出，像是个能说会道的角色，第一眼的印象，让我联想起北影已故的演员安震江，他演了一辈子“坏蛋”，尤以《平原游击队》里的汉奸、地主“四和尚”最为出色。

他们的出现，使卖眼镜的慌了神儿，想买眼镜的也惶惶然，眼瞅着买卖要做不成了！那个花衬衫青年只差一步没有把所有的变色镜都趸走，都被男孩收进手提包里。男孩想溜，却又走不脱了。

长得像“四和尚”的那位“联防”冷冰冰地问卖眼镜的男孩：“有营业执照吗？”彪形大汉则背着手不说话，虎视眈眈。

“大叔，大伯……我……”卖眼镜的男孩刚才那口若悬河、滔滔不绝的劲儿没有了，像老鼠见了猫似的，连话都说不利落了。

“哼，他有什么执照？一看就是个二道贩子！”胖老头儿终于等到了反攻的时机，背着手，腆着肚子，又恢复了自己的尊严，并且向“联防”发指示：“你们哪，得好好儿地整一整这种人，市场秩序都让他们搞乱了，怎么得了噢！”

“嗯，这位老同志说得好啊！”“四和尚”向他点点头，又朝男孩追问，“无照经营是非法的！你知道不知道？”他目光炯炯，脸上挂着微笑，那笑容是很可怕的。

“大伯……那什么……我这是头一回干这个，不懂得规矩……”男孩哆哆嗦嗦地蹲在地上，两手护着他那个手提包。

“四和尚”一把抢过手提包，拉开看了看，“哼，好哇！还全是洋货！走私倒卖进口物资，扰乱国家市场，人儿不大，胆子不小啊！赚了多少钱了？”

“没……我刚到这儿……”

“四和尚”显然不相信，朝后边一甩头，彪形大汉铁塔似的走过去，一把将男孩提溜起来，翻遍了他身上的兜，却没翻出什么钱，抡起巴掌，“啪，啪”两个耳光，打得男孩跪在地上直叫唤：“大伯，大叔，我再也不敢了！”

这景象使我的心一阵紧缩，卖眼镜的毕竟还是个孩子，他无照经营，你们依法处理就是了嘛，也不能打人啊！要说我对那个男孩有什么好感，也绝对谈不上，但看着他这么挨打，却又觉得可怜，而且“联防”的人毕竟代表“官方”，这么样大打出手，也太损形象！心里一急，就往前挤，竟想出面调停：“哎，哎，同志……”

我的衣服却突然被谁揪住了，回头一看，是专修“傻瓜”相机的小伙子！

“哎，你看这简直……”我有了帮手，更觉理直气壮，拉着他往前挤。

他却使劲地把我往后拉：“您甭激动，甭嚷嚷，甭管！走，上我那儿去吧！”

隔岸观火

小伙子把我拉进了他的小店，把门关上了。回身对我说：“您坐下歇会儿，喝点儿水，甭管他们那些事儿，您也管不了！”

他的小店，门窗大半截儿都是玻璃，我被关在里边，外边的事儿仍然看得清清楚楚，成了“隔岸观火”的人。他不让我管，大概是怕我吃亏，如果那个彪形大汉连我一块儿“招呼”，我当然不是对手，刚才应该有这个自知之明，一时的书生气差点儿“路见不平，拔刀相助”，幸亏被小伙子拦住了。此刻，他对窗外的事儿就不再关心了，坐在柜台后边继续修他的“傻瓜”相机。我却放心不下，接着看。

彪形大汉还在对那个男孩拳打脚踢，围观的人更多了，却没有一个人出来劝解。胖老头儿现在是很解气的神情，指手画脚地在旁边助威：“不严厉打击就是不行啊，狠揍这个小兔崽子！”这话和他那舍不得放下的“架子”似乎不大相称。

“这小东西是可恨！少一个子儿他都不卖，这下踏实了吧？报应！”那个挑了半天也没买成变色镜的中年妇女一脸懊丧，也在那儿埋怨。

她丈夫提着网兜催她：“走吧，还耗什么？瞎耽误了半天工夫，你也没买成变色镜，哼！”

“唉，还不如一开头儿就买了呢，二十五也不算贵了，比公家便宜一半儿呢！”她后悔了。

“那怨谁?”东北佬憨借机会朝她撒气,“都是让你们给搅和黄了的,这下子得了呗,谁也别想买了!”

“谁搅和的?”中年妇女怒气冲冲地问。

“你说是谁?”东北佬憨又要接茬儿吵架,一看提网兜的男人过来了,就连忙改口说,“还不都怨那个老家伙?要不是他胡嘞嘞,咱们都买上了!”

胖老头儿如今又成了“老家伙”,里外不是人,索性不理他们,也许是没听见,背着手站在“联防”的人旁边,看他们怎么收拾那个男孩。

男孩现在孤立无援,惊恐地龟缩在地上。“四和尚”从兜里掏出一本印好的单据,厉声说:“无照加走私,罚款五百!”

男孩胆怯地抬起头:“大伯!我……我……”

“这小子身上没钱!”彪形大汉说。

“没钱?”“四和尚”抖落着手里的提包,“没钱没收他的东西顶了,削价处理!二十块一副!”

“啊?!”男孩疯了似的扑上来,“大伯、大叔!你们要了我的命了,我是二十三买的……”

“活该!”彪形大汉一拳把他打倒,“谁叫你走歪门邪道呢?处理了,处理!二十块一副,谁要?谁要?”

围观的人群愣了一两秒钟,才突然反应过来,东北佬憨首先掏出一把钞票:“我……我要!我都包了!”

“哎,你这个人怎么不讲理?我们来得比你还早呢!”中年妇女慌着往前挤,“同志、同志,不能卖给他一个人儿,大伙匀着来!哎,我要两副!”

人们“轰”地把“四和尚”包围起来,争先恐后地往里塞钞票,往外抢眼镜,有买一副的,有买三五副的,东北佬憨劲儿大,又抢先动了手,买了一大把,咧着大嘴又往后挤,后边的人从他胳膊底下往前钻……

一阵乱哄哄,我看得头晕眼花,分不清楚谁是谁了,突然看见玻璃窗跟前有个人在喜滋滋地试戴变色镜,噢,是那位胖老头儿!他那么一大把年纪,又那么胖,竟然也能挤着买到了手,真够不容易的。看他现在那副自得的样子，仿佛打了个大胜仗！

变色镜转眼间就被处理光了，人群渐渐散开，买着了的喜气洋洋，没买着的懊悔不及。两位“联防”仍然不肯放过那个男孩，押着他，提着一包钞票，推推搡搡地扒开路人，往南走了，可能他们的办公室在大栅栏里头。那个无照经营的小走私犯的事儿恐怕还不算完！

话又说回来

我看着窗外的这一切，不禁感慨：“这……这叫什么事儿啊？”

专修“傻瓜”相机的小伙子仿佛对这些都置若罔闻，埋头修他的“傻瓜”。等到手里活儿告一段落，门口的风波也平息了，才抬起头来问我：“怎么样？您瞅出点儿门道来了吗？”

“什么门道？”我转过身来，心里很不是滋味儿，“我还是头一回看见‘联防’的打人，够狠的啊！那个小孩被他们抓去，是不是还得吃苦头？”

他“扑哧”笑了：“咳，弄了半天，您还是没看明白！人家都说，作家的眼睛善于窥测人的心灵，在你们面前没有秘密可言，看起来，您的眼睛不灵啊！”

“什么秘密？”我被他说得一愣，“是不是‘联防’的人把卖眼镜的钱贪污了？”

“得了！”他哈哈大笑，“那是假李逵剪径，跟卖眼镜的小孩，还有那个要‘包圆儿’的花衬衫都是一伙儿的！”

“啊?!”我大吃一惊，原来从头到尾上了一个大当，仔细想想，那两个“联防”的确不大像好人，而且那个花衬衫到了后来“处理”的时候也果然不见了。“原来都是假的？”

“可不都是假的嘛！连变色镜都是假的，顶多值五块钱！”

“要是他们碰上真联防怎么办？”

“真李逵来了，假李逵就溜了，舍车马保将帅，那个小孩让联防逮去也不碍事，小孩是他们雇的，逮走了就再雇一个……”

“啊！”我听得直发愣。

“您觉得新鲜吧？我都看惯了，门口经常是这样儿，他们有时候一天演好几场呢，变色镜卖了不少了，生意不错！”他说起这一切，神色似怒非怒，似笑非笑，是一种令人心寒的冷漠。

我现在觉得，这个小伙子并不像我原来看得那么单纯、那么可爱了，他也有另一面——世故的一面。“这和你的这个小店的宗旨很不协调啊！你不是要立志修‘傻瓜’吗？为什么又天天在这儿装傻呢？”我问。

“唉！”他长长地叹了一口气，“我也不知道，生活，比修理相机复杂多了！开头儿，我瞅着他们在门口这么变着法儿地坑人，也像您那么样儿生气；长了，也就假装瞅不见了。话又说回来，您不觉得那些人也是活该挨坑吗？”

“噢？”我倒被他问住了。刚才的那一幕，又在眼前清晰地浮现出来……

一九八七年初夏于抚剑堂书屋

（原载《花城》1988年第1期）

新春夜话

己巳新春，我家的大门和房门上都贴上了斗大的“福”字。大红的底色，周围装饰着荷花、牡丹、玫瑰、月季、菊花、梅花、水仙、百合，簇拥着中间烫金的“福”字，灿烂夺目。年轻的时候不喜欢这东西，觉得太俗、太火；步入中年之后，终日为“事业”劳碌，又拖儿带女，肩膀上压着许多沉重，便极珍惜岁月，逢年过节，也寄托着某种情感。除夕之前很想写一副大红的春联，“驱”点儿什么，“迎”点儿什么，北京的大街上却连红纸也买不着，只好作罢，心中怅然。无意中得了这“福”字，大喜，端端正正地贴上，看了又看，仿佛什么稀罕物。这百分之百的“国货”，并不是我们自家所产，而是海外朋友吴先生和翁女士辗转带到北京送给我的。新岁伊始，表达了他们真挚而美好的祝愿，愿进入改革、开放第十个年头的神州克服物价飞涨、通货膨胀和农业危机、教育危机、人才危机、风气危机……时来运转，繁荣昌盛，愿生活在这里的父老兄弟姐妹幸福安康。

吴先生是泰国人，出生于缅甸，祖籍福建泉州，现年五十三岁，体格硕壮，肤色黝黑，普通话里还带有乡音。他是香港和昌集团董事主席、仰恩基金会理事长。一九八七年开始，在泉州出资数千万元创办仰恩学院（以后将称仰恩大学）。这是一所集教学、科研、生产于一体的新型大学，计划设置八个系，目前已设置的有动物科学系、机械工程系、土木工程系和英语系，将要开设的还有工商管理系、生物工程系、食品工业系和国际商务系。学校将从国内缜密地组织一支高水平、高质量的师资队伍，并得到美国九家州立大学的支持，提供最新教学资料，代安排学习程序、分学，并愿定期派专家前去讲学，以及规定指标每年接受仰恩学生赴美深造。学校的一切费用和设备都由吴先生创办的和昌集团出资和引进，一九八八年九月已完成占地二百余亩、总建筑面积七万多平方米的部分工程。待全部计划完工，总投资额将超过两亿元。

翁女士是新加坡人，祖籍广东潮州。她已年逾花甲，文静谦和，一口标准的普通话。她是和昌集团的董事经理，吴先生志同道合的助手。为了创办仰恩学院，她已在两年内往中国跑了四十九趟，吴先生则跑了五十三趟。

“您办这所学校的目的是什么呢?”我问吴先生，“有没有什么经济效益?”

请原谅我的冒昧和直率。自从中国对外开放以来，到中国来投资的外商可谓多矣，但没有一个不为盈利而来的，“无利不起早”，在商品经济社会，并不为怪。但像吴先生这样花了大把的钱，到中国来“办义学”，我还是头一次碰到。

“没有任何经济收益。培养出人才是我唯一的目的，将来收益的是中国。”吴先生爽快地回答，“我在泰国生活了几十年，在香港、新加坡、美国都有我的企业，但我没有给它们办过一所学校，而愿意把钱花到中国。因为中国有我祖先的根，因为中国有我的母校!”

朴实无华的一席话，袒露了一颗赤子之心，把宾主之间的距离缩短到零。海外漂泊了几十年，他的心仍然是中国心，他仍然是我们的同胞!

吴先生早在一九五六年就曾到北京体育学院留学，对于母校、故国怀有游子恋母那样的深情。三十年后，他再度归来，感慨万千。不是惊叹北京竖起了多少幢高楼、引进了多少洋货，而是觉得母校变得陌生了。“学校里到处在做生意，卖什么的都有。怎么会变成这样呢? 和一九五六年相比，差得太远了!”

中国人最不愿意让人家讲“今不如昔”，偏偏这位吴先生不肯投其所好，大讲“今不如昔”，至少在教育界是这样。我无法讳言。当今的教育界，已不仅是“斯文扫地”，而是“斯文不如扫地”，教育经费连年下降，教师的待遇捉襟见肘，“傻得像博士，穷得像教授”的民谚不胫而走，直接影响了万千学子的心，厌学风、弃学风、经商风如旋风般刮遍大、中、小学校园，这种事实谁也不能闭眼不看。学生宿舍里，开着灯是在打牌，关着灯是在恋爱，也已经不是偶然见到的孤例。国家的未来是什么？民族的希望是什么？

说起这些，吴先生忧心忡忡。“我不是教育家，也从来没有办过教育，”他说，“但是，我看到，美国、日本、新加坡等经济发达的国家，没有一个不把教育放在十分重要的地位。有了知识、人才，有了先进的科学技术，才有了发达的经济。教育是生产力，教育是本啊！”

为国育才，为振兴中华而育才，这就是他的动机和动力。为此，他选择了泉州城外的鲤北山区为基地，用了两年时间，把荒山秃岭建成了一座有教学楼、办公楼、职工宿舍、教师宿舍、学生宿舍、餐厅、多功能大礼堂、图书馆、实验楼、教授专家楼以及游泳池、娱乐场、运动场……的完善大学。为了尽早出人才，暂由华侨大学的教职工兼课，已正式招收二百三十名学生，一九八八年九月开课上学。他眼巴巴地盼望着，这些学生们快快成长，好早一点儿为国效力！

为了激励学生的爱国、报国之心，他规定：每天早晨，集体升国旗、唱国歌！“起来，不愿做奴隶的人们！把我们的血肉，筑成我们新的长城！……”

但是，谁能够想到呢？刚刚实行了两个月，便有教师找他要求：“能不能把每天一次的升国旗、唱国歌改为每周一次？”而且还用录音伴唱。

“为什么？”他问。

答曰：“唱不来呀！”

他大怒：“中国人唱不来中国的国歌，简直是奇耻大辱！”他规定：“不许用录音机，一定要天天唱！唱不来的，必须在二十四小时之内学会，否则，教师解聘，学生退学！”

说到动情处，吴先生目眦欲裂！他历数东方、西方的许多国家，上自叟妪，下至童子，如何热爱自己的国旗、国徽、国歌，因为那是他们的母亲、他们的信仰、他们的生命！而他，却苦苦地爱恋着中国。中国人啊，我们有我们的母亲、我们的信仰、我们的生命！在我们的国土上，曾经飘扬过太阳旗、星条旗、米字旗……为了升起五星红旗，我们付出了血的代价，我们的国歌，融会了几代人的呐喊！

吴先生的拳拳痴情，使我热泪盈眶！

温文尔雅的翁女士也谈到了她的另一番感受："在奥运会期间，在电视里看到中国夺得了金牌，我们新加坡的华人都激动得流泪。可是，在屏幕上升起中国国旗、奏起中国国歌的时候，中国运动员却没有立正，还在交头接耳。看到这种镜头，心里真难受！"

坦率的批评，使我哑然。一个巨大的声音在我的胸腔中响起，与这两位海外华人的心脏共鸣："中华民族到了最危险的时候，每个人被迫着发出最后的吼声！……"

中华民族曾经经历过无数次的"最危险的时候"，志士仁人们发出过无数次的"最后的吼声"，我们多灾多难的祖国最终没有亡国灭种。但是，在我们前进的道路上，"危险"还在，"吼声"也还要吼，难道还要好心的朋友来提醒吗？

吴先生和翁女士是在看到了中国的教育危机才毅然置大宗贸易于不顾而来办学的，他们的可贵之处，难道仅仅是送来了钱吗？

……

金碧辉煌的"福"字贴在我的门上，这是两位海外朋友在和我一起，为我们的国家和民族祈福，盼望幸运之神光临神州、永驻神州！

窗外，鞭炮声响起来，像炒豆儿，像机关枪，震耳欲聋，经久不息。这是我们的祖先发明的玩意儿，后来被洋人用来制造枪炮来打我们；时至今日，我们的同胞仍然重复着祖先的玩意儿，以此为娱乐。是偏爱这噪声的美妙吗？还是借此来麻醉自己？莫若抛弃这不济事的劳什子，唱起我们的国歌：

起来！起来！起来！

己巳春节写于抚剑堂书屋

（原载《人民政协报》1989 年 3 月 24 日）

路上碰到个“卫嘴子”

从北京到天津的火车只有两个多小时的路程。

他一上车就嘴不停。喝白酒，吃午餐肉罐头，并且滔滔不绝地跟我聊了一路。“卫嘴子”！

他就坐在我对面。

我本不认识他。但在这个狭小而固定的空间，素不相识的人也能聊起来。

刚开头儿我就在注意他，出于作家的本能，习惯于观察一切人，了解一切人。

他大约三十还不一定出头儿，瘦小的身材，紫棠色面皮，像是经常出门在外、南跑北奔的人。乳臭未干，却又极力显示见过大世面的架势。喝着一瓶白酒，头顶的行李架上还摆着一箱子白酒。我猜想这是个“倒儿”（恕我不恭，有意删去眼下很流行的“倒儿爷”一词的最后一个字，我认为在当今社会各色人等一律无权称“爷”），而且是“倒”白酒的。

“介（这）是给我爸爸买的，”他似乎看出了我在琢磨他，主动解释，指指行李架上的那一箱白酒，“老爷子爱喝酒！比我还能喝！”

一口地道的天津腔儿，抑扬顿挫，听着那么“哏儿”。

我的猜测错了一半儿：他不是“倒”白酒的。但另一半儿还是对了：他的确是干“倒儿”的营生。刚搭上话茬儿，就把底儿端给了我，他无所不“倒”：染料、煤炭、钢材，什么紧俏就“倒”什么，正规渠道弄不到的东西，他都有，从东“倒”到西，从南“倒”到北，不亦乐乎。没有人干涉他。政策允许个体经济。而且他的存在和奔波还使得各地区“互通有无”，促进了“商品流通”。他是许多大企业所欢迎的人！

“你一定赚了不少钱？”我问他，语气中不无揶揄。

“不多。十万八万的吧？”他口不辍饮，手不释箸，还腾出工夫儿来回答我，丝毫不因我的揶揄而要什么“无可奉告”的外交辞令，“挣得多，也花得多。吃！喝！交朋友！都是花钱！我这一趟，五千块钱就搭进去了！”他伸出五指辅助嘴，“我这个人，不在乎钱财！”

一股浓烈的酒气，伴随着同样浓烈的铜臭气。如此外露地夸富，还要显示“挥金如土”，十足的当代小小暴发户。贫汉骤富，露出措大本色。也许是因为喝多了点儿。

“中国都富了你们了！”我毫不掩饰自己对他的贬义，“工人、农民、知识分子、一般机关干部，处境还很艰难……”

“谁不知道？”他打断了我的话，“我爸爸是个老工人，我当过兵，也当过工人，什么苦都受过！”

“嗯？”原来这小子曾经是“最可爱的人”，又是血统的“领导阶级”！那么……“现在退职干个体了？”

“嘁！”他一笑，“我才不退呢，跟厂子里签个合同，保留百分之七十的工资……”

“那，厂里干吗？”

“怎么不干？我对他们有好处！厂子里缺什么原材料，就拜托我了，擎好吧您哪！”

啊，他的回答令我吃惊。这小子可真机灵，一手捧着铁饭碗，一手去“倒”金饭碗，趁政策允许，捞他一把，一旦政策有变，仍有退路，钻空子钻到家了。而且“兔子不吃窝边草”，他把本单位的人缘儿还搞得挺好，厂子里需要他“倒”、支持他“倒”，绝了！

我叹了口气，摇摇头：“这么下去，国民经济……”

没等我说完，他也叹了口气，打断我的话说：“您操那么大的心干吗？社会弄坏了，风气弄糟了，没有好人走的道儿，我不‘倒’别人也照样‘倒’，‘官倒’可比‘私倒’厉害！一个工人‘廉洁’有嘛用？‘从我做起’，只能当个傻雷锋！中国不需要雷锋，需要包公！”

他那双被酒精浸泡的眼睛血红，瞪着我，浓烈的酒气熏着我。我却觉得其中倒还有些“真气”。原来这小子是看破红尘，才走了“以毒攻毒”的路，虽非上策，倒也与一般心毒手狠的市井无赖不可同日而语，他的血管里毕竟流着（或者说流过）人民子弟兵和产业工人的血！

“要是国家出了事儿，”他还是那样瞪着我，“需要我穿上军装再上前线，咱哥们儿不含糊？你信不信？”

“信！”我直视着他，给以肯定的答复。这种信任不是随便的奉承，是因为他灵魂中爆出的那个亮点引起我的共鸣，并且立即获得了我的认同。中国人本是千差万别的，但是在对待国家和民族的态度上却是一个最基本的试金石，面前的这位小伙子不是比某些发了财去勾结官府、鱼肉乡里、胡作非为的人干净些吗？不是比某些尸位素餐的人、弄权枉法的人……更可信赖吗？

“大姐，你是干吗的？”他突然问我。

我也突然意识到这场“对话”还不够对等，盘问了人家半天，自己还没亮明身份。于是回答：“我是作家。”

“咳！”想不到他先对我这个行当叹了口气，似乎是深深地失望，“你们作家里头，也有不怎么样的！”

“噢？谁？”我愿闻其详。

“×××。”他说出一个曾经发表过一些文字而目前并不在国内的女人的名字。

“你认识她？”我问。我一贯口不臧否人物，并不打算评论他所提到的那个人，但想听听他的见解。

“不认识，听说过她的事儿！跑到国外低三下四地请求外国人‘可怜’她，唉！”他满脸不屑的神色，“在中国怎么样都没嘛，不该去要外国人的饭！”

“栽面儿了？”我好容易找到了一个天津词儿，及时地用上，反问他。

“栽面儿栽大发了！”他愤愤然，“要饭你找中国人要嘛，饿死也不能要外国人的饭！”他又一次重复着，并且一拍胸脯，“真的没饭吃，找我，我养活她！”

我扑哧笑了。这位小伙子可真“哏儿”，不但既忙着倒买倒卖又忧虑着国家的前途，还想当“收容所”所长！不知那个被他恨又受他怜的女人意下如何？如有机会，这当是他们之间会谈的事儿了，与我无关。

“不过，”我说，“我们作家队伍并不全是这样……”

“那当然，也有好样儿的，人民的作家！”他又抢着说，并且举出几位作家的名字，又一拍胸脯，“这些人要是没饭吃，我全包了！”

言谈之间，已没有哀怜之意，倒是充满景仰之情。

我又笑了：“你趁多少钱？养得起吗？”

“没问题！情况不同，还得区别对待嘛！人民欢迎的作家，我每月给他七百，够了吧？像 ××× 那样儿的，给七十，有饭吃就行了！”

好小子，还“政策性”挺强的！

我默默地注视着他。天津人素有“卫嘴子”之称，咋咋呼呼，能说善“侃”。但他却“侃”得极为正经，丝毫不像是在开一个巴不着边儿的大玩笑，不像是喝多了信口胡诌、说完了随风吹走翻脸不认账，似乎在认真地盘算他的资本可以养活多少“区别对待”的作家！

车到天津，我们分手了，各奔前程。至于他的那项计划何时兑现、能否兑现、需要不需要兑现，我就一概不了解了，欲知后事如何，且听下回分解，如果我以后还能碰上他的话。

我当然不相信中国会走到作家个个都砸了饭碗而需要个体户做“后盾”的那一步，但他的那种神情显然不是在撒酒疯儿。

（原载《报告文学》1989 年第 8 期）

张守义，装帧艺术的“赤子”

张守义君，当今中国书籍装帧界的权威人士，名声大大的。我与他认识、交往，算来已有十来个年头。开头，并不是因为请他为我的书作封面或插图，而只是因为他和我家先生是同行，而且是校友，所以他是我家的常客，来往很随便的，并不因他是权威就像人们所想象的那样对待权威，况且他也不自视为权威，一个很随和而又很谈得来的朋友而已。如今要写写他，因为我毕竟和他不同行，难以透彻地分析他的专业成就，所记也仅是只鳞片爪。

真人不露相

俗语云：“真人不露相，露相不真人。”以此印证守义，信哉斯言。如果是仅慕张守义其名而未曾谋面的人，见过他的那些极简练极精彩极“洋气”的书籍装帧作品，一定认定他是一位风度潇洒的风雅之士。抱着这样的成见，即便与他擦肩而过也绝不会认出他来的。这位先生头发那么长、那么乱，脸色又似乎几十年未曾洗过，完全适用一个现成的词儿：“蓬头垢面”，和他的作品似乎一点儿也“不搭界”，不被人认为是个流浪汉才怪呢！

记得七八年前他到我办公室去，我的同事们看见这么一位“流浪汉”来访，都惊得直纳闷儿。我当时便和守义开了个玩笑：“你身上有虱子吗？”谁知这一问，他自己也非常不自信起来，竟然伸手乱抓一气，谁知越抓越痒，弄假成真，那种姿态如果由守义自己画一幅自画像，一定比铁拐李搔痒还要精彩！

守义大约是不大讲究个人卫生的，所以对他的贵体是否有虱子很不自信。但他对于自己的专业却又是极自信的，这就足够了。所以我家先生说：“对艺术家只可看作品，不可看相貌。风度翩翩者多为‘金玉其外，败絮其中’，其貌不扬者倒可能学富五车。二者兼得者，极为鲜见。”我想他说的是对的，艺术这一行实在是苦行，原非奶油小生、花花公子可为的。守义一意苦苦修炼，便把凡人所看重的仪表都忘了，这“真人不露相”倒是极为可贵的。

“孔”伯伯

守义有胃疾，做过胃切除手术，自此几乎粒米不进，完全依靠啤酒维持身体所需。他所到之处，便总是随身携带着酒瓶，无论什么场合，也是边喝边谈，大有李太白“斗酒诗百篇”的架势。而我偏偏又与他作对，不肯把那“酒仙”的雅号给他，却称之为“孔乙己”，似乎更形象，他竟也欣然领受。于是我那小儿子便真的以为他姓孔，一见他来，便亲切地叫：“孔伯伯来了！”

酒逢知己千杯少

守义外表像个疯子，内心却是个赤子，谈起他的创作，便兴奋得两眼放光，口若悬河。他到我家来，总和我家先生对饮、对谈，兴致大得很。按说，他们两个人一个搞装帧，一个画国画，作品的样式和风格都很不同，不料如此谈得来。他们互相都充分看到对方的长处，常常说：“这本书由你来搞装帧，再好不过了！”“插图由你画，唏，这种风格，就这种风格！”两个人还你推我让，其实不是哪一个偷懒，也不是互相吹捧，实际上是盼望对方创造出最能代表自己水平的艺术风格，这种信赖、尊重、激励，其实是艺术家之间最宝贵的友谊。

几度合作，以命相托

算起来，我已与守义有过好几次合作：请他为我的书作装帧——少说也已有四本。每一次，他都极认真，不但反复和我商量，还虚心征求我先生的意见，互相切磋，九朽一罢，他那种严肃认真的创作态度，真令我感动。

最近的一次，是他为我的长篇《穆斯林的葬礼》作封面和插图，精装、平装两种版本，两套方案，真不知耗费了他多少心血！

其中“玉殇”一幅，画的是葬礼场面。守义不是穆斯林，不熟悉那亡人的遗体应是什么样子，跑来问我。我又恐口头形容不够，万般无奈，只好自己装扮“亡人”，身上蒙上“卧单”，为他“死”了一次，守义有了“现场”感受，笔下便自如了。这次合作，无异于“以命相托”了！对一个作家来说，作品确乎像生命一样重要；而插图画家又何尝不如此呢！

画稿全部完成，守义肩上的担子还没卸掉，他又在和出版社的美编们反复研究封面的用料，到什么地方买什么布，染什么色……简直像一位妈妈打发女儿出嫁准备嫁妆那么细心！

爱书的人们，也同时爱他们吧，精美的书籍是从装帧艺术家手中“嫁”出去的！

（原载《文艺报》1989年9月2日）

彝山一枝秀

——观李秀版画展

十月金秋，收获的季节。一个身材高高的彝家女，风尘仆仆、冒冒失失地只身来到北京。也许她不知道，近年来北京画展如云、佳作如林，早已令人目不暇接，一个生面孔的彝家女能否在挑剔的同行和观众面前引人注目？也许会在繁花似锦的丹青海洋中淹没！

然而，她却一炮打响。

李秀出身于书香门第，父亲李乔是著名的老作家，她本人毕业于广西艺术学院版画系。近十年来，她的作品多次参加全国性美展并获奖，并曾在美国、日本、比利时等十余个国家展出，受到普遍赞誉。李秀现年四十五岁，时届中年，已不是娉婷少女，纯朴的笑脸上印着半生人世奔波的风霜，爽朗的谈吐中透出对生活的挚爱和对艺术事业执着的追求。

“李秀版画展”的展厅不大，作品也不多，仅只三十六幅，但给人的感觉却是琳琅满目、耳目一新。这里面，印留着一个彝家女在富饶而又贫穷、美丽而又落后的西南山区跋涉奋进的足迹，洋溢着一股从父辈的血管中，从母亲的胸膛里流淌下来、滚滚不息的热血，欢跳着一颗拥抱彝家土地、亲吻祖国蓝天的赤子之心。李秀永远记着父亲的教诲：“不热爱自己民族的人，不可能热爱祖国！”

李秀的画如散文。《啊，马帮》中的旖旎湖光、冉冉篝火、幽幽河谷，质朴无华地勾勒出西南同胞的民族风情。

李秀的画如诗歌。《五月》中集市一角的热烈，《七月》中牧羊女的优雅，《湖畔》中摩梭人泊船晒网的古朴，正是一串串妙语如珠的诗句，咏叹着历史，讴歌着生命。

李秀的画如音乐。一套《横断山系列》组画，一部深沉浑厚的乐章。苍凉的牛群，纯净的山影，皎洁的明月，仅仅是人人可见的物象吗？那是乐师、歌手跳动的音符，从心底流出。飘动的白云，嘶鸣的白马，在呼唤什么？在呼唤山野的苏醒、春风的萌动、祖国的崛起、彝家的新生！开阔的布局，简洁的刀法，凝重的色彩，博大的情思，远远溢出那尺幅画框了！

（原载《中国文化报》1988 年 11 月 2 日）

何必再相逢

一位三十年没见面儿的朋友钱梅芬突然光临寒舍。三十年过去了，同班同学再度相逢，都已进入不惑之年。

当年那个梳两根辫子、满脸机灵劲儿的小丫头已成为半老徐娘。但是，她不见胖，脸形依稀可辨认，眉毛还是那么弯弯的，眼睛还是那么水灵灵的，嘴还是那么笑吟吟的，说起话来神采飞扬，极富有感染力和煽动力。机灵劲儿有增无减——这是当然的。

她捧着一盒精致的糖果，兴冲冲地跨进了我家的门后，一惊一乍地说："这是日本的！"

如今人们对日货很有些崇拜。但对我来说，品尝一盒原装的日本糖果远远不如故友重逢更有兴趣。

一见到她，五十年代的往事又浮现在眼前。

那时候，我和她，还有华蓉，是三个最要好的女同学。记得我们曾经一起光着脚站在我家的大床上，用未经训练的童声做游戏，谁输了，就扮演汉奸，另外两个人指着鼻子骂她，那词儿到现在还没忘：

问一声 ×××，
你是哪国做（音 zòu）的人？
要说你是中国做，
你跟着日本来打中国人！

这词儿一点儿也不文雅，是未经加工的俚词俗语。我们和这词儿一样质朴而真诚。

记得那时，做游戏华蓉总是输，就只好总扮演汉奸。华蓉是我们三个当中年龄最小的，胖乎乎的圆脸，白白净净，单眼皮，小嘴儿，剪着齐耳短发，很可爱。当我们两个指着鼻子骂她是“哪国做的人”时，她眼里含着泪，忍受着奇耻大辱，还要做出恐惧状，一个劲儿地哆嗦。演完之后，她如释重负，认真地解释说：“刚才是假装的，噢？我是中国人！”

钱梅芬便笑嘻嘻地安慰她：“当然喽，你才不会跟着日本人跑呢，当中国人多好！”

童心里一片真诚、纯洁，童心里一片灿烂的阳光……

可当钱梅芬把一盒日本糖果送给我时，那种夸张的炫耀之情，使我突然觉得她极其陌生，和童年趣忆完全对不上号了。

心里的想法不好说出口，我只是默默地听她讲话。她说，她现在做外贸工作，去年去了趟日本，如何大开眼界，人家经济那个发达，生活那个舒适，社会那个文明，我们下辈子也赶不上，等等。而我脑子里却总是有一个梳小辫子的女孩子在对我说：“我们是中国人，我们爱自己的祖国！”

她今天来找我，并不是来忆旧或忆离别之情的。谈了一阵之后，便进入正题，请我帮助她的一位日本朋友的女儿联系到中国留学的事儿。

“我只听说现在中国人到日本留学很热门，没想到你这文章反着作，”我说，“她想学什么？”

“学什么都成，”钱梅芬说，“这孩子只想混个大学文凭！”

“那为什么不在日本‘混’呢？”

“咳，中国的学费生活费不是比日本便宜吗？在那边儿，每月得多少万日元；这边儿，几百块人民币就足够了！”

我又惊叹这位日本人的精明。钱梅芬也很会替日本人打算。

“这孩子的中文水平怎么样？”我问。

“问题就在这里，”钱梅芬面有难色地说，“她们担心中国方面刁难，才请你疏通一下，其实这孩子的中文挺好的，是在中国长大的！”

我糊涂了。“日本孩子怎么会在中国长大的？既然会中文怎么还怕‘刁难’？”

钱梅芬一笑，那表情挺复杂，似有难言之隐："唉，说来话长，这些你就别管了。劳你驾给她糊弄着进去就成了，她妈妈说，事成之后一定重谢！"

我觉得受了侮辱。来龙去脉都没弄清楚，就让我帮她"糊弄"而且还要"重谢"?

"这个忙，我恐怕帮不了。"我淡淡地说，已经露出逐客之意。

钱梅芬有些失望。但她那双精明的眼睛依然闪出执着的光，似乎不允许我后退。

"这个人，你认识呀。"她掏出一张名片递给我。这恐怕是不得已而为之，事先未必想拿出来。

我接过名片，上方印着一个日本的什么株式会社的名称，正中是一个女人的姓名：矢野美和子。

我摇摇头："不记得。我从来也不认识这个人！"

钱梅芬无可奈何地伸出手来，重重地拍了一下我的肩膀，哈哈大笑："她就是华蓉啊！"

啊？华蓉?！我愣了。华蓉怎么成了日本人？连姓名都改了！

第二天，华蓉母女便来看我。

华蓉已经完全像个日本女人，穿着和服，脸上涂着脂粉。那张圆圆的白脸，单眼皮儿，小嘴唇，确也像日本人。她的女儿却和北京的中学生无异。娘儿俩见了我，弯弯腰，双手搓着膝盖，说："请多关照！"

我愣愣地看着她们。我简直想哭！华蓉，华蓉，你到底是怎么回事呀?

华蓉其实前年才到日本的。在此之前，她曾经历了长长的苦难。她的丈夫是个从日本回来的华侨。因为"海外关系"在前些年中受到冲击。等到形势变了，政策变了，丈夫去日本探亲，一去不回。华蓉由思念到等待到发愤：哼！有什么了不起的？不就是因为日本比中国富嘛！有朝一日……

前年，她的丈夫回来了，正式和她办了离婚手续。

后来，华蓉以闪电的速度嫁了日本商人矢野太郎，她于是成了矢野美和子，女儿也随着改了姓。

“我就不信不如他，我要比他混得强！”她愤愤地对我说，那个被她咬牙切齿的“他”，当是指她的前夫。

我默然。中国的婚变，形形色色可谓多矣，但像华蓉这种样式，我还是初次领略。她那种“发愤”的方式令我惊奇：不是“发愤”要强过人家，而是“发愤”变成日本人！如果现在有人问她“是哪国做的人”，该怎么回答呢？华蓉啊，你的确不是以前的华蓉了！

“在那边儿，混得好吗？”我随便问问。

“还好，”她说，“反正吃的、住的、用的，比这边儿好多了，我们有自己的商店，有自己的汽车……”

一阵炫耀，被我中途打断了：“精神生活呢？”

“物质第一吧，还谈什么精神生活？”华蓉好似在宽慰自己，惨然一笑，眼里不觉渗出了泪花，“到了那边儿，什么都跟在家里不一样了，好比从头做一个人。刚开头儿的几个月，矢野不许我出门，天天关在家里学日语、学做日本菜、学穿和服、穿木屐、学跪坐、学日本礼节，怕我出去露怯，给他丢脸……”

我的心一阵冷缩。华蓉啊，这可不像咱们小时候做游戏那样只是“假装”的了，你已经假戏真做了！

“这些，我都能忍受，”华蓉拭着泪说，“不能忍受的是他不待见这孩子！这孩子……在中国没考上大学，又不会日语，矢野也不想让她去日本，没办法，我才托你帮帮忙……”

华蓉的叙说变成哀求，又被哭泣打断。娘儿俩一起望着我，凄凄地说：“拜托啦！”

我一阵酸楚。

但我没让眼泪流下来，极力使自己理智、冷静，对华蓉说：“矢野太太，涉及两国之间的事儿，还是请你通过贵国有关部门和我国接洽吧，我只是一个中国普通老百姓!”

华蓉——矢野美和子失望地走了。望着那飘逝的和服，我在心里说：“何必再相逢！让你的童年形象永远留在我的记忆中，不好吗?”

己巳之春于北京抚剑堂书屋

（原载《人民文学》1989年第10期。收入《感情世界》，漓江出版社1993年版）

东山男儿

东山岛，台湾海峡万顷碧波之中的一颗璀璨明珠，一只翩翩欲飞的斑斓彩蝶，她的旖旎风光、淳朴民风、人文古迹、风物掌故使我流连忘返，恍如置身“海上仙山”“世外桃源”。而更使我惊叹的是，这块浓荫蔽日、苍翠欲滴的绿洲，新中国成立初期还是黄沙一片，寸草不生。百姓们鹑衣百结，饿殍横野。当时农民出身的南下干部、县委书记谷文昌深知：民以食为天，农民不能没有土地；共产党人的天职是为民造福。面对肆虐的“沙虎”，他指天为誓：“不治服风沙，就让风沙把我埋掉！”于是，这位不为人所知的“焦裕禄”走上了一条以自己的生命做抵押的险路。

十几年过去了，昔日的荒丘沙滩奇迹般地披上了绿纱，连绵几十千米的“绿色长城”与当年郑成功收复台湾时的故垒雄台交相辉映，展现出东山儿女的新姿。老书记谷文昌鞠躬尽瘁、死而后已，这位造林英雄却至死都以石桌石凳办公、吃饭，没有为自己动用一寸木材，留下的是一身洁白、两袖清风！

以谷文昌为代表的一批共产党人，赢得东山人民的衷心爱戴更有一个至关重要的“情结”。

一九五〇年五月，国民党从这里溃退台湾，抓走了东山十六岁至四十五岁的壮丁四千二百余名，仅一个铜砵村就抓走了一百四十五名，成为有名的“寡妇村”。全岛三分之一的家庭被拆散，留下了多少新婚少妇、白发爹娘、无依孤儿！海天相隔，亲人摇幡焚香，呼唤已在异乡做鬼的游子魂兮归来；年年冬至，全家团聚吃汤圆，总要给未归人摆一副碗筷。这些人苦大仇深，对着毛主席像叩头感谢翻身解放，吃干饭庆祝土改斗霸，但骨肉分离又留下了切肤之痛，国与家、亲与仇交错扭结，剪不断，理还乱。该怎么对待这些人呢？难道能把他们看作“反革命家属”吗？政策，像千钧巨石悬在人们头顶，掌权的人要三思啊！中共东山县委审慎而又勇敢地为这些人创造了一个新名词：“兵灾家属”，政治上不歧视，经济上对穷困孤寡给予照顾。

一项德政，众望所归！信任，联结了民心，沟通了海峡！中共东山县委在五十年代历史转折关头所做出的战略决策，其威力和影响是不可估量的。到了八十年代，许多台胞辗转归来，目睹家人无恙、家乡巨变，这无声的历史胜过了多少言辞！东山成为吸引台胞、侨胞和外资开发建设的重要基地，原在情理之中，而非人力所强为。“春种一粒粟，秋收万颗子”，人们怎么能忘记新中国成立之初播下种子的“春天”啊，艰难、悲壮而又祥和、奋发的春天！

我去采访时，谷文昌已去世四年了，憾未睹其风采，但所到之处，有口皆碑。我认识了现任县委书记杨琼。杨琼四十出头，高高的个子，戴一副眼镜，谈吐审慎而文雅，系福州农学院毕业生，显然和谷文昌属于两代人的不同“型号”。但我在接触中发现，他竟与谷文昌也有惊人的相似之点，那就是博大的抱负和坦荡的胸怀。当他离开两地分居多年而刚刚团聚不久的妻子，只身前往东山赴任，踏上这块浸透了老书记谷文昌心血汗水的土地时，心潮难平。东山太美了，这个地方值得大干一番！他站在水天一色、明净澄澈的无礁湾前，默默地一吐胸臆：做人，就要像无礁湾这样！

杨琼上任不久，便根据党组织的决定，实现了谷文昌“埋骨东山”的遗愿，把他的骨灰安葬在茫茫林海之中，墓碑上刻着：“谷文昌同志万古长青”。这是东山的民心为谷文昌筑起的一座丰碑，也是东山沧桑巨变的里程碑。现在，历史的重任落到新一代的肩上了，杨琼啊，你将怎样继承老一辈一脉相传的遗风，并且亲手把东山的腾飞推向新的高度？

五年过去了。一九八九年秋，当共和国欢度四十岁生日的时候，我重访东山。杨琼已经连任两届县委书记，过度的劳累已使他略见苍老，头发谢顶，露出宽阔的前额，细碎的纹路记载着数载征程。我走遍东山，以作家的职业本能和对东山的关切，悄悄地“考察”杨琼的政绩。我发现，杨琼这几年果然没有白干，今日东山又应刮目相看。

改革开放的大潮汹涌而来，给宝岛的腾飞提供了千载难逢的良机，得天独厚的地理位置使东山成为天之骄子、海上明珠。经国家批准，东山已成为沿海经济开发区之一，设立了东山海关。新建的两个五千吨泊位的深水码头以及五百吨泊位的渔码头，吞吐量一千万吨以上，成为内地与港、澳、台以及东南亚贸易的枢纽之一。引进外资发展的网箱养鱼年产值两千万元，对虾养殖年产值四千五百万元。十一万伏变电站已经竣工，全县村村电灯通明，城镇已普及纵横自动电话。尤为令人振奋的是东山因地制宜，大胆调整农业结构。发挥沙土的优势大力发展芦笋生产，种植面积四万余亩，成为全国最大的芦笋基地，占全国出口量的百分之六十，年创汇两千多万美元。一九七八年，东山农民年人均纯收入五十四元，杨琼上任的第一年一九八四年提高到三百四十元，到一九八九年猛增至一千三百五十元，昔日的乞丐村盖起了别墅式新房，东山名列福建全省首富。

如果说，谷文昌的功绩在于把东山的不毛之地改造为绿洲，那么，杨琼则又在这块土地上种出了金子，这是东山历史上的第二个里程碑。当时做出这一决策是面临极大风险的，杨琼说：“不冒风险就干不成事业。我是个男子汉，不能就这么趴下，也不能灰溜溜地离开！将来大陆和台湾统一了，我们不能让人小看，经济上要平起平坐！”

时代，又为东山造就了一个新的“谷文昌”！

东山的巨变当然不是杨琼一人之功，是全体共产党员、全县人民创造了这一切。县长洪我追是杨琼运筹帷幄的亲密搭档，他也是大学生出身，也和杨琼一样，不带家眷，只身投入东山，这样做是为了排除一切干扰，保持自身的清廉。洪县长短小精干，热情朴实，他的办公室里没有一张椅子，快节奏地站着办公，并且不断地跑来跑去接好几部铃声此起彼伏的电话，忙得像一位“挡车工”。他的心里装着整个东山，而自己过着极为俭朴的生活，清廉如水。难怪远道归来的侨胞要给他送匾：“我追廉政，造福东山”；难怪当我向百姓征询对于县领导的意见时，人们便竖起两个拇指。我曾问洪我追：“你最爱的人是谁?”他答：“除了我妻子，最爱杨琼！我们肝胆相照，携手奋战，这是最难得的！”

告别东山时，我望着海岸上那块阅尽沧桑的风动石，仿佛听到当年郑和七下西洋船队的激浪声和郑成功重整山河统一祖国的豪迈誓言。这一切都没有完结，还在儿孙手中继续。

（原载《光明日报》1990 年 2 月 1 日。获“共和国在我心中”优秀征文奖）

重访东山岛

已经记不清这是第几次来东山了，只记得初识东山是在一九八五年的冬天，那时北方大地还是“千里冰封，万里雪飘”，而闽南的东山却温暖如春，苍翠的海岛、澄澈的海湾和洁白的沙滩使我陶醉。十多年过去了，我先后游历过太平洋、大西洋和地中海沿岸大大小小的许多岛屿，仍然觉得我梦中的东山最美，最值得留恋。

东山，祖国大陆东南边陲一个面积一百九十四平方千米的小岛。据专家考证，早在中更新世冰期，一条“东山陆桥”经澎湖列岛与台湾相连，一万年前的“东山人”就是沿着这条“陆桥”迁往台湾。岁月悠悠，大海淹没了“东山陆桥”，台湾海峡的盈盈一水隔开了宝岛和内地，而两岸同胞的骨肉亲情却像朝落夕涨的海潮一样悠长，明末延平郡王郑成功和清初施琅将军两次横渡海峡收复台湾，都是从东山誓师出征的，留下了千古佳话和不朽遗迹；而二十世纪中期的国共之战也正是在这里结束，国民党军队在撤退之际胁迫四千二百余名东山壮丁溃逃台湾，又制造了多少生离死别的人间悲剧！在令人心悸的“寡妇村”，我听到那些“活寡妇”独守空房近四十年、天天盼郎归的哭诉，也听到她们由衷的感激：共产党没有把她们看作异类，划入“另册”，而称之为“兵灾家属”，在政治上不准歧视，与其他公民一视同仁，除了不享受为革命军烈属“代耕”的特殊照顾之外，照样分房分地，困难户给予经济补助。初踏东山，我便被东山县委这惊人的胆识所震撼，兵家必争之地，争的是人心啊！东山的百姓无数次地提到一个名字：谷文昌，那是东山县委的老书记，他亲手解放了这片土地，又带领百姓们艰苦奋斗十几年，用汗水染绿了东山的坡岭、沙丘和盐碱海滩，把不毛之地变成了海上绿洲，创造了举世罕见的人间奇迹。令我感动的不仅是这惊天动地的英雄业绩，还有东山人的质朴无华、不事张扬，出了这样的英雄竟然在全国范围内尚鲜为人知！这一切，都融进了我的报告文学《渔家傲》，我蘸着泪水写“兵灾家属”，写鞠躬尽瘁、死而后已的老书记谷文昌，写忍辱负重率领百姓修建八尺门海堤宏伟工程的老县长樊生林，写他们的继任者的不断开拓进取，我要让全中国、全世界都认识东山。

中共东山县委在中华人民共和国成立之初所制定的德政，到了改革开放的年代发挥了无穷威力，随着海峡两岸局势的缓和，许多当年去台人员和早年背井离乡赴海外谋生的侨胞纷纷回乡寻根认祖、探亲访友、投资经商，化作推动东山现代化建设和两岸统一大业的滚滚春潮。由于历史的原因，东山的经济发展直到八十年代初还相当滞后，“以粮为纲”的绳索却仍然束缚着农民的手脚，粮食即使产量登峰造极也难以自给，国民生产总值在福建全省和龙溪地区都位居末尾，怎样才能使百姓们富起来？新任县委书记杨琼走遍一百三十九个自然村，和扎根在基层的党员、干部交谈，向那些脸朝黄土背朝天的农民要办法。果然，农民有办法：台胞从海外引进的芦笋最适合东山的沙地种植，按当时的售价，一亩芦笋收入就可达一千多元，相当于一亩粮食的好几倍，这可是富民的好东西啊！县委从善如流，顺从民意，大胆地突破“以粮为纲”的框框，推出万亩芦笋基地的发展规划，穷则思变的农民，认定了改革开放的方向不回头，果然短短几年就在海岛的沙土中种出了“金子”！与此同时，县委、县政府开辟万亩对虾基地、万亩水果基地，调整产业结构，并且充分发挥东山的地理优势，开发旅游资源，大抓基础设施，兴建十一万伏的高压变电站、万吨自来水厂和年吞吐量四千万吨的货运码头，更新落后的手摇电话为程控电话，并且与省华福公司联合兴建三星级的东山华福酒店。当时，这在全省各县都是绝无仅有的，连前来视察的省领导都吃了一惊：一个小小的县，有必要建这么高级的宾馆吗？东山人说：盖店是为了招商，如果连个住的地方都没有，怎么能留住客人？要干就要上档次，不搞“瓜菜代”，一步到位！

我第一次来东山时住在简陋的县委招待所，只有二十几个床位，窗外农家鸡犬之声可闻。第二次到此，三星级华福酒店已经竣工，台胞、外商云集，码头上高耸的龙门吊正在忙碌，远道而来的货轮帆樯如林。第三次、第四次、第五次，我分别带了专题电视片《蝶岛情》《古镇铜陵》和《海岛新城》摄制组来到东山，拍下了蒸蒸日上的海港，“耕海牧渔”的海湾，游人如织的海滨浴场，雨后春笋般的乡镇企业，崭新的中小学校舍，洋房别墅式的农民新居和敬老院，四通八达的环岛公路，集商贸、旅游、文化、娱乐于一体的“百亿新城”……自一九九一年以来，国务院和福建省政府先后批准设立国家级东山经济技术开发区、一类对外开放口岸省级旅游经济开发区，一系列政策倾斜使东山的腾飞如虎添翼，国民生产总值一路攀升，从全省有名的后进县一跃而为全省第一，一九九二年、一九九七年两次获得福建全省经济发展十佳县，并被评为全国生态工程先进县、全省第一个基本实现小康的县。从八十年代至今，我与东山结下了不解之缘，每隔一两年，都要重访这片充满魅力的土地，东山年年在变，天天在变，令人目不暇接。美丽如画的东山不是一天建成的。十多年间，东山的县委书记已经更迭了好几茬，从脚踏实地、坚韧执着的杨琼，到豪放爽直、风风火火的洪我追，思维缜密、作风稳健的郑道溪，大刀阔斧、雷厉风行的黄汉河，都像老书记谷文昌那样，为官一任，造福一方，留下了为百姓们称道的政绩，他们都曾是我笔下的人物，而且至今仍然是我的朋友，连接我们友谊的纽带就是说不尽的东山！

现在，我又来到了东山，接待我的东道主是现任县委书记陈易洲和县政协主席高爱明。老高已经是老朋友了，早在我第一次来东山时，他就是县委宣传部长，陪同我踏遍了东山的山山水水。那时他还年轻，记得在铜陵镇古城墙畔的风动石前，他曾当众仰卧在地上，用脚轻轻地蹬动这块从天而降、耸立崖端的“天下第一奇石”，让人们领略此石迎风而动的妙处。如今，他已经五十有余，这种趣事只能让给年轻人去“表演”了。老高做了十五年宣传部长，辅佐四任县委书记，勤勤恳恳地工作了十五年，建设东山的每一幅蓝图中都浸染着他的汗水。现在转到了政协主席的岗位上，继续辅佐年轻的县委书记陈易洲，仍然像当初那样尽心尽力。陈易洲文质彬彬、轻声细语，一副知识分子气质。一九九七年五月，他奉中共漳州市委之命，出任东山县委书记。在此之前，由于工作的关系，他曾进出东山不下百次，对这片土地充满了向往之情。而当这副重担落到了他的肩上，却感到重若千钧，他将怎样描绘出亮丽的一笔，才能不负上级党组织的谆谆重托，不负二十万东山百姓的殷殷期待？

陈易洲上任之后所做的第一件事，就是向市里要“权”，力争把港口由市属改为县属。东山地处台湾海峡的咽喉，港口的重要性不言而喻。而这里的港口过去一直由漳州市管辖，市里鞭长莫及，县里望梅止渴，阻碍着东山的经济发展。在一个多月的时间里，陈易洲频繁地向市里交涉，与市交通局、港务局等有关部门多方协调，精诚所至，金石为开，历任县委书记的梦想终于在他手中得以实现，一九九七年七月一日“东山港”挂牌之时，陈易洲不禁悲喜交集，热泪盈眶！理顺了港口的管理体制，东山的经济收益立即显示出来，当年年底，港口的出口集装箱由上年的一千六百标箱增加到两千五百标箱，一九九八年又飙升至五千标箱，比上年翻了一番，出口总值超过一亿美元，比上年增加百分之五十，新官上任便出手不凡！

陈易洲和我一起来到港口，“东山港”三个大字赫然在目，辉映着门泊万里船的货运码头。我们来到刚刚落成的海铲大桥，这里与大陆原为大海相隔，而今天堑变通途，客车、货车可以直达汕头，与经济发达的广东相接。在通往内地的八尺门，当年由樊生林牵头筑成的巍巍海堤也即将更新换代为跨海大桥。随着港口、码头的不断扩建，集装箱码头配套工程的完善，东山—香港、厦门—东山的客轮航班和厦门—东山—汕头飞翔船航线的相继开通，东山的旅游业和对外开放更上层楼，全方位多层次的开放格局基本形成，一九九八年全县农业总产值七亿八千四百万元，工业总值四十三亿三千六百万元，乡镇企业总产值六十八亿八千万元，财政预算内收入一亿七千九百万元，外贸出口总值一亿多美元，实际利用外资七千零六十二万美元，固定资产投资总额七亿三千万元，农民人均纯收入三千九百七十八元，城镇居民人均可支配收入五千六百四十九元，人民群众的生活水平大幅度提高，在改革开放的进程中一步步富起来了。

在西埔镇坑内村，我听乡亲们说起一个感人的故事。坑内村地处红旗水库旁边，当年建水库征用五百亩地，这里的老百姓曾经做出巨大牺牲，可是他们自己饮用的却仍然是井水，因为水质不好，人们经常被传染病困扰。一九九八年春节前夕，上任不久的陈易洲得知此情，心中极其不安，当即做出指示：不能让乡亲们再苦下去了，由县里和镇里拨一笔专款，村民们自己也出一点钱，务必在一个月之内为他们架设起自来水管！事情很快就办妥了，村支书请陈书记来“热闹”一下，与民同乐。陈易洲说：“为群众办实事，要实实在在，一不准发纪念品，二不准请客，三不准放鞭炮，开一下水龙头就行了。”简朴的通水仪式结束，陈易洲的一块心病终于解除了。他在村头遇上一位老阿婆，亲切地问：“现在用上了自来水，感觉怎么样啊？”不料老阿婆却沉着脸，不吭声。他很奇怪，经再三询问，才知道老阿婆是个“五保户”，交不起一百多元的自来水管钱。像她这样的特殊情况，村里还有四五户。陈易洲心里咯噔一声，本以为给群众办了件好事，却没想到不尽完美，留下了遗憾。此时，任何宽慰和解释都是苍白无力的，陈易洲二话没说，立即掏出了自己刚刚领到的当月工资九百五十元，又向司机借了五十元，一齐交给村支书，命令他再突击一天，把这几户的自来水管接通，让全村百姓过一个舒心的年！

这位农家子弟出身的县委书记，把百姓的事放在心口上，时时感到东山父老的二十万双眼睛在盯着自己。严于律己，如履薄冰，兢兢业业，以为民造福为己任。一次，他到西埔镇一家文具商店买笔记本，被旁边的人认出来了，抢着要付钱。陈易洲很奇怪：“同志，我们素不相识，你为什么……”那人说：“陈书记，我认识你！看得出来，这种笔记本也不是你用的，恐怕是为‘希望工程’买的吧？”果然，让他猜中了，陈易洲自从来东山之后，就主动负担起两名贫困学生的学习和生活费用，今天正是来为这两个“孩子”买笔记本。与那位热心人争执不过，他又不愿引起群众的“围观”，只好让人家付了钱，心里好感动：东山的群众真好啊！而与此同时，“陈书记助学”的事也传开了。陈易洲上任至今不过两年，在东山已经有口皆碑，好评如潮。

时势造就当代英才。从谷文昌到陈易洲，中共东山县委带领父老乡亲走过了半个世纪的创业之路、改革之路，把一座贫穷落后的孤岛建设成举世瞩目的海上仙山。“充分发挥临海的优势和对台的特点”，这是陈易洲的口头禅，也是他抓得最紧的一件事。听到台胞反映县里某些部门工作效率差，个别干部存在吃、拿、卡、要的不良作风，不给“好处”不给办事，陈易洲极其重视，亲自调查研究，邀请台、港同胞和外商座谈，请他们挑刺，对查实有据的贪赃枉法者决不姑息，该退赔的退赔，该撤职的撤职，赢得了投资者的信任。在一九九八年夏季的强台风中，一位台胞网箱养鱼的铁架被刮裂，网箱被冲断，经济损失二百多万元，几年来的心血付之东流。陈易洲闻信立即派人前去慰问，表达县委、县政府的关注。台胞的母亲专程赶来，伤心地叫儿子回去，不要干了。陈易洲出面请他们母子吃饭，倾吐肺腑之言：“是去，是留，主意由你自己拿；不过，作为朋友，我劝你不要走，在哪里跌倒，就在哪里爬起来！有什么困难尽管说，列一张表给我，县里帮你解决！”危难之际见真情，这位台胞涌出了两眼热泪：“东山人对我真是太好了！有你这样的‘家长’为我做主，我不走了，我还要告诉台湾的朋友们，东山是投资环境最好的地方！”

我和陈易洲漫步在马銮湾畔，看白帆点点、碧浪滔滔，听他描述着东山的明天。这位貌似文弱的县委书记，心胸却宽阔得像大海，他说，按照县委、县政府的规划，到二〇〇〇年，东山的国内生产总值将达到三十五亿元，比一九八〇年翻五番，人均国内生产总值翻四番半，实现宽裕型小康。在即将到来的二十一世纪，东山将以它“临海对台”的区位优势和稳健而迅猛的势头在可持续发展的道路上迈进，正如深圳、珠海接驳香港、澳门回归那样，繁荣富庶的东山将成为接驳台湾与祖国大陆和平统一的“黄金口岸”，这已经是可以看得见的远景。

“长风破浪会有时，直挂云帆济沧海。”展望未来，东山人充满自信，充满豪情。

一九九九年六月于北京

（原载《光明日报》1999 年 7 月 22 日）

老谢尔盖，走好

近日从远方传来一个消息：俄罗斯著名演员谢尔盖·伊凡诺维奇因心脏病突发，不幸逝世，终年七十二岁。闻此，我不禁黯然神伤，老谢尔盖的音容笑貌清晰地浮现在眼前，久久不去。

两年前，根据我的小说《补天裂》改编的电视连续剧正在紧张地拍摄，我去横店外景地看望演职员，赶上了一个尾巴。为了真实地再现百年前香港旧貌，尤小刚导演不惜工本，在浙江横店影视城搭建了六条街道，其中包括皇后像广场和中环码头、扎打街钟楼、港督府、英军司令部、圣约翰教堂等历史景观以及我虚构的望海楼酒家、迟府和翰园等中西建筑，全部真材实料，一比一的比例，置身此处，恍若时光倒流，走进了“拓界”前后的香港。当时大部分戏都已经拍完，剩下的只是翰园的几场戏。翰园是剧中英国牧师林若翰的半山别墅，林若翰的扮演者谢尔盖·伊凡诺维奇暂时做了这里的“主人”，我便是在此和他相识。

谢尔盖·伊凡诺维奇是从俄罗斯“借”来的。因为剧中需要大量“洋面孔”，除了林若翰之外，还有港督卜力、辅政司骆克、警察司梅轩利、大律师纳赛及其妻女、珠宝商迈克、地产商罗杰斯等，都需要聘用外籍演员，不知尤导演用什么神通，竟然把俄罗斯某剧院的台柱子通通挖了来。谢尔盖·伊凡诺维奇是这个剧院的总导演，于是带队应聘。因为在剧组中他的年龄最长，被称为“老谢尔盖”。老谢尔盖身材颀长，面庞清瘦，一双灰蓝色的眼睛，稀疏的白发，灰黄的连鬓胡须，给人的第一印象很像列宾名画《伊凡杀子》中的伊凡雷帝。但他没有伊凡雷帝的那份威严和暴戾，随和谦逊，衣着朴素，走在横店熙熙攘攘的人群中，从背影看你或许会把他当成一位中国老农。拍戏的时候，他极为认真，按照导演的要求，很快进入角色，一个镜头拍上三五条都是常事，他毫无懈怠之意，每一遍都力求达到最佳状态。从他的身上，可以清楚地看到受过斯坦尼斯拉夫斯基体系严格训练的老一代艺术家的风范。他不懂汉语，除了呼唤仆人“阿宽”那个词是普通话，其余的台词都是按照剧本的俄译本讲俄语，待后期制作时再译配英语。我不知道他使用的俄译本是否能够忠实地传达原著精神，但看老谢尔盖的表演，把林若翰这位英国牧师的慈祥、善良以及屈从于政治压力而违心地为虎作伥的尴尬和痛苦，都表现得准确到位。在拍戏间隙的交谈中，他对我说：“感谢你塑造了林若翰这个人物，给我以用武之地。我能理解林若翰的内心世界，因为我们俄罗斯也曾遭受过外来侵略，在卫国战争中，我们为了捍卫国家主权和领土完整，付出了血的代价。林若翰作为一名牧师，他的天职是为全人类弭灾祈福；但他又是一个英国公民，无力违抗女王和港督的意志，无法阻止英军对中国人的血腥屠杀，这是何等的痛苦啊！”事后综观全剧，在外籍演员中老谢尔盖的表演是最出色的。尤小刚选中了老谢尔盖，可谓得其人矣。

拍戏的时候，老谢尔盖并不仅仅把自己当成一名演员。由于语言不通，中国导演给演员说戏要借助于翻译，而那种极其微妙的艺术感觉又往往是机械的翻译所难以言传的。每当这时，老谢尔盖便不由自主地露出“导演”本相，具体指导俄方演员动作该如何做，台词该如何说，毕竟他们是老搭档，一点就透。俄方演员心领神会，与中方演员演对手戏，虽然是各说各的，却能够配合默契。

按说，像老谢尔盖这样老资格的艺术家，若是在苏联时代，“身价”该是很高的，那时候要是请他到中国演戏，就得当“苏联专家”对待了。可是时过境迁，苏联解体之后，俄罗斯艺术家的境况今非昔比，剧院没有了国家拨给的经费，演戏要自筹资金，往往是演得越多赔得越多。不演戏又没有饭吃，于是这些失落的艺术家便把目光投向了改革开放的中国，到这里挣点儿外快已成为人人向往的美差。在中国拍戏期间，老谢尔盖的生活极其俭朴，他总是买最便宜的烟，为的是尽量省钱，把这部戏的酬金带回去养老。他曾对道具员说，林若翰的这套服装，是他所穿过的最好的西服，隐隐流露出不忍脱下之意。待拍摄结束之后，剧组就把那套服装送给他了，作为这次中国之行的一个纪念。据说，在此之前，他还曾在中国电视剧《黑龙江三部曲》中担任角色，而《补天裂》则是他参演的最后一部中国戏，不料竟也成了他人生的告别演出。现在他走了，匆匆地走了，不知从中国带走的那笔养老钱是不是够用？也不知从中国穿走的那套他最喜欢的西服是不是还穿在身上？从中国到俄罗斯，山高路远，我不能为这位仅有一面之交的朋友送行了，只能从心底表达真诚的祝愿：老谢尔盖，走好！

（原载《北京晚报》2000 年 6 月 28 日）

诗词卷

歌 词 难诉相思

电视剧《鹊桥仙》插曲

一九八〇年

应中央电视台之约，创作电视剧本《鹊桥仙》，由果青导演。插曲由高潮谱曲，王洁实、谢莉斯演唱，获太平洋影音公司“云雀奖”。

孤馆寒窗风更雨，
欲语语还休。
昨日春暖今日秋，
知己独难求！

四海为家家万里，
天涯荡孤舟。
昨日春潮今日收，
谁伴我，
沉与浮！

连夜风声连夜雨，
佳梦早惊休。
错把春心付东流，
只剩恨与羞！
风雨摧花花何苦，

落红去难留。
春暮凄凄似残秋，
说不尽，
许多愁！

张弦难诉相思意，
咫尺叹鸿沟。
花自飘零水自流，
肠断人倚楼！

夜夜明月今何在？
不把桂影投！
关关雎鸠恨悠悠，
一般苦，
两样愁！

七　绝　送剑歌赴日留学

一九九〇年十月

我家小女渡扶桑，
一水牵愁万里长。
纵是东瀛风景好，
月明勿忘是家乡。

水调歌头 送中国远洋渔业船队起航

长篇报告文学《搏浪天涯》卷首词

一九九四年

为记录中国远洋渔业开拓者的辉煌业绩，创作长篇报告文学《搏浪天涯》，由北京十月文艺出版社出版，卷首题此词，并由雷蕾作曲，在一九八五年中国远洋渔业开创十周年纪念会上由蒋大为演唱。

漫漫西行路，
滚滚远洋潮。
汽笛一声长啸，
壮士赴滔滔。
重驾郑和樯橹，
再续丝绸古道，
雪浪溅征袍。
网落鱼龙舞，
锚起星辰摇。

男儿血，
赤子泪，
洒碧涛。
夜来船满明月，
乡恋挂桅梢。

梦里乘风归去，
问讯故人安好，
暮暮更朝朝。
叩舷歌一曲，
大海起狂飙！

蝶恋花　赠新加坡女艺人

一九九六年

酣梦梨园醒复醉，
醉眼蒙眬，
一展杨妃媚。
待月西厢花影碎，
秋江雁去斜阳坠。

一片痴心谁与寄？
台后台前，
似戏原非戏。
镜里佳人空自对，
柔情忍却女儿泪！

忆秦娥　香港抒怀

长篇小说《补天裂》卷首词

一九九七年

为迎接香港回归祖国，应北京十月文艺出版社、香港明报出版社之约，创作长篇小说《补天裂》，卷首题此词。

涛声咽，
登楼又见伤心月。
伤心月，
故国山水，
异邦城阙。

零丁洋上忠魂烈，
宋王台下男儿血。
男儿血。
化五色石，
补南天裂！

西江月　闻美炸我驻南斯拉夫大使馆，邵云环、许杏虎、朱颖殉难后作

一九九九年五月

梦里青春作伴，
怎堪异域魂孤。
炎黄儿女好头颅，
望断神州归路。

漫道天倾地覆，
且听海啸山呼。
长城血肉万民躯，
父老冲冠一怒！

江城子 “两会”抒怀

二〇〇〇年三月

全国人大、全国政协九届三次会议，西部大开发和促进祖国和平统一是两大主题，因赋此阕。

春风飞度玉门关。
跨贺兰，
越楼兰，
大漠荒原，
快马更着鞭。
西域繁华千载梦，
琵琶曲，
谱新篇。

长城极目望南天。
日月潭。
阿里山，
骨肉情浓，
游子几时还？
盼得凌波横渡日，
东方月，
九州圆。

踏莎行 海 趣

二〇〇一年

七夕之夜，在福建东山岛，与三五友人，坐海边沙滩，仰望星空，漫论古今，因有是阕，以记其趣。

对海谈天，
踏沙说浪，
英雄淘尽空惆怅。
蟹行画地欲成书，
潮来荡荡无寻状。

牛女当空，
千年对望，
星河谁见鹊桥样？
何如渔妹弄轻舟，
情歌一网天边唱。

七　绝　访俄罗斯（五首）

二〇〇一年十月

其一　黑海遇险

十月四日夜，全国人大代表团乘飞机过黑海上空，忽闻炮响，于舷窗中亲见一飞机被击落。此时距“九一一”不久，机组乘务人员及乘客均以为遭遇恐怖分子袭击或是战争爆发，惶然不安。及至抵莫斯科，方知系乌克兰军事演习，导弹误中俄罗斯客机。而此导弹亦原属苏联，彼此非外人也。

夜飞黑海炮声鸣，
烈焰临窗举座惊。
导弹居然能走火，
自家骨肉弟伤兄。

其二　谒列宁墓

苏联解体后，俄当局拟迁列宁墓，由于负责保存列宁遗体的科学家和民众的反对，也不敢轻举妄动，在经费严重不足的情况下，勉强维持现状。

红场早已红旗落，

场上空余此墓台。
寂寞英雄身后事,
西风残照久徘徊。

其三　邂逅乌兰诺娃墓

在新圣女公墓，遇一老妪，于某坟前献花，状极哀切。问后方知，此系著名舞蹈家乌兰诺娃之墓。而老妪与墓主竟非亲非故，仅一普通观众，每年均不远数百公里赶来凭吊。

秋风黄叶雨霏霏,
哭倒坟前道是谁?
莫谓舞魂从此逝,
巍然不倒在心碑。

其四　参观冬宫

我记住冬宫这个名字是因为一九一七年十月革命攻打冬宫的惊世壮举。七十年后苏联解体，历史大反复竟不足百年。冬宫现在的看点是精美的建筑和丰富的收藏，尽展昔日沙皇帝国之辉煌，而“革命”已随黄鹤去也。

回廊雕柱访遗踪,
世纪兴亡一览中。
帝国风光无限好,
当年何必打冬宫!

其五　登阿芙乐尔号

“阿芙乐尔号一声炮响，给我们送来了马克思列宁主义。”而今时过境迁，阿芙乐尔号早已成为商业性的旅游景点，现任舰长满面笑容地与参观者合影，不知他心里想些什么。

当年十月一声雷，
赢得声名四海垂。
远客迟来登战舰，
可怜历史去无回！

七 绝 写在“非典”肆虐时（三首）

二〇〇三年五月

其一

晴空朗朗起烽烟，
鼓角悄然铁甲寒。
夜气如盘笼碧月，
斯人大任照无眠。

其二

抛家别子赴难关，
勇士多情义感天。
唯愿早除黎庶苦，
此躯何惧去无还。

其三

烂漫春花枉自开，
凭栏徒羡燕归来。
阴霾终有澄清日，
阳伞轻车尽展怀。

清平乐　同韵四首

二〇〇五年

其一　哀萨达姆

呼风唤雨，
怎把军机误？
兵败如山垓下渡，
纵有江东何去！

天翻地覆匆匆，
故人云散无踪。
强盗已成霸主，
满篇公理不公。

其二　挽杜宣先生

浦江泪雨，
噩耗传无误？
正欲南行天海渡，
岂料杜公先去。

百年也只匆匆，
故城何觅遗踪。
天外忽闻吟唱，
抑扬顿挫如公。

其三　挽刘炳森

栉风沐雨，
恐把前程误。
艺海无涯人敢渡，
滚滚大江东去。

人生来去匆匆，
雪泥鸿爪留踪。
举世皆知刘体，
盖棺论定为公。

其四　挽陆星儿

十年风雨，
早把青春误。
幸得同船撑苦渡，
争奈船残人去。

此生何太匆匆，
空留纸上萍踪。
漫道苍天在上，
其实天道不公。

七　绝　旅日诗草（四首）

二〇〇五年十月

七绝　岚　山

京都岚山有周恩来总理诗碑，我当年访日时曾到此瞻仰。今又重来，拂去碑前落叶，揩净道旁标识，以表敬意。

登临不为岚山美，
只为岚山有此碑。
故土无坟何祭扫？
他山遗墨久凝眉。

七绝　唐招提寺

黄昏至唐招提寺，山门已闭，默坐阶前良久，方去。

扶桑月色洗征尘，
古寺苍茫访鉴真。
欲叩山门终不忍，
恐惊千载梦中人。

七绝　奈良鹿苑

奈良东大寺鹿苑，无栏无羁，游客可与鹿自由接触。旁有小店，专卖饲鹿之饼与游人，店主即以此为生，且生意兴隆。人饲鹿欤？鹿饲人欤？

东大寺前草色鲜，
依人小鹿最堪怜。
专营鹿食街边店，
你爱生灵我爱钱。

五绝　大涌谷途中

大涌谷有地热，终年烟雾蒸腾，鸡卵投入温泉中，须臾卵皮尽黑，日语称“黑玉子”。此景可满足游人猎奇心理，而观赏价值不大。倒是从大涌谷远眺富士山，颇为壮观。

心闲景亦宽，
路远不愁攀。
回首霜林外，
云横富士山。

（原载《民族文学》2012 年第 5 期）

诉衷情 葬爱犬闹闹

二〇〇六年一月

我家爱犬闹闹，一九九二年自莫斯科以五美元购得，当时苏联刚刚解体，诚丧家之犬也。来我家后，备受宠爱。闹闹与我朝夕相伴，耳鬓厮磨，前后达十四个年头，终因高龄老迈，器官衰竭，医治无效，离我而去。

此生谁许百年期？
最怕别离时。
千回百转无计，
今夜送君归。

呼不应，
影难追，
墓无碑。
从今唯有，
冷月横空，
照我徘徊。

七　绝　峻青艺术馆落成志贺

二〇〇六年十月

峻岭崇山一望间，
青春作伴好登攀。
长风又染秋林色，
寿宴挥毫写斑斓。

歌　词　难忘是家园

电视连续剧《苍天圣土》插曲

二〇〇六年

根据长篇小说《补天裂》改编电视连续剧《苍天圣土》，由李前宽、萧桂云导演，中央电视台播出。插曲由张千一作曲，谭晶演唱。

难忘是家园，
难舍是江山。
太平山下，
九龙湾畔，
秦砖汉瓦，
唐风宋韵，
往事越千年。
无限江山，
无限江山，
一别相见难！

难忘是家园，
难舍是江山。
鸡公山下，
吉庆围前，
义旗不倒，

义冢无碑，
忠魂恨无眠。
还我河山，
还我河山，
血泪啼杜鹃！

七 律　海棠祭

话剧《海棠胡同》插曲

二〇〇九年十月

话剧剧本《海棠胡同》创作于二〇〇九年，二〇一一年公演，由王剑男导演，宋春丽、郭冬临、郭达、杨立新等主演；此插曲由杨乃琳作曲，杨乃彤演唱。

庭院深深二百年，
绿肥红瘦化云烟。
三生有幸和鸾凤，
半世无依啼杜鹃。
冷月凝空浮旧梦，
孤灯抚案读残篇。
海棠忍看花将尽，
从此人间绝管弦！

楹联　贺《小说选刊》出版三百期

二〇一〇年二月

高手千家，小说人间事；
美文百卷，选刊天下书。

疏　影　朔方歌

二〇一三年

癸巳秋，重访宁夏。三十年前曾到此，文物古迹、风景名胜，未能尽览。当年秦初定六国，遣大将蒙恬率兵三十万，北击匈奴，修筑万里长城，长公子扶苏为监军。后，始皇出巡途中崩逝于故赵国沙丘宫，赵高、胡亥、李斯阴谋篡位，以伪诏赐扶苏死，遂成千古悲剧。二十世纪八十年代初，我创作《秦皇父子》，涉及这段历史，而其遗址正在宁夏境内。此地有迹可寻的还有苏武牧羊处，以及西夏王陵，等等，可惜像天书一般的西夏文字已没有几个人能看懂了，令人感叹历史的扑朔迷离。倒是从丝绸之路传来的伊斯兰文化，落地生根，展示了强大的生命力。贺兰山没有被岳武穆踏破，迄今挺立在黄河之滨，成为多民族融合与团结的坐标。因填是阕，调寄《疏影》。

洪荒巨裂，
纵浊流滚滚，
一筏飞越。
胡马嘶风，
秦剑铮鸣，
由来版图凝血。
沙丘诏赐扶苏死，
恰此处、长城埋骨。
百代后、问牧羊人：

曾记筑城人不？
来去匆匆过客，
把阳关唱遍，
羌笛吹彻。
苏武魂归，
西夏陵存，
谁识断碑残碣！
此身且倚驼峰侧，
看大漠、细沙如雪。
正好风、吹散流星，
独照贺兰山月。

霍达著作要目

《穆斯林的葬礼》，北京十月文艺出版社 1988 年 12 月版

《穆斯林的葬礼》英文版，中国文学出版社 1992 年版

《穆斯林的葬礼》法文版，中国文学出版社 1991 年版

《穆斯林的葬礼》阿拉伯文版，外文出版社 11992 年版

《穆斯林的葬礼》中文繁体字版，台湾国际村文库书店 1993 年出版

《穆斯林的葬礼》维吾尔文版，新疆人民出版社 2000 年 3 月出版

《茅盾文学奖获奖作品集·穆斯林的葬礼》，人民文学出版社 2005 年 1 月版

《新中国 60 年长篇小说典藏·穆斯林的葬礼》，人民文学出版社 2009 年 1 月版

《共和国作家文库·穆斯林的葬礼》，作家出版社 2009 年 9 月版

《文化部财政部送书下乡工程·穆斯林的葬礼》，人民文学出版社 2005 年 1 月版

《20 世纪全球文学经典珍藏·中国长篇小说经典·穆斯林的葬礼》，北京师范大学出版社 2004 年 1 月版

《当代长篇文学名著览胜缩微景区·穆斯林的葬礼》，四川文艺出版社 2001 年 9 月版

《世界百部文学名著速读·穆斯林的葬礼》，海峡文艺出版社 2003 年 1 月版

《全日制高中语文补充教材·穆斯林的葬礼》，北京师范大学出版社 2002 年 1 月版

《补天裂》，北京出版社 1997 年 5 月版

《补天裂》，香港明报出版社 1997 年 5 月版

《未穿的红嫁衣》，江苏文艺出版社 1994 年 9 月版

《未穿的红嫁衣》，北京十月文艺出版 1995 年 9 月版

《红尘》，花城出版社 1988 年 1 月版

《红尘》，北京十月文艺出版社 2005 年 4 月版

《万家忧乐》，人民文学出版社 1991 年 6 月版

《民以食为天》，上海文艺出版社 1991 年 3 月版

《沉浮》，中国文联出版公司 1989 年 7 月版

《魂归何处》，北京十月文艺出版社 1988 年 4 月版

《我不是猎人》，四川少年儿童出版社 1981 年 3 月版

《霍达电影剧本选》，花城出版社 1983 年 2 月版

《霍达报告文学选》，江苏文艺出版社 1995 年 1 月版

《海魂》，北京十月文艺出版社 1995 年 2 月版

《搏浪天涯》，北京十月文艺出版社 2005 年 2 月版

《天涯倦客》，广州出版社 2001 年 8 月版

《仰恩之子》，人民文学出版社 2015 年 4 月版

《霍达作品精选》，长江文艺出版社 2013 年 4 月版

《霍达文集》六卷本，北京十月文艺出版社 1999 年 8 月版

《中国当代作家系列·霍达》八卷本，人民文学出版社 2009 年 7 月版

《霍达文选》九卷本，人民文学出版社 2009 年 7 月版

《霍达文集》十卷本，北京十月文艺出版社 2017 年 12 月版

《新中国 70 年 70 部长篇小说典藏·穆斯林的葬礼》，学习出版社 2019 年 9 月版

图书在版编目（CIP）数据

寻味 / 霍达著. -- 北京 ：中国文史出版社，2019.8
（政协委员文库）
ISBN 978-7-5205-1205-3

Ⅰ. ①寻… Ⅱ. ①霍… Ⅲ. ①散文集－中国－当代②诗词－作品集－中国－当代 Ⅳ. ①I217.2

中国版本图书馆 CIP 数据核字(2019)第 166242 号

责任编辑：全秋生

出版发行：中国文史出版社
地　　址：北京市海淀区西八里庄路 69 号　　邮编：100142
电　　话：010－81136602　　81136603　　81136606（发行部）
传　　真：010－81136655
印　　装：北京地大彩印有限公司
经　　销：全国新华书店
开　　本：787×1092　　1/16
印　　张：24　　插页：4
字　　数：380 千字
版　　次：2019 年 9 月北京第 1 版
印　　次：2019 年 9 月第 1 次印刷
定　　价：66.00 元